《红楼梦》的物质文化与非物质文化研究

张惠 著

·广州·

版权所有　翻印必究

图书在版编目（CIP）数据

《红楼梦》的物质文化与非物质文化研究/张惠著.—广州：中山大学出版社，2022.12

ISBN 978-7-306-07414-0

Ⅰ.①红…　Ⅱ.①张…　Ⅲ.①《红楼梦》研究　Ⅳ.①I207.411

中国版本图书馆 CIP 数据核字（2022）第 026053 号

出 版 人：	王天琪
策划编辑：	王　睿
责任编辑：	王　睿
封面设计：	林绵华
责任校对：	邱紫妍
责任技编：	靳晓虹
出版发行：	中山大学出版社
电　　话：	编辑部 020-84110283，84113349，84111997，84110779，84110776
	发行部 020-84111998，84111981，84111160
地　　址：	广州市新港西路 135 号
邮　　编：	510275　传　真：020-84036565
网　　址：	http://www.zsup.com.cn　E-mail: zdcbs@mail.sysu.edu.cn
印 刷 者：	广州市友盛彩印有限公司
规　　格：	787mm×1092mm　1/16　19.5 印张　290 千字
版次印次：	2022 年 12 月第 1 版　2022 年 12 月第 1 次印刷
定　　价：	58.00 元

如发现本书因印装质量影响阅读，请与出版社发行部联系调换

序

看到张惠博士将有新著出版,我当然是欣喜莫名,为她庆贺的。和她相识既久,当然有许多话想说。但是,此次结缘是张惠请我作序,似乎不好跑题谈书外之事。可是,书中内容大家都可以批阅浏览、一睹为快,我为什么要在至情美文的一边加旁白或啰嗦呢?张惠的文章能够自己说明自己:行文若天上白云,论证与论据若大树有根,说理深密透彻又不拖泥带水。

我对本书的总体印象是,张惠博士的此次红学书写再次展现了红学的新面貌。即寻找新的学术话语,在学科建构上丰富其内容,让红学和时代结合展现《红楼梦》的面面观,进而焕发出无限生机。此书话题的选择即是显例。在疫情起伏时,在大众审美趣味向古典回归时,她有对《红楼梦》中的洗手文化、分餐制、传染病、刷牙与漱口、化妆与养生等的研究;在《红楼梦》的各种艺术改编如火如荼时,她有对《红楼梦》越剧改编、粤剧《红楼彩凤》改编成功经验的总结等。在学术人物研究方面涉及四位大家:北京大学教授吴组缃是第一任中国红学会会长;孙逊是上海师范大学教授兼中国红学会原副会长;柳无忌是著名诗人柳亚子的哲嗣、海外红学的创立者;刘世德是著名红学家、版本研究大家,也是中国红学会副会长。张惠选题向来不在原地打转转儿,不在纠缠的问题上纠缠不清。她的研究不依赖于新文献的发现,但却重视文献的合理引用;不刻意回溯历史,但有细致的考镜源流与学术梳理;既像文学创作一样有自由灵动的笔法,又像学术论文一样严谨准确、旁征博引。

《红楼梦》中占前三位的重要人物当然是贾宝玉、林黛玉、薛宝钗,此次写作中,也是张惠的重点论说对象。在"《红楼梦》中的医学文化""林黛玉与酒:文化、家世与命运的三重面向""林黛玉'成长'心理学""宝玉的'情不情'新议"等章节中,我们可以看到张惠博士对三人形象与关系最深刻、最精当的分析与评价。读《红楼梦》,如果对这三个人物的理解出偏差,很可能形成和造成失之毫厘、谬以千里的局面,但张惠的把握是可以信服的。宝玉对林黛玉的深情，黛玉情志致病的医学与心理学的结合分析，薛宝钗与前二者志趣、理想的天差地别，在张惠那举重若轻的辨析中，宝玉、黛玉、宝钗回归本位，呈现本色，令人信服。我和张惠一起参加过多次与红学爱好者的见面会、读书会，每一次发言或者对观众读者的回答，张惠都能结合原著描写矫正问题，直指人心与文心，让分析与文本结合得更紧密、更全面，也更符合作者的本意。张惠的解答往往能够取得很好的效果：雅俗共赏、众人服膺。何以如此？当然是她既有对文本的独特体悟，又有学术史的积累；既有对作者意图的深切领悟，又有对历代评家观点的博闻强记。这些，她都内化于心，挥之不去地与生活情境、人物关系及其转换变化结合在一起了，所以才能下笔成文、出口成章。

读张惠的清新文字，发现她既有作家描述与抒情的创作才能，也有研究者案头撰文的严谨与总揽。看似平易的内容、切近通俗的话题，读后却总有大收获，相关到《红楼梦》的成书、版本的演化、作者的家世考证等。原因在于她学养丰厚、善于积累、勤于思考、妙于布局。应时而作，与当下生活、当下关切结合，最怕写成应景文章，成为速朽乏味的快餐文字。张惠的新话题、新命题，包含着无人能替代的学术性内容，这使其写作与一般的通俗写作区别开来。比如"合欢花酒"的文化渊源与制作技巧，比如"伛子"在《红楼梦》不同版本上的缺失和呈现，等等，都不是快手写作能完成的。

纪念学术人物，最好的方式是总结他们的学术成就，展示他们的学术风采，突出他们的学术个性，让他们的思想复活。张惠写吴组缃、孙逊、柳无忌就是如此，三人学术上各有特色，治学方法也大异其趣，张惠选取的角度是很见匠心的。比如从创作与研究的结合谈吴组缃的红学之路与成就，从学术的内卷化谈孙逊先生为何总能开辟新的学术道路；比如从海外红学与传播的角度谈柳无忌领先海内外数十年的学术倡议和教学方法；等等。

张惠写作的文体选择轻松从容、语言晓畅，具有极强的可读性。我想她写作时首先考虑的是读者的接受问题，而不是发表在什么刊物上的问题。今天，我们的学术越来越技术化，越来越难以看见作者的意图或目的，而张惠的文字却是明心见性的。

掩卷之际，我又回到了张惠关于林黛玉情志致病与以情胜情的分析文字中。学术文字，也是需要投入切身体验和深刻反思才能入迷出悟的，既要以理服人又要打动人心。在这里，我似乎看到了张惠的耕耘如《红楼梦》作者一样孜孜矻矻、辛苦异常！

是为序。

孙伟科
2021 年 10 月 10 日于北京

目 录

第一章 《红楼梦》中的饮食与用餐礼仪 …… 1
第一节 晴雯与茶：结构象征上的双重寓意 …… 2
第二节 林黛玉与酒：文化、家世与命运的三重面向 …… 16
第三节 《红楼梦》中的私房菜与分餐制 …… 25

第二章 《红楼梦》中的医学文化 …… 35
第一节 从中医情志角度立体解读林黛玉 …… 36
一、黛玉之病究由何起 …… 36
二、情志致病：不良情志对身体的反噬 …… 40
三、以情胜情：情志治病对当代的启悟 …… 49
第二节 医生群像透视出的《红楼梦》版本、悲剧与结构 …… 51
一、胡庸医与《红楼梦》的版本与悲剧 …… 52
二、王一贴：滑稽的"安慰剂"——庸医与情的虚幻 …… 56
三、王济仁：小人物视角透视出贾府的命运史书 …… 60
第三节 《红楼梦》中的传染病与洗手文化 …… 64
一、疑似"肺结核" …… 64
二、红眼病 …… 65
三、天花及应对恶性传染病 …… 67
四、《红楼梦》中的洗手文化与版本、人物 …… 70

第三章 《红楼梦》中的节日、养生、妆饰与赠衣 …… 77
第一节 "春秋"笔法：红楼梦里的元宵节与中秋节 …… 78
一、《红楼梦》里的四个元宵节 …… 78

二、《红楼梦》里中秋节的四大秘密 …………………… 83
　第二节　《红楼梦》中的养发、护牙、妆饰与赠衣 ………… 87
　　一、《红楼梦》中的头发与养生 …………………………… 87
　　二、《红楼梦》中的洁牙用具与贵族护牙传统 …………… 93
　　三、《红楼梦》中的服饰妆容 ……………………………… 97
　　四、岂曰无衣、明心见性：《红楼梦》中的三类赠衣
　　　　……………………………………………………… 102

第四章　《红楼梦》的戏曲传播 …………………………… 107
　第一节　越剧《红楼梦》对宝玉形象的重塑及其当代价值
　　　　……………………………………………………… 108
　　一、天上掉下个林妹妹：以宝黛之恋为核心 …………… 108
　　二、曾经沧海难为水：宝黛爱情的塑造与升级 ………… 112
　　三、虽则如云，匪我思存：宝玉形象的净化 …………… 115
　　四、撇掉了黑蚁争穴富贵窠：宝玉形象的深化 ………… 118
　　五、休道顽石难成玉：宝玉人格的重塑及其当代价值
　　　　……………………………………………………… 120
　第二节　新编香港粤剧《红楼彩凤》之整体文化生态研究
　　　　……………………………………………………… 125
　　一、改造创新：《红楼彩凤》之剧情改编 ……………… 125
　　二、形象改写：《红楼彩凤》之人物重塑 ……………… 129
　　三、因人而设：《红楼彩凤》之曲词音效 ……………… 131
　　四、不言而喻：《红楼彩凤》之舞美设计 ……………… 135

第五章　《红楼梦》中的心理学 …………………………… 141
　第一节　《红楼梦》中的择偶、教育、创伤心理学 ………… 142
　　一、三型内核：《红楼梦》之择偶心理学 ……………… 142
　　二、重要他人：《红楼梦》之教育心理学 ……………… 148
　　三、拐卖与收养：《红楼梦》之创伤心理学 …………… 153
　第二节　林黛玉"成长"心理学 ………………………… 157
　　一、成长 …………………………………………………… 158

二、版本 ……………………………………………… 175
　　三、悲剧 ……………………………………………… 180

第六章　《红楼梦》人物形象新论 ……………………… 185
　第一节　宝玉的"情不情"新议 …………………………… 186
　　一、无情：悬崖撒手掉头东 ………………………… 186
　　二、泛情：一生无奈是多情 ………………………… 192
　　三、"情不情"：万缕千丝终不改 …………………… 198
　第二节　"醉金刚"倪二在《红楼梦》中的结构功能性意义
　　　　　………………………………………………… 202
　　一、仗义每从屠狗辈，负心多是读书人 …………… 202
　　二、醉金刚小鳅生大浪，锦衣军查抄宁国府 ……… 207
　第三节　锡名排玉合玫瑰：贾探春论 …………………… 213
　第四节　德配朝颜自安然：贾巧姐论 …………………… 219

第七章　红学人物与著作研读 …………………………… 227
　第一节　吴组缃先生红学研究与创作交叉考论 ………… 228
　　一、博观约取：研究《红楼梦》的方法 …………… 229
　　二、研创双擅：中心主次人物的安排 ……………… 233
　　三、创作新变：贬值了的林黛玉 …………………… 236
　第二节　版本研究的力作和文理研究的依藉
　　　　　——刘世德先生《红楼梦舒本研究》《红楼梦晢本
　　　　　研究》启思 ……………………………………… 241
　　一、后40回作者问题 ………………………………… 241
　　二、对文本研究的启示 ……………………………… 244
　第三节　《红楼梦》研究的文化视野
　　　　　——论孙逊先生的红学研究 ………………… 254
　　一、别开生面：史料学之外的脂批美学研究 ……… 255
　　二、导夫先路：《红楼梦》之人文地理、图像与影视研究
　　　　　………………………………………………… 259
　　三、"时敏日新"之治学理路 ………………………… 262

四、"文化视野"之红学史定位 …………………………… 266

第八章　红学海外传播 …………………………………………… 269
　　第一节　柳无忌与美国汉学传播 ………………………………… 270
　　　　一、对美国红学的洞见体察 …………………………………… 271
　　　　二、美国汉学的桥梁和纽带 …………………………………… 273
　　　　三、别具一格的教育方向、方法与途径 ……………………… 277
　　第二节　"海外红学"缘起、流变与意义 ……………………… 280

参考文献 ………………………………………………………… 295

第一章

《红楼梦》中的饮食与用餐礼仪

第一节　晴雯与茶：结构象征上的双重寓意

　　中国古典小说巨著《红楼梦》中描写了钟鸣鼎食、诗礼簪缨之家的茶文化，此前许多学者早已对此进行过讨论。《红楼梦》前80回中共有几十处运用茶文化写人言事，或是表现不同的人物身份，如贾母不吃"六安茶"而吃"老君眉"，妙玉吩咐将刘姥姥用过的成窑茶杯"搁在外头去"①，并声称"若我使过，我就砸碎了也不能给他"②；或是渲染了富贵优雅的生活，如第41回栊翠庵品茶中出现的茶具珍品"瓟斝""点犀䀉"③；或是刻画了人物性格，如妙玉将前番自己常日吃茶的那只绿玉斗来斟与宝玉，其中似乎深藏一份畸零无望的密意；第3回"盥手毕，又捧上茶来，这方是吃的茶"④，黛玉见了这里许多事情不合家中之式，少不得一一改过来，表现了寄人篱下孤女的小心和敏感；亦有双关仪礼俗风和情节发展，如第25回王熙凤用"你既吃了我们家的茶，怎么还不给我们家作媳妇?"⑤来打趣黛玉，这既是旧时女子受聘称"吃茶"礼俗的体现，又反跌了后文宝黛有情人不成眷属；或是借茶事描写再现了贾府的典型环境，如第53回除夕祭宗祠⑥，贾母端坐高堂，尤氏用茶盘亲捧茶与贾母，秦氏给贾母同辈的祖母们献茶。然后，尤氏又给邢夫人等人、秦氏又给众姐妹上茶。凤姐和李纨等只能在底下伺候。献茶毕，邢夫人等起身服侍贾母，贾母吃茶，闲话片刻离座回府。长幼有序，尊卑有别，

---

①　曹雪芹：《脂砚斋重评石头记：庚辰本》，人民文学出版社2006年版，第944页。
注：由于本书中所引用底本《脂砚斋重评石头记：庚辰本》无句读且多采用异体字，作者在引用时根据相关版本加了标点，一律采用通用简体汉字。下同。
②　曹雪芹：《脂砚斋重评石头记：庚辰本》，人民文学出版社2006年版，第947页。
③　曹雪芹：《脂砚斋重评石头记：庚辰本》，人民文学出版社2006年版，第945页。
④　曹雪芹：《脂砚斋重评石头记：庚辰本》，人民文学出版社2006年版，第65页。
⑤　曹雪芹：《脂砚斋重评石头记：庚辰本》，人民文学出版社2006年版，第572页。
⑥　参见曹雪芹《脂砚斋重评石头记：庚辰本》，人民文学出版社2006年版，第1227～1253页。

等级分明,一丝不苟。凡此种种,不一而足。然而,这些探索基本上还停留在"现象—文化"的层面,也就是解释了茶事所蕴含的文化之后就"言尽意止",鲜有同小说的整体结构发生关联。这些虽然有助于解释《红楼梦》的百科全书性质,然而,以茶入书的明清小说不胜枚举,仅以《金瓶梅》而论,提到茶的内容就多达几百处,也有以茶待客、以茶作礼、以茶为聘、以茶消食的茶事活动,这些茶事活动也有刻画人物、交代故事情节、以茶代言、以茶传情的作用,即以谈茶的百科全书性质而论,似乎也不遑多让。那么,《红楼梦》和以《金瓶梅》为代表的其他明清小说所描写的茶事真的只有多寡之别而没有巧夺天工的构思之分,从而使两者有云泥之判吗?

自唐至清,茶事已经和咏诗、赏画、听曲一样成为国人的文化修养、文化品格的特有展示和标识方式。《红楼梦》正是在这种深刻的人文背景下产生的,红楼中人在饮茶中所获得的已不仅仅只是口腹的满足,更多的是情趣的寄托、精神的享受、审美的愉悦,体现了迥异于其他小说的"人文化""雅化"的特质。

第38回写贾母等至藕香榭,只见栏杆外竹案上放着茶具,两三个小丫头在煽风烹茶。贾母忙道:"这茶想的到。"① 老太太赞赏的原因主要在茶境上。这藕香榭建在水中央的小山上,四面有窗,左右有曲廊,四周碧水清澈,亭中十分宽敞。人坐亭中,眼睛也清亮起来。山坡上还有花木暗香浮动,风清气爽,远处音乐之声穿林渡水而来,显得分外清幽。"在此境界中置炉烹茶、品茶不是把天、地、人、茶融通一体了吗?谁能说清是在品茶、品境、品氛围、品情调?天趣悉备,栖神物外,清心神而出尘表,人完全沉浸到情景交融的诗画境界中去了。"②

进而,《红楼梦》中的茶事往往又不是孤立的,早在几十年前,就有两位大家争论《红楼梦》中茶和人物的巧妙勾连。妙玉曾经分别用"瓟斝"和"点犀盉"作为招待宝钗和黛玉的茶具。沈从文

---

① 曹雪芹:《脂砚斋重评石头记:庚辰本》,人民文学出版社2006年版,第866页。
② 季学原:《红楼茶文化卮言》,载《红楼梦学刊》1995年第2期,第319页。

认为，明代以来，南方的士绅阶层中，流行用葫芦和竹篾器涂漆而成茶酒饮器，讲究的还要仿照古代的铜玉器物，范成形态花纹。因此，"瓟斝"即是用"匏瓜仿作斝形"的茶杯，与以青铜、陶瓷为质地的饮器相比自然是假的。且"瓟斝"谐音"班包假"，而俗语有"假不假？班包假；真不真？肉挨心"之说，故沈从文认为此杯隐寓妙玉做作、势利、虚假。至于"点犀盉"，则是宋朝和明朝以来，官僚贵族为斗奢示阔，用犀牛角做成高足酒器，犀牛角本白线贯顶，做成杯则白线透底，用以象征妙玉"透底假"。他认为，《红楼梦》第41回这节文字"重点主要在写妙玉为人，通过一些事件，见出聪敏、好洁、喜风雅，然而其实是有些做作、势利、虚假，因之清洁风雅多是表面上的。作者笔意双关，言约而意深"①。

周汝昌同意沈从文以物寓意的解释方法，但不同意说妙玉"凡事皆假"，"我以为，特笔写出给钗、黛二人使用的这两只怪杯，其寓意似乎不好全都推之于妙玉自己一人，还应该从钗、黛二人身上着眼，才不失作者原意"②。宝钗用"瓟斝"，暗含这位姑娘的性情是"班包假"，与书中"罕言寡语，人谓藏愚，安分随时，自云守拙"的描写正合。而"点犀盉"，周汝昌说庚辰本、戚序本皆作"杏犀盉"，用之于黛玉，则是"性蹊跷"的隐语，当喻指黛玉的"怪僻""多疑""小性"。

两位红学大师的分析使我们得以窥见《红楼梦》卓然于他作之上的精妙之处。沿着这种思路推进，不局限于一事一回而是凌越数纸通读全文来看，另一个人物和茶之间错综复杂的关系，将进一步揭开《红楼梦》深邃文化的面纱之一角。晴雯与《红楼梦》中三次显现出来的不同的茶，不仅绾结起了全文的结构和象征，更体现了作者在构思上的体大思精。

在晴雯出场和谢幕之时，茶都或隐或显地伴随在她周围。这些描

---

① 沈从文：《"瓟斝"和"点犀盉"——关于〈红楼梦〉注释一点商榷》，载《光明日报》1961年8月6日。
② 周汝昌：《也谈"瓟斝"和"点犀盉"》，载《光明日报》1961年10月22日。

写，在结构上，是一种照应笔法，也是千红一"哭"由隐到显的层层推进；在象征上，是一种"颠倒"，是理想世界走向幻灭的缩影。①晴雯与茶的精心结撰，也是曹雪芹十年辛苦不寻常的刻意求工。

和《红楼梦》中其他人物不同，在晴雯出场和谢幕之时，茶都或隐或显地伴随在她周围，这并不是一种偶然的现象；相反，茶是晴雯本人从风流灵巧到毁谤寿夭命运的写照。晴雯初次出场是在第8回，伴随她的是一种罕见的茶——枫露茶；这种茶据宝玉说"是三四次后才出色的"②，而且为此茶宝玉还大动干戈，摔了杯子，骂了茜雪，还扬言要回了贾母，撵了自己的乳母。可见这种罕见的枫露茶的设置，是为了衬托晴雯的娇宠地位。

也正像"三四次后才出色的"枫露茶一样，在《红楼梦》中，逐渐显露出晴雯是宝玉心上第一等女孩儿的地位。她撒娇地抱怨说，为把宝玉写的字贴在门斗上，手都冻僵了。宝玉赶紧携了晴雯的手替她焐着，抬头同看贴在门斗上的字。这举动显得极为亲昵，反映出宝玉对这个丫鬟的疼爱。对晴雯，宝玉没有什么做主子的架子。他可以和穿着紧身小衣的晴雯在床上互相胳肢，可以任意让晴雯拿硬话顶撞而不生气。相反，要是晴雯生了气，他会低声下气，百般逗哄，甚至撕扇子作千金一笑。晴雯的地位渐至和"副小姐"相侔，故而差不多在《红楼梦》一书的中段，也是晴雯短暂一生的中段，茶再次出现并对晴雯的娇宠地位形成了暗喻。那是在第51回，在怡红院中，门上吊着毡帘，晴雯只在熏笼上围坐，让麝月服侍着她漱口、吃上好的细茶。

接着是急转直下的落差，第77回因王善保家的进谗言，勾起了王夫人回忆起晴雯削肩膀水蛇腰"妖精似的"长相，以及"正在那里骂小丫头"的掐尖要强、尖酸刻薄的个性，挑动了王夫人一直以来对"好好的宝玉""被这蹄子勾引坏了"的担忧，导致了病重的晴

---

① 参见张惠《晴雯与茶——结构象征上的双重寓意》，载《东方文化》（香港大学）2013年第1期，第173～184页。
② 曹雪芹：《脂砚斋重评石头记：庚辰本》，人民文学出版社2006年版，第191页。

雯被撵出大观园，回到哥嫂家中，无人照料，草帘蓬户，在外间房内趴着，睡在一领芦席上。再一次，茶又悄然登场。晴雯因渴了半日请宝玉代为递茶，宝玉看时，虽有个黑沙吊子，却不像个茶壶。只得去桌上拿了一个碗，也甚大甚粗，不像个茶碗，未到手上，先就闻得油膻之气。所谓的茶是绛红的，也太不像茶，并无清香，且无茶味，只一味苦涩，略有茶意而已。以至于姚燮在东观阁本中特意点出——"怡红院无此茶"①。

曹雪芹特别善于借昨是今非的巨大反差三致意焉，书中第19回写袭人母兄已是忙为宝玉另齐齐整整摆上一桌子果品来，袭人却见总无可吃之物，脂砚斋夹批道："以此一句留与下部后数十回'寒冬噎酸齑，雪夜围破毡'等处对看"②；第26回写到"只见凤尾森森，龙吟细细"时，甲戌、庚辰、戚序、蒙府等本都有双行夹批曰："与后文'落叶萧萧，寒烟漠漠'一对，可伤可叹！"③ 但是，今本与脂砚斋所见之本不同，因此难以领略到曹雪芹所希望给予读者的审美震撼。然而在晴雯与茶的关系上，在相信同出一人之手的前80回中，出现了同样的却更强烈的对比。第51回和第77回，晴雯曾两次吃茶，但地点、铺卧、茶具却有天壤之别。第51回是在怡红院中，门上吊着毡帘，晴雯围坐在熏笼上，让麝月服侍着她漱口、吃茶。第77回是在表哥多浑虫家里，门上挂着草帘，晴雯睡在芦席土炕上，将并无清香，且无茶味，只一味苦涩，略有茶意的茶当做甘露一般灌下。饱饫烹宰的金屋宠婢最后沦落到饥餍糟糠，犹如"一盆才透出嫩剑的兰花，送在猪圈里"，又是何等凄凉的对照。最后，在第78回绾结了晴雯的死，宝玉祭奠晴雯时，所备祭物之一又回到最初的

---

① 曹雪芹著、东观主人评：《东观阁本·新增批评绣像红楼梦》，北京图书馆出版社2004年版，第2269页。
② 曹雪芹：《脂砚斋重评石头记：庚辰本》，人民文学出版社2006年版，第410页。
③ 曹雪芹：《脂砚斋甲戌抄阅重评石头记》，沈阳出版社2005年版，第401页；曹雪芹：《脂砚斋重评石头记：庚辰本》，人民文学出版社2006年版，第594页；曹雪芹著、戚蓼生序：《戚蓼生序本石头记》（第二册），人民文学出版社2006年版，第9页；曹雪芹：《蒙古王府本石头记》，北京图书馆出版社2007年版，第996页。

"枫露之茗"①，有一种"人面不知何处去，桃花依旧笑春风"的凄怆之美。

然而，如果认为《红楼梦》这样描写晴雯与茶仅仅只为对比和照应，那还是太轻看了它的价值。庚辰本评《红楼梦》说：

《石头记》用截法、岔法、突然法、伏线法、由近渐远法、将繁改简法、重作轻抹法、虚敲实应法种种诸法，总在人意料之外，且不曾见一丝牵强，所谓"信手拈来无不是"是也。②

《红楼梦》在结构上的匠心独具、浑然一体之处，正可以晴雯与茶的关系见之。第5回宝玉在太虚幻境中第一个看到的便是晴雯的终身，文副册上说她"霁月难逢，彩云易散"。紧接着，警幻仙子让小丫鬟捧上了出在放春山遣香洞，又以仙花灵叶上所带之宿露而烹就的仙茶——千红一窟（哭）。如果将其定义为晴雯与茶的首度结缘，当为不诬。幻境中所饮之茶为"千红一窟（哭）"，众美之眼泪，而千红一哭者，岂非血泪乎？

转思第8回"枫露茶"，为枫露点茶的简称。枫露制法，取香枫之嫩叶，入甑蒸之，滴取其露。清顾仲《养小录·诸花露》载："仿烧酒锡甑、木桶减小样，制一具，蒸诸香露。凡诸花及诸叶香者，俱

---

① 茗，古通萌。《说文解字》："萌，草木芽也，从草明声""芽，萌也，从草牙声"。茗、萌本义是指草木的嫩芽。茶树的嫩芽当然可称茶茗。后来茗、萌、芽分工，以茗专指茶（茶嫩芽），所以，徐铉（916—991）校定《说文解字》时补："茗，茶芽也。从草名声。"茗何时由草木之芽演变而专指茶芽？旧题汉东方朔著、晋张华（232—300）注《神异记》载："余姚人虞洪入山采茗。"《尔雅》："槚，苦茶"，晋郭璞（276—324）注云："早取为茶，晚取为茗，或一曰荈，蜀人名之苦茶。"陆羽（733—804）的《茶经》："一曰茶，二曰槚，三曰蔎，四曰茗，五曰荈。"《辞海》中一说是晚收的茶；《辞源》中说是茶之晚取者；《中华字海》中一说是茶的老叶，即粗茶；《汉语大词典》中一说是晚采的茶；《康熙字典》中说是茶晚取者。由这些摘录可知，"茗"字如果单独使用就是"茶"的同义词，倘若"茗"与"茶"并列进行词义比较，即是采摘前后顺序之别，茶在先，茗在后。由此可见，此处宝玉的奠品、晴雯的爱物——"枫露之茗"就是前文中提到的"枫露茶"。

② 曹雪芹：《脂砚斋重评石头记：庚辰本》，人民文学出版社2006年版，第619页。

可蒸露。入汤代茶，种种益人，入酒增味，调汁制饵，无所不宜。"①将枫露点入茶汤中，即成枫露茶。枫者何色？第46回提到枫树时，庚辰本曾双行夹批道："千霞万锦绛雪红霜。"② 露者何形？圆润如珠，晶莹如泪。如果脂砚斋指出"绛珠"实为"血泪"之寓，那么，细思"枫露"亦非"血泪"乎？

再看第77回晴雯临死之前喝的粗茶，"绛红的，也太不成茶。……并无清香，且无茶味，只一味苦涩，略有茶意而已"③。"绛红的""并无清香，且无茶味，只一味苦涩"的，又非血泪乎？

这三种茶概括了晴雯的一生，书中曾经交代过晴雯的来历，从"当日系赖大家用银子买的"，"进来时，也不记得家乡父母"④ 这些信息判断，晴雯也很可能是被人贩子拐卖或者和家乡父母失散而被卖。如同"千红一窟（哭）"一样，最初就带有悲剧的出身。

但是，晴雯被卖入贾府，侍奉老太太，最终给了宝玉并随之进入大观园，暂时过上了可意的生活。怡红主人贾宝玉不但饮食上劳己心，而且心理上顺其意，晴雯还可以指挥比自己低一等的丫鬟服其劳，几乎可以说是心满意足，再无别项可生贪求之心。一如受宝玉青睐备受珍视的"枫露茶"。

然而，最终她因被疑是勾引宝玉的狐狸精而被撵出大观园。由于晴雯不知家乡父母，只有姑舅哥哥这一门亲戚，因此出来就在他家。她的哥嫂是何人呢？一个是"一味死吃酒"的多浑虫，一个是和贾琏鬼混过并且"恣情纵欲，满宅内便延揽英雄，收纳材俊"的灯姑娘。心比天高的晴雯最终沦落到这样一个肮脏下贱的去处并香消玉殒，又正暗合了粗茶的无香和苦涩。

因此，这三种茶相互之间有着隐含的联系。"千红一窟"是仙界中的茶，"枫露茶"是大观园这个理想世界的茶，而最后这种不知名

---

① 顾仲：《养小录·诸花露》，中华书局1985年版，第6页。
② 曹雪芹：《脂砚斋重评石头记：庚辰本》，人民文学出版社2006年版，第1062页。
③ 曹雪芹：《脂砚斋重评石头记：庚辰本》，人民文学出版社2006年版，第1883～1884页。
④ 曹雪芹：《脂砚斋重评石头记：庚辰本》，人民文学出版社2006年版，第1881页。

的粗茶则是大观园之外现实世界中肮脏之处的茶。"千红一窟"和"三四次后才出色的"枫露茶，都寓了一个"红"字，而最后这种不知名的粗茶则明指是"绛红的"。"千红一窟"据宝玉品来，"清香异味，纯美非常"；枫露茶虽然没有明写其味，但出在务精务洁的怡红院，又是宝玉特别留心之物，应该也是一种色香味上等的好茶。唯独这个粗茶，色泽难看，口感粗劣，似乎与"千红一窟"和"枫露茶"放在一起都是一种亵渎。然而，这种"绛红的""并无清香，且无茶味，只一味苦涩，略有茶意而已"的粗茶，毋宁说才是真正的"千红一窟"。"清香异味，纯美非常"的"千红一窟"只是变相，绛红和苦涩才是由女儿血泪凝成的茶的正色和正味。这三种茶不仅仅是晴雯的一生，也是众美悲惨命运的缩影。金陵诸钗都隶属于"薄命司"，先天就伏下了不幸的种子。而在下世为人之际，她们几乎无一例外都成了大观园的居民。在花招绣带、柳拂香风的大观园内，诸钗或读书、写字，或弹琴下棋、作画吟诗，以至描鸾刺凤、斗草簪花、低吟悄唱、拆字猜枚，无所不至，有一段十分惬意的日子。然而，无可避免的是，"堪怜咏絮才"的黛玉"玉带林中挂"；"可叹停机德"的宝钗"金簪雪里埋"；绮罗丛中霁月光风的史湘云"湘江水逝楚云飞"；精明强干、总揽大权的王熙凤"哭向金陵事更哀"；贵为王妃的元春痰疾而薨，"虎兕相逢大梦归"；精于理家、"才自精明志自高"的探春远嫁，"千里东风一梦遥"；温柔沉默的"金闺花柳质"迎春惨死，"一载赴黄粱"；"气质美如兰，才华阜比仙"的妙玉"终陷淖泥中"；擅于丹青的绣户侯门女惜春出家，"独卧青灯古佛旁"；克己守节教子成名的李纨"枉与他人作笑谈"。她们之中哪一个逃过了剧烈颠倒的悲惨命运？"千红一窟"—枫露茶—粗茶，正是千红一"哭"由隐到显的层层推进。因此，再倒回去反思"千红一窟"—枫露茶—粗茶，这斑斑血泪、女儿悲惨结局的由隐到显，岂非也正是所有大观园群芳悲剧命运的一个象征？

当然，或有论者质疑这种解读是否有"过度阐释"之虞，然而文本中大量证据恰恰都不断指向这正是作者曹雪芹的精心安排。同时，也可从版本上解释脂本和程本处理的高下之别。

第 77 回里面的一对夫妇在脂本与程本中大相径庭，脂本交代说是"多浑虫"和"灯姑娘"，而程本中说是"吴贵"和"贵儿媳妇"。

脂本：

这晴雯当日系赖大家用银子买的，那时晴雯才得十岁，尚未留头。因常跟赖嬷嬷进来，贾母见他生得伶俐标致，十分喜爱。故此赖嬷嬷孝敬了贾母使唤，后来所以到了宝玉房里。这晴雯进来时，也不记得家乡父母。只知有个姑舅哥哥，专能庖宰，也沦落在外，故又求了赖家的收买进来吃工食。赖家的见晴雯虽到贾母跟前，千伶百俐，嘴尖性大，却倒还不忘旧，故又将他姑舅哥哥收买进来，把家里一个女孩子配了他。成了房后，谁知他姑舅哥哥一朝身安泰，就忘却当年流落时，任意吃死酒，家小也不顾。偏又娶了个多情美色之妻，见他不顾身命，不知风月，一味死吃酒，便不免有蒹葭倚玉之叹，红颜寂寞之悲。又见他器量宽宏，并无嫉衾妒枕之意，这媳妇遂恣情纵欲，满宅内便延揽英雄，收纳材俊，上上下下竟有一半是他考试过的。若问他夫妻姓甚名谁，便是上回贾琏所接见的多浑虫灯姑娘儿的便是了。目今晴雯只有这一门亲戚，所以出来就在他家。①

程本：

却说这晴雯当日系赖大买的。还有个姑舅哥哥，叫做吴贵，人都叫他贵儿。那时晴雯才得十岁，时常赖嬷嬷带进来，贾母见了喜欢，故此赖嬷嬷就孝敬了贾母。过了几年，赖大又给他姑舅哥哥娶了一房媳妇。谁知贵儿一味胆小老实，那媳妇却倒伶俐，又兼有几分姿色，看着贵儿无能为，便每日家打扮的妖妖调调，

---

① 曹雪芹：《脂砚斋重评石头记：庚辰本》，人民文学出版社 2006 年版，第 1881～1882 页。

两只眼儿水汪汪的。招惹的赖大家人如蝇逐臭,渐渐做出些风流勾当来。那时晴雯已在宝玉屋里,他便央及了晴雯转求凤姐,合赖大家的要过来。目今两口儿就在园子后角门外居住,伺候园中买办杂差。这晴雯一时被撵出来,住在他家。①

为何一对夫妇在两个不同版本中竟然发生了这么重大的转变? 这要追溯到第21回,多浑虫、多姑娘首次出场。"多姑娘"也就是第77回的"灯姑娘"。关于这个,张爱玲解释道:

"灯姑娘"也就是多姑娘。"灯姑娘"这名字的由来,大概是《金瓶梅》所谓"灯人儿",美貌的人物,像灯笼上画的。比较费解,不如"多姑娘"用她夫家的姓,容易记忆,而又俏皮。②

脂本第21回:

不想荣国府内有一个极不成器破烂酒头厨子,名叫多官,人见他懦弱无能,都唤他作"多浑虫"。因他自小父母替他在外娶了一个媳妇,今年方二十来往年纪,生得有几分人才,见者无不美爱。他生性轻浮,最喜拈花惹草,多浑虫又不理论,只是有酒有肉有钱,便诸事不管了,所以荣宁二府之人都得入手。因这个媳妇美貌异常,轻浮无比,众人都呼他作"多姑娘"儿。③

此处程本除个别语言有改动外,基本情节与脂本相同。第44回,脂本叙述贾琏私通鲍二家的,被凤姐发觉,当天,鲍二媳妇吊死,程本的基本情节也与脂本相同。然而,在第64回中程本自作聪明地做

---

① 曹雪芹:《程甲本红楼梦》,沈阳出版社2006年版,第2137~2138页。
② 张爱玲:《红楼梦魇》,北京十月文艺出版社2007年版,第154页。
③ 曹雪芹:《脂砚斋重评石头记:庚辰本》,人民文学出版社2006年版,第472页。

出了修改，结果导致前后文脉不通。

第64回，贾琏在花枝巷偷娶尤二姐，让鲍二夫妇前去服侍，这一回庚辰本缺，用同属脂本系统的蒙府本抄配：

> 不过几日，早将诸事办妥。已于宁荣街后二里远近小花枝巷内买定一所房子，共二十余间。又买了两个小丫鬟。贾珍又给了一房家人，名叫鲍二，夫妻两口，以备二姐过来时伏侍。①

脂本只说鲍二夫妇，没说鲍二媳妇到底是谁。但是，程本对这一情节做了重大的修改，在程本中，鲍二媳妇变成了多姑娘，多浑虫病死后，与鲍二有旧的多姑娘趁势嫁了去。

> 忽然想起了家人鲍二来，当初因和他女人偷情，被凤姐打闹了一阵，含羞吊死了。贾琏给了二百银子，叫另娶一个。那鲍二向来就和厨子多浑虫的媳妇多姑娘有一手。后来多浑虫酒痨死了，这多姑娘见鲍二手里从容了，便嫁了鲍二。况且这多姑娘儿原来也和贾琏好的。此时都搬出来外头住着，贾琏一时想起来，便叫了他俩口儿到新房子里来，预备二姐过来时伏侍。②

既然第64回程本中说多浑虫已死，而且多姑娘已嫁给鲍二，死人无法复生，因此只好在第77回中一错再错，把脂本中晴雯的姑舅哥哥多浑虫、多姑娘改为吴贵和吴贵媳妇。程本这样做有其道理，把多姑娘和鲍二两家合成一家，这种创作手法借鉴了戏剧中的"减头绪"：

> 头绪繁多，传奇之大病也。……后来作者不讲根源，单筹枝节，谓多一人可增一人之事。事多则关目亦多，令观场者如入山

---

① 曹雪芹：《蒙古王府本石头记》，北京图书馆出版社2007年版，第2509页。
② 曹雪芹：《程甲本红楼梦》，沈阳出版社2006年版，第1775页。

阴道中，人人应接不暇。……作传奇者，能以"头绪忌繁"四字刻刻关心，则思路不分，文情专一，其为词也如孤桐劲竹，直上无枝，虽难保其必传，然已有《荆》、《刘》、《拜》、《杀》之势矣。①

所以，姚燮称赞程本："忽然想起一个鲍二来，忽然想起一个多姑娘嫁鲍二来，却为娶尤二姨作陪，真是灵心巧撰之文。"②但是，程本对脂本的改动却有些自作聪明、弄巧成拙，第64回添加了多姑娘嫁鲍二的情节，反而导致和后文第77回文脉不接，从而不得不越改越多，本来为减少人数、头绪，反而变成了增加人数、头绪。再者，程本对脂本的构思毕竟是只知其一，不知其二，尚未领会脂本为何把晴雯的哥嫂安排成"便是上回贾琏所接见的多浑虫灯姑娘儿的便是了"。就是在此处，脂砚斋夹批道："奇奇怪怪，左盘右旋，千丝万缕，皆自一体也。"③可见这绝非闲笔。哥哥多浑虫是个酒虫不必说，嫂嫂多姑娘是个什么样的人？"荣宁二府之人都得入手""美貌异常，轻浮无比""压倒娼妓"。而且贾琏第一次和多姑娘私通就是在多姑娘的家里——"是夜二鼓人定，多浑虫醉昏在炕，贾琏便溜了来相会。进门一见其态，早已魄飞魂散。"④这是隐喻多姑娘家就是藏污纳垢的肮脏之处。

而晴雯是个什么样的人？心比天高，性情直烈，她虽然无依无靠、家境贫寒，却不会像别的小丫头那样偷偷摸摸。论者多以她打骂和赶走坠儿有所非议，殊不知此事从另一面来看也是晴雯的嫉恶如仇和恨铁不成钢，坠儿是她手下的小丫鬟，却偏偏犯了盗窃这样的错，而且偷的还是凤姐手下平儿姑娘的虾须镯，"这会子又跑出一个偷金

---

① 李渔：《李渔全集》，浙江古籍出版社1992年版，第12~13页。
② 曹雪芹著、高鹗续，王希廉、姚燮评：《增评绘图大观琐录·第二卷》，北京图书馆出版社2002年版，第1324页。
③ 曹雪芹：《脂砚斋重评石头记：庚辰本》，人民文学出版社2006年版，第1882页。
④ 曹雪芹：《脂砚斋重评石头记：庚辰本》，人民文学出版社2006年版，第473页。

子的来了。而且更偷到街房（坊）家去了"①。偏偏自己的手下这么不争气，而且还丢人丢到外面去了，晴雯焉得不怒？她虽然和宝玉情投意合，但却不会像袭人等人那样鬼鬼祟祟地与宝玉有肌肤之亲。第31回宝玉要和晴雯一起洗澡，晴雯摇手拒绝以避嫌："罢，罢，我不敢惹爷。还记得碧痕打发你洗澡，足有两三个时辰，也不知道作什么呢。我们也不好进去的。后来洗完了，进去瞧瞧，地下的水淹着床腿，连席子上都汪着水，也不知是怎么洗了，笑了几天。"② 以她这样"直烈"和"自爱"的个性而言，如果不是病得气息奄奄，又没有父母投奔，是断然不会来到多浑虫、多姑娘这对哥嫂家中的。她的哥嫂，一个是极不成器的酒虫，一个是人尽可夫的荡妇。这样的一个环境，即使是放在《红楼梦》之外的现实世界中也是等而下之的肮脏，可是"直烈""自爱"的晴雯却不得不流落到这样的环境中去，而且，甚至还是这个环境"收留"了她，这是何等凄凉悲哀的颠倒。

进而，为了让晴雯和茶能够臻至结构象征上的契合，曹雪芹不惜修改文本，让她与父母离散以使晴雯沦落到这样可悲的境地来见证这个剧烈的颠倒。

有迹象表明，晴雯不仅有父母，而且父母就在府里。第26回小丫头佳蕙对红玉说道：

> 可气晴雯、绮霞他们这几个，都算在上等里去，仗着老子娘的脸面，众人倒捧着他去。你说可气不可气？③（诸本略同）

从佳蕙的话来看，晴雯倒是有"老子娘"在府里撑腰的。而且，佳蕙的话并非孤证，第63回写前来查夜的林之孝家的因为怡红院中主奴之间直呼其名而教训道："这些时我听见二爷嘴里都换了字眼，赶着这几位大姑娘们竟叫起名字来。虽然在这屋里，到底是老太太、

---

① 曹雪芹：《脂砚斋重评石头记：庚辰本》，人民文学出版社2006年版，第1206页。
② 曹雪芹：《脂砚斋重评石头记：庚辰本》，人民文学出版社2006年版，第717～718页。
③ 曹雪芹：《脂砚斋重评石头记：庚辰本》，人民文学出版社2006年版，第585页。

太太的人，还该嘴里尊重些才是……别说是三五代的陈人，现从老太太、太太屋里拨来的，便是老太太、太太屋里的猫儿狗儿，轻易也伤他不的。"①（诸本略同）林之孝家的所指的"几位大姑娘"应该包括晴雯，因为其间出面为宝玉辩白作证的就是她和袭人，而且她俩正是从贾母处拨过来的。张爱玲据此指出："至少晴雯是'三五代的陈人'，荣府旧仆的子孙。"②这和第77回"这晴雯进来时，也不记得家乡父母"以及"目今晴雯只有这一门亲戚，所以出来就在他家"抵牾太甚。然而，如果晴雯的父母是贾府三五代的旧仆之后，那么王夫人也很可能因投鼠忌器而无法逐出晴雯，退一步说，即使晴雯被逐，也很有可能像司棋那样回到父母那里而不必投靠哥嫂，由母亲领回去。她正病着，如果有母亲看护，即使致命，结局也不至于这么凄凉。因此，曹雪芹在第77回不惜推翻第26回和第63回的线索来使晴雯失去父母的庇护。

　　曹雪芹曾经自述对《红楼梦》批阅十载，增删五次，这种精益求精的态度使他的作品经得起大浪淘沙的洗礼而成为涵咏不尽的"味外味"经典。未完的《红楼梦》没能完美地体现大型叙事架构的艺术统一性"结构"（structure），但在晴雯与茶的叙事上，却体现出了奇书文体所特有的段落之间的细针密线问题——"纹理"（texture）③。某些类似情节的重复出现，以"照应"、"映衬"和"伏线"种种艺术手法的综合，构成叙述文章行文紧凑、本意连贯的"小结构"。《红楼梦》确有瑕疵存在，但种种迹象表明这是曹雪芹走向体大思精的痕迹。晴雯与茶的开端和结局，正与古文笔法对"起""结"的要求相通。古文起笔忌平，起句要与"下层层应之""伏下意"。"得体"的结尾又叫作善作"余波"。"古今文每作余波者，一以能足文气，一以能补文意。文气足，则旨趣弥深；文意补，则理法

---

① 曹雪芹：《脂砚斋重评石头记：庚辰本》，人民文学出版社2006年版，第1486页。
② 张爱玲：《红楼梦魇》，北京十月文艺出版社2007年版，第173页。
③ 参见张惠《发现中国古典文论的现代价值——西方汉学家重论中国古代小说独特结构的启示》，载《中山大学学报》2012年第3期，第28～37页。

愈密。此种处最见精神。"① 晴雯与茶的起结，正具有"伏下意""补文意"的功能，是一种精心安排的结构。

明了作者如何以晴雯与茶的三次起结与照应，以小见大，贯穿起全书的整体结构，象征着《红楼梦》中众美的悲惨命运，愈发使我们对《红楼梦》的曲径通幽、博大精深有一唱三叹、不胜低回之感。

第二节　林黛玉与酒：文化、家世与命运的三重面向

在晴雯出场和谢幕之时，茶都或隐或显地伴随在她周围。这些描写，在结构上，是一种照应笔法，也是千红一"哭"由隐到显的层层推进；在象征上，是一种"颠倒"，是理想世界走向幻灭的缩影。此外，《红楼梦》中还有一个人物，同样得到了曹雪芹要眇宜修的深微观照和书写，即林黛玉与酒。

乍一看把林妹妹和酒联系在一起，说不定很多人颇有唐突西子之感，因为尼采在《悲剧的诞生》中是把酒神精神与狂热、过度和不稳定联系在一起的。② 但《红楼梦》中林妹妹确实与酒有着千丝万缕的联系，甚至埋下了日后命运的伏笔。谓予不信，不妨打开手中的《红楼梦》，我们一探究竟。

曹雪芹曾经借酒刻画过林黛玉的性格。在第8回《比通灵金莺微露意　探宝钗黛玉半含酸》中，宝玉要喝冷酒，宝钗赶紧劝道：

> 宝兄弟，亏你每日家杂学旁收的，难到（道）就不知道酒性最热，若热吃下去，发散的就快，若冷吃下去，便凝结在内，以五脏去暖他，岂不受害？从此还不快不要吃那冷的了。③

---

① 李扶九、黄仁黼：《古文笔法百篇》，岳麓书社1984年版，第175页。
② 参见负红阳、杜振虎、吴兴洲主编《中外思想史》，陕西师范大学出版社2013年版，第218页。
③ 曹雪芹：《脂砚斋重评石头记：庚辰本》，人民文学出版社2006年版，第184页。

宝玉听这话大有情理，便放下冷酒，命人暖来方饮。可巧这时黛玉的小丫鬟雪雁走来与黛玉送小手炉，说是紫鹃姐姐怕姑娘冷，特意送来的。黛玉一面接了，一边笑道："也亏你到（倒）听他的话。我平日和你说的，全当耳旁风，怎么他说了你就依，比圣旨还快些！"①

受电视剧影响较深未能细读文本的观众或读者，多因此认定黛玉何等小性儿不近人情，紫鹃好心好意为她着想，黛玉不但不领情多谢，反而讥刺。然而，原文此处明明写道：

　　宝玉听这话，知是黛玉借此奚落他，也无回复之词，只嘻嘻的笑两阵罢了。②

原来此处黛玉只是与宝玉赌气，嗔怪自己天天嘱咐关心宝玉冷酒伤身，宝玉全当耳旁风，怎么宝钗一说却立即遵命，比圣旨还快?!然而，此处的"冷酒"远非单单刻画了林黛玉的灵心慧性。这是一处"草蛇灰线"的伏笔，其余波要远至第54回才显现。

在第54回中，贾母命宝玉道："连你姐姐妹妹一齐斟上，不许乱斟，都要叫他干了。"宝玉听说，答应着，一一按次斟了。至黛玉前，偏他不饮，拿起杯来，放在宝玉唇上边，宝玉一气饮干。黛玉笑说："多谢。"③

黛玉此举极为不妥，一是不遵贾母之命，二是公然在众人面前显示了她和宝玉的亲密。前者是目无尊长，后者已经是非分越礼，两者都是致命的，都显示了她不是大家新妇的合适人选。

不知大家有无注意到，在这一回黛玉让宝玉代饮酒这件事的前后，贾母反复提到了"礼"。在饮酒之前，发现袭人不在，贾母因说："袭人怎么不见？他如今也有些拿大了，单支使小女孩子出来。"王夫人忙起身笑回道："他妈前日没了，因有热孝，不便前头来。"

---

① 曹雪芹：《脂砚斋重评石头记：庚辰本》，人民文学出版社2006年版，第185页。
② 曹雪芹：《脂砚斋重评石头记：庚辰本》，人民文学出版社2006年版，第185页。
③ 曹雪芹：《脂砚斋重评石头记：庚辰本》，人民文学出版社2006年版，第1264页。

贾母听了点头，虽然又笑，其实心中不悦：

> 跟主子却讲不起这孝与不孝。若是他还跟我，难到（道）这会子也不在这里不成？皆因我们太宽了，有人使，不查这些，竟成了例了。①

在饮酒之后，贾母借评女先儿说书批评道：

> 只一见了一个清俊的男人，不管是亲是友，便想起终身大事来，父母也忘了，书礼也忘了，鬼不成鬼，贼不成贼，那一点儿是佳人？便是满腹文章，做出这些事来，也算不得是佳人了。②

袭人为母守孝不在主子跟前伺候、女先儿所说书中的绝代佳人自谋终身大事，以及黛玉让宝玉代饮酒都有一个共性，那就是目无尊长、不遵礼法。

黛玉让宝玉代饮酒时，王熙凤赶紧打了一个岔，笑着对宝玉说："宝玉，别喝冷酒，仔细手颤，明儿写不得字，拉不得弓。"宝玉忙道："没有吃冷酒。"凤姐儿笑道："我知道没有，不过白嘱咐你。"③

要说这次宝玉吃的是暖酒，而且凤姐不但"知道"宝玉没喝冷酒，还特别强调是"白嘱咐"，几乎近于无聊，但这两句实是句句扣着第8回而来。第一句"别喝冷酒，仔细手颤"扣着薛姨妈和宝钗阻止宝玉喝冷酒，第二句"不过白嘱咐你"扣着黛玉"我平日和你说的，全当耳旁风"。

要知道第8回在梨香院薛姨妈的屋子里，黛玉说了讽刺宝玉的话，当时王熙凤根本不在场，那第54回中王熙凤是怎么知道的呢？或者，又是谁告诉她的呢？

---

① 曹雪芹：《脂砚斋重评石头记：庚辰本》，人民文学出版社2006年版，第1259页。
② 曹雪芹：《脂砚斋重评石头记：庚辰本》，人民文学出版社2006年版，第1267页。
③ 曹雪芹：《脂砚斋重评石头记：庚辰本》，人民文学出版社2006年版，第1264页。

黛玉终究会领悟：在贾府这样一个复杂的环境中，她所做的每一件事都在别人的观察之下，也都有可能成为别人的谈资。还不该收敛锋芒吗，还不该谨言慎行吗？

但是一切都太迟了！

在《红楼梦》第25回中，王熙凤为什么会戏谑林黛玉："你既吃了我们家的茶，怎么还不给我们家作媳妇？"① 因为她和贾母那时应该还都是很看好宝黛的。可是在第54回之后，王熙凤还有做过类似的戏谑吗？在第57回中，薛姨妈当着黛玉和众丫头婆子的面提及要去和老太太说给林黛玉和贾宝玉保媒，即使薛姨妈因为有金玉良缘的私心不肯作伐，那么王熙凤为什么也不去保媒呢？揣摩贾母心思深细的王熙凤，对贾母态度的转变，一定是有所察觉的。

在青梅煮酒论英雄时，刘备聪明地掩饰了自己的野心，麻痹了曹操，从而为自己保存了实力，争取了关键的时间，最终得以三分天下。而林黛玉在众人面前让宝玉代饮酒时，却实在是举止失当，可谓自毁长城。

夏志清先生评林黛玉不会为人处世，一味小性、任性，锋芒毕露，希望嫁给宝玉，却不懂也不肯低首下心，以至于最爱她的贾母也移爱宝钗，因此，婚姻不谐和最终病死，都只能说是咎由自取。

> 黛玉最终只能怪自己毁坏了自己的健康和疏远了长辈们最初的爱。②

即使我们不那么苛刻地说林黛玉在很多事情上是咎由自取，但起码在公然让宝玉代饮酒这件事上她确实是大失长辈欢心，甚至可以说是大势已去。

如果说《红楼梦》里和晴雯对应的是一种特别的"枫露茶"，那

---

① 曹雪芹：《脂砚斋重评石头记：庚辰本》，人民文学出版社2006年版，第572页。

② C. T. Hsia. *The Classic Chinese Novel* (New York: Columbia University Press, 1968), p. 290.

么和林黛玉对应的也有一种特别的酒——"合欢花酒"。

《红楼梦》第38回《林潇湘魁夺菊花诗　薛蘅芜讽和螃蟹咏》曾经提到一种特别的"合欢花酒":

> 黛玉放下钓竿,走至座间,拿起那乌银梅花自斟壶来,拣了一个小小的海棠冻石蕉叶杯。丫环看见,知他要饮酒,忙着走上来斟。黛玉道:"你们只管吃去,让我自斟,这才有趣儿。"说着便斟了半盏,看时却是黄酒,因说道:"我吃了一点子螃蟹,觉得心口微微的疼,须得热热的喝口烧酒。"宝玉忙道:"有烧酒。"便令将那合欢花浸的酒烫一壶来。①

《红楼梦》里茶非凡茶,酒非凡酒,这个"合欢花酒"实大有来历。

合欢花酒是风雅的象征,以合欢花入酒,古已有之。据元人龙辅《女红余志》载,唐代贞元进士杜羔,曾因父死母离而"忧号终日",为解其忧,"杜羔妻赵氏每岁端午,取夜合置枕中,羔稍不乐,辄取少许入酒,令婢送饮,便觉欢然。当时妇人争效之"②。到了明代,就有人以合欢枝酿酒。著名医药学家李时珍在《本草纲目》木部第三十五卷"合欢"条中,即著录了酿制"夜合枝酒"的具体配方,并称其为医治中风挛缩的奇效良方。③至清康熙年间,又有人以合欢花叶酿酒,并成为流传于士大夫间的一件雅事。

合欢花酒也是对家世的追念。普鲁斯特曾经在《追忆似水年华》中谈到因一口芳香浓郁、回味无穷的玛德莱娜小点心而唤起的对往事的种种思量和无限怀念:

> 我感到超尘脱俗,却不知出自何因。我只觉得人生一世,荣

---

① 曹雪芹:《脂砚斋重评石头记:庚辰本》,人民文学出版社2006年版,第873~874页。
② 清圣祖敕:《广群芳谱》,商务印书馆1935年版,第85页。
③ 参见李时珍《本草纲目》,山西科学技术出版社2014年版,第917页。

辱得失都清淡如水，背时遭劫亦无甚大碍，所谓人生短促，不过是一时幻觉。①

在此，"合欢花酒"也像玛德莱娜小点心那样，是对故日风华的一种追念。在第38回宝玉"令将那合欢花浸的酒烫一壶来"的旁边，脂批明确指出：

伤哉！作者犹记矮𩣭舫前以合欢花酿酒乎？屈指二十年矣。②

这说明《红楼梦》的作者亲自饮用过这种合欢花酒并念念不忘，这才入书留念。

高士奇在《北墅抱瓮录》中提到"合欢花酒"的酿制：

合欢叶细如槐，比对而生，至暮则两两相合，晓则复开。淡红色，形类篾丝，秋后结荚，北人呼为马缨……采其叶，干之酿以酒，醇酽益人。③

陈廷敬在其诗作《杜遇徐司寇以合欢花叶为酒示余，以方酿成，饮后陶然赋谢》中提到"合欢花酒"的饮用：

黄落庭隅树，封题叶半新。
花应知夏五，酒已作逡巡。
采胜修罗法，香遇曲米春。
嘉名愁顿失，况复饮吾醇。④

---

① 马塞尔·普鲁斯特：《追忆似水年华》，李恒基、徐继曾译，台北联经出版事业股份有限公司2015年版，第90页。
② 曹雪芹：《脂砚斋重评石头记：庚辰本》，人民文学出版社2006年版，第874页。
③ 高士奇：《北墅抱瓮录》，中华书局1985年版，第10页。
④ 《清代诗文集汇编》编纂委员会编：《清代诗文集汇编》，上海古籍出版社2010年版，第152页。

更需指出的是，高士奇字澹人，号江村，为翰林学士，充起居注官，詹事府少詹事，曾与曹雪芹的祖父曹寅唱酬交游。陈廷敬，字子端，号午亭，官至吏部尚书、文渊阁大学士。杜遇徐名臻，官礼部尚书。他们都曾与曹玺、曹寅同朝。曹家很可能通过他们得知合欢花酒的酿制方法。且曹家芷园又确实植有合欢树。曹寅《楝亭诗钞》卷三《晚晴述事有怀芷园》有"庭柯忆马缨"① 诗。据此可考订，《红楼梦》中描述饮合欢花酒的细节，盖纪曹家之史实，并非作者杜撰。

那么，此处为什么给林妹妹喝合欢花酒？因为合欢花有"蠲忿"之效。

林妹妹的外貌袅娜不胜，并有先天不足之症，"两湾（弯）半蹙鹅眉，一双多情杏眼。态生两靥之愁，娇袭一身之病。泪光点点，娇喘微微。闲静时如姣花照水，行动时似弱柳扶风。心较比干多一窍，病如西子胜三分"②。因此，她的多疑多怒，固然和性情敏感有关，亦和体质、病症相辅相成。

嵇康在《养生论》中曾经指出"合欢"的功效——"合欢蠲忿，萱草忘忧。"③ 合欢花有"镇静、催眠"的药理作用，医学上也不乏记载。《医学汇函》中载："主安五脏，利心志，耐风寒，令人欢乐无忧，久服轻身明目。"④《饮片新参》中载："调和心志，开胃，理气解郁，治不眠。"⑤《四川中药志》中载："能合心志，开胃理气，消风明目，解郁。治心虚失眠。"⑥《中草药学试用教材》中载："解郁安神，和络止痛，治肝郁胸闷，忧而不乐，健忘失眠。"⑦ 这些记载均证实合欢花有"安神解郁，理气和胃，清肝明目"的功效，主

---

① 曹寅著、胡绍棠笺注：《楝亭集笺注》，北京图书馆出版社2007年版，第134页。
② 曹雪芹：《脂砚斋重评石头记：庚辰本》，人民文学出版社2006年版，第68页。
③ 戴明扬校注：《嵇康集校注》，人民文学出版社1962年版，第148页。
④ 聂尚恒编撰，傅海燕、马晓燕、季顺欣等校注：《医学汇函》，中国中医药出版社2015年版，第1026页。
⑤ 王一仁主撰：《饮片新参》，千顷堂书局1936年版，第113页。
⑥ 中国科学院四川分院中医中药研究所主编：《四川中药志》（第1册），四川人民出版社1960年版，第690页。
⑦ 江西药科学校革委会编：《中草药学试用教材》，江西新华印刷厂1971年版，第863页。

治忧郁失眠，胸闷食少，因此宝玉拿"合欢花酒"给林妹妹饮用，确实是对症下药。

为什么宝玉给林妹妹喝合欢花酒？合欢花是豆科合欢属，原产于澳大利亚，别名"夜合树""绒花树""鸟绒树"。合欢树叶，昼开夜合，相亲相爱，人们常以合欢花代表忠贞不渝的爱情。合欢花的花语为永远恩爱、两两相对、夫妻好合。

神瑛侍者与绛珠仙草本有木石前盟，故而转生的宝玉与林妹妹相见相亲，情投意合。宝玉在未曾觉悟之时，不仅是他，许多周边的人也以为他们是"天生一对"。凤姐时时、处处、事事揣摩贾母的想法，她所说的"既吃了我们家的茶，怎么还不给我们家作媳妇儿？"便可以反映贾母的意思。小厮兴儿说："将来准是林姑娘定了的。因林姑娘多病，二则都还小，故尚未及此。再过三二年，老太太便一开言，那是再无不准的了。"① 兴儿此番议论，反映的应该是贾府上上下下的舆论氛围。或许众人都认为"将来准是林姑娘定了的"，都认为老太太会做主做这门亲事。所以，宝玉常常不免"存了一段心思"，这杯"合欢花酒"也未尝没有祝祷祈愿之心在内。然而，宝玉的这番心思，林妹妹也未必有福消受。

书中这么写道：

> 黛玉也只吃了一口便放下了。宝钗也走过来，另拿了一支杯来，也饮了一口。②

宝姐姐真的是无心的吗？

在第29回中，黛玉和宝玉吵架，一气之下剪了自己给宝玉做的穿在玉上的穗子。在第35回中，宝钗就命莺儿"打了络子把那个玉络上呢"③。上次是宝钗主动鉴赏"通灵宝玉"，由莺儿点出"玉"

① 曹雪芹：《脂砚斋重评石头记：庚辰本》，人民文学出版社2006年版，第1577页。
② 曹雪芹：《脂砚斋重评石头记：庚辰本》，人民文学出版社2006年版，第874页。
③ 曹雪芹：《脂砚斋重评石头记：庚辰本》，人民文学出版社2006年版，第807页。

"金"是一对;这次宝钗提出打"通灵宝玉"的"玉络子",还说用"金线相配",——"金配玉",宝钗亦黙矣哉!

当然还有元春单单赐了宝玉和宝钗一样的红麝串,而素来雅爱朴素不喜"富丽闲妆"的宝钗这次却立即戴上。宝玉在旁边看着宝钗那雪白的胳膊,不觉动了羡慕之心。他暗暗想道:"这个膀子要长在林妹妹身上,或者还得摸一摸;偏长在他身上,正是自恨没福。"①忽然想起"金玉"一事来,再看宝钗形容,只见脸若银盆,眼同水杏;唇不点而含丹,眉不画而横翠,比黛玉另具一种妩媚风流,不觉又呆了。

在第32回中,袭人向宝钗说起宝玉对穿戴的衣物十分挑剔,"凭着小的大的活计,一概不要家里这些活计上的人作(指专职缝衣工匠)",只要袭人等贴身丫头来制作,而袭人忙得无法顾及。于是,宝钗主动笑道:"你不必忙,我替你作些如何?"②

在第36回中,还写到宝钗主动为宝玉绣肚兜的事,而在生活中、在文学作品里、在爱情文化里,为男子缝衣制鞋,就是示爱的标志。是以此次宝钗特意来分饮"合欢花酒",岂无意哉?!

反而宝玉和黛玉却是不留心的人。

在第63回《寿怡红群芳开夜宴 死金丹独艳理亲丧》中,湘云抽到了"香梦沉酣"的海棠花签,注云:"既云'香梦沉酣',擎此签者不便饮酒,只令上下二家各饮一杯。"湘云拍手笑道:"阿弥陀佛,真真好签!"③ 恰好黛玉是上家,宝玉是下家,二人斟了两杯只得要饮。

再没有哪一次像这样有夫妻合卺的暗示了,但是偏偏:

宝玉先饮了半杯,瞅人不见,递与芳官,端起来便一扬脖。

---

① 曹雪芹:《脂砚斋重评石头记:庚辰本》,人民文学出版社2006年版,第655页。
② 曹雪芹:《脂砚斋重评石头记:庚辰本》,人民文学出版社2006年版,第745~746页。
③ 曹雪芹:《脂砚斋重评石头记:庚辰本》,人民文学出版社2006年版,第1495页。

黛玉只管和人说话，将酒全折在漱盂内了。①

他们常常不是被人打断，就是自己阴差阳错！

不管黛玉是"玉带林中挂"，还是"冷月葬诗魂"，我想，曹雪芹的林妹妹应该确实是死去了。至于宝玉知不知道宝钗在介入他们的爱情时候的所作所为，愿不愿意承认他曾经也对宝钗动过心，其实已经不重要了。

因为此时，他是这么这么地追悔，恨不得在她的灵前把自己的心哭出来；他这才醒悟，原来金钗十二，他却只想要一个人的眼泪，于是决绝地抛弃世人所钦羡的娇妻美妾——宝钗、袭人，于茫茫大雪中夺门而去，哪怕只为一个难摹难追的影子。

他一定非常希望，他当时读懂了林妹妹，也一定非常希望，林妹妹能够消受他的好意，哪怕只是一星半点。所以，他才会不忍琼英闺秀随其埋没，要以血泪哭成此书；他才会心甘情愿地称自己是"侍者"；才会在二十年后仍然深深地怀念，记得林妹妹曾经喝过他忙不迭叫人端来的一杯合欢花酒。

第三节 《红楼梦》中的私房菜与分餐制

《红楼梦》中小厨房的私房菜，不但深刻反映了各人的性情，还包含着"世事洞明皆学问，人情练达即文章"的启悟。

《红楼梦》里探春和宝钗偶然商议了要吃油盐炒枸杞芽，原本只值区区二三十个钱，她们却给了厨娘五百钱。蒋勋先生曾指出，宝钗这是显示自己不公器私用，但是蒋先生亦不无促狭地加上了一句，是不是宝钗尚处于试验期才如此表现呢？曾经额外让小厨房做东西给自己吃的，不止宝钗一人，就如金圣叹所说，在"同于不同处有辨"，曹雪芹通过类似的事件却描摹出三位女孩儿不同的性情。而且深入来

---

① 曹雪芹：《脂砚斋重评石头记：庚辰本》，人民文学出版社2006年版，第1495页。

看，宝钗的做法又确实是其中最高明的。

第一位是司棋。司棋曾经想要一碗炖得嫩嫩的鸡蛋吃，结果遣莲花儿问小厨房去要，却遭到柳嫂子一顿抢白，"今年这鸡蛋短的狠，十个钱一个还找不出来。昨儿上头给亲戚家送粥米去，四五个买办出去，好容易才凑了二千个来。我那里找去？你说给他，改日吃罢"①。与此同时，莲花儿却发现柳嫂子在菜箱里私藏有十来个鸡蛋。司棋不忿，前去大闹，喝命小丫头子动手，"凡箱柜所有的菜蔬，只管丢出来喂狗，大家赚不成"②。小丫头子们巴不得一声，七手八脚抢上去，一顿乱翻乱掷的，把小厨房砸了个稀巴烂。再然后，司棋又谋划让婶娘秦显家的顶替小厨房主管之职，以柳嫂子的女儿五儿涉嫌盗窃为由，火速安排秦显家的顶替柳嫂子的差事。但事与愿违，平儿不想冤屈好人，明察暗访最终将大事化小，小事化无，让柳嫂子回去照旧当差。秦显家的空兴头半天，"送人之物白丢了许多，自己到要折变了赔补亏空"，花了不少钱，却竹篮打水一场空，"连司棋都气了个倒仰，无计挽回，只得罢了"③。

少年时看，一定为司棋的快意恩仇击案不已。然而，过些时日再看，司棋本身就不占理，因为这鸡蛋是司棋额外去要的，并且没有给付分文。鸡蛋虽不是昂贵的东西，但贾府偌大人口，你也去要，我也去要，一个小厨房的厨娘如何承受得来呢？这就可见司棋不能体贴人情了，而且，当这个要求被拒绝后，司棋不但没有反思自己的做法，反而觉得伤了自己身为大丫头的自尊和脸面，因此带人大闹了小厨房，毁坏了许多东西。柳嫂子因为畏惧司棋而不敢不自己赔偿这些损失，看起来是柳嫂子吃了亏，然而柳嫂子心中怨恨否？旁边看热闹的丫头婆子们心中又如何想呢？及至后来，司棋指使亲戚谋夺小厨房主管的职位，可能是希望自己以后要茶要水方便，却不曾想这样做就不仅仅是让柳嫂子损失半年工钱的问题了，而是直接断了人家财路，无

---

① 曹雪芹：《脂砚斋重评石头记：庚辰本》，人民文学出版社2006年版，第1429页。
② 曹雪芹：《脂砚斋重评石头记：庚辰本》，人民文学出版社2006年版，第1433页。
③ 曹雪芹：《脂砚斋重评石头记：庚辰本》，人民文学出版社2006年版，第1448页。

异于与虎谋皮，到了这一步，柳嫂子心中又焉能不恨乎？是以无怪乎司棋事败被赶出大观园之际，落得如此下场了：

> 司棋因又哭告道："婶子大娘们，好歹略徇个情儿，如今且歇一歇，让我到相好的姊妹跟前辞一辞，也是我们这几年好了一场。"周瑞家的等人皆各有事务，作这些事便是不得已了，况且又深恨他们素日大样，如今那里有工夫听他的话，因冷笑道："我劝你走罢，别拉拉扯扯的了。我们还有正经事呢。谁是合你一个衣包里爬出来的，辞他们作什么，他们看你的笑声还看不了呢。你不过是挨一会是一会罢了，难道就算了不成！依我说快走罢。"一面说，一面总不住脚，直送出角门子去。司棋无奈，又不敢再说，只得跟了出来。①

第二位是林黛玉。她宁烦侍女，不累他人："那粥该你们两个自己熬了，不用他们厨房里熬才是……我倒不是嫌人家腌臢。只是病了好些日子，不周不备，都是人家，这会子又汤儿粥儿的调度，未免惹人厌烦。"② 以林氏谨慎敏感的个性，她未尝不知人情世故。她对宝钗说："你看这里这些人，因见老太太多疼了宝玉和凤丫头两个，他们尚虎视眈眈，背地里言三语四的，何况于我？况我又不是他们这里正经主子，原是无依无靠投奔了来的，他们已经多嫌着我了。如今我还不知进退，何苦叫他们咒我？"③ 她甚至也不是不愿花钱，当宝钗差婆子给她送燕窝来时，她"命人给他几百钱，打些酒吃，避避雨气"④。然而，一个人的天性是很难改变的，就算勉强做了出来，自己也觉得不自然，接受的人也不舒服。所以林妹妹就尽量地不麻烦别人，于是除了最亲近的人，她和外界的接触越来越少，既不能从外界

---

① 曹雪芹：《脂砚斋重评石头记：庚辰本》，人民文学出版社2006年版，第1868页。
② 曹雪芹：《程甲本红楼梦》，沈阳出版社2006年版，第2410～2411页。
③ 曹雪芹：《脂砚斋重评石头记：庚辰本》，人民文学出版社2006年版，第1041～1042页。
④ 曹雪芹：《脂砚斋重评石头记：庚辰本》，人民文学出版社2006年版，第1050页。

得来有用的信息，也使外界的中伤变得没有成本——反正林黛玉根本不知道外面发生了什么。

所以相比而言，薛宝钗的做法真的是高明极了。请注意，枸杞芽只需二三十个钱的，宝钗给的是实际价值的十六到二十五倍！就算是加上购买和制作的费用，给予实际价值的三四倍应该也是足足有余了，宝钗为什么要给那么多呢？这应该有在王夫人委托自己理家之际表现"不公器私用"的意味，但是，不越雷池一步不是更好吗？况且，这是探春和她商量了来做的，探春做得不当的地方，比如把大观园竹林、花果等承包给家里的某些老婆子们管理，宝钗立即就指出这可能会让没有取得承包权利的另一批老婆子心生不满，因此建议立下规矩，让取得承包权的老婆子分一部分利润给没有承包权者，从而皆大欢喜。这一次如果是探春先提议，则宝钗的做法很高明，既没有回绝，伤了现在的合伙人和未来的小姑子的面子，又不落得小厨房下人的褒贬。如果是宝钗先提议，则其做法更高明。接驾为何在贾府被一提再提？小厨房下人为何对五百钱的枸杞芽念念不忘？其性质是一样的——因为那是一种非常的隆遇！

古语中说"相由心生"，原是指心地决定长相的，心好就能长得好；但是"相由心生"是不是还有另一重含义呢？想法决定立场，心里觉得某人好，看着他（她）也越来越顺眼了。所以，《红楼梦》要先说宝钗"品格端方"，再说"容貌丰美"，"人多谓黛玉所不及"[①]。君不见贾府中人人不待见的赵姨娘都感念宝钗的好："怨不得别人都说那宝丫头好，会做人，狠大方。如今看起来果然不错。他哥哥能带了多少东西来？他挨门儿送到，并不遗漏一处，也不露出谁薄谁厚。连我们这样没时运的，他都想到了。要是那林丫头，他把我们娘儿们正眼也不瞧，那里还肯送我们东西？"[②] 由此就可知宝钗这次的五百钱绝非无心之举——商人信奉"有钱能使鬼推磨"，可是一位

[①] 曹雪芹：《脂砚斋重评石头记：庚辰本》，人民文学出版社2006年版，第97页。

[②] 曹雪芹：《脂砚斋重评石头记：庚辰本》，人民文学出版社2006年版，第1604～1605页。

成功的商人，绝对会考量成本和收益。五百钱买枸杞芽太多，买好名声又何其太廉！

这和《战国策·燕策一》中以五百金买马骨的做法何其相似，买物哉？买名哉？

《红楼梦》大部分场合用的是合餐，但是同时他们也实行分餐。

一种是天冷之际，凤姐提议让李纨带着宝钗、黛玉、探春等姑娘开个小厨房在大观园中吃饭，不用走到荣国府和长辈们一起吃。

凤姐儿和贾母、王夫人商议说："天又短又冷，不如以后大嫂子带着姑娘们在园子里吃饭一样。等天长暖和了，再来回的跑也不妨。"王夫人笑道："这也是好主意。刮风下雪到（倒）便宜。吃些东西受了冷气也不好，空心走来，一肚子冷风，压上些东西也不好。不如后园门里头的五间大房子，横竖有女人们上夜的，挑两个厨子女人在那里，单给他姊妹们弄饭。新鲜菜蔬是有分例的，在总管房里支去，或要钱，或要东西，那些野鸡、獐、狍各样野味，分些给他们就是了。"贾母道："我也正想着呢，就怕又添一个厨房多事些。"凤姐道："并不多事。一样的分例，这里添了，那里减了。就便多费些事，小姑娘们冷风朔气的，别人还可，第一林妹妹如何禁得住？就连宝兄弟也禁不住，何况众位姑娘。"①

凤姐这个分餐制的提议，体现了凤姐对大观园姊妹的真心疼爱，尤其是对林妹妹的关怀；此外也体现了她的大公无私，因为凤姐并不住在大观园，她提议的分餐制实行之后，李纨可以不用在太婆婆那儿立规矩，众姊妹免了冬日路途上的忍寒受冻，但是她自己并没有从中得到任何好处。

因此贾母喜欢得赞不绝口，贾母道："正是这话了。上次我要说这话，我见你们的大事多，如今又添出这些事来，你们固然不敢抱怨，未免想着我只顾疼这些小孙子孙女儿们，就不体贴你们这当家人了。你既这么说出来，更好了。"因此时薛姨妈、李婶都在座，邢夫

---

① 曹雪芹：《脂砚斋重评石头记：庚辰本》，人民文学出版社2006年版，第1201～1202页。

人及尤氏婆媳也都过来请安，还未过去，贾母向王夫人等说道："今儿我才说这话，素日我不说，一则怕逗了凤丫头的脸，二则众人不伏。今日你们都在这里，都是经过妯娌姑嫂的，还有他这样想的到的没有？"薛姨妈、李婶、尤氏等齐笑说："真个少有。别人不过是礼上面子情儿，实在他是真疼小叔子小姑子。就是老太太跟前，也是真孝顺。"①

另一种是一时兴起，换换花样，比如说《红楼梦》第40回，因为湘云曾经设了螃蟹宴招待大家，因此贾母正和王夫人、众姐妹商议给史湘云还席。

> 宝玉因说道："我有个主意：既没有外客，吃的东西也别定了样数，谁素日爱吃的，拣样儿做几样。也不要按桌坐席，每人跟前摆一张高几，各人爱吃的东西一两样，再一个什锦攒心盒子、自斟壶，岂不别致？"贾母听了，说："很是。"忙命传与厨房："明日就拣我们爱吃的东西作了，按着人数，再装了盒子来，早饭也摆在园里吃。"②

什锦攒心盒子，其实就是攒盒的一种，是盛菜、果的盘盒，因为分许多格子，都攒向中心，所以叫作"攒心盒子"。

林语堂最喜欢的《浮生六记》中的芸娘曾经设计过类似的食盒：

> 芸为置一梅花盒：用二寸白磁深碟六只，中置一只，外置五只，用灰漆就，其形如梅花，底盖均起凹棱，盖之上有柄如花蒂。置之案头，如一朵墨梅覆桌；启盖视之，如菜装于瓣中，一盒六色。③

---

① 曹雪芹：《脂砚斋重评石头记：庚辰本》，人民文学出版社2006年版，第1203～1204页。
② 曹雪芹：《脂砚斋重评石头记：庚辰本》，人民文学出版社2006年版，第903页。
③ 沈复：《浮生六记》，甘肃人民出版社2010年版，第29页。

言及此，又牵涉《红楼梦》中的一个饮食规矩，也就是吃饭时儿媳妇、孙媳妇要站着伺候太婆婆、婆婆。在第3回中，林黛玉进贾府后，当她去拜见贾政之时，贾政斋戒去了，黛玉正在和王夫人话家常，有丫鬟来回："老太太那里传晚饭了。"① 王夫人忙携了黛玉，往贾母院中去。但是，王夫人并不在贾母处吃饭，为何要忙忙赶去？她们进入房门后，已有多人在此伺候，"见王夫人来了，方安设桌椅。贾珠之妻李氏捧饭，熙凤安箸，王夫人进羹。贾母正面榻上独坐"②。甲戌本中，脂砚斋在此处所作的批注道破疑窦——"不是待王夫人用膳，是恐使王夫人有失侍膳之理耳！"③ 因此，王夫人急忙赶去是为"侍膳"，亲自为婆婆进羹。这是媳妇必须对婆婆表达的孝顺之心。

在第43回中，贾母特意给王熙凤凑份子过生日，满府的人都来了，薛姨妈和贾母对坐，邢夫人、王夫人只坐在房门前两张椅子上，宝钗姊妹坐在炕上，就连赖嬷嬷等几个年老的家人，也被安排了一个小杌子，但是尤氏和凤姐儿，却只能在地上站着。在太婆婆和婆婆面前，她们只有站着的份儿。邢夫人和王夫人因为年龄也不小了，又有儿媳妇在跟前，才额外被安排了一个房门前的椅子，以表示和婆婆的差异。但是，尤氏和王熙凤、李纨妯娌，就只有站着的资格了。

举办螃蟹宴的时候，上面一桌，有贾母、薛姨妈、宝钗、黛玉、宝玉；东边一桌，有史湘云、王夫人、三春；西边一桌，是李纨和凤姐的，却是虚设座位，二人皆不敢坐。这还是因为是史湘云请客，所以给二人设了虚位。在第40回中，贾母摆宴大观园的时候，贾母带着宝玉、湘云、宝钗、黛玉一桌，王夫人带着迎春姐妹一桌，刘姥姥傍着贾母一桌。李纨和凤姐儿呢？没位置！等到贾母等都吃完了，往探春房里闲话去了，李纨和凤姐儿才坐下来吃饭。

在庚辰本中，脂批曾经点出："在刘姥姥眼中，以为阿凤至尊至

---

① 曹雪芹：《脂砚斋重评石头记：庚辰本》，人民文学出版社2006年版，第64页。
② 曹雪芹：《脂砚斋重评石头记：庚辰本》，人民文学出版社2006年版，第64页。
③ 曹雪芹：《脂砚斋甲戌抄阅重评石头记》，沈阳出版社2005年版，第86页。

贵,普天下人独该站着说,阿凤独坐才是。如何今见阿凤独站哉?"①

《红楼梦》中的这种饮食规矩体现了满族习俗。有学者指出,曹家在文化上已是满人而不是汉人了。17世纪,满族人入主中原,汉化日益加深,逐渐发展出一种满汉混合型的文化。这个混合型文化的最显著特色之一便是用已经过时的汉族礼法来缘饰流行于满族间的那种等级森严的社会制度,其结果是使满人的上层社会走向高度的礼教化。所以一般地说,八旗世家之尊礼守法实远在同时代的汉族高门之上。曹雪芹便出生在这样一个"诗礼簪缨"②的贵族家庭中。因此,在《红楼梦》中,我们看到了森严的进餐等级制度。

其一,在满族八旗世家,娶进来的媳妇儿是没地位的。王夫人虽是长辈,王熙凤虽贵为荣国府的大管家,但她们均是媳妇儿,因此也是要站着伺候老祖宗吃饭的。其二,满人习俗,姑奶奶尊贵。《清稗类钞》"风俗类"之"旗俗重小姑"条:"旗俗,家庭之间,礼节最繁重,而未字之小姑,其尊亚于姑,宴居会食,翁姑上座,小姑侧坐,媳妇则侍立于旁,进盘匜、奉巾栉惟谨,如仆媪焉。"③因此,进餐时,黛玉、宝钗和迎探惜三姐妹虽是晚辈,但因为她们是"姑奶奶",而且还是未出阁的姑奶奶——满族姑奶奶尊贵,未出阁尤其尊贵,因此被小心侍奉而安坐泰然。所以几十年后,王夫人依然满怀羡慕地追忆自己的小姑:"只说如今你林妹妹的母亲,未出阁时,是何等的娇生惯养,是何等的金尊玉贵,那才像个千金小姐的体统。如今这几个姊妹,不过比别人家的丫头略强些罢了。"④

那么,旗俗为什么如此重小姑呢?那是因为未出嫁的大姑娘有可能被选为妃,一旦中选,将成为整个家族的荣耀。《清稗类钞》"礼制类"之"选后"条指出:"盖旗女未出室,与父母坐,辄右女而左

---

① 曹雪芹:《脂砚斋重评石头记:庚辰本》,人民文学出版社2006年版,第892页。
② 余英时:《曹雪芹的反传统思想》,见《红楼梦的两个世界》,上海社会科学院出版社2002年版,第202页。
③ 徐珂:《清稗类钞·第五册目录·风俗类·旗俗重小姑》,中华书局2010年版,第2212页。
④ 曹雪芹:《脂砚斋重评石头记:庚辰本》,人民文学出版社2006年版,第1771~1773页。

父母。殊似西礼。惟西礼待女以宾，旗礼为备充后庭，不相同耳。"①这种说法有《清宫遗闻》卷二"记满洲姑奶奶"和末代皇帝溥仪的自传予以佐证。《清宫遗闻》指出："旗人家族习惯，皆以未字之幼女为尊。虽其父母兄嫂，亦皆尊称之为'姑奶奶'……旗人男称'爷'，女称'奶'，乃极尊贵之名称；亦有称姑娘为爷者，是雌而雄矣。但未字之女最尊，若出嫁后则又等闲视之，不知何故。或云幼女未字时，有作皇后太后之希望，是或然欤？"

溥仪在其自传《我的前半生》中谈道："据说旗人姑娘在家里能主事，能受到兄嫂辈的尊敬，是由于每个姑娘都有机会选到宫里当上嫔妃。"②

张爱玲《红楼梦魇》之"五详红楼梦"总结了女儿落座、媳妇伺候的玄机："满人未婚女子地位高于已婚的，因为还有入宫的可能性。因此书中女儿与长辈一桌吃饭，媳妇在旁伺候。"③

---

① 徐珂：《清稗类钞》，中华书局2010年版，第484页。
② 爱新觉罗·溥仪：《我的前半生》，东方出版社2007年版，第28页。
③ 张爱玲：《红楼梦魇》，北京十月文艺出版社2007年版，第337页。

第二章 《红楼梦》中的医学文化

第一节　从中医情志角度立体解读林黛玉

在社会节奏加速、生存压力骤增的当今社会，因情志异常引起的情志病业已成为多发病。而且，情志不仅由外物对个体的影响所引起或转换，亦可由体内变化所产生。大多数研究只关注到心理对身体的影响，很少考虑到身体反过来所引起的心理变化。

林黛玉在中国是"体弱多病、多愁善感"的代名词，以典型人物林黛玉为例，对现实生活中与个人心身健康密切相关的情志问题加以探讨，不但可以加强现代人对自身疾病防护的反思；也可以更加客观、真实地把握林黛玉言行举止背后的因由，从而开启、加深对人物形象的新认识。

一、黛玉之病究由何起

林黛玉是《红楼梦》的中心人物之一，在对其人物形象的认识上，尽管前贤的探讨至今未有定论，却一直在步步发展。这些不同的视角、各异的观点，均为后来者提供了很好的参考，不断启发、指导着新的研究。

进入 21 世纪以后，有关林黛玉形象心理学角度的研究可谓异彩纷呈。例如，肖君和将林黛玉划分到抑郁质的气质类型中，指出在此基础上受到外界环境影响，其性格中形成了心窄—过敏—多愁善感的病态部分，也就是悲剧部分，而从医学心理学的角度来看，消极情绪损害机体健康，意即性格悲剧导致了黛玉身亡。① 王蒙在《钗黛合一新论——兼论文学人物的评析角度》一文中，用"钟情、忌妒、多

---

① 参见肖君和《试论黛玉悲剧的成因——兼论林黛玉悲剧构成的心理内涵》，载《红楼梦学刊》1986 年第 3 辑，第 69～78 页。

疑、纠缠、惧怕"等词来凸显林黛玉的病态。① 另外，李征简单归纳了林黛玉"高度的情绪易感性"，从侧面佐证了情志角度解读的意义，遗憾的是分析较为表浅，对情绪问题没有进一步挖掘。② 邱江宁则从"原始焦虑"的概念入手，深入挖掘造成林黛玉被焦虑所困扰的一系列原因，并透过她主动退缩、自我反省的消除焦虑方式的选择，分析了她的性格特质。难能可贵的是，作者注意到心理对身体健康的影响，文中提道："林黛玉焦虑以及消除焦虑的过程中，她流的泪越多，她的健康和生命也就被摧残和损耗得越快。"③

综观前贤的研究后可以看出，不论哪个角度的解读，对于林黛玉性格缺陷、心理病态的认识已趋于一致，但大多数论述往往只关注到心理对身体的影响。而事实上，心理的病态会导致身体的损耗，身体的病变也会引发心理的问题，身体对心理的影响是不容小觑的，二者常互为因果、互相深入。

至于中医临床角度的尝试，也不在少数：段振离的《医说红楼》论及林黛玉的主要疾病及用药情况，对相关疾病和药物的常识给予了较为详细的解释。④ 胡献国等人所著的《看红楼说中医》一书谈到黛玉多忧多思是思虑过度的表现。⑤《红楼梦人物医事考》由宋淇、陈存仁共同执笔，分别从文学、医学两方面加以研析。其中，著名医师陈存仁认定黛玉没有"把许多坏的心理因素抛弃一空"，所以"身弱病多"。⑥ 这些探讨角度专业，但总体来看分析较流于空泛，情志讨论基本局限于人物"郁证"一病，表述常有雷同，新意不足，故不

---

① 参见王蒙《钗黛合一新论——兼论文学人物的评析角度》，载《上海文学》1992年第2期，第72～75页。
② 参见李征《还泪绛珠，葬花情种——林黛玉人格浅析》，载《神州文学》2011年第14期，第5页。
③ 邱江宁：《从焦虑角度比较分析潘金莲与林黛玉两个艺术形象》，载《红楼梦学刊》2005年第5期，第132～151页。
④ 参见段振离《医说红楼》，新世界出版社2003年版。
⑤ 参见胡献国、胡爱萍、孙志海《看红楼说中医》，山东画报出版社2006年版，第234页。
⑥ 参见陈存仁、宋淇《红楼梦人物医事考》，广西师范大学出版社2006年版，第158页。

再赘述。

李姝淳在《〈红楼梦〉人物的情志病解读》中，从秦可卿的羞郁交缠、林黛玉的悲郁自怜、贾宝玉的情迷意痴、妙玉的凡心妄动、凤姐的机关算尽五个方面来浅析人物的情志病。① 此篇联系文本，严谨论证。然欠缺之处也较明显：首先，就病论病，缺乏思辨深度；其次，作者将中医情志理论局限在了七情五志范围内，等于将问题简单化了。

在人物形象研究成果的基础上，通过鲜见的中医情志角度，以及对心身问题的重新审视，运用情志良、劣、常、异对比分析法，更客观、真实地把握人物言语举止背后的因由，从而更好地解读作品和人物的固有内涵。

家喻户晓、经久不衰的《红楼梦》在极具文学价值的同时，无论在人物塑造还是情节设计方面，都巧妙融入了相当丰富和堪称专业的医学内容，故问世200余年来，在医学范围尤其是西医角度的探讨不乏其人。然而，《红楼梦》最早的抄本出现在清乾隆甲戌年（1754），其时，西医尚未大规模涌入，中医仍在中国人的日常医疗中占据着不可或缺的位置。对《红楼梦》的解读应该尽量以成书时代的礼仪规范、价值取向，人物所处的阶级身份为考量基础，面对与当代医疗环境明显有别的文本事实，借助中医理论知识去分析阐述，明显更加贴合小说背景及人物特点。

与此同时，毋庸置疑的是，中医理论根植于中国传统文化，很多概念发源于中国古代人文哲学。例如，中医普遍遵循由南宋医家陈无择在《三因极一病证方论》中所归纳的"喜、怒、忧、思、悲、恐、惊"之"七情"说②，明代张景岳在《类经》中提及"情志九气"和"情志病"，③ "情志"自此明确被载入中医文献并开始相合而用。

---

① 参见李姝淳《〈红楼梦〉人物的情志病解读》，载《辽宁中医学院学报》2003年第5卷第3期，第294～295页。
② 参见陈言（无择）《三因极一病证方论》，人民卫生出版社1983年版，第19页。
③ 参见张介宾《类经》，中国中医药出版社1997年版。

事实上,"情志"一词最初见于东汉诗句"荡涤放情志,何为自结束"①,取"感情志趣"之意。所谓"情",早期多以"人之欲"来解释,最初也常以"志"为"情",像《左传》称"好乐喜怒哀恶"为"六志"。但在漫长的时间推移中,"情""志"的含义逐渐深化,《礼记》中出现"喜怒哀惧爱恶欲""'七情'之说已然定调,后世沿用至今"②。迨至清代,"情"已转意为"心之动","志"与"情"相关的义项是"标志、旗帜",用以表达"情"的外显。

人文概念应用于中医领域后不可避免会加入更多的医学内涵:"情"被指为内心体验,主要发生在机体生理需要得到满足或因外物影响而致心动时,系主观感受到、意识到的情绪状态;"志"仍表示为外显反应,体现在心有所动,情绪发生内心体验时,即"情"之表,包括面部、语声及姿态的表情;"情志"归属有关"情绪"的心理活动。③ 概括来说,"情志"即"内情外志",表示人对外在环境变化及内在生理需求所产生的内心体验及相应的外显表现,是中医学对现代心理学情绪包括情感的特指。这与余国藩所论证的"情志双方都同意所指乃主体性及其外现的情况"④ 相一致。"情"在明清时期已成为世俗文学的一大主题,《红楼梦》更达到论"情"的巅峰。若从医学角度切入,会发现书中出现的疾病,大到痘疹⑤、小月⑥,小至风寒⑦、腹泻⑧,极为多种多样,但是,这些病症大多都具有一个共通性,那就是与情志相关。举例言之,贾宝玉经大惊大恐而发癫狂;王熙凤因思虑多怒而生崩漏;贾瑞由于思念太过、所欲不得出现遗精;香菱则因恼怒怨恨、肝气郁滞导致闭经;如此等等,不一而

---

① 隋树森:《古诗十九首集释》,中华书局香港分局1975年版,第18页。
② 余国藩著、李奭学译:《重读石头记:〈红楼梦〉里的情欲与虚构》,台北城邦文化事业股份有限公司2004年版,第112页。
③ 参见乔明琦、张惠云《中医情志学》,人民卫生出版社2009年版,第26~28页。
④ 余国藩:《重读石头记:〈红楼梦〉里的情欲与虚构》,李奭学译.台北城邦文化事业股份有限公司2004年版,第121页。
⑤ 曹雪芹:《脂砚斋重评石头记:庚辰本》,人民文学出版社2006年版,第471页。
⑥ 曹雪芹:《脂砚斋重评石头记:庚辰本》,人民文学出版社2006年版,第1283页。
⑦ 曹雪芹:《脂砚斋重评石头记:庚辰本》,人民文学出版社2006年版,第1197页。
⑧ 曹雪芹:《脂砚斋重评石头记:庚辰本》,人民文学出版社2006年版,第949页。

足。这么多情志问题齐聚文本，无疑是作者通过医学书写的方式验证开篇的"大旨谈情"①并非虚言。

二、情志致病：不良情志对身体的反噬

林黛玉的体弱多病、多愁善感与生俱来是无须多言的共识。《红楼梦》第1回告诉读者，黛玉前世是"西方灵河岸上三生石畔"的一株"绛珠草"②，诚如脂批所言，"草胎卉质，岂能胜物耶"③，既是草木之体化身的"草木之人"④，自幼姣怯纤细、屡弱单薄，何况"脱却草胎木质"却"仅修成个女体"，⑤更注定先天不足之质。而且，下世为人就是要以"一生所有的眼泪"偿神瑛侍者灌溉之情，恩情未报的黛玉难免天生"五内便郁结着一段缠绵不尽之意"⑥。同时，根据"人性虽同，禀气不能无偏重。有得木气重者，则恻隐之心常多，而羞恶、辞逊、是非之心，为其所塞而不发"⑦的理论，可以进一步推断黛玉确实还具有"孤高自许，目无下尘"⑧的禀气偏颇。这样看来，作者藉由一则看似邈远虚幻实则精心安排的前世神话，不仅勾勒了林黛玉"草胎木质"⑨的天性与气质，暗示着泪水承载的本质，而且预示出她以泪偿情、为情所困的今生。

此生的起初，林黛玉也曾被父母"爱如珍宝"，且因"聪明清

---

① 曹雪芹：《脂砚斋重评石头记：庚辰本》，人民文学出版社2006年版，第8页。
② 曹雪芹：《脂砚斋重评石头记：庚辰本》，人民文学出版社2006年版，第10页。
③ 曹雪芹著、脂砚斋评、邓遂夫校订：《脂砚斋重评石头记甲戌校本》，作家出版社2008年版，第116页。
④ 曹雪芹：《脂砚斋重评石头记：庚辰本》，人民文学出版社2006年版，第653页。
⑤ 参见曹雪芹《脂砚斋重评石头记：庚辰本》，人民文学出版社2006年版，第10页。
⑥ 曹雪芹：《脂砚斋重评石头记：庚辰本》，人民文学出版社2006年版，第10页。
⑦ 朱熹：《朱子语类》，收入《朱子全书》第十四册，上海古籍出版社2010年版，第205页。
⑧ 曹雪芹：《脂砚斋重评石头记：庚辰本》，人民文学出版社2006年版，第97页。
⑨ 曹雪芹：《脂砚斋重评石头记：庚辰本》，人民文学出版社2006年版，第10页。

秀"得以"假充养子",能够读书识字①,但很快就"上无亲母教养,下无姊妹兄弟扶持"②,只得早早离家,依亲度日,过不多久连父亲也撒手人寰,从而成为真正的孤女。即使日后得到贾母疼宠及宝玉爱护,但毕竟经历幼失怙恃、背井离乡的家庭变故和骤变境遇,所受的精神创伤必将化为难解哀愁深植黛玉内心。以致宝玉初见黛玉就察觉她"眉尖若蹙",从而送字"颦颦"③,这似乎喻示着忧苦感伤的愁绪会如烙印般伴随黛玉一生。后文宝玉看到《桃花行》一篇,笃定"林妹妹曾经离丧,作此哀音"④可为验证。因此,余国藩在《孤女的奋斗》中说:"小说显然肯定黛玉幼失爹娘,游丝独飐,才是她诸绪烦心、忧戚郁结、苦难不曾或离的原因。"⑤

当然,林黛玉绝不是《红楼梦》中唯一的孤女,比如,秦可卿由秦业抱自养生堂,史湘云自幼父母双亡,可是她们一个"风流袅娜"⑥,另一个直爽豁达、为人慷慨。这都表明,在先天气质的主导下,除生活意外和境遇骤变的原因之外,必然还有其他因素在作祟,使得林黛玉情志异常。显而易见的一方面是黛玉人际关系的不良。举例来说,小红在宝钗的诱导下误以为黛玉听去了自己议论贾芸的话,立刻认准她嘴尖心细,有走漏风声的可能,这时,简单一句"若是宝姑娘听见,还到(倒)罢了"⑦,将宝黛二人推向人际印象的对立面。事实上,"林黛玉自在荣府以来,贾母万般怜爱",与宝玉之间也"言和意顺,略无参商",直到突然来了个薛宝钗,立即凸显她的不得人心——"人多谓黛玉所不及""比黛玉大得下人之心""便是那些小丫头子们,亦多喜与宝钗去顽""因此黛玉心中便有些悒郁不

---

① 参见曹雪芹《脂砚斋重评石头记:庚辰本》,人民文学出版社2006年版,第32页。
② 曹雪芹:《脂砚斋重评石头记:庚辰本》,人民文学出版社2006年版,第51页。
③ 曹雪芹:《脂砚斋重评石头记:庚辰本》,人民文学出版社2006年版,第68页。
④ 曹雪芹:《脂砚斋重评石头记:庚辰本》,人民文学出版社2006年版,第1672页。
⑤ 余国藩著、李奭学译:《重读石头记:〈红楼梦〉里的情欲与虚构》,台北城邦文化事业股份有限公司2004年版,第318页。
⑥ 曹雪芹:《脂砚斋重评石头记:庚辰本》,人民文学出版社2006年版,第120页。
⑦ 曹雪芹:《脂砚斋重评石头记:庚辰本》,人民文学出版社2006年版,第612页。

忿之意"①。

　　正如前文所述，黛玉禀情而生，在对"情"孜孜不倦的追求路上她备尝艰辛，不免因而烦恼丛生。换言之，这种对"情"的求而不得、欲求不遂，正是导致她情志异常的另一方面的因素。初入贾府时，黛玉年纪尚幼，却知道"步步留心，时时在意，不肯轻易多说一句话，多行一步路，惟恐被人耻笑了他去"②。亦懂得迅速依贾府之式将家中习惯一一改过。这表面"写黛玉自幼之心机"③是不错，实则挑明"黛玉平生之心思过人"④。试想一个人若不够聪明敏感，是无法及时、准确洞察人情世故的。中医心身医学认为，"精神心理方面存在着个体差异""个体的心理特性也影响着身心健康"⑤。由于林黛玉过度敏感、多疑多虑，最终情志失常影响了健康。这一症结，张爱玲早就一语道破："黛玉太聪明了，过于敏感，自己伤身体。"⑥脂批也感叹："代（黛）玉一生是聪明所悮（误）。"⑦

　　具体而言，首先，对于亲情的缺失，黛玉一直未能释怀，日常有意无意总是感触良多。例如，她自觉受了委屈，却马上回思"到底是客边。如今父母双亡，无依无靠""认真淘气，也觉没趣……一面又滚下泪珠来"⑧。她看到大家去探望挨打的宝玉，又"想起有父母的人的好处来，早又泪珠满面"，紫鹃好心催着她吃药，她倒要反问一句："只是催，我吃不吃，管你什么相干。"如此还不够，她还自怜薄命胜于崔莺莺："今日林黛玉之命薄，一并连孀母弱弟俱无。"⑨宝钗送给众姐妹土物，也唯有黛玉"反自触物伤情"，想到"父母双

---

① 曹雪芹：《脂砚斋重评石头记：庚辰本》，人民文学出版社2006年版，第97~98页。
② 曹雪芹：《脂砚斋重评石头记：庚辰本》，人民文学出版社2006年版，第52页。
③ 曹雪芹：《脂砚斋甲戌抄阅重评石头记》，沈阳出版社2005年版，第69页。
④ 曹雪芹：《脂砚斋甲戌抄阅重评石头记》，沈阳出版社2005年版，第88页。
⑤ 何裕民：《中医心理学临床研究》，人民卫生出版社2010年版，第71页。
⑥ 张爱玲：《红楼梦魇》，香港皇冠出版社有限公司1992年版，第329页。
⑦ 曹雪芹：《脂砚斋重评石头记：庚辰本》，人民文学出版社2006年版，第495页。
⑧ 曹雪芹：《脂砚斋重评石头记：庚辰本》，人民文学出版社2006年版，第602~603页。
⑨ 曹雪芹：《脂砚斋重评石头记：庚辰本》，人民文学出版社2006年版，第788页。

亡，又无兄弟，寄居亲戚家中""不觉的又伤起心来了"①。这种黯然神伤、"哭哭啼啼"，正如紫鹃的提醒，是"遭蹋了自己身子"②，长此以往，本就单薄孱弱的身体怎么可能好呢？

其次，对于爱情，黛玉的敏感表现得更为强烈。金锁和金麒麟的存在，使得宝钗、湘云一度成为黛玉感情的假想敌，使得黛玉心中长期横亘着"金玉良姻"③心结，每每患得患失。伶牙俐齿的她经常忍不住讥讽，"亏在那里绊住，不然早就飞了来了"④，"他在别的上还有限，惟有这些人带的东西上越发留心"⑤，"他不会说话，他的金麒麟会说话"⑥。她嘲讽宝玉"只是见了'姐姐'，就把'妹妹'忘了"⑦，也气恼宝玉"又拿我作情，到（倒）说我小性儿"⑧。这其中固然有宝玉"情不情"⑨的不是，结果却终归是黛玉自食苦果，难过动气，耗神伤身。

《金寡妇贪利权受辱 张太医论病细穷源》中，对秦可卿的病有过一番论述："大奶奶是个心性高强聪明不过的人；聪明忒过，则不如意事常有；不如意事常有，则思虑太过。此病是忧虑伤脾，肝木忒旺……"⑩秦可卿圆融世故，备受疼惜，虽现存于书中的关于她的笔墨并不多，但仅从其死后托梦给凤姐，告诫她"登高必跌重"⑪，并提出对策来看，已知其有过人之处。当时她的主要病症是闭经、不寐，兼有眩晕、自汗、倦怠、纳呆等症，除了张太医的明确诊断外，作者还藉尤氏之口说明："他可心细，心又重""今儿听见有人欺负

---

① 曹雪芹：《脂砚斋重评石头记：庚辰本》，人民文学出版社2006年版，第1597页。
② 曹雪芹：《脂砚斋重评石头记：庚辰本》，人民文学出版社2006年版，第1598页。
③ 曹雪芹：《脂砚斋重评石头记：庚辰本》，人民文学出版社2006年版，第114页。
④ 曹雪芹：《脂砚斋重评石头记：庚辰本》，人民文学出版社2006年版，第449页。
⑤ 曹雪芹：《脂砚斋重评石头记：庚辰本》，人民文学出版社2006年版，第672页。
⑥ 曹雪芹：《脂砚斋重评石头记：庚辰本》，人民文学出版社2006年版，第723页。
⑦ 曹雪芹：《脂砚斋重评石头记：庚辰本》，人民文学出版社2006年版，第654页。
⑧ 曹雪芹：《脂砚斋重评石头记：庚辰本》，人民文学出版社2006年版，第493页。
⑨ 曹雪芹：《脂砚斋重评石头记：庚辰本》，人民文学出版社2006年版，第417页。
⑩ 曹雪芹：《脂砚斋重评石头记：庚辰本》，人民文学出版社2006年版，第229~230页。
⑪ 曹雪芹：《脂砚斋重评石头记：庚辰本》，人民文学出版社2006年版，第270页。

了他兄弟，又是恼，又是气"①，由此道出了秦可卿因思虑、愤怒过极导致的情志异常。情志有良劣常异之分，这里的思虑、愤怒都属劣性情志，具体言之，指"社会生活事件忤其意向，个体出现了愤怒、焦虑、忧伤、恐惧等情志反应者为劣性。劣性情志反应易导致情绪障碍而促发疾病"②。而情志所谓"异"，持续时间太久为其一，反应强度太过为其二。很明显，秦可卿思虑过久、愤怒过极，均为异性情志反应。

张太医的这席话其实同样完全适用于林黛玉。黛玉复杂的病情正与她经年累月的情志不佳大为相关。王太医开出的黑逍遥散方也明确了这一点："六脉弦迟，素由积郁。左寸无力，心气已衰。关脉独洪，肝邪偏旺。木气不能疏达，势必上侵脾土，饮食无味；甚至胜所不胜，肺金定受其殃。气不流精，凝而为痰；血随气涌，自然咳吐。理宜疏肝保肺，涵养心脾。虽有补剂，未可骤施。姑拟'黑逍遥'以开其先，后用'归肺固金'以继其后。不揣固陋，候高明裁服。"③

与此同时，欧丽娟指出："林黛玉是一个被读者充分理想化而受到极度怜悯与包容的角色，因此在阅读与诠释上所呈现的'扁平化'倾向尤其明显。"④ 她同时引用夏志清的话说明："这样一种形象是对一个复杂性格的明显的简单化。"⑤

的确，林黛玉的相关讨论经久不衰，且新意层出，不断深入，足以说明其人物形象的复杂和深刻。无论是遵循传统观念将林黛玉看作"令人荡魂摄魄的天仙""优雅娇弱的美女""才情横溢的诗人"⑥，还是依从情志角度看到她的"心较比干多一窍，病如西子胜三分"⑦，

---

① 曹雪芹：《脂砚斋重评石头记：庚辰本》，人民文学出版社 2006 年版，第 221 页。
② 何裕民：《中医心理学临床研究》，人民卫生出版社 2010 年版，第 88 页。
③ 曹雪芹：《程甲本红楼梦》，沈阳出版社 2006 年版，第 2301 页。
④ 欧丽娟：《红楼梦人物立体论》，台北里仁书局 2006 年版，第 51 页。
⑤ 夏志清：《中国古典小说史论》，胡益民等译，江西人民出版社 2001 年版，第 287 页。
⑥ 夏志清：《中国古典小说史论》，胡益民等译，江西人民出版社 2001 年版，第 287 页。
⑦ 曹雪芹：《脂砚斋重评石头记：庚辰本》，人民文学出版社 2006 年版，第 68 页。

只要是流于单一刻板的研究，纵使换了新的角度也难免片面。

换句话说，如果只看到前期的林黛玉因为人格气质的先天倾向及少失怙恃的孤独、寄人篱下的压力、感情无着的恐惧等诸多原因致使其自身多有劣性情志反应，而看不到后期的林黛玉因为打开心扉而呈现欢乐、喜悦的良性情志的话，那么对人物的认知一定也有失偏颇。

其实，在第45回《金兰契互剖金兰语　风雨夕闷制风雨词》中，钗黛冰释前嫌，"竟更比他人好十倍"①，黛玉藉由此番握手言和破除自我孤绝，将友好善意扩充到更广范围。于是，"天性喜散不喜聚"② 的林黛玉，终于逐渐开阔心胸，广泛接纳，几乎丢弃旧我，与前判若两人：比如黛玉待宝琴"直是亲姊妹一般"，也因此得到宝琴"亲敬异常"的回报③。而从宝钗的话"他喜欢的比我还疼呢，那里还恼"④ 里，我们也不难看出黛玉不再是随意气恼的促狭小姐，而是心境逐渐平静、和谐的贵族千金。

王太医在拟黑逍遥散方时，与紫鹃有过这样一段对话：

"这病时常应得头晕，减饮食，多梦。每到五更，必醒个几次；即日间听见不干自己的事，也必要动气，且多疑多惧。不知者疑为性情乖诞，其实因肝阴亏损，心气衰耗，都是这个病在那里作怪。不知是否？"紫鹃点点头儿，向贾琏道："说的很是。"⑤

这段话透露出一条重要讯息，情志不仅由客观事物对个体的影响所引起或转换，而且尚可由体内变化所产生。⑥

这就是前面谈到的屡被忽视的一点，即身体问题会反过来引起心理变化。外在表达的根本属性，以及情志反应伴随的生理和行为的变

---

① 曹雪芹：《脂砚斋重评石头记：庚辰本》，人民文学出版社2006年版，第1137页。
② 曹雪芹：《脂砚斋重评石头记：庚辰本》，人民文学出版社2006年版，第711页。
③ 参见曹雪芹《脂砚斋重评石头记：庚辰本》，人民文学出版社2006年版，第1137～1138页。
④ 曹雪芹：《脂砚斋重评石头记：庚辰本》，人民文学出版社2006年版，第1137页。
⑤ 曹雪芹：《程甲本红楼梦》，沈阳出版社2006年版，第2300页。
⑥ 参见乔明琦、张惠云《中医情志学》，人民卫生出版社2009年版，第37页。

化,决定了情志必然涉及生理系统,也就是说,生理和心理是不可二分的。从情志的观点出发,身体的疾病严重到一定程度或者某些与情志密切相关的脏腑,如肝脏发生病变时,个人的情志会发生异常改变,而不由个人所控制,所以《红楼梦》第83回中提到"不知者疑为性情乖诞",其实"都是这个病在那里作怪"。

就在王太医诊病之前,黛玉正遭遇了这么回事。探春、湘云前来探病,刚要走时,忽听外面一个婆子管教外孙女,黛玉听了"竟像专骂着自己的",委屈莫名,"肝肠崩裂,哭晕过去了"①。探春就笑问:"想是听见老婆子的话,你疑了心了么?"② 在旁人贴不上也犯不着的区区一件平常小事上,黛玉表现得如此失常失态,这并非心窄多疑那样简单。如果结合前面所述,黛玉已经成长转变,虽然本性难以全改,也断不至于小性儿到这种地步,所以这种情志异常也是由她当时"肝阴亏损,心气衰耗"③ 的病态所致。

湘云曾经告诉翠缕:"花草也是同人一样,气脉充足,长的就好。"④ 这话看似朴素,其实非常有道理。试想一个人血脉不通,必然一样会"长得不好",这"不好"包括身体疾病的外在表征,但这表征中其实也包含着同样显诸于外却容易为人所忽略的情志变化。人的异常情志反应本身就是一种病态,当情志的病态波及身体,久而久之,造成身体的疾病时,疾病就会反过来束缚情志的表达。鉴于此,我们再回看上述探病情节中,黛玉心中暗想的居然是"况且我不请他们,他们还不来呢"⑤,只有体会到此番不可理喻的心理活动亦源于其身体的变化,才可能更加公正、深入地解读林黛玉,而不至于凭此抹杀人物的成长,误读人物的性格。

《儒林外史》中最为世人熟知的《范进中举》故事,实际暗合了简朴、多重的情志原则。范进潦倒半生,突然高中,随即言行失常,

---

① 参见乔明琦、张惠云《中医情志学》,人民卫生出版社2009年版,第2291页。
② 参见乔明琦、张惠云《中医情志学》,人民卫生出版社2009年版,第2293页。
③ 参见乔明琦、张惠云《中医情志学》,人民卫生出版社2009年版,第2300页。
④ 曹雪芹:《脂砚斋重评石头记:庚辰本》,人民文学出版社2006年版,第724页。
⑤ 曹雪芹:《程甲本红楼梦》,沈阳出版社2006年版,第2288页。

"原来新贵人欢喜疯了"①。这是情志过极而致病的案例中典型的"喜伤心"类型，由于喜在志为心，心本藏神，大喜过望令心气过度耗损，以致心神涣散、功能失调，故而小说中说"他只因欢喜狠了，痰涌上来，迷了心窍"②。胡屠户这时的一巴掌就是"以情胜情"——范进素来对胡屠户的惧怕为恐之一，突如其来的巴掌为恐之二，"该死的畜生！你中了甚么？"③的恐吓为恐之三，三管齐下，以恐胜喜，范进果然"眼睛明亮，不疯了"④。

在《人亡物在公子填词 蛇影杯弓颦卿绝粒》一回，也有同样值得一探究竟的以情胜情事件。雪雁将宝玉定亲之事偷偷说与紫鹃，却被"一腔心事"的黛玉"窃听"到。黛玉立即"如同将身撂在大海里一般"，一时"思前想后""千愁万恨"，无从开解，于是执意自戕，"被也不盖，衣也不添""饭都不吃"，以泪洗面，很快"肠胃日薄"，疑心愈增，"恹恹一息，垂毙殆尽"⑤。"残喘微延"之际，听得定亲"议而未成"，又听见"宝玉的事，老太太总是要亲上作亲的"⑥，顿时"阴极阳生，心神顿觉清爽许多"⑦，居然慢慢"病渐减退"了。雪雁不知就里，以为"病的奇怪，好的也奇怪"，紫鹃知晓病因，故道"病的倒不怪，就只好的奇怪"⑧。

其实，病得不怪，好得也不怪。前文已述情志异常，发不中节，其一是持续过久，其二是情志反应过于强烈。⑨《灵枢·口问》篇云："大惊卒恐，则气血分离，阴阳破败，经络厥绝，脉道不通。"⑩

此处黛玉听到结亲传闻，惊、恐、怒等劣性情志掺杂并激情爆

---

① 吴敬梓：《儒林外史》，人民文学出版社1981年版，第33页。
② 吴敬梓：《儒林外史》，人民文学出版社1981年版，第33页。
③ 吴敬梓：《儒林外史》，人民文学出版社1981年版，第34页。
④ 吴敬梓：《儒林外史》，人民文学出版社1981年版，第34页。
⑤ 曹雪芹：《程甲本红楼梦》，沈阳出版社2006年版，第2476页。
⑥ 曹雪芹：《程甲本红楼梦》，沈阳出版社2006年版，第2480页。
⑦ 曹雪芹：《程甲本红楼梦》，沈阳出版社2006年版，第2482～2483页。
⑧ 曹雪芹：《程甲本红楼梦》，沈阳出版社2006年版，第2483～2484页。
⑨ 参见何裕民《中医心理学临床研究》，人民卫生出版社2010年版，第88页。
⑩ 佚名：《黄帝内经灵枢》，中华书局1991年版，第167页。

发，所以立刻感觉"如同将身撂在大海里一般"①。随即"思前想后""千愁万恨"②，是忧怒悲思合而发之，致使疾病甚笃。黛玉先前经王太医诊断为素有积郁，现在越发"满腔心事，只是说不出来"③，由于情志的过激加速了疾病的进程，宿疾又反过来加重了情志的反应，在情志暴发消散之后，长久的悲忧刺激存留了下来，于是过度的悲忧令正气消散而生诸病，更致意冷心灰，甚至使人悲观厌世，所以黛玉一时之间求死心切。紫鹃所不解的"好的奇怪"④ 就转折在喜胜悲忧的情志反应上，将它看作无意的"冲喜"也不为过，因为正是"议而未成"⑤ 与"非自己而谁"⑥ 的精神喜悦使黛玉解脱了悲伤。

这次离奇的疾病突发与痊愈，引起了众人猜疑，尤其"贾母略猜着了八九"⑦，于是她决意果断主张二玉各自的婚事，以永绝后患。所以，黛玉在身体渐愈、完全没到膏肓之境的情况下，突然从傻大姐嘴中得知"宝二爷娶宝姑娘"，立即"如同一个疾雷"，被劈得"心头乱跳"⑧，这显然是再一次突如其来的强烈情志刺激。但有了不久前的经验，说话的又是个"蠢货"，黛玉故而还可暂时镇定，"略定了定神"⑨ 问个详细。待清楚原委，她"已经听呆了"⑩，首先感受到的是惊，惊则气乱，心无所依，身无所附，不知所措，所以她在心中体验到真正的五味杂陈："竟是油儿、酱儿、糖儿、醋儿倒在一处的一般，甜、苦、酸、咸，竟说不上什么味儿来了。"⑪

黛玉马上又感到了恐惧，由于恐则气下，是以"身子竟有千百斤重的，两只脚却像踩着棉花一般，早已软了"，惊恐交加之下，连

---

① 曹雪芹：《程甲本红楼梦》，沈阳出版社2006年版，第2472页。
② 曹雪芹：《程甲本红楼梦》，沈阳出版社2006年版，第2472页。
③ 曹雪芹：《程甲本红楼梦》，沈阳出版社2006年版，第2475页。
④ 曹雪芹：《程甲本红楼梦》，沈阳出版社2006年版，第2484页。
⑤ 曹雪芹：《程甲本红楼梦》，沈阳出版社2006年版，第2482页。
⑥ 曹雪芹：《程甲本红楼梦》，沈阳出版社2006年版，第2482页。
⑦ 曹雪芹：《程甲本红楼梦》，沈阳出版社2006年版，第2485页。
⑧ 曹雪芹：《程甲本红楼梦》，沈阳出版社2006年版，第2647页。
⑨ 曹雪芹：《程甲本红楼梦》，沈阳出版社2006年版，第2647页。
⑩ 曹雪芹：《程甲本红楼梦》，沈阳出版社2006年版，第2647页。
⑪ 曹雪芹：《程甲本红楼梦》，沈阳出版社2006年版，第2648页。

心也"迷迷痴痴",耳朵"也只模糊听见"①。到了宝玉处,黛玉是怒气丛生,故凡事不理,只管与宝玉"对着脸傻笑",出门时都"不用丫头们搀扶,自己却走得比往常飞快"②了。直到离潇湘馆门不远,一直凭借怒气勉强支撑的黛玉已然肝气上逆,并且血随气上,终于薄厥咯血,"身子往前一栽,'哇'的一声,一口血直吐出来"③,不省人事了。

待黛玉苏醒,她终于醒悟,此前的一场噩梦阴森诡异、荒诞离奇,却是深藏于自己内心深处的潜意识,是以谶语方式提早做出的预告。她已孤绝无援、万念俱灰,于是自我放弃,"焚稿断痴情"④。以情胜情在无意中减缓了她的灭亡,却没有办法阻止她最终的香消玉殒。林黛玉在完成了自我成长的转变之后,仍然没有走出情感困境,反而在内外交困中,扮演着自我沉沦的角色,深陷其中无法自拔,最终走投无路,成全了文学中"情情"⑤的定格。

三、以情胜情:情志治病对当代的启悟

在社会节奏加速、生存压力骤增的当今世界,因情志异常引起的情志病业已成为多发病。以世人最为熟知的抑郁症举例,据世界卫生组织报告表明:典型的以情绪异常为主的抑郁症已跃居心脑血管疾病与肿瘤之前,成为全球排名第一位的疾病。国内研究报告也显示抑郁症及心身疾病的发病率逐年上升。⑥ 而且,显然并不是只有抑郁证才属于情志疾病,情志问题是广泛渗透到各种病变之中的,比如有研究表明,导致胃脘痛的首要因素是恼怒,与肝有关的证型在胃脘痛的常

---

① 曹雪芹:《程甲本红楼梦》,沈阳出版社2006年版,第2648页。
② 曹雪芹:《程甲本红楼梦》,沈阳出版社2006年版,第2652页。
③ 曹雪芹:《程甲本红楼梦》,沈阳出版社2006年版,第2652页。
④ 曹雪芹:《程甲本红楼梦》,沈阳出版社2006年版,第2655页。
⑤ 曹雪芹:《脂砚斋重评石头记:庚辰本》,人民文学出版社2006年版,第417页。
⑥ 参见乔明琦、张惠云《中医情志学》,人民卫生出版社2009年版,第3页。

见证型中占 90.88%。① 中医理论认为，情志不遂，气郁化火，可致肝失疏泄，肝气犯胃则胃脘胀痛。

《红楼梦》中，黛玉在回答"如何不急为疗治"② 这个问题时还原了"癞头和尚"③ 的话："既舍不得他，只怕他的病一生也不能好的了。要好时，除非从此以后总不说许见哭声，除父母之外，凡有外姓亲友之人，一概不见，方可平安了此一世。"④

多方延医，"修方配药，皆不见效"⑤，这表明非得以出家的方式才可化解黛玉的疾病，出家等同于了却情缘，通过斩断情根来治疗的先天不足显然并非身体之疾，而是内心之情。据此可以推测，黛玉的先天不足在身体上表现为气血衰弱、正气不足，其内在根由却应归于情志，她并非不能而是不愿逃脱疾病早夭的命运，她清醒着沉沦于愁海情天。世人在感叹黛玉痴情的同时，并没有个个潇洒跳脱尘网，这正如黛玉的"父母固是不从"⑥ 一样。对于普通人来说，贪恋红尘或尘缘难了，本无可厚非，出世也绝非绝对意义上简单可行的解决之道。所以，在不得不承认感情的精神困境是人类的永恒困境的同时，我们也不得不思考面对它究竟该如何自处。

在《红楼梦》给出的解答中，最贴合实际的莫过于以情胜情。尽管在实际应用中，因为病情的复杂性，情志相胜疗法很多时候或许没有办法达到文学作品中所描述的神乎其神的地步，但是这种以情胜情的思想无疑存在着很大的启迪意义。劣性情志剧烈或长期的刺激，会导致身体状况出现一系列问题，但只要及时调整，便可釜底抽薪，出现的身体症状也将随之不药而愈。反之，如果对情志问题丝毫不关心，则很有可能错过最佳的治疗时机与方式，导致疾病缠绵不愈。聚焦于此，这部伟大的古典文学作品对于现实生活的意

---

① 参见何文彬《"内经"情志致病理论及对后世的影响》，载《浙江中医学院学报》2000年第5期，第18页。
② 曹雪芹：《脂砚斋重评石头记：庚辰本》，人民文学出版社2006年版，第55页。
③ 曹雪芹：《脂砚斋重评石头记：庚辰本》，人民文学出版社2006年版，第55页。
④ 曹雪芹：《脂砚斋重评石头记：庚辰本》，人民文学出版社2006年版，第55页。
⑤ 曹雪芹：《脂砚斋重评石头记：庚辰本》，人民文学出版社2006年版，第55页。
⑥ 曹雪芹：《脂砚斋重评石头记：庚辰本》，人民文学出版社2006年版，第55页。

义原来远不止于文学范畴。

林黛玉拥有以孤傲疏离、感伤自怜为基调的人格气质,又受到境遇骤变、生活意外、人际失衡、欲求不遂等不可避免的主客观因素的影响,长期饱受劣性和异性情志的困扰,自身身体疾病的发生、发展、转归也长期受控于此。然而,作为一个跃然纸上的人物,如同真实存在般,她也一路成长在这样的转变过程里,她的情志问题也因心境的改变而出现过若干转向,甚至呈现峰回路转的趋势。可惜,以情胜情也没能治愈她,当身体的疾病严重到一定程度时,我们可以清晰地看到疾病对情志的反操纵。在有情人生的苦海中,她终究因生无可恋而选择自戕,义无反顾地为情而亡。

笔者之所以选择以"情志"的眼光去看林黛玉,正因为情志不仅塑造了她忧郁、感伤的人格基调,也贯穿了她整个人生,更左右着她的性格、命运以及结局。《红楼梦》所体现出的不可低估的医学性,为人物塑造、情节设置平添了许多丰富和真实;以情为本的文学性则强化了人物的个性与命运。这种文学和医学的水乳交融,使《红楼梦》魅力长存,使林黛玉这样基于人性真实和复杂而写就的古典文学人物,不仅拥有强大的生命力,更对当代现实生活有所启悟。

第二节 医生群像透视出的《红楼梦》版本、悲剧与结构

《红楼梦》作为中国古典四大名著之一,在其几十万字的篇幅中描写了数百个各有特色的人物形象。其中,主要的医者形象有九个,即王太医、张友士、王济仁、胡大夫、胡君荣、毕知庵、王一贴、跛足道人、癞头和尚。作者对这些医者形象以言行刻画为主,虽外貌特征描写不多,但是他们无一例外地在连缀和推动情节发展的过程中发挥着重要的作用。通过对胡庸医、王一贴、王济仁这些医生群像的探讨,我们可以透视《红楼梦》的悲剧主旨与结构之精妙。

一、胡庸医与《红楼梦》的版本与悲剧

关于胡君荣到贾府的医疗活动，书中有两次描写。

第一次是给晴雯看病。第51回写道，晴雯因在一个寒冷的冬夜，"只穿着小袄"跑到室外准备吓唬麝月，"忽然一阵微风，只觉侵肌透骨，不禁毛骨森然"①，次日便觉"鼻塞声重，懒怠动弹"②。宝玉忙命人请来大夫诊治，认为是"外感内滞……吃两剂药疏散疏散就好了"③。宝玉看了药方，认为方子上有麻黄、枳实，是"虎狼药"，"连我禁不起的药，你们如何禁得起"④，遂弃之不用。

第二次是给尤二姐看病。第69回写道，凤姐命人给尤二姐提供的茶饭都是不堪之物，又挑唆秋桐辱骂尤二姐，致使二姐四肢懒动，茶饭不进，渐次黄瘦下去。贾琏命人请王太医，谁知王太医此时也病了。于是，"小厮们走去，便请了个姓胡的太医，名叫君荣"⑤。胡君荣诊视后说是经水不调，全要大补。贾琏说尤二姐三个月没来例假，又常呕酸，恐怕是胎气。胡君荣听了，复又命老婆子请出手来，再看了半日，说："若论胎气，肝脉自应洪大；然木盛则生火，经水不调，亦皆因由肝木所致。医生要大胆，须得请奶奶将金面略露一露，医生观观气色，方敢下药。"⑥贾琏无法，只得命人将帐子掀起条缝，尤二姐露出脸来。胡君荣一见，"魂魄如飞上九天，通身麻木，一无所知"⑦。一时掩了帐子，贾琏陪他出来，问是如何。胡太医道："不是胎气，只是迂（淤）血凝结，如今只以下迂（淤）血通经脉要

---

① 曹雪芹：《脂砚斋重评石头记：庚辰本》，人民文学出版社2006年版，第1193页。
② 曹雪芹：《脂砚斋重评石头记：庚辰本》，人民文学出版社2006年版，第1195页。
③ 曹雪芹：《脂砚斋重评石头记：庚辰本》，人民文学出版社2006年版，第1197页。
④ 曹雪芹：《脂砚斋重评石头记：庚辰本》，人民文学出版社2006年版，第1200页。
⑤ 曹雪芹：《脂砚斋重评石头记：庚辰本》，人民文学出版社2006年版，第1657页。
⑥ 曹雪芹：《脂砚斋重评石头记：庚辰本》，人民文学出版社2006年版，第1657页。
⑦ 曹雪芹：《脂砚斋重评石头记：庚辰本》，人民文学出版社2006年版，第1658页。

紧。"① 于是写了一方，作辞而去。胡君荣告辞之后，"贾琏命人送了药礼，抓了药来，调服下去。只半夜，尤二姐腹痛不止，谁知竟将一个已成形的男胎打了下来。于是血行不止，二姐就昏迷过去"②。

首先，产生争议的是，上文所述的两位医生是否为同一人，对此可从文本情节与版本两个方面来看。

在文本情节方面，第 51 回有文不对题之感。首先，文中只称呼该医生为"大夫"，未提及姓氏，而在回目《薛小妹新编怀古诗　胡庸医乱用虎狼药》中点明为"胡庸医"。其次，文中大夫诊断为："小姐的症是外感内滞，近日时气不好，竟算是个小伤寒。幸亏是小姐素日饮食有限，风寒也不大，不过是血气原弱，偶然沾带了些，吃两剂药疏散疏散就好了。"③ 他所说的也算入情入理，不过是药开得太重，内有枳实、麻黄等猛药，为宝玉所不喜而已。而后王太医诊脉、开药，所说病症与前相仿，只是方子无枳实、麻黄，多了当归、陈皮、白芍等。

由此可见，这位"胡庸医"给晴雯治感冒，只是用药猛烈，但也有可能见效较快。况且晴雯并没有服用，因此究竟是好是坏很难断定，称之为"庸医"未免太过；即便药方用药过重，但斥之"乱用虎狼药"也有不妥。

再看第 69 回，胡君荣先是"诊脉看了"，后"请出手""又诊了半日"，还观了"金面"，却只说"不是胎气，只是迂（淤）血凝结""全要大补"。他所开出的药方竟然将尤二姐的孩子打了下来，导致尤二姐吞金而死。

这位医生连尤二姐的胎气都检查不出，更是对胎儿和淤血分不清，乱开药方，不但人没有治好，还用药把贾琏梦寐以求的儿子活活打了下来，如此用药，真可称"乱用虎狼药"了。"胡庸医乱用虎狼药"这一标题无疑与这段情节更加符合。

---

① 曹雪芹：《脂砚斋重评石头记：庚辰本》，人民文学出版社 2006 年版，第 1658 页。
② 曹雪芹：《脂砚斋重评石头记：庚辰本》，人民文学出版社 2006 年版，第 1658 页。
③ 曹雪芹：《脂砚斋重评石头记：庚辰本》，人民文学出版社 2006 年版，第 1197 页。

为什么第 69 回不提庸医？因为曹雪芹把重点放在了王熙凤弄小巧用借剑杀人，尤二姐觉大限吞金自尽，他那回的批评重点在于王熙凤，所以没有用"庸医虎狼药"的标题喧宾夺主。但是，他有可能对这个标题和理念念兹在兹、实难舍弃，因此用在第 51 回晴雯那里了。

在版本考证方面，按照脂本系统，两处出现的医生是两个人。庚辰本第 69 回描述："小厮们走去，便请了个姓胡的太医，名叫君荣。"① 庚辰本、戚序本、列宁格勒藏本等脂本系统的版本除了些许不影响情节的文字差别外，都是彼此一致的。

按照程本系统，则是同一个人。程甲本描述为："小厮们走去，便仍旧请了那年给晴雯看病的太医胡君荣来。"② 程乙本与此相同。

由此推测，程伟元、高鹗在校订中发现第 51 回的标题"胡庸医乱用虎狼药"与第 69 回的内容更加匹配，于是在第 69 回直接点明胡君荣便是前文给晴雯看病的医生。

根据这两点探究，第 51 回的"大夫"与第 69 回的"胡庸医"为同一人更为合理。

如果第 51 回的"大夫"和第 69 回的"胡庸医"为同一人，那么胡君荣的医术、医德如何呢？

先看第 51 回胡君荣为晴雯看病。虽然胡大夫为晴雯下的药过重，但是诊脉、病症判断正确，说明胡大夫至少具备基本的医学素养，而这一点与第 69 回的"乱用虎狼药"形成了矛盾。胡君荣是一位太医，先不论其医术是否高明，至少对定生死、定胎儿这两件最为重要的事情需要有准确的判断，那么在第 69 回由其胡乱下药则可推断胡君荣并不仅是医术差，而且很有可能是受到了他人的指使。医生受他人指使害人性命，可以说是毫无医德可言。再加上医术不精却能荣任太医，更凸显了胡君荣无德庸医的形象。

胡庸医还有着独特的文学形象价值，首先是深化了宝玉和贾琏的形象。从写作技巧上来讲，草蛇灰线，伏脉千里，前面是晴雯，后面

---

① 曹雪芹：《脂砚斋重评石头记：庚辰本》，人民文学出版社 2006 年版，第 1657 页。
② 曹雪芹：《程甲本红楼梦》，沈阳出版社 2006 年版，第 1902 页。

是尤二姐。除了晴雯和二姐的对比外，作者也把宝玉跟贾琏做了一个对比。宝玉一看胡庸医的药方里有枳实、麻黄，就不让晴雯服用，改请了王太医重新诊治，由于宝玉的细心，晴雯没有受害；贾琏口口声声说爱尤二姐，但实际上并不真正体贴她，所以任由小厮请了这么一个庸医，害了尤二姐。当胡君荣说是淤血要开下淤血的方子，贾琏虽有怀疑，但是他就没有宝玉那么细心、用心，或者再另请一位医生看看，以减小误诊的风险，要知道这可不是感冒之类的小病。这正照应了《红楼梦》第44回——"贾琏惟知以淫乐悦己，并不知作养脂粉"①。

其次，胡庸医和御医王济仁相比，见出仆婢命运无法自主的悲剧。袭人、晴雯虽是上等丫鬟，但终究为贱役；尤二姐以平民身份入贾府为小妾，但被正妻所不容。"良医"王济仁能救"伤重吐血"的袭人，能诊感风寒的晴雯；而胡君荣则诊晴雯时用药过重，更是对尤二姐乱下虎狼药致其失子。良医救命，庸医杀人，胡君荣与王济仁一庸一良相反相成，虚化了本身的医生属性，展现了仆婢无法自主的悲剧命运这一主题。

最后，胡君荣诊治尤二姐这个情节也对凤姐进行了"不写之写"。尤二姐在嫁给贾琏之前，和贾珍、贾蓉有聚麀之乱，被贾琏收做二房后有心改过，却为凤姐所不容——"用'借剑杀人'之法，'坐山观虎斗'，等秋桐杀了尤二姐，自己再杀秋桐"②，所以胡君荣作为太医连胎儿和瘀血都分不清，更用药落胎，很难让人不产生主使者是王熙凤的猜测。所以，胡君荣一事还表现了封建社会正妻害妾的社会悲剧，在尤二姐落胎之前，凤姐已经挑唆秋桐向贾母、王夫人进谗言说尤二姐背地里诅咒王熙凤早死，引起贾母厌恶，"众人见贾母不喜，不免又往下踏践起来，弄得这尤二姐要死不能，要生不得"③，所以，即使胡庸医没有将尤二姐的胎儿打下，尤二姐在贾府也已经是

---

① 曹雪芹：《脂砚斋重评石头记：庚辰本》，人民文学出版社2006年版，第1017页。
② 曹雪芹：《脂砚斋重评石头记：庚辰本》，人民文学出版社2006年版，第1654页。
③ 曹雪芹：《脂砚斋重评石头记：庚辰本》，人民文学出版社2006年版，第1655页。

"社会性死亡"了。

胡君荣的两次诊断,不仅牵涉到《红楼梦》的版本问题,而且从医术、医德与文学价值来看,作为医生的胡君荣,不仅推动了故事情节的发展,其独特的文学形象更是揭示了红颜薄命以及女性无法掌握自己命运的深刻悲剧。这是《红楼梦》大悲剧的一个具体体现。

二、王一贴:滑稽的"安慰剂"——庸医与情的虚幻

王一贴作为《红楼梦》中的一名医生,在书中仅出现于第 80 回《美香菱屈受贪夫棒 王道士胡诌妒妇方》中。书中对他的描写不多,但曹雪芹却鲜活地塑造了一个用"安慰剂"来治病的滑稽庸医形象。安慰剂(placebo)是指没有药物治疗作用的片、丸、针剂,对患者具有替代和安慰作用,本身没有任何治疗作用。但因患者对医生信任、患者自我暗示以及对某种药物疗效的期望等而起到镇痛、镇静或缓解症状的作用。

对王一贴的描绘是在小说情节发展到后期、贾府走下坡路之后为数不多的幽默诙谐的一笔。在众多读者看来,王一贴是一名招摇撞骗的无赖庸医,的确,他全无医术,混迹江湖,以近乎杂耍的低劣把戏获利。但是,王一贴的性格和所作所为中所展现出来的更多的是清代底层民众为了生计而耍的小聪明,并不令人憎恶。另外,王一贴对宝玉所说的关于疗妒汤的一番话也在谈笑间暗中契合了整部《红楼梦》的其中一个主旨:世间一切情缘皆是虚幻。

宝玉与王一贴的互动源于第 79 回《薛文龙悔娶河东狮 贾迎春误嫁中山狼》。在这一回中,薛蟠娶了夏金桂为妻。夏金桂外表俊俏,内心却极为骄横。她自幼娇生惯养、飞扬跋扈,原文中说她"爱自己尊若菩萨,窥他人秽如粪土,外具花柳之姿,内秉风雷之

性。在家中时常就和丫鬟们使性弄气，轻骂重打的"①。她只要看到薛蟠亲近爱妾香菱，就嫉妒心起，大发雷霆，弄得家里鸡飞狗跳，同时对香菱百般苛责，薛蟠家的丑事很快便传遍了荣宁二府。

香菱位列十二金钗副册之首，性格温和专一，与众姐妹及宝玉的关系十分融洽，还曾同宝钗在大观园中住过，兼有诗才，跟随黛玉学诗。香菱的遭遇如此悲惨，宝玉自然十分担忧。同时，薛蟠也是宝玉的表哥，家中不太平，宝玉也替他着急。于是，在第80回中，宝玉在去天齐庙还愿的过程中，在小厮们的介绍下与王一贴产生了交集。

王一贴尚未出场时，读者便可以对其特点琢磨一二。

首先，王一贴的药铺开在庙中，自己却是一名道士，这样错乱的搭配不免给人以不靠谱的第一印象。

其次，在王一贴这个人物正式登场之前，曹雪芹对他的一番描述已经为他的形象做足了铺垫："这老王道士专意在江湖上卖药，弄些海上方治人射利，这庙外现挂着招牌"②。其中，《海上方》原为中医方剂书，一种名为《海上方》，又名《海上名方》《海上仙方》《孙真人海上方》。书中列常见120余种病症的单验方，每病编成七言歌诀，便于习诵。现有《珍本医书集成》本。另一种名为《奇效海上仙方秘本》，内容分头面、耳目、口鼻、喉舌齿牙、身体、四肢、胸胃心腹、杂症、妇女、胎产、小儿、痘疹、痧症霍乱、便淋泻痢、痔漏脱肛、损伤、痈疽疮毒、中毒急救等门，各门分记若干民间单方验方，1914年有成都木刻本。但是在《红楼梦》中，曹雪芹常以此指代一些稀奇古怪的药剂。例如，我们所熟知的宝钗服用的冷香丸，制作过程颇为光怪陆离，又难于获得，也是一剂"海上方"。由此可见，王一贴做的膏药极有可能并不是货真价实的良药，而是江湖郎中的行骗勾当。"在庙外挂着招牌"这样的场景也颇具戏剧性，庙宇本应当是比较肃穆的处所，但门口却树起了膏药招牌，可见生活在这样

---

① 曹雪芹：《脂砚斋重评石头记：庚辰本》，人民文学出版社2006年版，第1945～1946页。

② 曹雪芹：《脂砚斋重评石头记：庚辰本》，人民文学出版社2006年版，第1966页。

环境中的王一贴也是以"射利"为主要目的的市井小民。

最后，我们来看王一贴的名讳，这个称号是众人给他起的诨号，自然不是因为敬重他"一贴就灵"的医术，而是源于调侃。仔细想来，膏药主要治疗皮外伤，而王一贴标榜自己的膏药"只一贴百病皆除"①，显然是以招摇撞骗为目的。

经过小厮们的引见，王一贴进入厅内。"看见王一贴进来，都笑道：'来的好，来的好。王师父，你极会说古记的，说一个与我们小爷听听。'"②王一贴在天齐庙内，不是以医术出名，而是以插科打诨的小聪明获得人们的喜爱。由此可以想见：从前也会有大家庭的公子来到天齐庙进行祭拜，那么王一贴大概率会不时以自己的笑话打趣公子哥儿们，讨得对方欢心，也以此可以获得几个零花的赏钱，维持基本生计，而其所谓的百病皆除的膏药不过是为了他的小品节目服务罢了，更衬托了王一贴不务正业、颠三倒四的小丑形象，也颇增显了他在公子哥儿们面前说古打趣的舞台效果。接下来，王一贴一开口，"仔细肚里面筋作怪"③，惹得众人和宝玉都笑了。王一贴虽然无甚医术，但却是个有趣之人，只一开口，整个厅上便充满了欢乐的气氛。

宝玉因为对王一贴其人产生了兴趣，又想起夏金桂闹得表兄家鸡犬不宁，便欲为夏金桂求一副"疗妒"的药。其实在此处，宝玉也并不是真心指望王一贴能够开出一副有效的药方来，毕竟人人都知道妒忌这样的心病岂是外在的汤药可以治好的呢，夏金桂蛮横的性格也不是药方可以拯救的。但看看王一贴的反应，"百病千灾，无不立效。若不见效，哥儿只管揪着胡子打我这老脸，拆我这庙何如？只说出病源来"④。世上怎么会有如此神奇的膏药？在他的介绍下，从君臣相际到去风散毒，皆可治好。王一贴正是看准卖膏药的人并不会深究膏药疗效的心态，而肆意把自己的胡子、老脸和破庙作为担保，也

---

① 曹雪芹：《脂砚斋重评石头记：庚辰本》，人民文学出版社2006年版，第1966页。
② 曹雪芹：《脂砚斋重评石头记：庚辰本》，人民文学出版社2006年版，第1966~1967页。
③ 曹雪芹：《脂砚斋重评石头记：庚辰本》，人民文学出版社2006年版，第1967页。
④ 曹雪芹：《脂砚斋重评石头记：庚辰本》，人民文学出版社2006年版，第1968页。

充分体现了其无赖的特性。另外,王一贴竟猜测宝玉求药是为男女之事,这也充分体现了他不正经的市井形象。

等到王一贴了解了宝玉所求之药方,便胡诌出了"疗妒汤":"用极好的秋梨一个,二钱冰糖,一钱陈皮,水三碗,梨熟为度,每日清早吃这一个梨,吃来吃去就好了。"① 如此简单的药方自然是没有效果的,充其量只是保健品或者是安慰剂罢了。当然王一贴自己也明白,"一剂不效吃十剂,今日不效明日再吃,今年不效吃到明年。横竖这三味药都是润肺开胃不伤人的,甜丝丝的,又止咳嗽,又好吃。吃过一百岁,人横竖是要死的,死了还妒什么!那时就见效了"②。这样的药方不过是安慰剂,又是王一贴打趣的笑柄。

再看王一贴其人,倒也坦诚,他说:"不过是闲着解午盹罢了,有什么关系,说笑了你们就值钱。实告你们说,连膏药也是假的,我有真药,我还吃了作神仙呢,有真的,跑到这里来混?"③ 他把自己所做骗人的勾当向宝玉全盘托出。由此可以看出,王一贴虽然做的是江湖郎中的骗人勾当,他的药全无疗效,但是他并不害人。因此,王一贴展现了清代社会中下阶层民众的市井气息,他虽然行骗牟利,但并不作恶,售卖的药更多的是一种如安慰剂般的存在。与《红楼梦》中另一名不负责任、医术低下甚至致人流产的医生胡君荣相比,王一贴并不令人憎恶,更多的只是以一种混迹江湖的小生意人的形象出现,反而给全书增添了一丝幽默。

宝玉在来到天齐庙还愿之前,经历了逐司棋、别迎春、悲晴雯种种悲伤惊恐之事,外感风寒,卧床不起。在见到王一贴之时,宝玉虽然身体已经康复,但内心的精神创伤无法弥补。其实王一贴所言,一剂不效吃十剂,今日不效明日再吃,今年不效吃到明年,吃过一百岁那时就见效了,这样一席话是不是也在一定程度上点醒宝玉,以暗合全书主旨?宝玉正为情所困扰,然而"假作真时真亦假,无为有处

---

① 曹雪芹:《脂砚斋重评石头记:庚辰本》,人民文学出版社 2006 年版,第 1969 页。
② 曹雪芹:《脂砚斋重评石头记:庚辰本》,人民文学出版社 2006 年版,第 1969 页。
③ 曹雪芹:《脂砚斋重评石头记:庚辰本》,人民文学出版社 2006 年版,第 1970 页。

有还无"①，世上的情皆是虚幻。"吃过一百岁，人横竖是要死的"，那么情自然也不存在了。

三、王济仁：小人物视角透视出贾府的命运史书

王济仁俨然是《红楼梦》众位医生中的一股清流。王济仁是太医，是太医院院正王君效的侄孙，其医术也是世代相传的，其家族世代为王公贵族诊治。他为人正直，医术高明，医者仁心。王济仁在《红楼梦》中出场次数不多，但曹公却颇为偏好这位太医，他每次出场诊病都篇幅不小，着墨甚多。他的诊病对象广泛，时间跨度也大，更深一层从结构来看，颇有以小人物看贾府兴衰的意味。

王济仁是太医出身，侍奉于宫廷，常为勋贵世家诊病请脉。在第42回中，贾母带刘姥姥逛大观园，受了风寒，就找了太医院的御医王济仁来诊治。为贾母诊病时，他连中央甬道都不敢走，"只走旁边"②。他向贾母回话及时，语气恭谨，头也不敢抬，上前请安，做足了晚生后辈恭敬和因事情重大诚惶诚恐的样子，给足了贾母长辈的体面和勋贵身份高贵的感觉。而贾母也因为他的态度，问候他在太医院担任院正的长辈，说一句世交，给了王济仁体面，委婉地表达了她对王济仁的满意。到了诊病之时，王济仁轻易便诊断出来贾母身子不痛快是吃多了积食的缘故，但是他不直白说，而是转了弯子说："太夫人并无别症，偶感一点风凉，究竟不用吃药，不过略清淡些，暖着一点儿，就好了。"③ 他开了一副方子，也只是说不愿意吃也无碍，顾全贾府长辈慈爱、子孙孝顺的一派其乐融融的场面。仅仅如此的话，王济仁只是一副极其谨慎、颇知权贵世故、行事聪明的形象。

---

① 曹雪芹：《脂砚斋重评石头记：庚辰本》，人民文学出版社2006年版，第103页。
② 曹雪芹：《脂砚斋重评石头记：庚辰本》，人民文学出版社2006年版，第963页。
③ 曹雪芹：《脂砚斋重评石头记：庚辰本》，人民文学出版社2006年版，第964页。

曹公随后紧接着用同样病症的巧姐对比，王济仁此时却直言病灶，并说无事，饿两顿就好。① 巧姐是王熙凤的心头肉，是嫡房嫡女，虽然未着重描写，必然也是凤姐极为呵护的，但是王济仁此时却直言直语。因为贾母是年老之人，怕有重疾，今见太医说无碍，自已放心。如果说是吃多积食，这般兴师动众，传出去说贾母富贵病，派头大，贾府小题大做，小辈脸上也不好看，直说会平白损了两边颜面，所以王太医委婉措辞暗示，顾全贾府长辈和晚辈的体面和场面。但是，另一个病人巧姐只是一个幼儿，她听不出弦外之音、话外之意，所以必须直指病灶、手到病除。可见，王济仁不但医术高明，而且礼数周到，思维缜密，知世故而不世故。

除了出身医学世家和身为院正的叔祖可以侧面烘托王济仁的医术以外，王济仁为晴雯诊病也可以看出其医术高超、医德高尚。

在《红楼梦》第51回中，晴雯染上风寒之初，先是请了胡庸医诊病。胡庸医给晴雯诊病后下了分量极重的"狼虎之药"，这样的药方，即使是宝玉这个非专业人士，仅仅只是根据自身伤寒经验揣度的少爷都看出用药大为不妥，因此赶紧把胡庸医打发了出去，复请了王济仁诊病。有了胡庸医的衬托，王济仁所开的药方更显得温和对症，分量也依据病人身体情况细细斟酌。后晴雯病补金雀裘，又为发落偷窃的坠儿病情反复，王济仁都及时诊断出病情变化，更改药方，最终治愈晴雯。虽然晴雯平时在宝玉面前得脸，但她在怡红院的排位甚至还在袭人之后，说顶天了也不过是个为奴籍的丫鬟。同时，曹公还频频着墨外头时气不太好了，意指疫病肆虐起来。平时丫鬟小厮生病就是要送出去避着，以防传染给主人，而此时生病更是忌讳，若是疫病，从小被卖入贾府、不知家乡父母的晴雯就会被扔出去等死，所以宝玉千方百计瞒下晴雯的病也有几分这种考虑。宝玉只能瞒着，也说明了宝玉没办法护着晴雯，就像是那句"虽然有钱，又不由我使"② 那样，所以实际上晴雯既有染了

---

① 参见曹雪芹《脂砚斋重评石头记：庚辰本》，人民文学出版社2006年版，第964页。
② 曹雪芹：《脂砚斋重评石头记：庚辰本》，人民文学出版社2006年版，第1091页。

疫病的风险，又处在无人保护的境地。尤其相比于贾母和巧姐来说，晴雯的地位更是相差得天悬地隔，但是对于一个患病的卑贱女奴，王济仁却依然尽心尽力，一视同仁，毫不看人下菜，说明他医者仁心，富有医德。值得关注的是，晴雯的病，从第51回诊病，一直到第53回才痊愈，而第55回就是探春协理大观园，提出了改革经济，把大观园的土地承包给园子里的婆子们，又革除贾环、贾兰每年的点心、纸笔费八两银子等等，这实际上都表明贾府的经济已经到了开源无力、需要费心节流的地步了。

在第83回为黛玉诊病的时候，根据王济仁诊病诊断的症状来看，"六脉弦迟，素由积郁。左寸无力，心气已衰。关脉独洪，肝邪偏旺"①。林黛玉已经病情严重，病症已经影响到性格言行，夜晚也不能安稳睡眠，一副油尽灯枯的脉象。王济仁难得地发表了长篇大论说黛玉的病症，又说即使有弥补滋补的药方，却不可以突然施行，只能缓慢调养，又强调服用两剂就要调整或换方子，可见王济仁对林黛玉的病症也很难挽救，怕是已经到了药石无医的地步了。饶有意味的是，王济仁给黛玉看完病后，紫鹃托周瑞家的向王熙凤支用一两个月的月钱。"如今吃药虽是公中的，零用也得几个钱。"饶是以林姑娘的身份以及与王熙凤的交情，王熙凤也是踌躇不已，最后，"凤姐低了半日头，说道：'竟这么着罢：我送他几两银子使罢。'"② 开头秦可卿生病时，王熙凤说"就是一天二斤人参也吃的（得）起"③；刘姥姥一个偶然连了宗的假亲戚进贾府"打秋风"，王熙凤随便一出手就是二十两银子；连丫鬟袭人回个娘家，王熙凤还送了贵重的衣物——一件石青刻丝八团天马皮褂子，一件玉色绸里的哆罗呢的包袱，一件半旧大红猩猩毡的雪褂子。但是，现在一贯和王熙凤相处不错的林黛玉油尽灯枯需要银子使用之时，连几两银子都需要王熙凤犹豫半天，这形成了何等触目惊心的对比。这其中固然有林黛

---

① 曹雪芹：《程甲本红楼梦》，沈阳出版社2006年版，第2301页。
② 曹雪芹：《程甲本红楼梦》，沈阳出版社2006年版，第2303页。
③ 曹雪芹：《脂砚斋重评石头记：庚辰本》，人民文学出版社2006年版，第245页。

玉失宠于大家长的因素，也有不好开了先例预支月钱的因素，但最根本的还是贾府家计着实艰难了。否则，对于林黛玉，虽然凤姐不愿开了预支月钱的先例，私下馈赠方面至少要多于刘姥姥和袭人啊！互为表里的是，周瑞家的同时告诉了凤姐现在外面传的歌谣，说是"宁国府，荣国府，金银财宝如粪土。吃不穷，穿不穷，算来……"① 说到这里，猛然咽住。原来那歌儿说的是"算来总是一场空"。

综观王太医的三次出场，也是从小人物的视角透视出贾府的命运史书：王太医第一次出场诊病是在贾母因刘姥姥开怀而吃多了的时候。大观园是为了元春省亲建造的，极尽奢华，昭示了贾府的鼎盛时代。刘姥姥进大观园这一回，却是一个昭示着贾府由盛转衰的转折时刻。王太医第二次出场是为晴雯诊病。此时晴雯因任性而染了风寒，虽然是丫头，在怡红院却有副小姐一般的待遇。这恰似贾府内里衰败而自我麻木，仍旧金玉其外，但是实际上的情况却急剧往下转变，很多地方已然是心有余、力不足了。王太医第三次出场是为黛玉诊病。此时林黛玉寄人篱下，木石良缘难以为继，自己离油尽灯枯也不远了。其底子已经被掏空，虽然能开方子继续温养，但是到底没法挽救，而此时的贾府也即将彻底衰败，不久之后，元春"病故"成了贾府彻底败亡的信号。

王太医诊病对象和时间线的变化，恰好与权势消亡、贾府衰败起伏构成了双曲线。从王济仁的视角，看到的不是不同身份的人的不同际遇，而是不同身份的人都共同地从极盛转向衰败。从贾母到晴雯再到黛玉，通过王济仁的视角，她们共同构建出了一个超脱她们物理身份的、具有象征性意义的由盛大转向衰败的人物群像，使得人们感喟于事物的兴衰、人物命运被时事左右、命运漂浮的无奈。王济仁的诊病对象的身份变化和时间线的变化，让我们从小人物的视角看见贾府的兴衰，看到高楼由朱甍碧瓦转而土崩瓦解的过程，看到世事变迁与人物沉浮。

---

① 曹雪芹：《程甲本红楼梦》，沈阳出版社2006年版，第2305页。

第三节 《红楼梦》中的传染病与洗手文化

一、疑似"肺结核"

晴雯死的时候,王夫人闻知,命:"即刻送到外头焚化了罢。女儿痨死的,断不可留!"① "女儿痨"的现代医学名称是肺结核。"女儿痨"就是女性青春期肺结核病,它的主要特点是症状多、病情进展快、病灶容易溶解,迅速形成空洞和排菌,过去对这种急重症肺结核病确实束手无策。在《红楼梦》写作的清代同时期,肺结核疫苗尚未问世。肺结核是令全球闻之色变的不治之症,发病率之高,足以让今人瞠目结舌,死于肺结核的中外名人,如作家卡夫卡、席勒,音乐家肖邦等,简直不胜枚举。

但是,晴雯真的是患"女儿痨"——肺结核吗?隋朝巢元方在《诸病源候论·虚劳咳嗽候》中说明肺痨是以咳嗽、胸痛、喘息、咯血为特征的一种病症。② 唐代王焘的《外台秘要方》对本病的临床表现观察尤为详细,指出"骨蒸……且起体凉,日晚即热,烦躁寝不能安,食都无味,……因兹渐渐受损,初着盗汗,盗汗以后即寒热往来,寒热往来以后即渐加咳,咳后面色白,面颊见赤,如胭脂色,团团如钱许大,左卧即右出,唇口鲜赤"③。在《红楼梦》第52回《俏平儿情掩虾须镯 勇晴雯病补雀金裘》中,作者写晴雯之病,原本是冬夜为了吓麝月,晴雯只穿着小衣就出去了,结果着凉感冒了。"晴雯服了药,至晚间又服二和,夜间虽有些汗,还未见效,仍是发

---

① 曹雪芹:《脂砚斋重评石头记:庚辰本》,人民文学出版社2006年版,第1908页。
② 参见高文柱、沈澍农主编《中医必读百部名著·诸病源候论》,华夏出版社2008年版,第57页。
③ 王焘:《外台秘要方》,山西科学技术出版社2013年版,第342页。

烧，头疼鼻塞声重。"① 可是，这显然并非肺结核。肺结核是一种传染性疾病，它的发生需满足传染源、传播途径、易感人群三个条件。晴雯生活的环境中没有结核病患者，在大观园这种人口密度极大的公众场合，也没有新发的结核病人。晴雯和宝玉、袭人常常朝夕相处，晴雯要是患了肺结核，宝玉和袭人岂非早就被传染了？

那王夫人为何要"诬陷"晴雯？在撵走了晴雯之后，王夫人向贾母做了专题汇报："宝玉屋里有个晴雯，那个丫头也大了，而且一年之间，病不离身，我常见他比别人分外淘气，也懒，前日又病倒了十几天，叫大夫瞧，说是女儿痨，所以我就赶着叫他下去了。"② 大夫确诊了晴雯是"女儿痨"——"女儿痨"是肺结核——肺结核会传染，所以，晴雯得了肺结核，就必须"隔离"，就必须远离贾宝玉，以免传染。这样一来，不管贾母对晴雯评价多高，期许几何，都作废了，因为贾母的底线是宝玉，如果晴雯得的是肺结核，贾母也是会放弃的。王夫人的话真中有假，虚虚实实，叫人琢磨不透，所以大家都相信晴雯确实得了"女儿痨"。那么，在信奉"死留全尸"的古代，王夫人为何非要将晴雯"焚化"？虽然"焚化"确实是处理恶性传染病的有效途径，但"深埋"也可以啊。王夫人此举透露出她对晴雯的厌恶，让晴雯化灰化烟，彻底断了儿子宝玉的念想；但同时也露出了马脚，因为王夫人逐晴雯的时候，说要把她的好衣服留下来给好丫头穿，要是她真患了肺结核，别的丫头还敢穿她的衣服？

二、红眼病

如果说《红楼梦》里的肺结核只是疑似，那么"红眼病"可是《红楼梦》里一个真正的传染病。在第53回中，"只因李纨亦因时气感冒，邢夫人又正害火眼，迎春岫烟皆过去朝夕侍药，李婶之弟又接

---

① 曹雪芹：《脂砚斋重评石头记：庚辰本》，人民文学出版社2006年版，第1208页。
② 曹雪芹：《脂砚斋重评石头记：庚辰本》，人民文学出版社2006年版，第1895页。

了李婶和李纹李绮家去住几日，宝玉又见袭人常常思母含悲，晴雯犹未大愈，因此诗社之日，皆未有人作兴，便空了几社。"① 此处提到的邢夫人所害的"火眼"，就是"红眼病"，是指覆盖眼白（巩膜）的薄膜（结膜）发炎，医学上称之为急性卡他性结膜炎。红眼病通常由普通感冒相关的病毒性感染引起，还可能由细菌性感染或过敏引起。其传播途径主要是通过接触传染，往往通过接触病人眼分泌物或泪水沾过的物件（如毛巾、手帕、脸盆、水等），与红眼病人握手或用脏手揉擦眼睛等，都会被传染，最终造成红眼病的流行。

红眼病，中医又叫"天行赤眼"。此病为季节性传染病，多发生在夏季，又称之为夏季的眼科"瘟疫"，系由感受风邪热毒，侵袭人体眼部引起的，所以患者饮食应以清淡为主，少食油腻，尽量忌食烟、酒、海鲜、火锅、麻辣串等辛辣刺激性食品和饮料。中医采用清热解毒、祛风止痒疗法，以及用民间的熏洗疗法常获良效。病轻者，为风热上攻，症状为眼红、痒痛交作、畏光流泪、怕热、目中干涩有异物感、眼分泌物黄白而结，治当疏风散热，佐以解毒。

但是，《红楼梦》的作者很可能是"量体裁衣"式地给人物安排生什么病。比如说，为什么偏偏是邢夫人害"红眼病"？

从邢夫人和王夫人的关系来看，贾赦是长子，应该邢夫人管家才对，可是贾母偏心小儿子，自己住荣国府主院，小儿子留在身边，小儿媳王夫人真正拥有实权。荣国府经济是有分有合，总体还是一家，各自又有独立核算。贾母是领导小组组长，邢夫人是副组长，王夫人在贾母领导下当副组长兼办公室主任。凤姐既是邢夫人的人，又是王夫人的人，所以当个副主任，本也是为了平衡，只是工作要向王夫人汇报，再由王夫人向贾母汇报。邢夫人只是参加集体领导，级别和王夫人是一样的，礼仪上排名还靠前些，但是大事说了不算，小事不用知道，所以邢夫人对王夫人愤愤不平，忌恨不已，这不是"红眼病"是什么？

---

① 曹雪芹：《脂砚斋重评石头记：庚辰本》，人民文学出版社2006年版，第1228～1229页。

从邢夫人和迎春的关系来看，邢夫人责骂迎春道："你是大老爷跟前人养的，这里探丫头也是二老爷跟前人养的，出身一样。如今你娘死了，从前看来，你两个的娘，只有你娘比如今赵姨娘强十倍的，你该比探丫头强才是，怎么反不及他一半！"① 邢夫人觉得自己名义下的女儿迎春也比不上王夫人名下的女儿探春，这不是"红眼病"又是什么？

从绣春囊事件来看，傻大姐偶然捡到一只绣春囊，低头一壁瞧着，一壁只管走，不防迎头撞见邢夫人，抬头看见，方才站住。邢夫人因说："这痴丫头，又是个什么狗不识儿这么欢喜？拿来我瞧瞧。"邢夫人接来一看，吓得连忙死紧攥住，忙问"你是那里得的？"傻大姐道："我掏促织儿在山石上拣的。"邢夫人道："快休告诉一人。这不是好东西，连你也该打死。皆因你素日是傻子，以后再别提起了。"这傻大姐听了，反吓得黄了脸，说："再不敢了。"磕了个头，呆呆而去。邢夫人回头看时，都是些女孩儿们，不便递与，自己便塞在袖内，心内十分罕异。② 在民间说法中，看了不该看的东西就会害眼病。所以这邢夫人的眼病有来历吧？又，之前说过，红眼病会传染，邢夫人就是借助这个绣春囊小题大做，让自己的陪房王善保家的封了这个给王夫人送去，这王善保家的正因素日进园时那些丫鬟们不大趋奉他，他心里大不自在，要寻她们的故事又寻不着，恰好生出这事来，以为得了把柄，于是对王夫人添油加醋、火上浇油，最终酿成了抄检大观园事件。

因此，叫邢夫人得"红眼病"，很有可能是作者的讽刺之笔。

三、天花及应对恶性传染病

之前提到的《红楼梦》中的肺结核只是疑似，红眼病则虽传染

---

① 曹雪芹：《脂砚斋重评石头记：庚辰本》，人民文学出版社2006年版，第1752页。
② 参见曹雪芹《脂砚斋重评石头记：庚辰本》，人民文学出版社2006年版，第1748~1750页。

却不致命，而现在谈到的天花则是既传染又致命。《红楼梦》第21回写凤姐的女儿巧姐病了，正乱着请大夫来诊脉。大夫便说："替夫人奶奶们道喜，姐儿发热是见喜了，并非别病。"① 这听起来是"见喜"，实际上却凶险无比，因为它是一种恶性传染病——天花。天花传染病重症者常伴随并发症，如败血症、失明、肺炎、脑炎等，轻则残疾，重则丧命。即使幸存者也可能终身留有瘢痕，尤其是满脸麻子。

在古代，这是一种人人谈之色变的绝症，是一种被史学家称为"人类史上最大的种族屠杀"的疾病。在公元16到18世纪的亚洲，每年约有80万人死于天花，其中就包括了许多清朝的皇帝皇子们，比如顺治皇帝、豫亲王多铎、同治皇帝。而像康熙皇帝、咸丰皇帝都是侥幸从"天花"中逃生的幸运儿，也正是因为他们患过天花且康复了，有了免疫力，所以对他们成为下一任帝王的人选起了关键性作用。

巧姐是《红楼梦》十二金钗之一，也是凤姐的独生女，无论是破相，还是丧命，对于贾府尤其是凤姐来说都是残忍的打击，因此，凤姐急忙遣医问药，得到医生的指示之后，凤姐指挥家人做了全方位的措施。

> 凤姐听了，登时忙将起来：一面打扫房屋，供奉痘疹娘娘，一面传与家人，忌煎炒等物，一面命平儿打点铺盖、衣服，与贾琏隔房，一面又拿大红尺头与奶子、丫鬟亲近人等裁衣。外面又打扫净室，款留两个医生，轮流斟酌诊脉下药。十二日不放家去。贾琏只得搬出外书房来斋戒，凤姐与平儿都随着王夫人日日供奉娘娘。②

---

① 曹雪芹：《脂砚斋重评石头记：庚辰本》，人民文学出版社2006年版，第471页。
② 曹雪芹：《脂砚斋重评石头记：庚辰本》，人民文学出版社2006年版，第471~472页。

从中可以看出，《红楼梦》所处年代的科技水平虽然与今天相差甚远，但当时的人们应对传染病还是有整体系统的，至少分以下四步。

第一步，针对恐慌积极调适心理。其一是选择"供奉痘疹娘娘"这个方式。痘疹娘娘，老百姓又俗称"天花娘娘"，属于民间信仰中司痘疹的女神。年画中的痘疹娘娘或斑疹娘娘均为年长女性形象，头戴冠饰，身着华服，手持朝圭或手捧豆子，也有手拿治病药草的，有时在娘娘额头正中有一粒圆如豆子、象征痘疹的饰物；娘娘身旁跟随两名或四名侍从，或垂手站立，或手持豆子或葫芦等物。在中国古代，科学不发达，医药条件落后，所以痘疹死亡率极高。亲友患了痘疹后，家人除了竭力去医治外，就是求痘疹娘娘保佑。在缺乏充分科学知识的清代，我们也不必对书中人过于苛求，这虽然有迷信的成分，但实际上也是一种心理寄托。

第二步，通过饮食等生活调节应对传染病。凤姐传语家人，忌煎炒等物，这是因为煎炒需豆油，而"豆"谐音"痘"，故古人忌讳，认为有豆便是不吉，故忌之。再者生病者忌荤腥，从医学上讲也要忌之。

第三步，做好隔离防护。其一是命平儿打点铺盖、衣服，与贾琏隔房，其二是拿大红尺头与奶子、丫鬟亲近人等裁衣。现代医学认为，对于天花病人，要严格进行隔离，病人的衣、被、用具、排泄物、分泌物等要彻底消毒。古代男女有别，多为男主外、女主内，贾琏相对于家中的女眷来说，和外界的接触多得多，凤姐让贾琏隔离出去，倒是一种避免交叉感染的方法。再者拿大红尺头与奶子、丫鬟亲近人等裁衣，虽然有"冲喜"的迷信寓意在内，但贴身照顾的人全换上新衣，降低了病菌传播。所以，《红楼梦》这些做法暗合了隔离防护法。

第四步，针对病情发挥中医作用。对于巧姐来说，凤姐真是一位有着爱子之心的好妈妈。因为得了"天花"，凤姐款留两个医生，轮流酌酌诊脉下药，整整留了大夫十二日不放家去。

在《红楼梦》中，小小的巧姐得了当时的凶险重症天花。而从

《红楼梦》的记述来看,当时连牛痘接种也还没有,并且也没有治天花的特效西药。但是,中医竭尽所能,终于也将巧姐从死神手里夺回。认真地进行心理调适,做好隔离防护,调节饮食,用中药细心调治,种种措施使得巧姐最终转危为安,而且没有留下麻子等后遗症,最后长大成人。关于她的结局,按照《红楼梦》今本后40回的说法,她是嫁给了一个姓周的富户公子;按照一些红学探佚家的说法,她最终嫁给了刘姥姥的孙子板儿。不管怎么样,最后她都是健康平安地度过了这一生。

四、《红楼梦》中的洗手文化与版本、人物

在传染病暴发期间,洗手非常重要。第一,除了饭前便后,现在只要外出了,回到家第一件事就是要洗手。第二,现在洗手跟平常也不太一样,平常只是把手掌和手背洗洗就好了,可是在传染病暴发时期,除了手背手掌,连手腕也要认真清洗,要用流动的水,彻底把指缝、手掌、手背还有手腕都清洗了才行。

《红楼梦》中的洗手文化,和现在有什么异同呢?《红楼梦》中的人物是很注意卫生的,跟我们现在一样,饭前便后要洗手。比如说在《红楼梦》第38回螃蟹宴里面,凤姐在吃螃蟹之前要先洗了手,然后剥蟹肉送给贾母和宝玉吃。

> 凤姐吩咐:"螃蟹不可多拿来,仍旧放在蒸笼里,拿十个来,吃了再拿。"一面又要水洗了手,站在贾母跟前剥蟹肉,头次让薛姨妈。薛姨妈道:"我自己剥着吃香甜,不用人让。"凤姐便奉与贾母。二次的便与宝玉。①

---

① 曹雪芹:《脂砚斋重评石头记:庚辰本》,人民文学出版社2006年版,第868~869页。

吃完螃蟹之后，凤姐又让小丫头预备用菊花叶儿、桂花蕊熏的绿豆面子来洗手。为什么用豆面儿来洗手？这是因为古代的时候我们还没有香皂，所以用豆面儿来起到清洁的作用。唐人孙思邈在《千金方》中曾介绍了多个用于"洗手面"的"澡豆"制造配方，大都要用到"白豆面""毕豆面""大豆末"等各种豆面儿。除了豆面儿之外，还要用到猪胰、皂角等，以增强去油除垢的效力。另外，珍贵香料更是必不可少。把这种种原料加工处理之后，晾干，捣成散末，细细掺和到一起就得了成品。① 同时，贾府是用菊花叶儿、桂花蕊熏的绿豆面儿，更能起到去腥的作用。

再看宝玉洗手的情节。在《红楼梦》第54回中，一次宝玉上完洗手间之后，小丫头早就在外边等着他了：

> 只见那两个小丫头一个捧着小沐盆，一个搭着手巾，又拿着沤子壶在那里久等。……宝玉洗了手，那小丫头子拿小壶倒了些沤子在他手内，宝玉沤了。②

这个"沤子"是什么呢？"沤子"是旧时上层社会中的人使用的一种半流质香蜜，用冰糖、蜂蜜、粉、油脂、香料合成，擦在皮肤上，可以起到保护的作用，使皮肤洁白细润，其实相当于古代的护手霜。这种"沤子"一般是贵族小姐用的，少年公子一般不会用，但是宝玉用，说明了他养尊处优。

从洗手护肤的物品中也能看出不同版本的优劣。比如说程甲本、程乙本和甲辰本，竟然把用于护肤的"沤子"当成了"香皂"来使用：

---

① 参见孙思邈撰，李春深编著《千金方》，天津科学技术出版社2017年版，第208~209页。
② 曹雪芹：《脂砚斋重评石头记：庚辰本》，人民文学出版社2006年版，第1263~1264页。

> 宝玉洗了手，那小丫头子拿小壶儿倒了沤子在他手内，宝玉洗了手。秋纹麝月也趁热水洗了一回，跟进宝玉来。①

而庚辰本、蒙府本和戚序本是这样写的：

> 宝玉洗了手，那小丫头子拿小壶倒了些沤子在他手内，宝玉沤了。秋纹麝月也趁热水洗了一回，沤了，跟进宝玉来。②

两相对比，高下一目了然。首先，程本的作者大概不熟悉贵族生活，区分不了"豆面儿"是用来洗手的，"沤子"是用来护肤的。其次，庚辰本、蒙府本和戚序本写秋纹、麝月没有上洗手间，也趁机赶紧洗了手用用，更可见这"沤子"是难得之物。列藏本最简单，只洗手，不沤手，也不再洗第二次手。大概是怕言多必失露馅吧？所以一洗手，真假悟空就现出原形了。

《红楼梦》中除了饭前便后，重要场合也必须洗手，比如黛玉在弹琴之前也是要焚香洗手的。可是在《红楼梦》后40回里有一个缺漏，也就是妙玉扶乩不曾洗手。扶乩是中国道教的一种占卜方法，又称扶箕、架乩、扶鸾、挥鸾、飞鸾、拜鸾、降笔、请仙、卜紫姑等等。在扶乩中，需要有人受到神明附身，这种人被称为鸾生或乩身。神明会附身在鸾生身上，写出一些字迹，以传达神明的想法，做出神谕。信徒通过这种方式，与神灵沟通，以了解神灵的意思。在扶乩之前，古人为表敬重，也是要焚香洗手的。可是妙玉在扶乩之前，竟然没有洗手，因此有人认为这是后40回的缺漏，也就是它比不上前80回的一个表现。

对于程本是否由于对贵族生活不够了解，把护肤的"沤子"当成清洁的"洗手液"来用，刘勇强老师指出，程本也不一定是将其当洗手液。原因有二：其一，宝玉的"沤了"也是在洗了之后。其

---

① 曹雪芹：《程甲本红楼梦》，沈阳出版社2006年版，第1442～1443页。
② 曹雪芹：《脂砚斋重评石头记：庚辰本》，人民文学出版社2006年版，第1264页。

二,这一段的标点可以是这样的:"宝玉洗了手,那小丫头子拿小壶儿倒了沤子在他手内。宝玉洗了手,秋纹、麝月也趁热水洗了一回。"即第二个"宝玉洗了手"只是秋纹、麝月洗手的时间状语,不是宝玉洗了、沤了,又洗。

李兆江先生则认为:"亚东重排本,因为发现程乙原本里宝玉洗了两次手。于是把第一个'宝玉洗了手'改为'宝玉漱了口',又把'沤子'改成了'一瓯子'。然后这样就变成是宝玉小解后,用盆里的水先漱口,然后往手上'倒了一瓯子'(不知道是什么东西),然后又洗了手,并没有涂抹香蜜。到了程乙亚东本里,改成了'宝玉漱了口,那小丫头子拿小壶倒了一沤子在他手内,宝玉洗了手'。程乙亚东本依然是不通的,首先,小便之后,有漱口的吗?其次,'一沤子'就更不成人话了;再次,哪有先往手上涂香蜜,然后再洗手的呢?那岂不糟蹋东西而且浪费表情吗?可见程本越改越糟糕!"①

在和刘勇强老师进行一次学术课度交谈后,他提出:"亚东本的枉改不能算在程本上吧?另外,如我前面所说,如果换一种标点,程本原本也不存在两次洗手的问题。还有,加上'漱了口',也不是亚东本先改的,我没有查,据人文社早年的校本,嘉庆间藤花榭本、道光间王希廉本已如此。"他还以嘉庆间一种东观阁本上的漱口图片为证,说明宝玉并不是用盆里的水漱的。

然而,不管这是程本还是亚东版所改,程本的这个描写还是逊于庚辰本。第一,庚辰本多了一个古代护肤品(比如说甲辰本就根本没有"沤子")。第二,庚辰本更合理。宝玉上了厕所用水洗手,麝月、秋纹没有上厕所,为什么要用热水洗手?第三,笔者觉得麝月、秋纹可能是为了趁机用一下那个沤子才洗的。这既说明沤子是比较珍贵的,也凸显出二等丫头的情态。此前秋纹因为王夫人赏了她两件旧衣服,高兴不已。后来晴雯告诉了她内情,秋纹还说,哪怕给这屋里的狗剩下的,她也只领太太的恩典,也不犯管别的事儿。所以这样

---

① 李兆江:《程乙亚东本〈红楼梦〉及其它》,载《贵州红学》2016年第1期,第65页。

人物的逻辑就比较一致。

刘勇强老师认为秋纹这一句"凭你是谁的，你不给？我管把老太太茶吊子倒了洗手"更值得关注，因为单从字面上看，并没有什么信息显示"沤子"的名贵和秋纹等趁机揩油的意思。

笔者认为，秋纹此举跟揩油还不太一样，也就是能够有机会用用主子的东西，似乎脸上有光、高人一等的感觉，这和秋纹的一贯表现是比较统一的。一是小红事件。小红给宝玉倒了一回水，秋纹听了，兜脸啐了一口，骂道："没脸的下流东西！正经叫你催水去，你说有事故，倒叫我们去，你可等着做这个巧宗儿。一里一里的，这不上来了。难道我们倒跟不上你了？你也拿镜子照照，配递茶递水不配！"碧痕道："明儿我说给他们，凡要茶要水送东送西的事，咱们都别动，只叫他去便是了。"秋纹道："这么说，不如我们散了，单让他在这屋里呢。"① 秋纹自视颇高，认为自己的地位与众不同，别人"赶不上"她，并且很有野心，也想向上爬，所以才会那么"忌讳"小红的行为。二是赏衣事件。当秋纹意外地得到了一点赏赐的时候，她受宠若惊自不必说，竟然有些洋洋自得而炫耀："你们知道，老太太素日不大同我说话的，有些不入他老人家的眼的。那日竟叫人拿几百钱给我，说我可怜见的，生的单弱。这可是再想不到的福气。几百钱是小事，难得这个脸面。"② 三是倒水事件。即秋纹说："凭你是谁的，你不给？我管把老太太茶吊子倒了洗手。"③ 还有用宝玉的"沤子"一事。四是月钱事件。"正说着，只见秋纹走来，众媳妇忙赶着问好，又说：'姑娘也且歇一歇，里头摆饭呢。等撤下饭桌子，再回话去。'秋纹笑道：'我比不得你们，我哪里等得。'说着便直要上厅去。平儿忙叫：'快回来。'秋纹回头见了平儿，笑道：'你又在这里充什么外围的防护？'一面回身便坐在平儿褥上。"④ 正如清代的姜祺

---

① 曹雪芹：《脂砚斋重评石头记：庚辰本》，人民文学出版社2006年版，第553页。
② 曹雪芹：《脂砚斋重评石头记：庚辰本》，人民文学出版社2006年版，第850~851页。
③ 曹雪芹：《脂砚斋重评石头记：庚辰本》，人民文学出版社2006年版，第1263页。
④ 曹雪芹：《脂砚斋重评石头记：庚辰本》，人民文学出版社2006年版，第1299页。

写诗评道:"罗衣虽旧主恩新,受宠如惊拜赐频。笑语喃喃情肖肖,拾人余唾转骄人。诗末评语曰:一人有一人身份,秋姐诸事,每觉器小。"①

---

① 一粟编:《红楼梦资料汇编》,中华书局1964年版,第480页。

第三章 《红楼梦》中的节日、养生、妆饰与赠衣

第一节 "春秋"笔法:红楼梦里的元宵节与中秋节

一、《红楼梦》里的四个元宵节

曹雪芹以节日来加强《红楼梦》角色的个性,更以节日来铺排《红楼梦》整个故事的落墨。在第1回、第18回、第53回和第96回,都对元宵节有所描述,而从全书大结构上讲,元宵节是盛极转衰的关目。

《红楼梦》中写的第一个元宵节,是第1回里描写甄士隐的遭遇。甄士隐老年得女,却因下人疏忽,在元宵节观灯时意外失去女儿,导致夫妇二人双双病倒。祸不单行,隔壁葫芦庙中炸供失火,将甄家烧成一片瓦砾场,只有他夫妇并几个家人的性命不曾伤了,甄家从此一蹶不振。曹雪芹用这欢乐的、怀有希望的日子里发生的悲剧,把后来要讲述的贾家兴亡的故事及大观园最后的结局,都以隐喻的笔法在第1回里交代清楚了。

第二个元宵节是在第18回,元妃省亲。这是书中最浓墨重彩描绘的元宵节,也是贾府鲜花着锦、烈火烹油之时。出场人物无不彩绣辉煌,触目所见都是珠光宝气:"至十五日五鼓,自贾母等有爵者,皆按品服大妆。园内各处,帐舞蟠龙,帘飞彩凤,金银焕彩,珠宝争辉,鼎焚百合之香,瓶插长春之蕊。"①

全书用整整一回的篇幅来详述这个元宵节,从五鼓(凌晨3点至5点)一直描述到丑正三刻(半夜2点45分)。但是这个元宵节也最意味深长,贾府上下从凌晨3点至5点便肃静等待,可是贵妃直到晚上7点至9点才起身往贾府。"未初刻用过晚膳,未正二刻还到

---

① 曹雪芹:《脂砚斋重评石头记:庚辰本》,人民文学出版社2006年版,第379页。

宝灵宫拜佛，酉初刻进大明宫领宴看灯方请旨，只怕戌初才起身呢。"① 迟来，想必不是贵妃的意思，而是皇帝的意思，既然允许"元宵归省"，皇帝应该也是深察人性人心，可是为何使人"衣锦夜行"？这似乎透露了元妃的尊荣不是因为帝王的宠爱，而是因为势力的平衡。元妃并未生下一儿半女，进宫多年不闻有何懿德懿行，从女史骤然封妃，以至于圣旨初下时贾府不是欣喜不已而是恐惧不安。

更糟糕的是，为了迎接元妃归省，本来"内囊也已经尽上来了"的贾府，又大兴土木兴建大观园，大肆采买小戏子、小尼姑、小道姑，这在贾家或许是出于对皇家的尊重，但是在外人尤其是政敌看来，是张扬跋扈、浮夸炫耀，即使将来不以此作为攻讦的罪证，也将成为腹诽发酵的由头之一。

而"贾赦领合族子侄在西街门外，贾母领合族女眷在大门外迎接。半日净（静）悄悄的"②，可见男女有别，长幼有序，规矩谨严，此时世家大族的气派犹隆。

这个元宵节令人充分见识了皇家的气势，不仅仪仗齐整，"一对对龙旌凤翣，雉羽夔头，又有销金提炉焚着御香；然后一把曲柄七凤黄金伞过来，便是冠袍带履。又有执事太监捧着香珠、绣帕、漱盂、拂尘等类。一队队过完，后面方是八个太监抬着一顶金顶金黄绣凤版舆，缓缓行来"③，而且皇权大过一切，贾母、贾政和王夫人等俱要跪接自己的孙女或女儿。

此时，如果我们回顾一下元宵节的来历，则更觉得贾府这个元宵节意味深长。

元宵节，是春节后的第一个祭月、赏月的满月夜，象征着春天来临。它源于汉武帝时代，是祭祀天神"太一"的重要节日。但是，作为民间的节日习惯，却是从东汉佛教东传中土并融合了道教慢慢发展而成的。元宵节又叫上元节，上元夜是古时农民为了祈祷作物获得

---

① 曹雪芹：《脂砚斋重评石头记：庚辰本》，人民文学出版社2006年版，第380页。
② 曹雪芹：《脂砚斋重评石头记：庚辰本》，人民文学出版社2006年版，第380页。
③ 曹雪芹：《脂砚斋重评石头记：庚辰本》，人民文学出版社2006年版，第380～381页。

丰收，夜间到田野中举起火把驱赶虫兽的重要日子。另外，在佛教中，明帝时上元节要在宫里点灯供佛；道教的天官大帝的诞辰也是正月十五日，是一个重要的祭祀日子。因此，到魏晋以后，正月十五日作为民间重要的节日已经被确定下来。早期元宵节主要有两项重要活动：一是对火的膜拜；二是全家祈祷作物获得丰收。后来随着元宵节在民间的演变，挂灯笼代替了拜火，并以吃汤圆代表家人的团圆。唐宋以后，元宵节更成为少男少女的交际节日。

以此来观看这第二个元宵节：第一，果然处处是"火"——"只见院内各色花灯烂灼，皆系纱绫扎成，精致非常"①，"但见庭燎烧空，香屑布地，火树琪花，金窗玉槛"②。第二，虽是团圆却处处都是哭声。元妃省亲，见了贾母、王夫人，"满眼垂泪"③；见了诸亲眷，"又不免哭泣一番"④；见了贾政，"隔帘含泪"⑤；见了宝玉，"泪如雨下"⑥；请驾回銮之时，"满眼又滚下泪来"⑦。元宵节那天，元春给家里送去一个灯谜，贾政猜出谜底是"爆竹"，内心沉思的是"娘娘所作炮竹，此乃一响而散之物"⑧。此外，贾母的"荔枝"谜，"猴子身轻站树梢"⑨，谐音"离枝"，也就是树倒猢狲散；迎春的"算盘谜"，寓意她将早死；探春的"风筝谜"，寓意她将远嫁；惜春的"海灯谜"，寓意她将出家；宝钗的"竹夫人谜""恩爱夫妻不到冬"⑩，寓意她终将守寡。这些灯谜隐现不祥之兆。第三，元宵节果然成了少男少女交际的节日。元妃命众姊妹作诗，宝钗悄悄指点宝

---

① 曹雪芹：《脂砚斋重评石头记：庚辰本》，人民文学出版社2006年版，第381页。
② 曹雪芹：《脂砚斋重评石头记：庚辰本》，人民文学出版社2006年版，第385页。
③ 曹雪芹：《脂砚斋重评石头记：庚辰本》，人民文学出版社2006年版，第385页。
④ 曹雪芹：《脂砚斋重评石头记：庚辰本》，人民文学出版社2006年版，第386页。
⑤ 曹雪芹：《脂砚斋重评石头记：庚辰本》，人民文学出版社2006年版，第387页。
⑥ 曹雪芹：《脂砚斋重评石头记：庚辰本》，人民文学出版社2006年版，第388页。
⑦ 曹雪芹：《脂砚斋重评石头记：庚辰本》，人民文学出版社2006年版，第401页。
⑧ 曹雪芹：《蒙古王府本石头记》，北京图书馆出版社2007年版，第845页。
⑨ 曹雪芹：《脂砚斋重评石头记：庚辰本》，人民文学出版社2006年版，第505页。
⑩ 曹雪芹：《甲辰本红楼梦》，北京图书馆出版社1989年版，第685～686页。

玉，元妃不喜欢"绿玉"，让他赶紧换成"绿蜡"①；黛玉则偷偷帮宝玉代作了一首，而且被元妃指为前三首之冠。可是等到端午节赐节礼的时候，元妃赐给宝玉、宝钗的是一样的，黛玉的则减一等，透露出元妃看中的宝玉妻子人选是宝钗而非黛玉。弃黛选钗的理由有很多，但这次元宵节黛玉、宝钗给元妃留下的不同印象显然也是其中之一。可弃黛选钗又是宝玉出家的直接肇因，爱之反而害之，团圆反成分散。

更进一步的是，这次元宵节还是一个伏笔，元妃反复谈到，贾家人太奢华过费了，"以后不可太奢，此皆过分之极"，"倘明岁天恩仍许归省，不可如此奢华靡费了"②。此语和第三个元宵节紧密钩连。第三个元宵节在第53回，乌进孝来进地租时，以为娘娘和万岁爷必然对贾府赏赐极丰，这也是普通人以为的必然之理。但贾蓉亲口否认："纵赏金子，不过一百两金子，才值了一千两银子，够一年的什么？这二年那一年不多赔出几千银子来！"而荣国府没落的缘起，竟然就是第二个元宵节的元妃省亲——"头一年省亲，连盖花园子，你算算那一注共花了多少，就知道了。再两年，再省一回亲，只怕就净穷了！"③

到了第53回，贾府已从盛极而下，贾家虽然有元春，但平时花费过大，财力已经不及从前了。连年赔钱——"那一年不多赔出几千两银子来"；出多进少，又不置产业——"这几年添了许多花钱的事，一定不可免是要花的，却又不添些银子产业"④。第53回里，贾府虽然也宴请亲朋，可贾家部分族人都不愿意来赴宴，"或有年迈懒于热闹的，或有家内没有人不便来的，或有疾病淹缠，欲来竟不能来的，或又有一等妒富愧贫不来的，甚至于有一等憎畏凤姐之为人而赌

---

① 曹雪芹：《脂砚斋重评石头记：庚辰本》，人民文学出版社2006年版，第393~394页。
② 曹雪芹：《脂砚斋重评石头记：庚辰本》，人民文学出版社2006年版，第401页。
③ 曹雪芹：《脂砚斋重评石头记：庚辰本》，人民文学出版社2006年版，第1235~1236页。
④ 曹雪芹：《脂砚斋重评石头记：庚辰本》，人民文学出版社2006年版，第1235页。

气不来的，或有羞口羞脚，不惯见人，不敢来的"①，贾府内部错综复杂的关系导致了内部的不和睦。作者通过这次元宵节的冷清和贾珍等人的对话，直接说明了贾家因为奢华靡费，后继无人，已经走向没落了。

《红楼梦》中的第四个元宵节是在第 96 回："众人因为灯节底下，恐怕贾政生气，已过去的事了，便也都不肯回。只因元妃的事忙碌了好些时，近日宝玉又病着，虽有旧例家宴，大家无兴，也无有可记之事。"②

和之前的浓墨重彩不同，最后一个元宵佳节只是轻轻带过。不唯如此，围绕着这个元宵节还有一系列祸事。节前元妃薨逝，贾家在宫中的靠山轰然倒塌；宝玉又因丢失玉而生病，贾家重金悬赏，轰动得都有人拿假玉来贾府碰运气，闹动了"贾宝玉弄出'假宝玉'来"③。这两件大事都发生在元宵节前后，正是人闲时节，可想而知会引起怎样的轰动。到了正月十七日，又传来了王子腾感冒被庸医一剂药致死的噩耗。在《红楼梦》开篇，说四大家族一荣俱荣、一损俱损。但是贾、王、史、薛这四家，史、薛早已没落，史湘云一个公侯小姐常常要做活儿到五更天；皇商薛家的薛蟠是个薛大傻子，于做生意一窍不通。实际上只有贾、王在支撑门面。可是这个元宵节，先是贾家折损元妃，紧接着王家失去王子腾，再加上此时，为了给失玉后变得疯傻的宝玉治病，凤姐等人定下了调包计，埋下了后文黛玉恸亡、宝玉出家的伏笔。所以，这个元宵节已经是《红楼梦》中提及的最后一次元宵节，作者却轻轻带过，实际上意味很深。不再写锦衣玉食、朱甍碧瓦，因为马上就要"白茫茫大地真干净"④；不再写火树银花、爆竹震天，因为更震耳的是"忽喇喇似大厦倾"⑤。

---

① 曹雪芹：《脂砚斋重评石头记：庚辰本》，人民文学出版社 2006 年版，第 1250~1251 页。
② 曹雪芹：《程甲本红楼梦》，沈阳出版社 2006 年版，第 2630~2631 页。
③ 曹雪芹：《程甲本红楼梦》，沈阳出版社 2006 年版，第 2630 页。
④ 曹雪芹：《脂砚斋重评石头记：庚辰本》，人民文学出版社 2006 年版，第 120 页。
⑤ 曹雪芹：《脂砚斋重评石头记：庚辰本》，人民文学出版社 2006 年版，第 118 页。

曹雪芹在《红楼梦》第 1 回中写甄家，第一个元宵节就是祸起的引子，是"家破"，此后一路滑入深渊。而在第 96 回中写贾家，第四个元宵节则是"人亡"，奏响了贾家家族覆亡的挽歌。《红楼梦》的结构是先写甄家的"小荣枯"，甄家由诗酒簪花的富足乡宦人家跌入衣食无继的赤贫；接着写贾家的"大荣枯"，贾家从富比王侯的公府豪门到惨遭抄家。前后呼应，可见文思深细。把贾府的盛极而衰侧面描写出来，用元宵节期间发生的众多事件隐喻了书中众多人物的悲剧命运，草蛇灰线，伏脉千里，累如贯珠，堪称神笔。

二、《红楼梦》里中秋节的四大秘密

《红楼梦》第 75 回中的这个中秋节，宛如一个月饼，外表看起来平平无奇，里面却有很多馅儿。

其一，从这个中秋节可以推断出《红楼梦》的故事究竟发生在南京还是在北京。

这个中秋节里出现了西瓜。第 75 回里写道："次日起来，就有人回，西瓜、月饼都全了，只待分派送人，贾珍吩咐佩凤道：'你请你奶奶看着送罢，我还有别的事呢！'佩凤答应去了，回了尤氏。尤氏只得一一分派遣人送去。"①贾珍第二天到荣国府见了贾母，贾母告诉他："昨日送来的月饼很好，那个西瓜看着好，打开却也罢了。"②月饼好是贾珍新请的一个厨子做的，西瓜不好是因为今年雨水太多造成的。

现在我们可能不以为意，毕竟西瓜太常见了。但是，在《红楼梦》成书的清代，交通没有这么发达，种植技术也没有这样先进，因此中秋节吃的西瓜则应该是在黄淮以北地区出产的。在黄淮地区，西瓜六月上中旬播种育苗，中下旬定植，八月中下旬收获。这茬西瓜

---

① 曹雪芹：《脂砚斋重评石头记：庚辰本》，人民文学出版社 2006 年版，第 1819 页。
② 曹雪芹：《脂砚斋重评石头记：庚辰本》，人民文学出版社 2006 年版，第 1823 页。

上市的时间正值中秋节。六七月份是北方的雨季，因此贾政说今年雨水勤，西瓜不太甜。

由此也可以看出，《红楼梦》的故事背景应该发生在北京一带，西瓜才可以作为中秋节时令水果出现。

其二，从这个中秋节我们可以看出，贾政最欣赏的是林黛玉。当年贾政带着宝玉游大观园，试他的才华，给各个处所取名字，也有存的，也有删改的，也有尚未拟的。林黛玉在这个中秋节回忆道："后来我们大家把这没有名色的也都拟出来了……谁知舅舅倒喜欢起来，又说：'早知这样，那日该就叫他姊妹一并拟了，岂不有趣。'所以凡我拟的，一字不改都用了。"①

虽然香菱夸口贾政喜欢薛宝钗："我们姑娘的学问连我们姨老爷时常还夸呢。"② 但这些只是香菱自己说的，"孤证不信"。反而从不夸奖林黛玉的贾政，把她拟的名号一字不改都用了。"听其言观其行"，贾政到底喜欢谁，一目了然。林黛玉是贾政妹妹的女儿，薛宝钗是王夫人妹妹的女儿，在婚姻取决于父母之命的年代，宝玉婚姻人选的钗黛之争，其实也是贾政和王夫人之争。

假如巡盐御史林如海在世，贾家绝对不会选择薛宝钗，薛家的财富再多一倍也没用。即使林如海和贾敏都死了，林黛玉真的身无分文、寄人篱下了，有正常思维的人家也不大可能选择薛宝钗，要知道宝钗的哥哥薛蟠可是惹出过人命官司的。所以，即使舍黛有合理性（她身体不好，恐不利于子嗣），取钗也绝不是个好决定。因此，在重要事务的抉择上，一定要慎重考虑，不要在愤怒、焦急和匆忙中随便决定。

其三，从这个中秋节我们可以预见史湘云和林黛玉的未来结局。在这个晚上的联诗中，湘云说"寒塘渡鹤影"③，黛玉对了"冷月葬

---

① 曹雪芹：《脂砚斋重评石头记：庚辰本》，人民文学出版社2006年版，第1843页。
② 曹雪芹：《脂砚斋重评石头记：庚辰本》，人民文学出版社2006年版，第1948～1949页。
③ 曹雪芹：《脂砚斋重评石头记：庚辰本》，人民文学出版社2006年版，第1853页。

诗魂"①。当然，有的版本是"冷月葬花魂"②。但笔者认为，花魂比较普通，还是诗魂更适合孤高的林黛玉，也符合林黛玉论诗的时候说过的个人见解——"若是果有了奇句，连平仄虚实不对都使得"③。"诗魂"更符合奇句的标准，意新句也新。

但是，不管是"花魂"还是"诗魂"，这都预示着林黛玉可能在一个冷月无声的夜晚，孤零零地死去。而"寒塘渡鹤影"的湘云，虽然现存小说版本没有有力的依据，但是1987年版电视剧的改编——让她做了船上的歌妓，无疑是力透纸背。虽然很多红迷觉得这是唐突了云妹妹，然而读读历史，这样的例子并不少见。

明朝的尚书铁铉（河南邓州人），明惠帝时著名忠臣，在靖难之变时不肯投降造反夺位的燕王朱棣，被施以凌迟、油炸而死之后，铁铉之妻杨氏及两名女儿被没入教坊司，成为官妓。

宋朝靖康之变，金兵俘虏徽、钦二帝，以及数千后宫妃嫔和大臣。金人在上京修建了一个叫"浣衣院"的地方，其实是一个金人寻欢作乐的官方妓院。除了十几位帝姬（即公主）之外，宋高宗赵构的发妻邢秉懿、赵构的生母韦氏都被发配到浣衣院中为奴。《呻吟语》记载说："妃嫔王妃帝姬宗室妇女均露上体，披羊裘。"④可见这些往日身份尊贵的女性受到了何等惨烈的侮辱，甚至比起金国的官妓还不如。

这样看来，说云妹妹做了歌妓飘零水上"寒塘渡鹤影"，是来自于现实的！这也说明了，女性在没有独立地位的时代，一旦父兄丈夫遭难，会沦落到何等悲惨的境地。

其四，从这个中秋节可以重新认识与想象中完全不同的宝钗和黛玉。这个中秋节，描写了宝钗的另一个侧面，这是借鉴了《史记》的"互见法"。苏东坡之父苏洵赞许《史记》"互见法"——"本传

---

① 曹雪芹：《脂砚斋重评石头记：庚辰本》，人民文学出版社2006年版，第1854页。
② 曹雪芹：《蒙古王府本石头记》，北京图书馆出版社2007年版，第2993页。
③ 曹雪芹：《脂砚斋重评石头记：庚辰本》，人民文学出版社2006年版，第1113页。
④ 确庵、耐庵编，崔文印笺证：《靖康稗史笺证》，中华书局2010年版，第209～210页。

晦之，而他传发之"①，是一种巧妙的叙述手法。也就是某个人的某个性格侧面，在直接描写他的章节中隐而不谈，但在其他人的章节中揭示出来，有助于读者更加立体地认识这个人物。比如说《项羽本纪》里面只谈到了项羽好的一面，力能扛鼎、身先士卒等等；但在《淮阴侯列传》韩信的叙述中，则提到了项羽不好的一面，也就是不能放手任用有才能的将领，手下立下战功，该加封晋爵时，他把刻好的大印放在手里玩磨得失去了棱角，也舍不得给人。还有他为了衣锦还乡建都彭城，放弃关中，等于将辛辛苦苦打下来的天下拱手让给刘邦。这样通过"互见法"，我们一方面为英雄惋惜，一方面也认识到是他自己性格的弱点局限了自身。

《红楼梦》也是这样，在绝大部分正面描写宝钗的时候，都是赞美的口气，展示她容貌性格、为人处事的优长之处。但会突然在某些侧面，暴露出宝钗不为人知的另一面。比如在这个中秋节，史湘云伤感道：

> 可恨宝姐姐，姊妹天天说亲道热，早已说今年中秋要大家一处赏月，必要起诗社，大家联句，到今日便弃了咱们，自己赏月去了。②

想想之前，宝姐姐对父母双亡寄居在叔叔婶婶家的史湘云如何亲密关切，拿出自家的钱和螃蟹替她张罗螃蟹宴，请大家作诗，还叮嘱湘云说这是咱们关系好，"你千万别多心，想着我小看了你，咱们两个就白好了。你若不多心，我就好叫他们办去的"③，让湘云对宝姐姐感激得不得了。后来，湘云再来贾府都不再和林黛玉住在一起，而是搬去和宝姐姐住在一起。但是，后来抄检大观园时宝钗为了避嫌，

---

① 曾枣林、刘琳主编：《全宋文》，上海辞书出版社、安徽教育出版社2006年版，第144页。
② 曹雪芹：《脂砚斋重评石头记：庚辰本》，人民文学出版社2006年版，第1841页。
③ 曹雪芹：《脂砚斋重评石头记：庚辰本》，人民文学出版社2006年版，第858～859页。

马上就搬出去。可是和她一起住的湘云怎么个安排法？宝姐姐似乎根本就没留意到。因此，湘云才在这个中秋节忍不住发出了这样的感叹。

这个中秋节她最后住在哪里？就是林黛玉的潇湘馆，她跟林黛玉吵过很多架，说过黛玉像戏子（在清代这是很侮辱人的说法），打趣林黛玉将来嫁个咬舌的林姐夫，还当面说林黛玉比不上薛宝钗……但是最后，还是这个被认为是"小性、刻薄"的林黛玉不声不响、毫无芥蒂地收留了她。那么，这一幕就更"一击两鸣"了。"大度"的宝姐姐真的"大度"吗？"小性"的林妹妹真的"小性"吗？如果不是，这些舆论是谁造的呢？都说"无利不起早"，造这些舆论又是为了什么呢？

"来说是非者，便是是非人。"假如一个人总是在你面前喋喋不休地说另一个人坏话，我们在相信之前，是否应该想一想，此人和他口中的"坏人"有没有利益冲突？如果有的话，这话的可信度究竟有几成呢？

第二节 《红楼梦》中的养发、护牙、妆饰与赠衣

一、《红楼梦》中的头发与养生

《红楼梦》描述过几个女子有一个共同的特点，都有一头乌黑的头发。比如说，小红"倒是一头黑真真（鬒）的头发，挽着个鬏（簪），容长脸面，细巧身材，却十分俏丽干净"①。芳官"一头乌油油的头发披在脑后"②。鸳鸯长得"蜂腰削背，鸭蛋脸面，乌油头

---

① 曹雪芹：《脂砚斋重评石头记：庚辰本》，人民文学出版社2006年版，第551页。
② 曹雪芹：《脂砚斋重评石头记：庚辰本》，人民文学出版社2006年版，第1379页。

发"①，鸳鸯抗婚的时候，曾经用剪刀剪头发，准备去当姑子，但是"幸而他的头发极多，铰的不透，连忙替他挽上"②。宝钗也是"头上挽着漆黑油光的簪儿"③。

就连宝玉也有一头漆黑头发："头上周围一转的短发，都结成小辫，红系结束，共攒至顶中胎发，总编一根大辫，如漆黑亮。"④ 但是，《红楼梦》中却没有写跟宝玉关系非常密切的王熙凤和林黛玉的头发怎么样。书中王熙凤和林黛玉的外貌，作者精心地描写了她们的眉眼，王熙凤是"一双丹凤三角眼，两弯柳叶吊梢眉"⑤，林黛玉是"两弯似蹙非蹙笼烟眉，一双似泣非泣含露目"⑥，但是却对头发没有着墨。作者甚至还写到了王熙凤"头上戴着金丝八宝攒珠髻，绾着朝阳五凤挂珠钗"⑦，却不写她头发如何。即使她珠翠满头，也不至于完全遮蔽了头发。而头发一向是古典美人的标配之一，从来有"青丝""乌云"的美称。但是对以美貌著称的王熙凤和林黛玉来说，《红楼梦》为什么没有写她们的头发呢？

这显然不是因为关系远近亲疏和熟悉程度不同，因为小红对于宝玉来说只不过是见了一两面的小丫头，但是宝玉跟王熙凤和林黛玉相处的时间非常长，他连她们的眉眼都如此注意，那么怎么会忽略掉她们的头发呢？王熙凤曾经跟贾琏大闹，结果头发乱了，作者这个时候却没有对王熙凤的头发颜色、质地加以描写。

《红楼梦》中也侧面写到过林黛玉的头发，黛玉开玩笑让惜春画《携蝗大嚼图》，众人哄堂大笑。

---

① 曹雪芹：《脂砚斋重评石头记：庚辰本》，人民文学出版社2006年版，第1058页。
② 曹雪芹：《脂砚斋重评石头记：庚辰本》，人民文学出版社2006年版，第1074页。
③ 曹雪芹：《脂砚斋重评石头记：庚辰本》，人民文学出版社2006年版，第178页。
④ 曹雪芹：《脂砚斋重评石头记：庚辰本》，人民文学出版社2006年版，第67页。
⑤ 曹雪芹：《脂砚斋重评石头记：庚辰本》，人民文学出版社2006年版，第56页。
⑥ 曹雪芹、高鹗著，周书文点校：《红楼梦：稀世诱像珍藏本》，北京图书馆出版社1999年版，第27页。
⑦ 曹雪芹：《脂砚斋重评石头记：庚辰本》，人民文学出版社2006年版，第56页。

宝玉和黛玉使个眼色儿。黛玉会意，便走至里间将镜袱揭起，照了一照，只见两鬓略松了些，忙开了李纨的妆奁，拿出抿子来，对镜抿了两抿，仍旧收拾好了，方出来。①

之后，宝钗给惜春出主意，为她开具绘画的用具清单，结果林黛玉打趣宝钗把自己的嫁妆单子写上了，宝钗"把黛玉按在炕上，便要拧她的脸"②，结果把头发给弄乱了，于是宝钗又替黛玉整理：

宝钗用手拢上去。宝玉在旁看着，只觉更好，不觉后悔不该令他抿上鬓去，也该留着，此时叫他替他抿去。③

然而，作者这样关注林黛玉的头发，却也没有描写林黛玉头发的颜色和质地。因此，很有可能王熙凤和林黛玉也都有一头秀发，可是却达不到黑鬒鬒、乌油油的程度。那么宝钗、小红、芳官都有一头乌黑好头发，王熙凤和林黛玉则不如之，这是一种偶然现象吗？事实并非如此，《红楼梦》的这种描写反映了现实，是有理可据的。

中医认为"发为血之余"。因此，一个人的头发好不好，是跟气血有着很大的关系的。而根据现代的医学分析，更可以看出头发跟饮食、作息和心情有极大关系的。

首先，从饮食来看，宝钗、小红、芳官的饮食比较清淡。宝玉去宝钗所住的梨香院，薛姨妈招待他的是糟鹅掌鸭信、酸笋鸡皮汤、碧粳粥。柳家的给芳官送来的饭是"一碗虾丸鸡皮汤，又是一碗酒酿清蒸鸭子，一碟腌的胭脂鹅脯，还有一碟四个奶油松瓤卷酥，并一大碗热腾腾碧荧荧蒸的绿畦香稻粳米饭"。芳官却说："油腻腻的，谁吃这些东西。"④ 只将汤泡饭吃了一碗，拣了两块腌鹅就不吃了。

---

① 曹雪芹：《脂砚斋重评石头记：庚辰本》，人民文学出版社2006年版，第972页。
② 曹雪芹：《脂砚斋重评石头记：庚辰本》，人民文学出版社2006年版，第978页。
③ 曹雪芹：《脂砚斋重评石头记：庚辰本》，人民文学出版社2006年版，第978页。
④ 曹雪芹：《脂砚斋重评石头记：庚辰本》，人民文学出版社2006年版，第1472～1473页。

宝钗不爱吃特别的食物，而且有滋阴的药物"冷香丸"时时养护身体。宝钗的哥哥薛蟠得到了"这么粗这么长粉脆的鲜藕，这么大的大西瓜，这么长一尾新鲜的鲟鱼，这么大的一个暹罗国进贡的灵柏香熏的暹猪"①，让宝钗吃，宝钗却说："我知道我命小福薄，不配吃那个。"② 宝钗所吃的冷香丸，是用白牡丹花蕊、白芍药花蕊、白芙蓉花蕊等鲜花花蕊做成，且有滋阴平喘的作用，专解"热毒"。

而且宝钗劝黛玉说"食谷者生"。而芳官爱喝惠泉酒，惠泉酒作为"苏式老酒"的典型代表，以地下优质泉水和江南上等糯米为原料，主要采取半甜型黄酒的酿造工艺，经过多年窖藏而成。从中可以看出，她们比较偏好米饭。

其次，从作息来看，她们的作息都比较规律，虽然说宝钗为了达到一个封建淑女的要求，常常做活到三更，但基本上她不会熬夜。

> 宝钗因见天气凉爽，夜复渐长，遂至母亲房中商议打点些针线来。日间至贾母处王夫人处省候两次，不免又承色陪坐半时，园中姊妹处也要度时闲话一回，故日间不大得闲，每夜灯下女工必至三更方寝。③

而小红、芳官就更不用说了，宝玉生日的时候，她们才偶然有熬夜的行为。

再次，从性情上来说。大家都公认宝钗心胸宽大；小红则是说话爽快，言语简便；芳官受了干娘和赵姨娘的气，更是当时就要发作出来，虽然说这种行为未必得体，但是她不把气憋在心里。

以现代医学科学的分析，饮食清淡则脾胃比较平和，能够顺利地把营养输送到全身。而谷物中所含的维生素 B 群有助于头发黑色素的形成。

---

① 曹雪芹：《脂砚斋重评石头记：庚辰本》，人民文学出版社2006年版，第597页。
② 曹雪芹：《脂砚斋重评石头记：庚辰本》，人民文学出版社2006年版，第601页。
③ 曹雪芹：《脂砚斋重评石头记：庚辰本》，人民文学出版社2006年版，第1038〜1039页。

作息规律不熬夜，能够把一种很重要的元素酪氨酸酶顺利地从头发毛囊输送到发根发梢。酪氨酸酶是一种氧化酶，且是调控黑色素生成的限速酶。这种酶参与黑色素合成的两个反应：第一步将单酚羟基催化为二酚，第二步将邻二酚氧化为邻二醌。邻二醌再经过几步反应后就变为黑色素。这种元素不足，头发颜色就会变得发黄，甚至灰白。

另外，头发的状态也和睡眠、情绪、精神压力等神经性因素有关，如果精神状态不佳、营养不均衡、睡眠不好也会影响头发的健康。

从这三个方面来观察的话，就会发觉，王熙凤和林黛玉的头发没有那么好是有理由的。首先她们的脾胃没有那么好。王熙凤小产之后，因为年幼不知保养，所以着实亏损了下来。行经之后，下面沥沥不止，以至于鸳鸯和平儿私下议论的时候，还以为王熙凤得了血山崩。而且王熙凤在二十出头生日的第二天已经是"黄黄脸儿"。之前有说过中医认为"发为血之余"，她的血这样流失，怎么还能够将营养输送到头发上去呢？林黛玉更不用说，从小自会吃饭便会吃药，而且宝钗询问了她的日常饮食，感叹道："你素日吃的竟不能添养精神气血，也不是好事。"① 对于烤鹿肉，黛玉也是因为身子弱吃不得，螃蟹只不过吃了夹子上一点肉，就微微觉得心口疼。②

从作息上来看，王熙凤协理宁国府的时候，为了卖弄才干，恐落人褒贬，虽然忙得茶饭也没工夫吃得，坐卧不能清净，但是并不偷安推托，因此日夜不暇，有时甚至天没亮就起床了，四更天才睡。并且她一个人照顾两个府邸，可想而知其劳心劳力。此外，女儿生了传染病，她要赶紧请医调治，十二日不放家去。丈夫出外，她要打点行装。丈夫在外歇宿，她要担心他是否偷腥。冬天天冷，要考虑到给住在大观园的姐妹们另外开设小厨房，免得她们走来贾母这边吃饭受了冷风。邢岫烟一个远房亲戚来投靠，她要关心疼爱。就连袭人一个丫

---

① 曹雪芹：《脂砚斋重评石头记：庚辰本》，人民文学出版社2006年版，第1040页。
② 参见曹雪芹《脂砚斋重评石头记：庚辰本》，人民文学出版社2006年版，第874页。

鬟要回娘家，她也要把她找来嘱咐，并且送给她衣服以装贾府的脸面。丈夫偷娶了尤二姐，她要绞尽脑汁想出驱虎吞狼、借剑杀人之计。还要劳心费力地和那些下人们斗智斗勇。一方面要克扣下人的月钱去放高利贷；另一方面这些下人们并不容易管束，"错一点儿，他们就笑话、打趣；偏一点儿，他们就指桑说槐地抱怨，坐山观虎，借剑杀人，引风吹火，站干岸儿，推倒油瓶不扶，都是全挂子的武艺"①，她要打起全副精神来应对。以此而论，她白天黑夜都难以有良好的休息。林黛玉更不用说，在第76回中，黛玉对湘云说："我这睡不着，也并非一日了！大约一年之中，通共也只好睡十夜满足的觉。"②

　　从精神因素上来讲。王熙凤发现了鲍二家的和贾琏偷情，她冲上去就厮打鲍二家的。看到小丫鬟为贾琏偷情望风，王熙凤"便扬手一掌打在脸上，打的那小丫头一栽，这边脸上又一下，登时小丫头子两腮紫胀起来"，"'你若不细说，立刻拿刀子来割你的肉。'说着，回头向头上拔下一根簪子来，向那丫头嘴上乱戳"③。另外，贾琏在她生日之际和别人偷情，还要拿剑杀了凤姐，在阖府所有人面前大丢了王熙凤的面子，可以想到此事给她的心情带来何等沉重的打击。林黛玉父母双亡，因此泪道常常不干。同时担心宝玉移情他人，常有怀疑之心。后面又觉得无人为自己的婚事主张忧虑不已，甚至还闹出了杯弓蛇影的绝食求死事件。她们这样的心情又怎么会对她们的发肤没有影响呢？

　　当然，我们读《红楼梦》更要以史为鉴，从正反两个方面总结出养生的规律。饮食清淡、作息规律、心情平和，不仅对头发有好处，对我们的身体健康更是善莫大焉。

---

① 曹雪芹：《脂砚斋重评石头记：庚辰本》，人民文学出版社2006年版，第325页。
② 曹雪芹：《脂砚斋重评石头记：庚辰本》，人民文学出版社2006年版，第1859页。
③ 曹雪芹：《脂砚斋重评石头记：庚辰本》，人民文学出版社2006年版，第1007页。

二、《红楼梦》中的洁牙用具与贵族护牙传统

被誉为"百科全书"式的《红楼梦》，精细描绘了世家大族的优雅生活，它不仅仅体现在玻璃缸、玛瑙碗等名贵的用具上，不仅仅体现在西洋红葡萄汁、需要十几只鸡做配料的茄鲞等考究的饮食上，不仅仅体现在凫靥裘、雀金裘、大红猩猩毡等华贵的服饰上，更体现在许多看似漫不经意的细节上，比如除了牙膏、牙刷，甚至有些现代人未必天天使用的漱口水都在贾府得到广泛应用。

《红楼梦》中所用的牙膏是青盐。在《红楼梦》第21回《贤袭人娇嗔箴宝玉　俏平儿软语救贾琏》中，湘云来到贾府和黛玉同住，第二天清晨，宝玉头没梳、脸没洗就忙忙去探望，在潇湘馆向丫鬟"要过青盐擦了牙，漱了口"①。

中医认为，盐味咸、入肾。齿为骨之余，肾主骨，故盐可稳固牙齿，用盐刷牙，是古已有之的传统。食盐晶体颗粒粗大，如果直接用于刷牙，长期使用会因为摩擦使牙齿表面的珐琅质轻微受损，反而导致牙齿过敏。经过锻造之后的青盐，尤其是再加上多种中药制成牙粉，对洁齿护齿十分有益。据明代焦竑《焦氏笔乘》记载："江少虞《皇朝类苑》有西岳莲花峰神传齿药方……'猪牙皂角及生姜，西国升麻熟地黄，木律旱莲槐角子，细辛荷叶要相当，青盐等分同烧炼。'"② 元代许国祯《御药院方》记载："上各二两。除青盐一味外，其余药味，并碎锉。新瓦罐儿盛其药，用瓦盖合罐口。……常用此药，年至80以上，面如童子，髭鬓甚黑，齿落重生。"③ 不仅可以用来刷牙，还可以乌发固齿。

牙刷出现在《红楼梦》第52回《俏平儿情掩虾须镯　勇晴雯病

---

① 曹雪芹：《脂砚斋重评石头记：庚辰本》，人民文学出版社2006年版，第461页。
② 焦竑撰、李剑雄点校：《焦氏笔乘》，中华书局2008年版，第205页。
③ 许国祯：《御药院方》，中医古籍出版社1983年版，第659页。

补雀金裘》中，晴雯抱病补完雀金裘之后，还"用小牙刷慢慢的剔出毧毛来"①，这样一来，修补过的地方看上去和周围的面料比较接近，几乎看不出修补痕迹。晴雯是临时接下了为宝玉用"界线"方式织补雀金裘的任务，但是她能随手拿出小牙刷来用，说明牙刷是怡红院的常备之物。

在《红楼梦》中还使用了名为"茶卤"的漱口水。在第 56 回《敏探春兴利除宿弊 时宝钗小惠全大体》中，贾宝玉梦见了甄宝玉，正在恍恍惚惚，忽听说老爷叫宝玉，两个宝玉都惊慌不已，一个拔腿就走，一个叫唤回来，宝玉被袭人推醒，"早有人捧过漱盂茶卤来，漱了口"②。

茶卤漱口的传统最早可以追溯到宋朝，颇为关注养生的宋代文豪苏东坡，曾在《漱茶说》中专门写了茶卤："每食已，辄以茶卤漱口，而齿便漱濯，缘此渐坚密，蠹病自已。"③

《医宗金鉴》中也提道："内服用无灰酒送下，外敷用茶卤磨涂。"④

现代口腔医学研究也证实了茶卤的功效，因其富含单宁和有机酸，有助于坚龈固齿、清除牙斑、预防口臭。

在第 3 回《贾雨村夤缘复旧职 林黛玉抛父进京都》中，寂然饭毕，就有丫鬟用小茶盘捧上茶来，林黛玉细心窥察，发现这是漱口用的茶，此处所说的"茶"应该也是"茶卤"这种漱口水。而林黛玉一开始想起父亲让自己饭后务待饭粒咽尽，过一时再吃茶，方不伤脾胃，这说明即使五代列侯之家，林府仍然比不上贾府对养生和保健的讲究。

在第 39 回中，贾母和刘姥姥相见，询问对方眼睛牙齿如何，刘姥姥回答道："都还好，就是今年左边的槽牙活动了。"⑤贾母道自己

---

① 曹雪芹：《脂砚斋重评石头记：庚辰本》，人民文学出版社 2006 年版，第 1226 页。
② 曹雪芹：《脂砚斋重评石头记：庚辰本》，人民文学出版社 2006 年版，第 1331 页。
③ 苏轼撰、茅维编、孔凡礼点校：《苏轼文集》，中华书局 1986 年版，第 2370 页。
④ 吴谦著、赵晓鱼整理：《医宗金鉴》，中国医药科技出版社 2012 年版，第 34 页。
⑤ 曹雪芹：《脂砚斋重评石头记：庚辰本》，人民文学出版社 2006 年版，第 893 页。

眼也花，耳也聋，记性也没了，不过嚼得动的吃两口。贾母这是自谦之词，实际上她对刘姥姥的话听得一清二楚，而且显然她的牙齿暂无松动之虞，这应该归功于贾府牙刷、牙膏，尤其是漱口水的应用。

贾府的漱口水主要在两个时间段应用，饭后和睡醒后。

饭后除了第3回，还有第28回，贾宝玉跟着王夫人急匆匆吃了饭，忙忙地要茶漱口，急着去见林妹妹。

睡醒后除了第56回，还有第30回，袭人梦醒，宝玉向案上斟了茶来，给袭人漱了口。

这些习惯对牙齿非常有益，因为饭后食物残渣如果在齿缝留存，长此以往，会造成牙菌斑、牙结石、牙龈发炎，容易对冷热酸甜过敏，还会造成牙龈萎缩和齿缝变大，不但影响牙齿功能，而且损害牙齿美观。

人在睡觉时，口腔几乎不会分泌唾液，随着睡眠时间而繁殖出大量的细菌，因此起床时可能觉得嘴巴干燥不清爽，或是感觉有口臭，那么睡醒漱口也会缓解和消除这种症状。

其实，从远古开始，国人对牙齿就很关注。《诗经》中形容美女的标配之一就是"齿如瓠犀"①，牙齿要像葫芦子一样整齐洁白，"龃龉"现在多用于比喻意见不合、互相抵触，但它的原意是牙齿参差不齐，一张嘴颜值大打折扣。

中国古代贵族早有护齿传统，《礼记》就有"鸡初鸣，咸盥漱"②，清晨一起来，就要洗脸漱口。西汉初期医学家淳于意在治疗"齐中大夫病龋齿"时，就明确提出这是"食而不漱"造成的，嘱咐他用"苦参汤"漱口，日嗽三升，过了五六日，果然奏效。③ 隋代巢元方的《诸病源候论》中提道："食毕，常漱口数过。"④ 不然就容易得龋齿病。明朝徐春甫编纂的《古今医统大全》，其中提出最好的

---

① 周振甫译注：《诗经译注》，中华书局2010年版，第76页。
② 王文锦译解：《礼记译解》，中华书局2016年版，第375页。
③ 参见司马迁《史记》，中华书局1982年版，第2806页。
④ 高文柱、沈澍农主编：《中医必读百部名著·诸病源候论》，华夏出版社2008年版，第193页。

方式是三餐饭后洗刷漱口，可使牙齿到老都坚固洁白："漱齿每以早晨，是倒置也。凡一日饮食之毒，余积于齿缝中，当于夜下洗刷，使垢秽不藏于齿缝，齿自不坏矣，故云晨漱不若夜漱，此善于养齿者。今观智者，每日饭后必漱，及晨晚通有五漱，则齿至老坚白不坏，斯存养之功可见矣。"① 据王惠民先生统计，敦煌壁画中至少有 14 幅和刷牙有关的绘画，最早的刷牙图见于中唐时期第 154、159、186、361 窟的《弥勒经变》中。②

至于牙刷的出现，似是舶来品传入中华。西晋佛典《菩萨行五十缘身经》记载，菩萨世世持杂香水与佛及诸菩萨，澡面及杨枝梳齿，用是故，佛面口中皆香。用于洁齿的杨枝，又叫做"齿木"。唐代佛教史传《南海寄归内法传》记载："每日旦朝，须嚼齿木。揩齿刮舌，务令如法。盥漱清净，方行敬礼。其齿木者，……长十二指，短不减八指，大如小指。一头缓须熟嚼，良久净刷牙关。"③ 前往天竺取经的三藏法师在《大唐西域记》中记载，印度佛教徒每餐饭后用树枝清洁牙齿。后来，归国的三藏法师为了造福大众，更是推广用杨柳枝作为清洁牙齿的工具，"馔食既讫，嚼杨枝而净"④，因为杨柳枝方便易得、价格便宜，而且质地松软、纤维丰富，用牙齿咬散就可以便捷洁牙。宋代的医书《圣济总录》记载：每日早，取杨柳枝咬枝头令软，揿药揩齿，瞬水漱，复以棉揩，令净。李时珍也曾说过，用嫩柳枝削为牙枝，涤齿甚妙。1953 年，在辽代驸马赠卫国王夫妇合葬墓中，出土了两支只剩牙柄的牙刷。这两把牙刷一端打有两排细孔，应该是用来固定刷毛，形制和现在的牙刷已经比较接近。宋代《梦梁录》记载有"凌家刷牙铺""傅官人刷牙铺"⑤，说明宋朝时已经开始专卖牙刷。宋人周守忠在《养生类纂》中提到不宜用马尾毛

---

① 徐春甫编纂：《古今医统大全》，人民卫生出版社 1991 年版，第 301 页。
② 参见王惠民《敦煌壁画刷牙图考论》，载《敦煌研究》1990 年第 4 期，第 20～23 页。
③ 义净著、王邦维校注：《南海寄归内法传校注》，中华书局 1995 年版，第 44 页。
④ 玄奘撰著、辩机编次、芮传明译注：《大唐西域记校注》，中华书局 2019 年版，第 173 页。
⑤ 吴自牧：《梦梁录》，三秦出版社 2002 年版，第 228～229 页。

牙刷:"早起不可用刷牙子。恐根浮兼牙疏易摇,久之患牙痛。盖刷牙子皆是马尾为之,极有所损。"① 他自己用更为柔软的马鬃毛做牙刷毛,"短簪削成玳瑁轻,冰丝缀锁银骏密"②。银骏就是白色的马鬃毛。当然还少不了对养生和奢华享受都很在行的慈禧太后,她在宫中常常使用川椒、旱莲草、枯白矾和白盐等制成的"牙膏"擦牙或刷牙,此外她还常用旱莲草、川椒水煎后去渣所得的汁兑水来漱口。从唐代至清代的牙刷均有发现,2011 年,江苏扬州还成立了中国首家牙刷博物馆,参观者可以在此了解到中国上千年的牙刷史。

回顾历史,可见不止世家大族的贾府,中国古代贵族对护齿、洁齿都非常注重,《通典》记载,东汉时就有类似于现在的口气清新剂,那时"尚书郎"在朝堂上要"口含鸡舌香",目的在于奏事答对之时,"气息芬芳"③。这些符合科学牙齿保健的经验,值得我们当代人借鉴。

三、《红楼梦》中的服饰妆容

《红楼梦》里的女孩子化妆吗?

首先,那些大丫头是化妆的。金钏见了宝玉,打趣他说:"我这嘴上是才擦的香浸胭脂,你这会子可吃不吃了?"④ 宝玉见了鸳鸯,见她脖颈的白腻不在袭人之下,便猴上身去涎皮笑脸道:"好姐姐,把你嘴上的胭脂赏我吃了罢。"⑤ 金钏是王夫人的大丫头,鸳鸯是贾母的大丫头,这说明她们身边的大丫头还是很注重形象打扮的。

其次,凤姐和尤二姐这样的年轻媳妇也是化妆的。凤姐过生日的

---

① 周守忠编,奚飞飞、王旭东校注:《养生类纂》,中医药出版社 2018 年版,第 44 页。
② 杨镰主编:《全元诗》,中华书局 2013 年版,第 521 页。
③ 杜佑撰,王文锦、王永兴、刘俊文、徐庭云、谢方点校:《通典》,中华书局 1988 年版,第 604 页。
④ 曹雪芹:《脂砚斋重评石头记:庚辰本》,人民文学出版社 2006 年版,第 516 页。
⑤ 曹雪芹:《脂砚斋重评石头记:庚辰本》,人民文学出版社 2006 年版,第 532 页。

时候，和贾琏大闹了一场，贾琏看到她"也不盛妆，哭的眼睛肿着，也不施脂粉，黄黄的脸儿，比往常更觉可怜可爱"①，联系到凤姐彩绣辉煌的出场——"粉面含春威不露"②，可知凤姐"往常"是很重视美容的。

尤二姐被凤姐赚入贾府，没了头油，问善姐要，有了王熙凤授意的善姐没好气地劝她省省，而且给她的茶饭都系不堪之物，所以尤二姐渐次黄瘦了下去。贾琏有了秋桐之后固然喜新厌旧，但少了胭脂水粉的滋润，又没了正常食物的营养，又黄且瘦的尤二姐想来也不大能够像贾母初见时夸赞的那样，比王熙凤还齐全些。最后二姐吞金，在临死前挣扎着穿好了衣服做了最后一次人生的打扮，贾琏见到二姐"面色如生，比活着还美貌"③，又是心疼又是良心发现，不觉抚尸痛哭。"娶妻娶色"，这是最让人心酸的说明了。

不光是凤姐、尤二姐这样的年轻媳妇，年纪大些的夫人也不会疏懒此道。

尤氏去探望李纨，跟来的丫头媳妇们因问："奶奶今日晌尚未洗脸，这会子趁便可净一净罢？"尤氏点头，李纨忙命素云来取自己妆奁，素云又将自己脂粉拿来，笑道："我们奶奶就只没粉合胭脂，奶奶不嫌脏，这是我没有用过的。"李纨道："我虽没有，你就该往姑娘们那里取去，怎么公然拿出你的来？幸而是他，要是别人，岂不恼呢？"④

这一段一击两鸣。贾珍的夫人尤氏是填房，年纪不可能太大，但她又是尤二姐、尤三姐的姐姐，所以也不可能太年轻，因而也是要有必要的妆饰的。李纨虽然不算年纪大，但由于青春丧偶，"岂无膏沐，谁适为容"⑤，她要是打扮，是要惹人非议的，所以作为寡妇的

---

① 曹雪芹：《脂砚斋重评石头记：庚辰本》，人民文学出版社2006年版，第1019页。
② 曹雪芹：《脂砚斋重评石头记：庚辰本》，人民文学出版社2006年版，第56页。
③ 曹雪芹：《脂砚斋重评石头记：庚辰本》，人民文学出版社2006年版，第1663页。
④ 曹雪芹：《脂砚斋重评石头记：庚辰本》，人民文学出版社2006年版，第1802~1803页。
⑤ 周振甫译注：《诗经译注》，中华书局2010年版，第84页。

李纨，没有脂粉，虽处绮罗丛中，却似槁木死灰一般。

另外，还有王夫人、贾母，到了正式场合，比如元妃省亲之时，也都是"按品大妆"①。

由此可见，是否梳妆打扮，不仅仅只是爱美，其实也透露了一个人的地位或者心境。

那么大家最爱的林妹妹化不化妆呢？

一般人肯定认为林妹妹是素颜的，通常不都是推崇"素面朝天"的美人吗？

宝玉一时兴起，要和秦钟一起上学。开学那天，宝玉辞了贾母、贾政等长辈，准备去学校，忽然想起，还没有向黛玉告别，别的姐妹就算了，但是林妹妹是必须去告个别的，所以急忙跑去向黛玉作辞。正好此时黛玉已起床，正在窗下对镜晨妆，宝玉就嘱咐一大堆话，其中还有一句是"那胭脂膏子，也等我来再制"②，所以，林妹妹是打扮的。1987年版电视剧《红楼梦》的剧照更是借鉴了《女史箴图》，又化用了温庭筠的《菩萨蛮》——"懒起画蛾眉，弄妆梳洗迟。照花前后镜，花面交相映"③，活画出一幅美人图了。

真正素面朝天的是谁呢？——宝姐姐！薛姨妈早就说了——"宝丫头古怪着呢，他从来不爱这些花儿粉儿的。"④

可是她的这种素净却让老太太都觉得太过了。

而且，一个很关键的问题是，以前我们觉得宝玉不喜欢宝钗是因为宝钗追求"好风频借力，送我上青云"⑤，总是劝说宝玉走仕途经济之路，两人志趣不投，难以有心灵上的共鸣。

可是引入妆饰这个角度，我们恐怕不免发现，宝玉和宝钗连审美情趣都大相径庭，两个人生活在一起也许都不能互相欣赏。

先看外貌。

---

① 曹雪芹：《脂砚斋重评石头记：庚辰本》，人民文学出版社2006年版，第321页。
② 曹雪芹：《脂砚斋重评石头记：庚辰本》，人民文学出版社2006年版，第201页。
③ 刘学锴：《温庭筠全集校注》，中华书局2007年版，第889页。
④ 曹雪芹：《脂砚斋重评石头记：庚辰本》，人民文学出版社2006年版，第155页。
⑤ 曹雪芹：《脂砚斋重评石头记：庚辰本》，人民文学出版社2006年版，第1681页。

宝玉：头上戴着束发嵌宝紫金冠，齐眉勒着二龙抢珠金抹额，穿一件二色金百蝶穿花大红箭袖，束着五彩丝攒花结长穗宫绦，外罩石青起花八团倭缎排穗褂，登着青缎粉底小朝靴。①

黛玉：掐金挖云红香羊皮小靴，罩了一件大红羽纱面白狐狸里的鹤氅，束一条金心闪绿双环四合如意绦，头上罩了雪帽。②

宝钗：头上挽着漆黑的油光篡儿，蜜合色棉袄，玫瑰紫二色金银鼠比肩褂，葱黄绫棉裙，一色半新不旧。③

蜜合色是何颜色？须知"蜜合"二字本是中药用语，即指一般做丸药时除将各色药材碾碎备用之外，还须准备蜂蜜朱砂等物，与药末和匀，团而为丸，蜂蜜起黏结、祛苦涩作用，朱砂取颜色红艳，去邪祟作用。因此，蜂蜜之金黄与朱砂之丹红相掺和，应当就是所谓"蜜合"之色，多数典籍偏重于"微黄而带红色"。

所以，从服装颜色搭配上，其实宝黛都喜欢"大红""青金"等亮色，而宝钗喜欢的是"半新不旧""微黄带红"的暗色，哪两个更匹配呢？

接下来，再看房间搭配。

怡红院：门上挂着葱绿撒花软帘。四面墙壁玲珑剔透，琴剑瓶炉皆贴在墙上，锦笼纱罩，金彩珠光，连地下踩的砖，皆是碧绿凿花。④

潇湘馆：精致。用刘姥姥的话说："满屋子的东西都只好看，都不知叫什么，我越看越舍不得离了这里。"⑤

蘅芜苑：雪洞一般，一色玩器全无，案上只有一个土定瓶中供着

---

① 参见曹雪芹《脂砚斋重评石头记：庚辰本》，人民文学出版社2006年版，第66页。

② 参见曹雪芹《脂砚斋重评石头记：庚辰本》，人民文学出版社2006年版，第1140页。

③ 参见曹雪芹《脂砚斋重评石头记：庚辰本》，人民文学出版社2006年版，第178页。

④ 参见曹雪芹《脂砚斋重评石头记：庚辰本》，人民文学出版社2006年版，第950～951页。

⑤ 曹雪芹：《脂砚斋重评石头记：庚辰本》，人民文学出版社2006年版，第911～912页。

数枝菊花，并两部书，茶奁茶杯而已。床上只吊着青纱帐幔，衾褥也十分朴素。①

宝玉见了《燃藜图》，就要皱眉，而到了秦可卿精心修饰过的屋子——"案上设着武则天当日镜室中设的宝镜，一边摆着飞燕立着舞过的金盘，盘内盛着安禄山掷过伤了太真乳的木瓜。上面设着寿昌公主于含章殿下卧的榻，悬的是同昌公主制的联珠帐。"②宝玉含笑连说："这里好！"

两者相形下，显然宝玉更喜欢精致的潇湘馆而不大感冒雪洞一般的蘅芜苑。

当然，精致和朴素，美妆和素颜，对每个人来说是"萝卜白菜，各有所爱"，然而，对于宝玉来说，精致和美妆是他擅长和特别喜爱的，平儿理妆一节可算是做了最充分的说明了：

> 宝玉忙走至妆台前，将一个宣窑瓷盒揭开，里面盛着一排十根玉簪花棒，拈了一根递与平儿。又笑向他道："这不是铅粉，这是紫茉莉花种，研碎了兑上香料制的。"平儿倒在掌上看时，果见轻白红香，四样俱美，摊在面上也容易匀净，且能润泽肌肤，不似别的粉青重涩滞。然后看见胭脂也不是成张的，却是一个小小的白玉盒子，里面盛着一盒，如玫瑰膏子一样。宝玉笑道："那市卖的胭脂都不干净，颜色也薄。这是上好的胭脂拧出汁子来，淘澄净了渣滓，配了花露蒸叠成的。只用细簪子挑一点儿抹在手心里，用一点水化开抹在唇上，手心里就够打颊腮了。"平儿依言妆饰，果见鲜艳异常，且又甜香满颊。宝玉又将盆内的一枝并蒂秋蕙用竹剪刀撷了下来，与他簪在鬓上。③

---

① 参见曹雪芹《脂砚斋重评石头记：庚辰本》，人民文学出版社2006年版，第922页。

② 曹雪芹：《脂砚斋重评石头记：庚辰本》，人民文学出版社2006年版，第100页。

③ 曹雪芹：《脂砚斋重评石头记：庚辰本》，人民文学出版社2006年版，第1015～1016页。

林妹妹爱晨妆,宝姐姐喜素颜,其实也代表了不同的人生态度。《韩非子·显学》里说道:"故善毛嫱、西施之美,无益吾面,用脂泽粉黛,则倍其初。"① 在曹雪芹心中,林妹妹一定是更像"翠生生出落的裙衫儿茜,艳晶晶花簪八宝填,我一生爱好是天然"② 的杜丽娘的。

从服饰妆容的角度看,宝玉的理想对象不是宝姐姐,除了三观不一致,还有审美不相投。

宝玉理想的婚姻生活,除了不要有"仕途经济"的罗唣,而且恐怕是有"张敞画眉"的精雅追求的。林妹妹眉尖若蹙,而且是"罥烟眉",淡淡的,宝玉大有施展之处;而宝姐姐"眉不画而翠",又好"半新不旧",不爱"花儿粉儿",可让宝玉如何措手呢?

四、岂曰无衣、明心见性:《红楼梦》中的三类赠衣

在《红楼梦》中出现了多次不同人物的馈赠衣服描写,分别是馈赠下人、穷亲戚和宠儿。小说中馈赠衣服并非仅仅只是一个普通的举动,其中蕴含着深刻的潜台词,也对刻画人物性格有烘云托月、明心见性之作用。

第一类是馈赠下人,可分为新旧两种。王熙凤馈赠的衣服一般是半旧的,或者是风毛出得不好的,也就是自己不是很满意的衣服。与此类似的也有王夫人,比如王夫人赏过衣服给奉宝玉之命送花的秋纹,"太太越发喜欢了,现成的衣裳,就赏了我两件。衣裳也是小事,年年横竖也得,却不像这个彩头"③。但是,这衣服也是王夫人年轻时的颜色衣裳,即也为旧物。王夫人和王熙凤都曾经馈赠过袭人衣服。王夫人赠给她"桃红百子刻丝银鼠袄子,葱绿盘金彩绣绵裙,

---

① 王先慎撰、钟哲点校:《韩非子集解》,中华书局1998年版,第462页。
② 汤显祖著,邹自振、董瑞兰评注:《汤显祖戏剧全集:牡丹亭》,百花洲文艺出版社2015年版,第68页。
③ 曹雪芹:《脂砚斋重评石头记:庚辰本》,人民文学出版社2006年版,第851页。

外面穿着青缎灰鼠褂"①，王熙凤赠给她"石青刻丝八团天马皮褂子"和"半旧大红猩猩毡"②。由于王夫人和王熙凤都心知肚明，袭人未来会成为宝玉的姨娘，因此在袭人回娘家的时候特意把自己的衣服馈赠给袭人，让她穿上超越身份的衣服，来显示对她的重视以及侯门的气派。然而这些衣服虽然颇为贵重，但却都是旧的，揭示了王夫人和王熙凤一脉相承的对下人的简傲和轻慢。

当馈赠下人新衣服时，其为人处世的差别更加明显。贾母让王熙凤把库房里的软烟罗"添上里子，做些夹背心子给丫头们穿"③。贾母馈赠的下人的新衣服的质料不仅非常美丽，有各样折枝花样的，也有流云卍福花样的，也有百蝶穿花花样的，颜色又鲜，纱又轻软，而且极为名贵，连王熙凤和薛姨妈等人都不认识。而且贾母的软烟罗，银红色的给林黛玉糊窗子，绿色的做一个帐子自己挂，并且也赠送给刘姥姥两匹，其他的给丫鬟做背心。贾母在所有人面前表现得毫无分别心，并不因为有阶级差别就表现出等级贵贱。同样是馈赠下人新衣服，王夫人馈赠金钏儿新衣服反而是为了掩盖自己的亏心。因为她把金钏赶出贾府导致金钏跳井，这对王夫人的社会形象是一次严重的危机。所以给她的妹妹玉钏双份的月钱，以及馈赠她两身上好的衣服作为棺材里的妆裹，就成了王夫人挽回形象的一种手段。

第二类是馈赠穷亲戚。王熙凤和贾母曾经分别馈赠过衣服给邢岫烟和刘姥姥。王熙凤馈赠给邢岫烟大红羽纱，虽然这是出于平儿的倡议，但也是因为她了解凤姐的心，因为"凤姐儿冷眼敁敠岫烟心性为人，竟不像邢夫人及他的父母一样，却是温厚可疼的人。因此凤姐儿又怜他家贫命苦，比别的姊妹多疼他些"④。王熙凤还曾经送给刘姥姥一匹青纱，另一匹实地子月白纱作里子，两个茧绸作袄儿裙子，还有两匹绸子年下做件衣裳穿。而贾母赠给刘姥姥的是别人送给她做寿的衣服，自己从来没有穿过的。鸳鸯告诉刘姥姥说："这是老太太

---

① 曹雪芹：《脂砚斋重评石头记：庚辰本》，人民文学出版社2006年版，第1187页。
② 曹雪芹：《脂砚斋重评石头记：庚辰本》，人民文学出版社2006年版，第1188页。
③ 曹雪芹：《脂砚斋重评石头记：庚辰本》，人民文学出版社2006年版，第911页。
④ 曹雪芹：《脂砚斋重评石头记：庚辰本》，人民文学出版社2006年版，第1133页。

的几件衣服,都是往年间生日节下众人孝敬的,老太太从不穿人家做的,收着也可惜,却是一次也没穿过的。昨日叫我拿出两套儿送你带去,或是送人,或是自己家里穿罢,别见笑。"① 因此,二者虽然同样都出于怜老惜贫之心,对于王熙凤来说已经是难能可贵,可是贾母更加难得,因为贾母完全可以将自己穿过的旧衣服赠送给刘姥姥,这对刘姥姥来说也是喜出望外。但贾母依然是馈赠了自己从没穿过的新衣服,可见贾母对人的尊重。

第三类是馈赠宠儿,比如说贾母曾经分别馈赠给宝琴和宝玉凫靥裘和雀金裘。第一,馈赠给宠儿不仅是新衣服,而且是特别罕见贵重。凫靥裘是用野鸭子头上的绿毛织成,野鸭子只有在繁育期间而且在公鸭头上才有绿毛,因此可以想见要使用多少只野鸭才能做成一裘。清代秦福亭《闻见瓣香录》曾记载:"鸭头裘:熟鸭头绿毛皮缝为裘,翠光闪烁,艳丽异常,达官多为马褂,于马上衣之,遇雨不濡。"② 北京故宫博物院至今保存有一件清代凫靥裘褂,为圆领、对襟、平袖、后开裾式。身长145.5厘米,裘片长9.5厘米,宽6.2厘米。全衣一共约720块儿裘块叠压缝制而成,这件凫靥裘褂在移动时,随着方向变换,闪现出不同的颜色,有时是蓝绿色,有时泛出紫色,光彩夺目。雀金裘品质更高,《南齐书》云:太子"善制珍玩之物,织孔雀毛为裘,光彩金翠,过于雉头远矣"③。吴世昌先生在《从马王堆汉墓出土的"羽毛贴花绢"到〈红楼梦〉中的"雀金裘"》一文中对雀金呢考之甚详,并引吴梅村的一首词为证:"江南好,机杼夺天工。孔翠装花支锦烂,冰蚕吐凤雾绡空,新样小团龙。"④ 说明孔雀毛织物在清初确实存在。周肇祥先生在《国学丛刊》第四册《故宫陈列所纪略》一文中也说:"乾隆时孔雀毛织成蟒衣,……皆罕见之品",价格更是相当高昂,清初叶梦珠《阅世编》

---

① 曹雪芹:《脂砚斋重评石头记:庚辰本》,人民文学出版社2006年版,第965页。
② 秦武域:《闻见瓣香录》,见《丛书集成续编》,台北新文丰出版社1989年版。
③ 萧子显:《南齐书》,中华书局1972年版,第401页。
④ 吴世昌:《从马王堆汉墓出土的"羽花贴地绢"到〈红楼梦〉中的"雀金裘"》,载《文物》1973年第9期,第64页。

卷八记载:"昔年花缎惟丝织成华者加以锦绣,而所织之锦大率皆金镂为之,取其光耀而已。今有孔雀毛织入缎内,名曰毛锦,花更华丽,每匹不过十二尺,值银五十余两。"① 而且宝玉的雀金裘还明确说出是俄罗斯国出产的。第二,凫靥裘和雀金裘材料相似,都是用比较罕见难得的羽毛制成。它们的外观也很相似,皆为金碧闪烁。第三,贾母先馈赠了宝琴凫靥裘后,又馈赠了宝玉雀金裘。贾母问宝琴的生辰八字,薛姨妈猜出贾母是希望与宝玉求配,但因宝琴早已许给梅翰林的儿子,这件事情未能达成。然而贾母是先赐给了宝琴凫靥裘,带众人赏雪之际,"忽见宝琴披着凫靥裘站在山坡上遥等,身后一个丫鬟抱着一瓶红梅"②。贾母正在感叹比仇十洲的《艳雪图》画上的还好,突然宝琴身后转出宝玉,就在这一幕之后,贾母赐给了宝玉雀金裘。当他们两个人披着材料相似、颜色相似的两件金翠辉煌的斗篷站在一起时,会给人璧人之感。从这两件衣服来看,贾母确实有撮合两人的心态。

---

① 叶梦珠:《阅世编》,上海古籍出版社 1981 年版,第 177 页。
② 曹雪芹:《脂砚斋重评石头记:庚辰本》,人民文学出版社 2006 年版,第 1169 页。

第四章 《红楼梦》的戏曲传播

第一节　越剧《红楼梦》对宝玉形象的重塑及其当代价值

 一、天上掉下个林妹妹：以宝黛之恋为核心

《红楼梦》在清代就已经以戏曲的形式被搬上舞台，虽然成为观众耳熟能详的曲目，但其改编本并不完整，直到徐进1955年完成了对越剧《红楼梦》的改编，才出现了堪称完整的改编本。这部剧于1957年在上海越剧院首次演出就取得了成功，至今深受国内外观众欢迎，更获得了"高品位展现越剧艺术风格的最佳代表""越剧剧本的典范"的好评。要特别指出的是，小说跟戏曲剧本的文体类型是大为不同的。小说重在叙事，而戏曲则注重时空观念的表达，不像小说的表达那么自由，戏曲编剧需要在有限的时间和空间进行创作布局，因此要对原著有所取舍。

除此之外，20世纪50年代，学者普遍认为《红楼梦》是一部"封建社会的百科全书"，加之毛主席也十分称赏《红楼梦》中的反抗精神，所以不少剧团都着重展现《红楼梦》中的"阶级斗争"层面。①

徐进改编《红楼梦》获得颇高口碑与他对剧本人物形象的构造密切相关，这尤为明显地反映在他对贾宝玉和林黛玉形象的阐释和表现上。他的重点主要还是围绕宝玉和黛玉之爱情展开，借此赞美宝黛的"叛逆个性"，展示封建社会对追求自由的青年的"束缚和摧残"。此外，还增加了二人平常生活及其与仆人之间的日常细节，用以辅助主人公形象的塑造。徐进表示，他的改编也受到其他剧种的剧本的启发，特别是清代鼓词《露泪缘》对其影响较大。《露泪缘》也是以宝

---

① 参见谢柏梁《中国当代戏曲文学史》，中国社会科学出版社1995年版，第131页。

玉、黛玉爱情悲剧展示为中心，这对徐进来说都深具借鉴意义。①

越剧《红楼梦》对原著的改编，徐进提出了"理线索，选要点，抓关键，动结构"的大构思。其一，戏曲布局既须参照小说布局，而又不可依样画葫芦，完全受其制约。其二，小说写了400多个人物，改编成戏，只能选取一些主要人物入戏，使人尽其用。其三，小说中的人物是用巨大篇幅以无数日常生活中一言一行的细节描写构成的。戏曲不可能有此篇幅，因而要求在塑造人物时，把握其性格最主导方向，予以"工笔画"。其四，对事件、情节必须精选。

因此，越剧的处理，从大结构上，略去了封建大家族的衰落，而主要表现宝黛爱情。

> 围绕着宝、黛情史，徐进从原著400多人中选出了有名有姓的17位剧中人，而全部剧中人都只是为了服从男女主人公的中心事件而设。从此角度言，越剧《红楼梦》全剧其实只写了宝黛二人，十二场笔墨左盘右旋，都归结于这一对恋人身上。②

对原著的截取，只选用了宝黛爱情，宝钗作为单纯的"第三者"，可以说正是发挥了越剧适合小儿女情长的优势。在情节选取上，黛玉进府、识金锁、读《西厢》、答宝玉、葬花、试玉、焚稿，这些都是小说中原已存在的非常精彩的小品，而被徐进挑选出来予以集锦式的表现。

为了塑造人物，编剧和演员都对越剧《红楼梦》的某些情节进行了修改，比如扮演贾宝玉的徐玉兰设计了宝玉"手里挥舞着一串佛珠"上场。徐玉兰刚接到剧本以后，觉得这个不大不小的男孩很难演，他不是一般的小孩儿，跳跳蹦蹦就出来了。他是荣国府那么一个天之骄子，又有封建礼教套在他身上，可他的心理又是个童生。而

---

① 参见徐进《天上掉下个林妹妹——徐进越剧作品集》，上海书店出版社2010年版，第13页。

② 谢柏梁：《徐进及其越剧〈红楼梦〉》，见徐进《天上掉下个林妹妹——徐进越剧作品集》，上海书店出版社2010年版，第22页。

徐玉兰那时候已经三十几岁了，该怎么出场呢？是跳跳蹦蹦出来，还是踏着四方步出来？当时文化局领导规定徐玉兰看十遍《红楼梦》，她看到里面有一章，王熙凤领贾宝玉到家庙去还愿回来的时候，老道士告诉宝玉，让他把自己的檀香串送给老祖宗。徐玉兰灵机一动，于是就设计了让宝玉拿个佛珠上场。而越剧《红楼梦》的结尾是宝玉出家，因此徐玉兰开场的这个设计，有意无意中，倒是形成了前后呼应。

徐进还有意更改了几处大的关节，比如原著中宝玉是因为失玉而病，但徐进改成了宝玉因琪官被笞加上紫鹃欺骗他黛玉要回南方之后，就病势沉重。这样既集中了剧情，也使宝玉的叛逆性格更突出，对黛玉的感情也更深切。又如徐进本来设计过专门写一场宝钗进府，但考虑宝钗的位置毕竟不能与黛玉并列，同时进府，怕会喧宾夺主。最后，他就设想通过一个女管事分送宫花时，从她嘴里介绍一下出身于名门大族的薛宝钗①，削弱了宝钗在剧中的分量。此外，又增加了袭人遗失了王夫人所赐的戒指，宝钗拿出自己的戒指送给袭人以笼络她的情节，刻画了宝钗的心机深重。

"哭灵"是小说所没有的情节，但却是很多改编本所共有的剧情。徐进分析，"哭灵"不仅可以加重人们对主人公命运的同情，而且使宝玉能向知己表白决不和封建势力同流合污，而永远和黛玉精神一致，这会有助于宝玉的整体形象。几经探索，徐进在小说描写宝玉几次摔掉"通灵宝玉"那个"命根子"的启示下，设想了把最后一次摔玉作为宝玉和封建家庭彻底决裂的动作。这样，听远寺钟声、向灵前告别、摔"通灵宝玉"，组成了逆子不回头的"出走"结尾。这最为精彩的第十二场"宝玉哭灵"，后来被红学家、剧评家高度评价为全剧高潮，是对《红楼梦》文化艺术的一个大突破，甚至能与曹雪芹原笔媲美。

---

① 参见徐进《从小说到戏——谈越剧〈红楼梦〉的改编》，载《人民日报》1962年7月15日。

徐进的剧本面世后，他精益求精，不断修改①。从整体上，2008年版大刀阔斧地删减，从十二出缩减为十一出。把第二出"识金锁"改成了第一出的附庸"幕外"，删去了从送宫花人的嘴里介绍出身于名门大族的薛宝钗的情节，因为徐进在1962年的时候就认为"这一介绍方式显得苍白无力，自己也很不满意"②。但是，有几处对白和唱词的删减就给人未尽惬意之感。比如黛玉进府时，初版有王熙凤夸完黛玉的容貌谈到姑妈早死，贾母止之，王熙凤赶忙转悲为喜。2008年版删去了这个情节，实际上反而弱化了王熙凤的八面玲珑、见风使舵。又如删去了袭人进逸言的唱段，正是这个唱段促使了王熙凤调包计的产生，而2008年版只是侧面通过贾母说"宝玉若真像袭人方才说的那样，万一生出什么祸来，这倒叫人难了"③。初版黛玉临死之际，周妈妈要拉紫鹃去做宝钗出嫁的使唤，紫鹃有大段悲愤的唱词，一则责怪府中人狠毒冷淡，二则表示要为姑娘送终，坚决不捧洞房宴上的合欢杯。以上这些，2008年版也都删去了。其余零星的唱词道白删减亦不少，为何徐进改掉了这么多呢？原来是演出时间的限制："如今越剧《红楼梦》的历史发展到了一个新阶段，新版《红楼梦》进入大剧院演出。演出规定为两小时，戏太长，就必须删。"④ 这些改动有其合理性，但某些时候，亦有遗憾。比如初版傻丫头有"又是宝姑娘，又是宝二奶奶，可怎么叫呢"等道白，2008年版删去了她傻里傻气的言语和动作，只通过她的口告知了黛玉宝玉即将别娶的事实后就让她匆匆下场了。但是，傻丫头的傻言词不仅突出了她呆傻而无心泄露机密的形象，她的言词和动作的可笑也使得她的这场成为"热场"，从而和林黛玉悲愤的"冷场"形成了冷热交替。实际上更

---

① 由于2008年版代表了徐进长久以来的思考和改定，故本书以他近期的修订版（2008年7月）作为研究文本。关于原著，前80回采用庚辰本，后40回则参考以程甲本为底本的版本。

② 徐进：《从小说到戏——谈越剧〈红楼梦〉的改编》，载《人民日报》1962年7月15日。

③ 徐进：《天上掉下个林妹妹——徐进越剧作品集》，上海书店出版社2010年版，第49页。

④ 徐进：《越台高处更风流》，载《新民晚报》1999年8月8日。

是突起波澜，制造悬念，先惊后悲，始疑终信，借由剧情冷热高低相济，达到更好的观剧效果。

2008年版改动较好的两处：一是删去了宝玉挨打时，王夫人哭诉若是我的珠儿还活在世上的话，"便死一百个，我也不管了"①。宝玉的兄长贾珠早早就进了学、娶了妻、生了子，是封建大家族公认的宁馨儿，未来的希望，只是可惜不到二十岁就早死。所以，王夫人在贾政因宝玉不争气而下死手痛打他之时想起死去的贾珠，万分痛心。可是，越剧《红楼梦》在那么短的演出时间内根本没有篇幅描写宝玉的哥哥，不是非常熟悉《红楼梦》的观众可能会感到莫名其妙，所以徐进在2008年版略去这句话是对的。二是在宝玉议婚时，删去了贾母对黛玉不好的风评，把否定黛玉婚事的罪责集中在王夫人和王熙凤身上。

二、曾经沧海难为水：宝黛爱情的塑造与升级

越剧《红楼梦》对宝黛爱情的刻画，突出了宝黛爱情的纯美，展现了宝玉对爱情的坚守，与原著和《露泪缘》相较更为具体明确，其中有三处较为明显的改编十分值得关注。

第一处是情节展开方面。在《红楼梦》中，宝黛的情感渊源是"神瑛侍者"和"绛珠仙草"之间的施恩与报恩的关系。因为"神瑛侍者"对"绛珠仙草"有灌溉之恩，所以她立下誓言，要随他下凡，用毕生的眼泪加以回报。②《露泪缘》中一如既往地保留了这一段故事，但徐进的剧本却把这段前世之事抹去了，直接用宝黛一见如故的情节取而代之。这样的处理手法，有映衬歌颂二人爱情主题之效，弱化了宝黛爱情命中注定的因素，升华至发自真我的追求，显得格外

---

① 曹雪芹：《脂砚斋重评石头记：庚辰本》，人民文学出版社2006年版，第760页。
② 参见曹雪芹《脂砚斋重评石头记：庚辰本》，人民文学出版社2006年版，第10～11页。

真挚。

第二处不同发生在宝玉、宝钗大婚以后。原著里的宝玉在错娶宝钗，致使黛玉含恨而终后，虽然悲恸不已，但又因为看到宝钗"举动温柔"，而"将爱慕黛玉的心肠略移在宝钗身上"①，二人"恩爱缠绵"②。这让人不免怀疑宝黛的真挚情感，亦有学者不禁发出"林妹妹啊！你可真是白死了"③的感叹。对此，《露泪缘》中保留了一部分小说情节，在《闺讽》一折中，宝玉也答应宝钗要"一心上进"④，但对于得知黛玉去世，宝玉、宝钗之间有无对话交流，《露泪缘》交代的就比较模糊了。而越剧中则让他在《金玉良缘》里发出"宝姐姐她赶走我的心上人"的悲嚎，又在接下来的尾场《宝玉哭灵》中继续诉说"想不到林妹妹变成宝姐姐，却原来，你被迫死我被骗"⑤及"一根赤绳把终身误"⑥的遭遇，足见他始终不愿接受宝钗成了自己妻子的事实。

第三处就是有关宝玉出走的改编。越剧版与原著一致，都为宝玉设定了离家出走的结局，《露泪缘》中的宝玉最后有没有出家不得而知，但他也曾表达过出家的想法。在小说里，宝玉因众姐妹先后离去或逝去已经心灰意冷，又在婚后的一天重入太虚幻境，看见黛玉等已仙逝的姐妹对自己十分冷淡，又翻看了揭示贾府女子凄惨命运的册子，在受到一个和尚的点化后，宝玉明白"一切都是幻象"，于是便"欲断尘缘"⑦。虽然原著的情节体现了佛家观念，认为世俗所认识的一切现象都是虚幻的，为宝玉的形象增添了不少内涵，但从刻画宝黛爱情的角度来说，看破红尘的结尾其实并不适合爱情主题的表达。至

---

① 曹雪芹：《程甲本红楼梦》，沈阳出版社2006年版，第2699页。
② 曹雪芹：《程甲本红楼梦》，沈阳出版社2006年版，第2970页。
③ 祝秉权：《百味红楼——〈红楼梦〉分回品赏》，巴蜀书社2007年版，第365页。
④ 韩小窗：《露泪缘》，见胡文彬编《红楼梦子弟书》，春风文艺出版社1983年版，第279页。
⑤ 徐进：《天上掉下个林妹妹——徐进越剧作品集》，上海书店出版社2010年版，第55～57页。
⑥ 徐进：《天上掉下个林妹妹——徐进越剧作品集》，上海书店出版社2010年版，第55～57页。
⑦ 曹雪芹：《程甲本红楼梦》，沈阳出版社2006年版，第3178页。

于《露泪缘》，尽管始终强调宝玉对黛玉念念不忘①，但他随着黛玉逝去而萌生遁入空门的想法，这种思念与其说是一往情深，倒不如说是一厢情愿，甚至是执迷不悟。

上面列举的三点是徐进对原著重要情节的改编，这些情节的重新编排对宝玉形象的塑造也产生了重要影响。

例如，《金玉良缘》一场中，宝玉发现红盖头下的人是宝钗后，随即"放声大哭"，嘶声竭力呼喊："林妹妹呀！"接着，又抱怨老祖宗和宝钗，把新房闹得天翻地覆，在苦苦哀求贾母把他和黛玉"放在一间屋"，好让他们"活着也能日相见，死了也可葬同坟"不果后，更想突围而出，找林妹妹去，这时候宝钗一句："她已经死了！"宝玉即"闻言昏了过去"②。这与原著里那个痴傻的宝玉完全不一样。越剧里的宝玉明显具有更为强烈的情感诉求，这种表现与《露泪缘》更为贴近，在《婚诧》中有"宝玉闻言惊破胆""不料那潇湘馆内魂魄儿飘飘"等情节，越剧版本在此段的处理上继承了《露泪缘》，在情感上亦强化了他和家人间的冲突。

黛玉之死，让宝玉的内心受到颇为严重的创伤，当台上的剧幕重开时，宝玉就喊着"林妹妹……我来迟了！我来迟了！"闯进只有紫鹃独守的灵堂，继续展开《宝玉哭灵》的情节。③《宝玉哭灵》在《露泪缘》中《哭玉》和《余情》两折的基础上，进一步借鉴了清代陈仲麟的《红楼梦传奇》中的《哭湘》。在越剧版中，宝玉在黛玉灵前缅怀二人青梅竹马的时光，哀叹自己无缘见黛玉最后一面，为她受贾府迫害抑郁而终深表痛惜，这些都与徐进效法《红楼梦传奇》有关。继而宝玉听见了寺院的钟声"若有所悟"，便毅然决然地离开贾府，这种"干净明快"的出走，被誉为"符合于人物心情的发

---

① 参见韩小窗《露泪缘》，见胡文彬编《红楼梦子弟书》，春风文艺出版社1983年版，第284页。
② 徐进：《天上掉下个林妹妹——徐进越剧作品集》，上海书店出版社2010年版，第55～56页。
③ 参见徐进《天上掉下个林妹妹——徐进越剧作品集》，上海书店出版社2010年版，第56～58页。

展"，甚至"完全表现了原小说的精神"①，这与《露泪缘》和小说版尤为不同。曹雪芹笔下的宝玉曾对黛玉说过："你死了，我做和尚！"② 在越剧版里，宝玉出走前唱道："天缺一块有女娲，心缺一块难再补。"宝玉离家出走，不是因为看破了红尘，而是为了"实现对黛玉的诺言"③。

更难能可贵的是，宝玉不再因循守旧地感叹"命中造定无缘分"④（《露泪缘》的《哭玉》），而是坚定地说道："你已是无瑕白玉遭泥陷"，则"我岂能一股清流随俗波"；既然"人间难栽连理枝"，则"我与你世外去结并蒂花"⑤。这不仅为宝玉出走的根本原因做了阐释，还展现了他和黛玉两情不渝的坚贞情感。即便是贤惠端庄的宝钗也不再令他动容，他对多愁多病的黛玉始终不离不弃，其境界已然达到元稹所说"曾经沧海难为水，除却巫山不是云"⑥ 的高度。

三、虽则如云，匪我思存：宝玉形象的净化

众所周知，原著中的宝玉是"泛情"的少年，他的"博爱"甚至多于他对黛玉的一往情深。所以，他也做出了一些有违礼法的举动，例如，吃鸳鸯嘴上的胭脂⑦、跟袭人偷试云雨情⑧。他甚至还和一些男性也发展过暧昧关系，例如，他见到琪官"妩媚温柔，心中十分留恋，便紧紧的搭着他的手"⑨，又在发现秦钟跟智能偷情时，

---

① 张真：《看上海越剧院红楼梦的演出》，载《戏剧报》1959年第19期，第9页。
② 曹雪芹：《脂砚斋重评石头记：庚辰本》，人民文学出版社2006年版，第689页。
③ 龚和德：《红楼梦与越剧建设》，载《戏曲艺术》2009年第1期，第111页。
④ 韩小窗：《露泪缘》，见胡文彬编《红楼梦子弟书》，春风文艺出版社1983年版，第275页。
⑤ 徐进：《天上掉下个林妹妹——徐进越剧作品集》，上海书店出版社2010年版，第57～58页。
⑥ 元稹著、冀勤点校：《元稹集》，中华书局1982年版，第640页。
⑦ 参见曹雪芹《脂砚斋重评石头记：庚辰本》，人民文学出版社2006年版，第532页。
⑧ 参见曹雪芹《脂砚斋重评石头记：庚辰本》，人民文学出版社2006年版，第128页。
⑨ 曹雪芹：《脂砚斋重评石头记：庚辰本》，人民文学出版社2006年版，第649页。

笑对秦钟说："等一会睡下,再细细的算帐。"① 宝玉的这些感情历史,《露泪缘》也没有完全保留②,只是这样叙述:

> 这宝玉女孩儿队里偏和气。就是那仆女丛中也香甜。虽然与众人情意好,和黛玉相亲相敬更相怜。③

其实这样的处理方式虽有刻意规避之意,但处理得仍然不够明晰。这一变化体现了道德约束的重要性,陈亚先指出,艺术作品须体现它的"教育"、"认识"和"审美"价值,其中的教化作用应当是最主要的部分,一旦偏离这三方面要求选材,就会难以得到观众认同。④

徐进受此影响,有意过滤了宝玉"意淫""泛爱"的一面,对宝玉的这些不当言行在越剧版《红楼梦》中都予以了裁剪,惟独保留了他在宝钗处闻到冷香丸时说"这香气好闻来"⑤,以及他偷用胭脂被黛玉发现的两处情节。徐进自道,他之所以保留这两个情节,是要表现宝玉少年时代的幼稚。⑥ 宝玉的这些情节也确实比原著中的描写收束了不少,这与宝玉首次出场时"手里舞着一串佛珠"⑦ 的动作一样,显得他天真无邪、调皮稚拙,充其量也是不懂男女之间的规矩而已,无伤大雅。徐进旨在描写宝玉思想的纯净和单纯,为他情窦初开的美好奠定了基础。鉴于服务剧情,宝玉和琪官的关系也变得非常清

---

① 曹雪芹:《脂砚斋重评石头记:庚辰本》,人民文学出版社2006年版,第316页。
② 参见曲金良《略淡红楼梦子弟书〈露泪缘〉》,载《红楼梦学刊》1989年第3期,第254页。
③ 韩小窗:《露泪缘》,见胡文彬编《红楼梦子弟书》,春风文艺出版社1983年版,第238~239页。
④ 参见陈亚先《戏曲编剧浅谈》,文津出版社1999年版,第3、第6、第7页。
⑤ 徐进:《天上掉下个林妹妹——徐进越剧作品集》,上海书店出版社2010年版,第31页。
⑥ 参见徐进《天上掉下个林妹妹——徐进越剧作品集》,上海书店出版社2010年版,第16页。
⑦ 徐进:《天上掉下个林妹妹——徐进越剧作品集》,上海书店出版社2010年版,第29页。

白。第二场里写宝玉在旧庙与琪官话别的场景：

> 宝玉道："怎奈是肺腑之交难分手"，琪官道："但愿得鱼雁往来多传书。"①

之后二人交换汗巾留念，二人别去。这一情节展现的是朋友之间的友谊，删除了原著中的暧昧情节。中国社会受儒家思想熏陶，戏曲艺术自然也不例外，作为一门传统艺术，也要注重剧本中伦理道德的维度。

在比较早期的剧本中，原本还有金钏之死的情节，这虽然可以忠于原著，但却淡化了对宝黛爱情的表达，为了将重心放在宝黛的爱情故事上，金钏一节终被移除。② 此外，宝玉与众多丫鬟之间的关系也是一大亟待梳理的内容，特别是宝玉与袭人的关系。原著中的宝玉跟袭人关系微妙，他们的价值观虽然有差异，但这不影响宝玉"素喜袭人柔媚娇俏"，自从拉她共同领受警幻仙子所训之事后，便"视袭人更比别个不同，袭人侍宝玉更为尽心"③，二人早就超越了普通的主仆关系。然而在徐进笔下，宝玉和袭人的关系更多的是一种对立关系，原著中的亲密情节自然也不存在，与之相关的戏份也不是很多。在第三场的《不肖种种》里，看见宝玉为晴雯画眉，袭人便赶紧劝说厌烦读书的宝玉"读书要紧"，在看到他与琪官互换得来的汗巾之后，又批评他"不分上下贵贱"、与下人"平起平坐"、"与戏子结朋友"等。徐进削弱了袭人的温柔顺从，而把封建迂腐的一面加在她身上，使之成为封建群体中的一员。例如，袭人还深赞宝钗劝学之举，又不满黛玉小气，与宝玉明显对立。在第五场《闭门羹》中，袭人又与贾政站在同一立场，向宝钗诉说她理解贾政鞭笞宝玉的苦

---

① 徐进：《天上掉下个林妹妹——徐进越剧作品集》，上海书店出版社2010年版，第34～35页。

② 参见傅谨《越剧红楼梦的文本生成》，载《红楼梦学刊》2010年第3期，第8～9页。

③ 曹雪芹：《脂砚斋重评石头记：庚辰本》，人民文学出版社2006年版，第128页。

心,只可叹这二爷"未见本性改半点"。剧中的袭人虽侍奉宝玉尽心尽力,但也只是"保姆式"的周到,并非精神上的关怀,所以宝玉自然对她好感全无,甚至一度"拂袖而出"。

从20世纪50年代中期开始,宝钗在学界的地位被认定为"维护封建正统"的人物①,她的顺从与宝黛的叛逆截然不同,徐进剧本的改编净化了宝玉的思想,淡化了宝玉与丫鬟之间的复杂纠葛,只为强调宝黛之间爱情之纯粹,成功加强观众对二人爱情悲剧的共鸣。② 此外,亦借此展示封建社会对以宝黛为代表的青年一代的束缚和压迫。

四、撇掉了黑蚁争穴富贵窠:宝玉形象的深化

"宝玉出走"是塑造宝玉形象的又一关键部分,这一环节的发展,牵动了宝玉与其家人的关系,徐进对此的改编又是有别于原著的。在高鹗的续作里,宝玉最终能够出走,是建立在两个基础之上的:首先就是他需要完成科举,"中个举人出来",好让"太太喜欢喜欢",这是出走的首要前提。其次则是他在即将随着一僧一道回到大荒山、永离尘世之际,还不忘到贾政跟前拜别。要不是那一僧一道"夹住"他说"俗缘已毕,还不快走"③,他似乎还打算对贾政的问话做出回应。宝玉生性淡薄功名利禄,然而也会为了亲人所愿甘心参加科举考试,这其实是他内心仁孝的体现。他的出走并不决绝,而是充满了内心矛盾。在原著中,宝玉曾对黛玉说:

除了老太太、老爷、太太这三个人,第四个就是妹妹了。④

---

① 参见刘心武《刘心武揭秘〈红楼梦〉(三):黛玉之谜及古本之秘》,东方出版社2007年版,第163页。
② 参见聂付生《论旧版越剧〈红楼梦〉艺术神韵的生成》,载《红楼梦学刊》2007年第5期,第229页。
③ 曹雪芹:《程甲本红楼梦》,沈阳出版社2006年版,第3257页。
④ 曹雪芹:《脂砚斋重评石头记:庚辰本》,人民文学出版社2006年版,第654页。

由此可见，原著中的宝玉是没有割裂他与家庭伦理之间关系的。此外，在中国传统思想里，殉情也不是没有前提的，始终都有"责任""道义"的管束。如原著中的王夫人在得知宝玉和贾兰都中了举后，尚且还要哭道："他若抛了父母，这就是不孝。"① 由于深受这一思想的影响，他对长辈的依赖和信任远胜于他与黛玉之间的感情，所以黛玉之死不会让他对亲人生出过多的怨恨。这一点在《露泪缘》中也是如此。

原著与《露泪缘》中的宝黛感情不够坚定，这正好为徐进的改编提供了契机，他刻画"宝玉出走"的场景，正是为了表现日积月累的封建压迫所酿成的一场悲剧，是十分具有爆发力的。如上文所述，越剧版的宝玉出走是十分干脆利落的。他在痛悼黛玉之后，愤然摘下那块"通灵宝玉"，而后弃之于地，以示决裂。他甚至唱道：

离开了苍蝇竞血肮脏地，撇掉了黑蚁争穴富贵窠。②

丝毫没有依依不舍和留恋亲人的感情，而是充满了对封建家长的怨怼之声：

你怕那，人世上风刀和霜剑，到如今，它果然逼你丧九泉。③

他幡然醒悟自己和黛玉的悲剧就是自己的亲人一手造成的，更加愤恨长辈诱他陷入"金玉良缘"的骗局，令他深爱的黛玉最终只能"黄土垄中独自眠"④。

---

① 曹雪芹：《程甲本红楼梦》，沈阳出版社2006年版，第3243页。
② 徐进：《天上掉下个林妹妹——徐进越剧作品集》，上海书店出版社2010年版，第58页。
③ 徐进：《天上掉下个林妹妹——徐进越剧作品集》，上海书店出版社2010年版，第57页。
④ 徐进：《天上掉下个林妹妹——徐进越剧作品集》，上海书店出版社2010年版，第56～57页。

为了表现宝玉的情感"爆发",徐进还在一些细节上做了必要加工。例如,在原著里,不乏长辈对宝玉的保护和迁就,宝玉最大的保护者贾母就曾不绝于口地夸赞他孝顺,而一度苛刻的严父贾政也曾对宝玉的诗才颇为满意,并认为他"神彩飘逸,秀色夺人"①。

然而,这样的情节在越剧版本里统统被转换为否定之声,不见肯定,多是指责。譬如贾政怒其"人情世故俱不学,仕途经济撇一旁",又曾因为他和戏子交往而加以鞭笞,即便是最疼爱他的贾母也无奈地感叹:"我这不争气的孙子呵!"② 这些情节虽小,但对激化宝玉和家人的矛盾可以说起到了推波助澜的作用,当然最终致使他与家人决裂的事件还是黛玉之死。作者的这一处理使得文本前后贯通,顺应事情发展趋势,是十分合情合理的。宝玉对这样一个彻头彻尾的封建家庭倍感失望,愤而出走,这些冲突设置不仅能够突显人物性格,更重要的是呈现了宝玉的反叛个性,以及年轻人受封建思想迫害的主题。这些情节也比较符合观众的心理,随着剧中黛玉逝去,宝玉出走,贾府衰落,他们会逐渐因剧情发展产生高度同情,这实际上就已经达到并深化了反封建主题的效果。徐进认为,原著还想表现封建社会终会灭亡的主题,但他慨叹剧本未能很好地传达封建制度必定瓦解的信息③,假如观众真的有这样的感慨,那么就是体会到了徐进的一番用心了。

五、休道顽石难成玉:宝玉人格的重塑及其当代价值

在曹雪芹的原著里,宝玉的形象其实并不简单,似乎总是心性不定。他虽将黛玉视为挚爱,但其行为却常常与之相悖,他与不同的女

---

① 曹雪芹:《脂砚斋重评石头记:庚辰本》,人民文学出版社 2006 年版,第 516 页。
② 徐进:《天上掉下个林妹妹——徐进越剧作品集》,上海书店出版社 2010 年版,第 39~40 页。
③ 参见徐进《天上掉下个林妹妹——徐进越剧作品集》,上海书店出版社 2010 年版,第 165 页。

性，甚至男伴都有过逾越礼法的行为；他虽然对女孩儿有怜惜之情，却也曾毫不客气地对开门丫头施以拳脚，发泄不满，① 他的性格可谓同时呈现了"玉性"和"石性"②。正如贾雨村所言，他是一个具有正邪二气之人，故既不能成为仁人，又不至于成为恶人。③

曹雪芹笔下的宝玉飘忽不定，亦正亦邪，这让后世的改编者们多了一些取舍空间。恰如《露泪缘》一样，在越剧里，宝玉顽劣的一面（即"石性"）正是编剧削斫的对象，"玉性"的一面则成为增补的对象。他的风流不羁已甚少表现，反而更添了他对女性的同情和爱护，甚至关爱自然界的一面。④ 例如，主动帮助晴雯画眉⑤；提醒紫鹃要多加衣，免得生病⑥；在黛玉葬花时，他也不约而同地在山坡上收集落花⑦等，故整体的形象可谓从玉石二性兼有，转化为"偏玉性"。

由于演出的需要，戏曲人物都是脸谱化的，他们往往善恶分明、忠奸易辨，情节一般也都是通俗易懂、雅俗共赏的。徐进的改编就是为了适应普通大众的审美需求。越剧《红楼梦》一改小说中宝玉形象的二元性，转而确定为正面人物，这样的打磨和塑造就是为了使主人公的形象清晰明确。从上文的分析可见，越剧版的宝玉是一个深受封建压迫，却又勇于反抗、追求自我的青年，这与20世纪50年代对原著小说《红楼梦》的主流解读是非常吻合的，故而获得成功。

---

① 参见曹雪芹《脂砚斋重评石头记：庚辰本》，人民文学出版社2006年版，第701页。
② "而人性发展到高级阶段，人性中最美好的那些已经达到神性的高度。中国自古以来流行玉崇拜，在贾宝玉身上就表现为玉性。而石性则是人性中普通的那些，包括普通人所具有的缺点。贾宝玉是'真石头'，所以他也有这些缺点，就不足为怪了。"详见周思源《周思源看红楼》，（台北）大地出版社2007年版，第55页。
③ 参见曹雪芹《脂砚斋重评石头记：庚辰本》，人民文学出版社2006年版，第40页。
④ 参见曹雪芹《脂砚斋重评石头记：庚辰本》，人民文学出版社2006年版，第41～42页。
⑤ 参见徐进《天上掉下个林妹妹——徐进越剧作品集》，上海书店出版社2010年版，第36页。
⑥ 参见徐进《天上掉下个林妹妹——徐进越剧作品集》，上海书店出版社2010年版，第46页。
⑦ 参见徐进《天上掉下个林妹妹——徐进越剧作品集》，上海书店出版社2010年版，第44页。

不仅如此，徐进的越剧版《红楼梦》在当今也依然保持着良好的口碑，经久不衰。对于这一问题，我们可以尝试通过剧中宝玉的形象来寻找答案。

除了反封建的意义，徐进重塑宝玉的另一重价值就是宝黛爱情的纯美。对美好爱情的追求几乎是所有人之所向，然而如今，人们对感情的追求越来越多地和物质追求联系在了一起，精神层面早已不再是最主要的方面。越剧《红楼梦》中的宝玉对黛玉的矢志不渝反倒成为一种难得一见的高贵精神，这种宣扬纯美感情的剧情也在一定程度上吸引了现代观众的眼球。

此外，在教育层面，越剧版《红楼梦》也颇具启示意义。与贾宝玉不同，当下社会为孩子提供了更多出路。但是，中国家长的教育观念没有与时俱进，反而还是较为传统。他们依然认为读书考试才是改变命运的唯一出路，更有甚者动辄奉行棍棒教育，这样的方式其实与《红楼梦》中的贾政没有区别，未尝不是贾政在现代社会的缩影。剧中宝玉最终的离家出走，或许也给一些身为父母的观众留下了一点反思的空间。

越剧向来被视为"钟情才子佳人"的剧种，也往往被学者指出较少"触及社会深刻矛盾"，但这其实并不代表越剧没有人文关怀。越剧的转型也十分重要，正如著名越剧小生茅威涛所言，为才子佳人戏"注入全新的人文观照"，也是提升越剧在现代社会地位的方法之一。[①] 就徐进重构的贾宝玉而言，他在封建时代稀有的真挚情感，以及对"虎妈狼爸"型的贾府的抗拒感，不正是针砭了现代社会的弊病吗？

另外，尤伯鑫先生指出，改编自小说的戏曲剧本的成败关键在于，不仅要忠于原著，又要合乎戏曲创作规则。综观徐进对《红楼梦》的再创作，的确既符合戏曲的特点，又没有偏离原著。[②] 如宝玉

[①] 参见陈筱珍《论越剧的"才子佳人"题材与越剧的发展》，载《大众文艺》2010年第11期，第178页。

[②] 参见尤伯鑫《越剧〈红楼梦〉初探》，载《上海戏剧》1999年第12期，第8页。

在中了家人设计的圈套后,情绪十分激动;再如,他在哭灵后立刻决定离家出走,既没有按照封建家长的意愿认真读书,也没有去参加科举,这就更合乎了部分红学家的口味。①

不仅如此,原著《红楼梦》中的诗词是辅助人物形象的重要表现方式,与之遥相呼应,戏曲中围绕宝玉形象而设定的唱词也有着同样的作用。王安祈评价此剧"超脱飘逸、清婉灵秀",这很大程度上是由其中的"曲文唱词"表现出来的②。例如,在第一场《黛玉进府》中,宝黛初次相见时,宝玉唱道"天上掉下个林妹妹,似一朵轻云刚出岫"③,一语道中林黛玉的绝俗清丽;"眼前分明外来客,心底却似旧时友"④,则是工整的对仗句。又如,最后一场《宝玉哭灵》中的"九州生铁铸大错,一根赤绳把终身误"⑤,气势澎湃激昂,充分展示了宝玉的悲愤之情。这些唱词优美雅致、富有诗意,能将宝玉诗化的内心世界恰到好处地衬托出来。

名画《蒙娜丽莎的微笑》有一个引人注目的特点,就是不论我们从哪一个角度观看,画中人都会报以笑意。越剧《红楼梦》也有这样的妙处和价值,这部剧之所以堪称经典,正是因为它不受时代和价值观的局限。

刘再复先生曾说过:"有一千个读者,就有一千个贾宝玉。"⑥ 在越剧《红楼梦》里,徐进对贾宝玉的解读就是专一。他把心中的温暖分享给身边的侍女、友人,甚至落花,但他的一片春心则全部转化

---

① 朱眉叔指出,"抨击宝玉修举业是高鹗败笔的文章举不胜举",计有俞平伯先生《后40回底批评》、周汝昌先生《红楼梦新证·重排后记》、舒芜先生《说到辛酸处,荒唐愈可悲——关于〈红楼梦〉后四十回的一夕谈》、吴世昌先生《从高鹗生平论其作品思想》等。详见朱眉叔《贾宝玉学举业不是高鹗续书的证据——驳程高续书之一》,载裴世安、柏秀英集《红楼梦全璧说资料》,石言居自印本2008年版,第490~492页。
② 参见王安祈《当代戏曲(附剧本选)》,(台北)三民书局2002年版,第204页。
③ 徐进:《天上掉下个林妹妹——徐进越剧作品集》,上海书店出版社2010年版,第29~30页。
④ 谢柏梁:《中国当代戏曲文学史》,中国社会科学出版社1995年版,第134页。
⑤ 徐进:《天上掉下个林妹妹——徐进越剧作品集》,上海书店出版社2010年版,第57页。
⑥ 刘再复:《贾宝玉论》,载《华文文学》2013年6月总第119期,第68页。

为对黛玉的痴情和坚守，他的深情打动了一代又一代观众。

越剧《红楼梦》之后又曾以新面目亮相舞台，著名红学家周思源先生看过后，认为剧本还须加强展示贾府的"兴衰荣枯"，并为此提出详细的建议，又预计只需20分钟左右，就可以把这些补充的情节演好，而全剧的片长应该仍未超过3小时。① 对此，在1999年新版越剧《红楼梦》中分别扮演宝黛的著名越剧演员郑国凤和王志萍认为，若一味"加强了贾府兴衰的成分"，就会"削弱了宝黛的主线"②。如果再按周思源的意思加以突显贾府的兴衰，很可能会进一步淡化宝黛爱情。徐进借宝玉跟黛玉、家人的关系来含蓄地展现封建社会的问题，其实已经是一个很好的处理方法了。何况越剧的"长处"原本就是重在表达爱情的细腻，而并非展现社会历史层面的宏大。

令人深感惋惜的是，徐进先生已于2010年去世了。但他留下的这部《红楼梦》剧本却成为难以超越的经典之作，不仅为代代观众喜闻乐见，雅俗共赏，也启迪了不少影视作品的创作。如乐蒂、任洁、凌波、林青霞、张艾嘉等主演的影视版本，③ 从不同的角度继承了徐进作品的精华。更有益的是在学术上，徐进的这部《红楼梦》剧本还带动了大众对原著《红楼梦》的关注和探讨，对原著《红楼梦》的传播做出了巨大贡献。

---

① 参见周思源《探秘集：周思源论红楼梦》，文化艺术出版社2005年版，第357～359页。

② 胡凌虹：《天上"再掉"林妹妹——纪念经典版越剧〈红楼梦〉五十年》，载《上海采风》2008年第7期，第73页。

③ 参见王安祈《当代戏曲（附剧本选）》，（台北）三民书局2002年版，第204页。

第二节　新编香港粤剧《红楼彩凤》之整体文化生态研究

新编香港粤剧《红楼彩凤》于 2020 年 10 月 18 日在高山剧院上映，该剧由周洁萍女士编剧，耿天元先生导演，粤剧四大名旦之一南凤女士饰演主角王熙凤。

戏曲研究有三条路向：一是王国维先生开创的，研究剧本；一是吴梅先生开创的，研究曲谱；一是齐如山先生、周贻白先生、董每戡先生开创的，研究舞台表演。

回顾百年中国戏剧研究史，王国维的文字之美与考证之功，吴梅的声韵之美与体味之深，齐如山、周贻白、董每戡的剧场之美与实践之力，典型地代表着戏剧研究的三种路向。三种路向各有擅场，却又充满着"文学性"和"演剧性"的张力。①

本书思考探索戏曲的一种整体性文化生态研究，也就是将剧情改编、人物重塑、曲词音效、舞台表演、舞美设计等作为一个生态圈，在综合互动的基础上，审视其艺术价值与意义。

一、改造创新：《红楼彩凤》之剧情改编

《红楼梦》的戏曲、戏剧改编虽然很多，但基本上可以归纳为两种面向：一种是全景式，以徐进的越剧《红楼梦》②、王安祈的京剧

---

① 陈平原：《中国戏剧研究的三种路向》，载《中山大学学报》2010 年第 3 期，第 1 页。
② 参见张惠《越剧〈红楼梦〉宝玉形象的重塑及其当代价值》，载《曹雪芹研究》2016 年第 4 期，第 76～88 页。

《红楼梦》、英文原版歌剧《红楼梦》为代表；一种是横截面式，以梅兰芳的《黛玉葬花》《晴雯撕扇》《俊袭人》，欧阳予倩的《黛玉葬花》《馒头庵》《宝蟾送酒》，荀慧生的《红楼二尤》《晴雯》，王安祈的《王熙凤大闹宁国府》为代表。

《红楼彩凤》属于后一种横截面式，剧本共分为《庆寿治丧》《赠玉色迷》《相思局毒》《偷娶事发》《迎府闹府》《嫁祸借剑》六场，取材于《红楼梦》第11回、第12回、第13回、第68回、第69回等几个章节的部分情节。全剧以王熙凤为核心，围绕王熙凤独有的"能、媚、毒"展开。

第一场《庆寿治丧》：贾珍在宁国府大排寿宴，贾琏和王熙凤前来恭贺贾珍并问起秦可卿的病情，贾珍提出可否让王熙凤帮忙来宁国府管一段时间的事情，王熙凤答应之后，下场去看秦可卿。醉醺醺的贾瑞上场，不三不四地调戏王熙凤，凤姐心中大怒。

第二场《赠玉色迷》：贾琏见尤二姐貌若天仙，以九龙佩作为信物，欲纳二姐为二房。二姐说自己不愿与人为姿，何况听说他的大房十分厉害，不敢造次。贾琏提出，会把自己的梯己都交给二姐来使用；他在小花枝巷另外有一处二十多间房子的物业，再给二姐置办些奴婢，二姐婚后可以过上呼奴使婢的舒心日子；另外，王熙凤不但不能生子，而且身有重疾，很快就会去世，等到王熙凤过身之后，马上就把二姐接进府中扶正。贾琏许诺的美好前景打动了尤二姐，二姐点头应允。

第三场《相思局毒》：秦可卿死去，王熙凤前来宁国府协理丧事，充分显示了理家才干。王熙凤志得意满回府，却碰到贾瑞又来纠缠，王熙凤极为愤怒，假约他三更在过道相会，实际上却冻了他一夜。贾瑞再次上场，已是满面病容。跛足道人赠他一面风月宝鉴，贾瑞执意要看正面，却是王熙凤在镜中招手叫他，贾瑞大喜过望，钻入镜中，出入几次，一命呜呼。

第四场《偷娶事发》：王熙凤闻知贾琏偷娶，大怒审问兴儿，兴儿招认尤二姐已经怀孕的事实，王熙凤大惊失色。贾琏辞别二姐去平安州办事，已有身孕的二姐希望有机会能够早日进府有个名分。

第五场《迎府闹府》：贾琏走后，王熙凤花言巧语哄骗二姐进了府。又气势汹汹地杀进了宁国府，向尤氏问罪。

第六场《嫁祸借剑》：尤二姐进府后备受欺凌。贾琏归家，父亲赏给他一个丫鬟秋桐，王熙凤暗暗定下"驱虎吞狼，借剑杀人"之计。二姐身孕被庸医打下，王熙凤趁机挑拨秋桐，说因她属兔冲了尤二姐导致流产。秋桐大骂尤二姐，尤二姐万念俱灰，吞金自尽。

《红楼彩凤》剧本相对原著来说有所改造和创新。

首先是根据时代进行了改写。原著中贾琏偷娶尤二姐正是国孝、家孝时期。国孝是因为《红楼梦》第58回提到宫中老太妃薨逝，凡诰命等皆入朝随班按爵守制。家孝是因为贾琏的大伯贾敬也刚刚亡故没有多久。而贾琏要娶的对象——尤二姐，是贾珍的妻妹，贾敬是贾珍的父亲，所以对于尤二姐来说，死者是自己姐姐的公公，无论如何也算自己的长辈亲人。

老太妃去世的时候，要行国孝之礼，所以那年的元宵节没有灯谜，而且皇帝还敕谕天下：

> 凡有爵之家，一年内不得筵宴音乐，庶民皆三月不得婚嫁。①

古代社会在国孝期间不能进行任何娱乐活动，更不用说娶亲这样的大喜之事。因此，在太妃国丧和贾敬家丧期内，贾琏偷娶尤二姐违反了封建伦理纲常，故而王熙凤大闹宁国府时指出这是重罪："国孝、家孝两重在身，就把个人送来了""给你兄弟娶亲我不恼，为什么使他违旨、背亲，将混账名儿给我背着？"②

所以原著中凤姐去小花枝巷哄骗尤二姐进荣国府时，"只见头上皆是素白银器，身上月白缎袄，青缎披风，白绫素裙"③。她的穿着

---

① 曹雪芹：《脂砚斋重评石头记：庚辰本》，人民文学出版社2006年版，第1365页。
② 曹雪芹：《脂砚斋重评石头记：庚辰本》，人民文学出版社2006年版，第1633~1634页。
③ 曹雪芹：《脂砚斋重评石头记：庚辰本》，人民文学出版社2006年版，第1622页。

打扮不仅符合国丧、家丧的要求,更是占据道德高地的外在表现,以此无言地对尤二姐形成威压,谴责其不知礼数。

但是,《红楼彩凤》删去了"国孝家孝"这些现代观众比较陌生或者不感兴趣的部分,而将其直接改写为大房和二房的妻妾矛盾,以及贪慕虚荣、轻信渣男的美女最后付出了生命的代价,以争取年轻观众。

其次是运用了"移花接木"的手段。原著中贾琏偷娶尤二姐正是在宝玉寿筵和贾敬的丧礼之后,宝玉生日的第二天,贾敬宾天,因为需要有人看房子,尤老娘才有机会带着二姐、三姐进入宁国府。但是,剧本将它改成了贾珍寿宴和秦可卿葬礼连接起来:贾珍过生日,二姐就有机会来到贾府,因为贾珍毕竟也是她的姐夫;秦可卿丧礼,是为了让凤姐有机会显示她的才干,同时管理两府导致凤姐非常忙碌,就给了贾琏见到并偷娶尤二姐的机会。

再次是用传统戏曲中的"密针线"① 对原著做出了创造性改写。原著中凤姐协理宁国府时因迟到挨打的是个女仆,《红楼彩凤》将其换成了一个男仆。这一来是为了喜剧效果,因为打完之后,这个男仆还会揉着屁股一瘸一拐地上场,惹人哄堂大笑,如果是个女仆,就缺少这种效果。二来这个男仆也正是在第一场宁府寿宴之中因干活懈怠被管家呵斥的那一个红鼻子男仆,所以又和第一场形成了呼应。这个男仆的红鼻子的设计颇有巧思:一方面,这红鼻子可以让他在众多仆役中显得极为醒目,给观众留下深刻印象;另一方面,这红鼻子可能是贪杯造成的酒糟鼻,这就让他浑浑噩噩、常常迟到的表现有了合理性。

最后,还运用心理学原理对原著做出了创造性改写。

(贾瑞白)唉!二奶奶!我那亲嫂嫂!你真喺舍得将我一个人……丢低喺过道之中咩?

(贾瑞续唱曲)有步声近,嫂子莫非怜我挚诚迟来临,我心

---

① 李渔:《李渔全集》,浙江古籍出版社 1992 年版,第 10 页。

急如焚，一见必揽腰索吻赠！

（贾瑞白）亲姐姐啊……想死我嘞……哎哟……我那小亲亲啊……

（贾瑞白）我嘅亲嫂嫂！

（老妪白）非礼呀！来人呀！非礼呀！

（老妪白）死啦你！食老娘豆腐！占老娘便宜！想要食豆腐吖嗱……呢桶仲热喇喇，益你啦！

贾瑞等到天色将明要离开的时候，碰到一个早起拎着马桶倒屎尿的女仆，情急之下把那个老妪误认为是前来幽会的凤姐，上前搂抱，结果女仆大怒，用马桶里的屎尿水泼了他一头。老妪的形体、衣着与凤姐大相径庭，她提着满是粪便的马桶，臭气非常之明显，但是贾瑞在这种情况下还一厢情愿地叫着"亲嫂嫂""小亲亲"，把她当成凤姐搂腰抱住，这一幕充分刻画了贾瑞的意乱情迷、色令智昏。

真正的"戏剧语言"不是文章，而正是这种"动作的语言"，是动而不是僵化干瘪、无生命的语言；一个字、一句话，都蕴藏着无限丰富的内心动作、无数句的"潜台词"，都是人物的灵魂在说无声的话语。①

二、形象改写：《红楼彩凤》之人物重塑

《红楼彩凤》改造了尤二姐的形象，以争取观众的同情。

（贾琏白）二姐呀！你唔使担心嘅！（【反线中板下句】）花枝巷口舍廿间，首饰妆奁蟠髻挽，花轿迎门进，扶傍有丫鬟。此后二姐有所依，老娘晚景享安颐，奴仆一声传，便来递茶添饭。奉上私己钱，任由二姐管算，恩深情千万，护花一俊男。

---

① 参见董每戡《董每戡文集》，广东高等教育出版社1999年版，第166～167页。

（【七字清中板上句】）凤姐妻室频病患。已难治愈体弱残。。一年半载徒力撑。届时就会别尘寰。。（【滚花上句】）扶你作正室享尊荣，二姐所愁全消散。

贾琏把梯己交给尤二姐收管，以及说凤姐身体差一年半载就会死去，到时迎她进府扶正，这都是贾琏在偷娶尤二姐之后说给二姐的。但编剧把它提在偷娶之前，作为贾琏对尤二姐的承诺，二姐因此才欣然同意，这个剧情衔接是很巧妙的。

原著中，二姐虽然命运可悲，但是毕竟她和贾珍、贾蓉父子有聚麀之乱，有着不堪的过往，但是编剧把这些都删掉了。而且《红楼彩凤》中将其改为因为二姐不愿给贾琏做妾，所以贾琏才有了这段说辞，入情入理，二姐这才答应。这样，二姐就从原著中一个带有一些轻浮、风流的形象改变成了一个稍有点儿爱慕虚荣而天真、轻信的形象。

《红楼彩凤》还从人物之间的关系出发，创造性改写并和原著相结合。

（王熙凤【连环西皮】）鬼鼠不应！鬼鼠不应！嫁妹内情，暗中达成，狂追究竟！
（尤夫人【连环西皮尾腔】）哎吔吔！二嫂无故闹不停。。
（王熙凤介）呸！（【古老快中板下句】）塞肺眼，无视我正室名。。教唆二爷行歪径。尤氏送女贾家承。。欠三书，无六证。偷着嫁妹为何情。。莫非天下男儿，死光无个剩。
（王熙凤浪白）唉！是否想赶走我吖？只要俾我一纸休书，我……我立刻就走！

王熙凤闹府这一场，贾琏偷娶尤二姐，缺少三媒六证；另外，王熙凤说，给我一纸休书我就走，这些都是原著中原有的内容。但是，痛骂尤氏，说她不该把妹妹送到贾府，是尤氏促成了贾琏偷娶尤二姐，则是该剧的创造，因为在原著之中，撺掇贾琏偷娶尤二姐的是贾蓉,而且贾蓉也没有安什么好心,只是觉得贾琏偷娶在外,不常在家,他可以时常前去鬼混。但是,如果把这些都表现上去,一则对二姐的形象有损;二则人物太多,头绪太繁,是戏曲之中的大忌,因此这种"删减"借鉴了传统戏曲创作手法"减头绪":

作传奇者,能以"头绪忌繁"四字刻刻关心,则思路不分,文情专一,其为词也如孤桐劲竹,直上无枝。①

所以,该剧删去贾蓉,让尤氏成为促使贾琏偷娶尤二姐的背后主使。这种改编也颇能说服观众,因为尤氏和尤二姐虽然不是同父同母的亲姐妹,但是自己的妹妹如果嫁给了贾琏,对她自己也是有利的。贾琏不但是青年公子,而且也算是荣国府的当权之人。有很多人想在荣国府谋一份差事,也要走贾琏的门路。林黛玉回苏州奔丧,也是贾琏护送。贾赦要石呆子的扇子或是去平安州办什么事情,也是委托贾琏去做。所以,如果自己的妹妹和这样的一个人结合,尤其是在王熙凤无子的情况下,自己的妹妹如果能有一儿半女,就算立下脚了。那么姐妹俩,一个在宁国府,一个在荣国府,是有利益关照关系的。所以,尤氏同意贾琏偷娶尤二姐,从这个层面上来说也是合理的。而在唱词中,编剧把自己的创造和原著中的原意浑然一体地结合在一起,如行云流水,毫不生硬。

三、因人而设:《红楼彩凤》之曲词音效

吴梅先生指出,剧曲之制作,重在声律,因此他对"调名""平仄""阴阳""论韵",到"正讹""务头""十知""家数"② 等都细细讲求。浦江清先生亦指出:

---

① 李渔:《李渔全集》,浙江古籍出版社1992年版,第12~13页。
② 王卫民编:《吴梅戏曲论文集》,中国戏剧出版社1983年版。

戏曲在文学之美以外，尚有声律，吾人即仅有志于读曲，欲衡量古人之剧本，而知其得失，曲律研究终不可废也。①

浦先生虽然说衡量古人之剧本需考究曲律，但衡量今人之剧本岂不然乎？以曲词而论，《红楼彩凤》有其特殊性。一方面在于它是地方剧，用的是南音，因此有些词汇是粤地独有。如王熙凤毒设相思局时，与贾瑞的一番粤语对白：

（王熙凤笑介白）哎哟！瑞大爷哄我嘅！你点会肯到我这边来吖？

（贾瑞急白）我若在嫂子面前有一句假话，愿受天打雷劈！

（王熙凤白）瑞大爷真喺个知情知趣嘅人嘞！不过日光白日，人来人往，我哋倾偈谈心就唔喺几方便嘅！不如咁啦……（【木鱼】）明晚荣府至详倾讲。掌灯时分你偷进西厢。。春凳放在穿堂上。你候我三更去会郎。。

（贾瑞接）嫂子呀！你别来哄我成失望。知否人多过道我欲避无方。。

（王熙凤接）我自会使走众人无阻障。你紧为履约莫遗忘。。（收白）你记得啰嘑！

转译为普通话如下：

（王熙凤笑介白）哎哟，瑞大爷骗我呢，你怎么会到我这边来呢？

（贾瑞急白）我若在嫂子面前有一句谎话，叫我天打雷劈。

（王熙凤白）瑞大爷真是个知情知趣的人啊，不过光天化日，人来人往，我们说话谈心就不是很方便呀。不如这样吧，明晚荣国府我们才详细讲，掌灯时分你偷进西厢。春凳放在穿堂

---

① 王卫民编：《吴梅和他的世界》，河北教育出版社2002年版，第62页。

上,你等我三更去会郎。。

　　(贾瑞接)嫂子呀,你别来哄我变失望,要知道过道人多我欲避无方。。

　　(王熙凤接)我自会遣走众人无阻障,你要紧记履约莫遗忘。。(收白)你记得哟!

　　这段唱词中有很多粤语独有的词汇,比如"点"是"怎么","喺"是"是","我哋"是"我们","倾偈"是"谈话","唔喺"是"不是","咁"是"这样","至"是"才"。元曲和明清传奇,入目辄解,但是粤剧的剧本,如果不晓粤语的话,那么在理解方面可能会产生较大偏差。

　　此外,唱词上面有很多处,如"会郎""无方""遗忘"之后都有两个"。"号,这并非失误多写了句号,而是粤曲独特的标音方式。

　　即使单以戏曲当文学作品读,对于律的常识仍须具有,犹之读西洋诗,不能不知道西洋诗律。①

　　为更清楚标示,再举《红楼彩凤》中王熙凤协理宁国府的唱词:

　　(王熙凤唱)(【十字清中板下句】)二十个,分作两班听从头。。递饭茶,外来亲朋勤侍候。四十个,分作两班有范畴。。守灵堂,挂幔上香频奠酒。二十个,日夜门户守轮流。。剩余人,领资派物防失漏。如损坏,一律赔偿要还酬。。(转【浪花上句】)若有贪酒偷懒聚赌钱,即时查问当追咎。

　　"从头""范畴""还酬"之后也都有两个"。"号。而且"毒设相思局"中,"明晚荣府至详倾讲"和"掌灯时分你偷进西厢"之

――――――――――

①　浦江清:《浦江清文录》,人民文学出版社1989年版,第171页。

间,"春凳放在穿堂上"和"你候我三更去会郎"之间,"你别来哄我成失望"和"知否人多过道我欲避无方",以及"我自会使走众人无阻障"和"你紧为履约莫遗忘"之间,都应该用","号,为什么用的是一个"。"号?

原来,"。。"是粤曲梆黄格式中代表下句(押平声韵)的符号,是对演员的提示,因为唱的收音是有分别的。

"。"代表上句(押仄声韵),也是对演员唱曲收音的提示。

周贻白先生指出宾白的重要性,"且戏剧之为戏剧,全仗曲、白相互为用,宾白在戏剧里所占的地位,其重要并不亚于曲子"①。董每戡先生进一步指出宾白对塑造人物的作用:

> 人物内心和外表所应有的戏都可以在这些"白口"中找得到,几乎没有一句话不是作者依据"规定情境"和客观存在的人物性格而推敲琢磨出来的,决非演员可以随便地临时凑成的。②

《红楼彩凤》中,尤二姐在吞金自逝之前,曾悲恸地说道:

> (【诗白】)雪作肌肤遭人怨,花为肠肚世人嫌。。春恨秋悲皆自惹,花容月貌为谁妍?

这段诗白创造性地融会和改创了《红楼梦》原文。小说中"雪做肌肤""花为肠肚"③ 只是用来形容尤二姐的美貌,但是《红楼彩凤》在其后加了"遭人怨""世人嫌"之后,境界意味完全不同了,从赞叹美貌一变为叹息红颜薄命。"春恨秋悲皆自惹,花容月貌为谁妍?"④ 本来是第5回宝玉梦游太虚幻境时看到的薄命司的对联,但

---

① 周贻白:《中国剧场史》,商务印书馆1936年版,第102～103页。
② 董每戡:《董每戡文集》,广东高等教育出版社1999年版,第160～161页。
③ 曹雪芹:《脂砚斋重评石头记:庚辰本》,人民文学出版社2006年版,第1655页。
④ 曹雪芹:《脂砚斋重评石头记:庚辰本》,人民文学出版社2006年版,第105页。

他匆匆翻阅正册、副册、又副册时，由于是偷看跳读，副册他只看了香菱就丢下了，没有见到是否有尤二姐，然而，联系到尤二姐的容貌、性格、命运，很多学者已经指出尤二姐应该属于薄命司里的副册中人。① 那么，改编者将这对联移到尤二姐死前自叹，与前面因美遭嫉连在一起，成为她短暂一生的"盖棺论定"，委实十分贴切。

此外，在音效方面，尤其是凤姐提审兴儿之前，以及要冲进宁国府找尤氏算账上场之前，都用大镲开场，然后凤姐出场，营造凤姐气势汹汹、怒火冲冲、黑云压城城欲摧的气场。

四、不言而喻：《红楼彩凤》之舞美设计

戏剧本来就具备两重性，它既具有文学性（dramatic），更具有演剧性（theatrical），② 如只谈"文字"或"音律"，戏剧的独特魅力及完整性必定大受影响：

> 戏剧本为登场而设，若徒纪其剧本，则为案头之剧，而非场上之剧矣。③

董每戡先生更进一步指出，论戏曲必须强调舞台演出的重要性：

> 论一个剧本非从舞台演出角度来论不可。"戏曲"压根儿不

---

① 参见李子虔《"薄命册"的册数、人数应再研讨》，载《红楼梦学刊》1989 年第 3 期，第 116 页。宋子俊《〈金陵十二钗〉副册、又副册人物读解》，载《红楼梦学刊》2005 年第 1 期，第 98 页。胥惠民《试探"金陵十二钗"副册及又副册写了哪些人》，载《新疆教育学院学报》2006 年第 1 期，第 91 页。王志尧《诚为"副册"排座次——读胥惠民先生〈与周汝昌先生商榷〉并补苴罅漏》，载《南阳师范学院学报（社会科学版）》2011 年第 4 期，第 89 页。

② 参见董每戡《中国戏剧简史》，商务印书馆 1949 年版，第 3～4 页。

③ 周贻白：《中国戏剧史》，中华书局 1953 年版，第 3 页。

只是"曲",而是"戏",综合艺术的戏。①

《红楼彩凤》表演方面颇能传神。主角王熙凤的饰演者南凤是当今香港粤剧界四大名旦之一,她扮相俏丽,声音甜美,尤其擅于掌握角色神髓,这部《红楼彩凤》就是为她量身定做,南凤女士也不负所望,贡献出了精彩的表演。

其一是她审问兴儿的场景。王熙凤梳着高髻,戴着一只张牙舞爪的银色大凤凰钗。凤凰钗把她的头发完全覆盖,几乎不露出一丝黑发,凤身都被亮晶晶的水钻填满。随着演员的动作,这晶光烁亮的银色大凤凰钗向四面八方闪着寒光。在这一场中,她的衣服上只有淡淡的绣花,整体服色是白色,几乎和背后那幅苍鹰搏兔的画的底色一样。兴儿刚开始还想抵赖,当王熙凤对他呲目相向,和背后那只苍鹰的狞厉眼光"审美融合"时,满座冷冽肃杀,兴儿不寒而栗,不由自主就跪下了。

其二是她和尤氏告别之时,执手假笑。王熙凤认为尤氏安排了尤二姐偷嫁,威胁了自己的地位,但是又被尤氏搬出没有子嗣堵嘴,还要她向贾母请求准许,心中怒火万丈,绝对不会善罢甘休,但是为了不打草惊蛇,同时又为外在的假体面,只有佯装笑容。先是"嘻嘻"两声,突然换作怒容;接着换成"哈哈"笑颜,再立即改成怒容;最后又以"嗬嗬"笑容结束,拂袖而去。从这翻脸如翻书的笑怒之间的转变,不着一词,观众就可以清楚地窥见她的内心。

其三是贾琏为了消除王熙凤的疑心,假意掏出一张八百两银子的银票,说是自己赚来的钱,交给王熙凤保管。可是等王熙凤伸手去取,贾琏又忍不住紧拉不放,王熙凤和他来回拉扯几次,这可以明显看出是借鉴了周星驰在《喜剧之王》中的表演。

其四是剧末的科诨。王熙凤说起秋桐属兔之时,忍不住骂秋桐"兔女郎吗?"观众先是一愣,接着哄堂大笑。"兔女郎"是现代的词汇,而且是美国的舶来品,王熙凤当然不可能这么说。但是联想到

---

① 董每戡:《董每戡文集》,广东高等教育出版社1999年版,第161页。

"兔女郎"代表的妖娆性感形象,这一句真是生动传达了王熙凤对年轻美貌、气焰嚣张的"妖艳贱货"——秋桐的嫉恨。这在粤剧中称之为"爆肚",是指演员在台上临时加插的对白(剧本原先没有),通常是搞笑的成分居多,用以营造气氛。

《红楼梦》中也有类似的科诨场景,第53回《宁国府除夕祭宗祠 荣国府元宵开夜宴》:

> 正唱《西楼·楼会》这出将终,于叔夜因赌气去了,那文豹便发科浑(诨)道:"你赌气去了,恰好今日正月十五,荣国府中老祖宗家宴,待我骑了这马,赶进去讨些果子吃是要紧的。"说毕,引的贾母等都笑了。①

南凤女士在表演过程中广泛使用心理学,借鉴电影表演桥段以及通过现场发挥做一些科诨,这都表现了老艺术家对表演艺术的精益求精。

不仅主角如此,配角也烘云托月。舞台表演上还有一处既传神又精妙的是关于贾瑞进入风月宝鉴和凤姐云雨的情景。镜小人大,如何表现进入?但见贾瑞手执镜子,两眼放光,又把镜子放在桌上,双手把在桌两侧,身体前倾,双目盯住不放,同时通过唱词和道白向观众说明凤姐正在镜中伸手招他。

但见贾瑞猛地站起来又弯腰俯下身去,越来越低,越来越低,他竟然钻进了镜子下面的桌肚里,只剩下一条腿翘在外面,左右摇晃。

等他再从桌肚下钻出来,目光涣散,脚步虚浮,但是仍然对着镜子恋恋不舍,因此忍不住又钻入镜中,这一次全身都进入了。比之前再稍久一些,贾瑞钻出来,身体更加浮飘,犹在连呼宝镜不止,还想要再入镜中与凤姐一会,只是身体已经瘫倒在椅子上,目光发直,呜呼哀哉。

---

① 曹雪芹:《脂砚斋重评石头记:庚辰本》,人民文学出版社2006年版,第1252页。

人物形象和情节结构所体现的思想性和艺术性，它是必须由演员扮演于舞台之上、观众之前的东西。①

王熙凤毒设相思局的狠辣，把苦尤娘赚入荣国府借刀杀人的机巧，面对尤氏时"上头一脸笑，脚下使绊子"的虚伪，以及贾瑞对凤姐至死不悟的痴迷，这些都通过演员的精心揣摩，以传神的表演传达出来。

《红楼彩凤》的舞台布景与服装设计独具匠心，和剧情非常贴合。宁府寿宴所见远景是王府的亭台楼榭，前景池塘中又见红莲盛开，舞台左侧是玲珑的太湖石。贾瑞曾经为了偷见凤姐，在这块太湖石后遮掩过自己的身形，贾琏为了偷见尤二姐也用这块儿太湖石遮掩了身形，暗喻贾瑞和贾琏的同质性。

而尤二姐住在小花枝巷的时候，背景又改成比较寒素的白墙黑瓦。当尤二姐被骗入贾府，在这里受尽折磨，又被打下胎儿时，背景是一整面落地琐窗。这琐窗猛一看传统、古典、优美，仔细一看，像是由栅栏和枷锁组成的，其寓意是尤二姐已经变成笼中鸟，插翅难逃。

最值得赞赏的是第四场，凤姐得知贾琏在外偷娶尤二姐，所以审问贾琏随身男仆兴儿，凤姐背后是一幅画——苍鹰搏兔图。画中的苍鹰几乎占据了整个画面，正在从空中俯击，目光狠毒，恶狠狠地伸着锋利的爪子，其目光与爪牙所向，不问亦可知猎物在劫难逃。这一方面是比喻王熙凤审问兴儿时的狠毒，另一方面又预示了尤二姐万无生理。

齐如山先生在《中国剧之组织》中指出：

中国剧脚色所穿之衣服，名曰行头。其样式制法，乃斟酌唐宋元明，数朝衣服之样式，特别规定而成者。故剧中无论何等人，穿何种衣服，均有特定规矩。不分朝代，不分地带，不分时

---

① 董每戡：《董每戡文集》，广东高等教育出版社1999年版，第97页。

季，均照此穿法。①

《红楼彩凤》还进一步把服装和剧情结合起来。尤二姐换了四套服装，第一套是婚前，她还无忧无虑地在花园赏花，服色为天青色，领子上绣折枝绿萼梅，轻盈娇艳，美发前后都精心地饰以珠花。第二套是婚后，服色为洋紫红色，上绣金线菊花，美丽优雅，满头珠围翠绕。第三套是被凤姐骗进荣国府后，服色忽然变成暗淡的湘妃色，头上饰物寥落。第四套是落胎后准备吞金自尽前，胡乱穿着一身白衣，外面罩着一层短短的暗紫色绸纱，头发上一件饰物也无，披头散发，目光涣散。不落言筌，观众就已了悟尤二姐人生中的不同阶段与心境。

齐如山先生定下四条"国剧原理"：有声必歌，无动不舞，不许真物器上台，不许写实。② 但齐如山先生的"国剧"基本上专指"京剧"，因此，香港粤剧并不拘泥于"不许真物器上台"。跛足道人真的给了贾瑞一面镌刻着"风月宝鉴"的镜子，而当贾瑞自言自语为什么让我只照反面时，他背对观众，慢慢将镜子拿起面向观众，只见镜中突然真的现出一个龇牙咧嘴的骷髅头，贾瑞吓得跌坐椅子上，观众也不由叹其神妙。假如说没有这个真物器，只凭贾瑞凭空表演，就没有这等出神入化。

将剧情改编、人物重塑、曲词音效、舞台表演、舞美设计等作为一个整体生态圈来对香港粤剧《红楼彩凤》予以考察之后，可见戏曲改编作为《红楼梦》传播的重要载体之一，具有其独特性和不可复刻性。香港的粤剧红楼戏改编不但拓展了《红楼梦》的传播地域，其生成机制和运作模式也会对其他剧种的《红楼梦》产生"他山之石，可以攻玉"的积极意义。

---

① 齐如山：《中国剧之组织》，北华印刷局1928年版，第43页。
② 参见齐如山《国剧艺术汇考》，辽宁教育出版社1998年版，第3页。

第五章

《红楼梦》中的心理学

第一节 《红楼梦》中的择偶、教育、创伤心理学

对于当下的红学而言，索隐、考证、评点、探佚，百舸争流；以社会学、历史学、哲学、美学为利器，多方开掘。然而，《红楼梦》中的心理学探讨，言者寥寥。

《红楼梦》中有心理学吗？即使曹雪芹的时代还没有心理学的名词，但是《红楼梦》已经先验性地表现了心理学的诸多范畴，诸如"自忖""心道"，以及种种预示型的梦境，而人物的日常言谈举止更是其内在心理逻辑的外化。进而，正如何其芳先生和吴组缃先生提出的"典型共名"和"典型形象"，时至今日，我们的生活中仍然存在着与"黛玉""宝钗""宝玉"同类型的人物，这是我们本民族某些特定性格的典型概括。深入体悟《红楼梦》中的心理学，不但有助于立体理解优秀传统经典，对我们认识自我身份与价值，并调整自我与社会关系，亦不无裨益。

一、三型内核：《红楼梦》之择偶心理学

人的能力分高下，命运有顺逆，心智和策略都会随着见识与处境而改变，但每个人都有一个内在的"核"，这个"内核"不可改变，引导着人做出每一个选择。一个人如果受到境遇的影响，无法顺着自己的"内核"方向发展，虽然也有可能过得很好，但内心总是会痛苦。这个"内核"，或者说"心性"，是推动你之所以成为你的终极内驱力。人的"内核"分三种：Alpha、Beta 和 Omega。

住 Alpha 是一种个人意志高于一切的心性，其两条最重要的刚需：我要做主，你要尊重我。Beta 是一种需要安全感的心性，其两条最重要的刚需：我要稳定的生活，我要更多的利益。Omega 是一种追求内心和谐的心性，其两条最重要的刚需：我要保护内心世界，我要

进入允许我保持天性的环境。以上,可简称为 ABO 理论。ABO 理论在《红楼梦》中的经典代表:Alpha——黛玉,Beta——宝钗,Omega——宝玉。

Alpha 这种性格的人争强好胜。首先元妃省亲之时,黛玉安心今夜要大展奇才,将众人压倒,没想到元春只命每人一匾一咏。但是,黛玉胡乱作的一首五言律《世外仙源》仍博得元春赞美,而且黛玉替宝玉做的那首诗《杏帘在望》也赢得元春"果然进益了"① 的惊叹。其次在海棠诗社中,要用一炷香的时间作诗一首,众人都在苦思冥想,黛玉却浑不在意,等别人都写完了,香也快燃尽了,黛玉提起笔来一挥而就,这是刻意显示自己的捷才。最后在菊花诗社中,黛玉的三首诗分别夺得状元、榜眼、探花,实力碾压所有参赛选手。

对 Alpha 型性格的人来说,面对逆境时,他们能够百折不挠、坚韧不拔,所以经常能成为各行各业里面的佼佼者。但是在顺境时,他们事事争先的性格无形中会显得别人黯然失色,就容易成为别人腹诽的对象。

Alpha 最佳的伴侣是 Omega。在婚恋中,Alpha 面对争执的态度是就算是我做错了,也得你低头。而 Omega 面对争执,隔一段时间后会若无其事地回来,主动当没事发生,不会觉得没面子,这点和 Alpha 特别契合。黛玉误以为宝玉把自己赠给他的那个荷包也让小厮解了去,赌气把自己正在给宝玉做的香囊剪了,宝玉觉得自己受到了误解,赌气要把珍藏的荷包还给黛玉,黛玉一生气,拿起剪刀又要剪,吓得宝玉赶紧抢回来,又叫了千万声"好妹妹"去道歉。宝玉有一次跟黛玉吵架,生了气,没多久,他又若无其事地去潇湘馆,紫鹃都以为他再不来了。宝玉却笑着说他就是死了,魂也要一天来一百遭。

Omega 型宝玉是怎么对待 Alpha 型黛玉的?"当初姑娘来了,哪(那)不是我陪着顽(玩)笑?凭我心爱的,姑娘要就拿去;我爱吃的,听见姑娘也爱吃,连忙收拾的干干净净收着,等姑娘吃。一个桌

---

① 曹雪芹:《脂砚斋重评石头记:庚辰本》,人民文学出版社 2006 年版,第 397 页。

子上吃饭,一床上睡觉。丫头们想不到的,我怕姑娘生气,我替丫头们想到。"① 一听林妹妹要走,宝玉这个呆子"眼也直了,手脚也冷了,话也不说了,李妈妈掐着也不疼了,已死了大半个了!"② 林之孝家的听说宝玉这样,赶来看望,宝玉听了一个"林"字,便满床闹起来说:"了不得了,林家的人接她们来了,快打出去罢!"又哭着说道:"凭他是谁,除了林妹妹,都不许姓林的!"③ 一时宝玉又一眼看见了十锦格子上陈设的一只金西洋自行船,便指着乱叫说:"那不是接林妹妹的船来了。"贾母忙命拿下来,宝玉便掖在被中,笑道:"可去不成了!"④

对 Alpha 来说,"予取予求"能满足做主欲望,"非你不可"能满足被尊重欲望,这两样东西都满足了,才有真正的爱情。黛玉和贾宝玉相爱之后,不可能再爱上甄宝玉或北静王。因为甄宝玉和北静王即使能做到"予取予求",却不可能"非你不可"。甄宝玉的身边一定会有不少妾侍,像优等生贾珠那样;而北静王身边本身就有很多妃子。他们背负着家族那么多的期望,也认同了这个世界的规矩,又怎么可能只爱黛玉一个?而曾经沧海难为水,知道真爱的感受,黛玉不会再为甄宝玉或北静王所迷惑。最适合她的,是最懂她、最无怨无悔、最能支持她做自己的宝玉。

Beta 非常善于平衡关系、搞好利益分配,但其本身不会创造利益,而且有时候会在平衡关系的过程中失去原则。比如说,在管理大观园的时候,提出来把大观园承包给一些婆子来创收的是探春;宝钗提出的,是让得到承包权的婆子分出一些利润来给其他没有承包权的婆子,让那些没有承包权的婆子不至于心中不满而暗中搞破坏。我们可以清楚地看出,探春是创造利益的人,宝钗是分配利益的人。因为 Beta 善于平衡关系、分配利益,所以就会对身边的资源特别在意。比

---

① 曹雪芹:《脂砚斋重评石头记:庚辰本》,人民文学出版社 2006 年版,第 631 页。
② 曹雪芹:《脂砚斋重评石头记:庚辰本》,人民文学出版社 2006 年版,第 1341 页。
③ 曹雪芹:《脂砚斋重评石头记:庚辰本》,人民文学出版社 2006 年版,第 1343 页。
④ 曹雪芹:《脂砚斋重评石头记:庚辰本》,人民文学出版社 2006 年版,第 1343~1344 页。

如说宝钗就知道宝玉小厮茗烟的娘跟自己丫鬟莺儿的娘非常要好；宝钗仅仅听到说话的声音，就能辨认出来这是宝玉身边的丫鬟小红，而这个丫鬟，是宝玉自己见了都不认识的。

  Beta 型宝钗的最佳伴侣是同类——另一个 Beta。有学者曾根据贾雨村表字时飞，又作过"钗于奁中待时飞"① 的诗，推断薛宝钗最后可能会嫁给贾雨村。很多人认为这是唐突了宝钗，可是这个结论也是部分符合贾雨村和薛宝钗的深层性格的。他们都很善于根据时势来改变自己。比如说贾雨村原来很有才干，但是因为不会处理关系，被上司参了一本罢了官。经过这一番挫折，贾雨村来了一个 180 度的大转弯，在审理香菱案件的时候，完全倒向了权贵一边。宝钗在书中的一字定评也是"时"，而且经常说她"随分从时"②，原本她也喜欢看唐诗宋词和元曲话本那些描写才子佳人的闲书，后来大人们骂的骂烧的烧，于是宝钗就完全不以诗词为意，而认为针线才是女孩儿家的本等。她原本也喜欢珠玉饰物，但是自从父亲去世之后，家境也不如从前了，于是"从头至脚，可有这些富丽闲妆？"③ 穿衣打扮也一色半新不旧。宝钗和贾雨村还有一个非常相似的地方：门子给贾雨村说明了四大家族的关系，给他献计处理了香菱案件，赢得了上司的欢心，但是贾雨村后来却寻了个不是，远远地把门子充发了出去。雪雁为宝钗和宝玉的联姻立了大功，但是结婚了之后，宝钗就找了个小厮，把雪雁配了出去。

  不过宝钗配贾雨村确实还是太委屈了，可能最好的结局是她嫁给甄宝玉或者北静王。因为宝钗期待的是夫荣妻贵的生活，但是宝玉却不喜欢读书中举，甄宝玉容貌性格跟贾宝玉一样，但甄宝玉却"留心于孔孟之间，委身于经济之道"，对于宝钗来说，简直是最适合的对象。另外，北静王也不错。虽然北静王有不少的妃子，但是宝钗当初进京就是为了选妃而来，那个时候，她如果进入皇宫，以她的皇商

---

 ① 曹雪芹：《脂砚斋重评石头记：庚辰本》，人民文学出版社 2006 年版，第 17 页。
 ② 曹雪芹：《脂砚斋重评石头记：庚辰本》，人民文学出版社 2006 年版，第 97 页。
 ③ 曹雪芹：《脂砚斋重评石头记：庚辰本》，人民文学出版社 2006 年版，第 1356 页。

家庭出身，只怕最多也只能做贵妃，不可能成为皇上的正妻。她嫁给北静王很有可能也做不了正妃，而只能是一个侧妃，但这对宝钗来说不是非常重要。

Beta 的心性是追求安全感，要稳定，要利益，要一切可预知，这些需求只有 Beta 的同类可以给。Beta 的同类和 Beta 一样，喜欢"可见价值"最大化的伴侣，所谓"可见价值"，就是在公平守信的前提下，互相交换实实在在的条件。

Alpha 的性子烈、心气高，他们要的是"自己看得上的人的真心"。Beta 的手段就灵活得多，只要能保住爱人和爱人带来的身份、地位、利益，他们可以接受一定程度的半心半意。Beta 最好的伴侣，是让 Beta 感觉"值回票价"的人，是在自己能力范围内能找到的条件最好的那个 Beta。他们之间的可见价值刚好对等，互相认可对方的价值。在不如意时，他们都愿意妥协来留住这份价值，这会成为稳定的来源。这就是为何甄宝玉是宝钗的最佳伴侣，而宝钗也会同意成为北静王的侧王妃的深层动机。假如他们缔婚，他们的婚姻会非常稳定，而且他们也会互相欣赏，既不会出现宝钗对宝玉不思进取的失望，也不会出现宝玉抛下宝钗的绝情。

Omega 型宝玉的最佳伴侣是 Alpha。

宝玉的性格这么温和，和谁在一起都过得下去，只是他的优势在 Alpha 眼中价值最高，而他也喜欢被人肯定的感觉。Omega 对于伤害，即使对方把自己逼到死角，也不会暴起，而是一走了之。他最大的反抗就是"你走"，终极的反抗就是"你不走，我走"。想想他被晴雯气得浑身发抖，冲口而出就是"我这就回了老太太，让你出去"；而他最后觉得实在和宝钗过不下去时，最激烈的行为也不过悬崖撒手，出家为僧。

可想而知，这样的性格更适合和 Alpha 在一起。黛玉、凤姐、晴雯，都属于 Alpha，别人都觉得不易相处，但宝玉不但和她们相处融洽，而且适应和亲密程度甚至远超他人预料，因为 Omega 和 Alpha 是天生互补吸引的。

Omega 能让 Alpha 们拥有"平静的快乐"，这是 Alpha 们最缺乏却求之不得的宝物，因为 Alpha 天生喜欢被瞩目、受重视、不甘平凡，但"欲戴王冠，必承其重"，既得磨炼自己的才能，也得承受别人的非议，所以驱动 Alpha 的东西是痛苦。

Omega 沉浸于内心世界，在 Beta 看来却很"没用"，后者会质疑前者为什么不竭尽全力提高收入和地位。所以，宝玉沉浸于内心世界的愿望——只想做胭脂膏子，在内帷和姐妹们厮混而不想和贾雨村这些禄蠹们交往，不想去为官作宰，在宝钗看来实在是不务正业，她不但起了个"富贵闲人"的号来讽刺他，更时时规劝他回头是岸、收心读书。

Omega 在感情中重视的是"被需要"，但 Beta 们最重视的是条件。所以，Omega 型宝玉和 Alpha 型黛玉才是灵魂伴侣，黛玉时时刻刻需要宝玉，需要宝玉的赞美，更需要宝玉的关心；而且 Alpha 最关注的不是 Omega 的"外在事功"，或者不把这个当成评价 Omega 的最重要标准，所以黛玉从不催促宝玉放弃自我，读书中举。"独有林黛玉自幼不曾劝他去立身扬名等语，所以深敬黛玉。"①

但是 Beta 的反应完全不同。Beta 型宝钗见机劝导，宝玉心中不悦，背后抱怨道："好好的一个清净洁白女儿，也学的钓名沽誉，入了国贼禄儿之流。"② 另一个 Beta 型湘云同样，"你就不愿读书去考举人进士的，也该常常的会会这些为官做宰的人们，谈谈讲讲些仕途经济的学问，也好将来应酬世务。"③ Beta 型给 Omega 的第一个反应是"不需要"——"你成年家只在我们队里搅些什么！"④ 第二个反应是让他放弃自我去适应社会。

Omega 的心性是"被需要"和"做自我"，Alpha 跟他最契合，而 Beta 根本是南辕北辙。所以宝玉和 Beta 型湘云，小时亲近，长大疏远；和 Beta 型宝钗，即使缔结了外人看来的金玉良缘，即使宝钗艳冠群芳、才能出众，宝玉心中也是压抑痛苦的，"空对着山中高士

---

① 曹雪芹：《脂砚斋重评石头记：庚辰本》，人民文学出版社 2006 年版，第 814 页。
② 曹雪芹：《脂砚斋重评石头记：庚辰本》，人民文学出版社 2006 年版，第 814 页。
③ 曹雪芹：《脂砚斋重评石头记：庚辰本》，人民文学出版社 2006 年版，第 738 页。
④ 曹雪芹：《脂砚斋重评石头记：庚辰本》，人民文学出版社 2006 年版，第 738 页。

晶莹雪，终不忘世外仙姝寂寞林。叹人间美中不足今方信，纵然是齐眉举案，到底意难平"①。

对 Omega 这种细腻无私的性子来说，爱错人的成本真的很高。

Omega 哪怕和 Alpha 争吵不休，却得到了 Alpha 的真爱，也对 Alpha 放不下、忘不了。所以，晴雯死了，宝玉写了一篇感人至深的《芙蓉女儿诔》；黛玉死了，宝玉干脆抛下娇妻美妾和高官厚禄，出家当了和尚。他也曾经喜欢过 Beta 型的袭人和宝钗，她们都以"奉献者"和"规劝者"的面目出现，宝钗奉献给他治棒疮的药，袭人甚至奉献了身体，更不用说情切切良宵花解语的劝箴了。她们看起来都比脾气又大说话又尖刻的 Alpha 型黛玉和晴雯更懂事，更适合做老婆，但是她们都没有给宝玉真心。宝钗"任是无情也动人"②，第一优选是皇帝，进不了皇宫，那么宝玉也行。袭人"桃红又是一年春"③，等到宝玉一出了家，琵琶别抱改嫁给蒋玉菡也能过。宝玉最后终于醒悟了，但是他的 Alpha 们再也不会复活了。我不杀伯仁，伯仁因我而死。他选错了人，只能承受这痛苦的婚姻。他在她们的灵前，大概恨不得把他的心哭出来吧。

作为 Omega，也许觉得自己可以只问付出不问收获，但实际上，Omega 才是最应该关注收获的类型，尤其是个人条件不错的 Omega 更应该谨慎，因为 Omega 爱上一个人会无条件付出许多，而且很难放下自己的感情，所以从一开始就应该选择那个最看重、最认同自己的人。

二、重要他人：《红楼梦》之教育心理学

心理营养④决定宝玉既"无才"又中举。

---

① 曹雪芹：《脂砚斋重评石头记：庚辰本》，人民文学出版社 2006 年版，第 114 页。
② 曹雪芹：《脂砚斋重评石头记：庚辰本》，人民文学出版社 2006 年版，第 1492 页。
③ 曹雪芹：《脂砚斋重评石头记：庚辰本》，人民文学出版社 2006 年版，第 1497 页。
④ 参见林文采《心理营养》，上海社会科学出版社 2016 年版，第 2 页。

在心理上，一个孩子最重要的时期是七岁之前。他需要人无条件地接纳他，让他认为自己是最重要的。接下来他需要安全感，使得他能够独立，然后需要肯定、赞美、认同。如果七岁之前给足了孩子心理营养，他自然就会有生命力去学习，去发展自我。如果不足或者缺失，他就会不自觉地迷失成人目标，一直处于寻找的状态。

我们的生命有无穷的能力，但是如果没有生理营养，身体就不会健康；没有心理营养，心理的巨大能力也就无法实现。

但是偏偏，宝玉的父母贾政和王夫人，是让宝玉极度心理营养不足的人，他们一直都给了他非常贬低式的评价。

贾政根据小儿无意识的抓周结果判断他将来毫无出息。宝玉周岁之时，贾政因要试他将来的志向，便将那世上所有之物摆了无数，与他抓取。有可能是离得近，也可能是颜色鲜艳，或者有可能只是无意识地乱抓，总之，宝玉伸手只把些脂粉钗环抓来。贾政大怒，认为宝玉"'将来酒色之徒耳！'因此便大不喜悦"①。

贾政见儿子上学，也全是否定式评价。贾政冷笑道："你如果再提上学两个字，连我也羞死了。依我的话，你竟顽你的去是正理。仔细站脏了我这地，靠脏了我的门！"②

贾政和儿子同游大观园，让他题匾额试他的才情，儿子明明拟得很好，他也是一通贬低——"不过以一知充十用，取笑罢了。"③ "畜生，畜生，可谓'管窥蠡测'矣。"④ "无知的业障，你能知道几个古人，能记得几首熟诗，也敢在老先生前卖弄！你方才那些胡说的，不过是试你的清浊，取笑而已，你就认真了！"⑤

贾政对儿子不满意的时候就更不用说了。他一口一个"无知的蠢物！" "你这畜生，也竟有不能之时了。也罢，限你一日，明日若

---

① 曹雪芹：《脂砚斋重评石头记：庚辰本》，人民文学出版社2006年版，第38页。
② 曹雪芹：《脂砚斋重评石头记：庚辰本》，人民文学出版社2006年版，第198～199页。
③ 曹雪芹：《脂砚斋重评石头记：庚辰本》，人民文学出版社2006年版，第351～352页。
④ 曹雪芹：《脂砚斋重评石头记：庚辰本》，人民文学出版社2006年版，第355页。
⑤ 曹雪芹：《脂砚斋重评石头记：庚辰本》，人民文学出版社2006年版，第359页。

再不能，我定不饶。"① 贾政气的喝命："叉出去！"刚出去，又喝命："回来！"命再题一联："若不通，一并打嘴！"②

那么，王夫人提供给儿子的心理营养如何呢？林黛玉刚刚进贾府的时候，王夫人说的是什么？她说："我有一个孽根祸胎，是家里的'混世魔王'……你只以后不要睬他。"说宝玉"嘴里一时甜言蜜语，一时有天无日，一时又疯疯傻傻，只休信他"③。

贾政和王夫人显然不是真的希望宝玉成为"淫魔色鬼"，一事无成，而是想通过贬低和打压，告知他这是父母和社会厌恶的，期待宝玉自己认识到错误，从而自我修正。贾政和王夫人很像初级水平的园丁，看到小树长歪了，还长了太多枝杈，就想"咔咔咔"一通修剪，再用捆绑的方式扳过来。然而遗憾的是，宝玉是个有自由意志的活人，不是一棵任由摆布的植物。他们想当然地一次次责骂，初衷本来是希望宝玉改正，怎么知道其实这是一次次强化呢？

他们将这些标签——"孽根祸胎""淫魔色鬼""不喜读书"贴在一个无知小儿身上，是如此醒目而令人难忘，再通过他们的一次次强化，耳濡目染之下，不要说他们自己以及宝玉，只怕府里的丫鬟们都信。否则，何以金钏儿说宝玉"我这嘴上是才擦的香浸胭脂，你这会子可吃不吃了？"④ 实际上宝玉是"不喜读书"吗？那他为什么在没进学之前，已由大姐元春教授了几本书，几千字在腹里了？他为什么说"除四书外，杜撰得太多"⑤？第73回还写道，当宝玉得知贾政将要对他的学问进行盘考时，便连夜打算起来："肚子内现可背诵的，不过只有《学》《庸》《二论》是带注背得出的。至上本《孟子》，就有一半是夹生的，若凭空提一句，断不能接背的；至下《孟》，就有一大半生的。算起《五经》来，因近来做诗，常把《诗

---

① 曹雪芹：《脂砚斋重评石头记：庚辰本》，人民文学出版社2006年版，第366~367页。
② 曹雪芹：《脂砚斋重评石头记：庚辰本》，人民文学出版社2006年版，第360页。
③ 曹雪芹：《脂砚斋重评石头记：庚辰本》，人民文学出版社2006年版，第62~64页。
④ 曹雪芹：《脂砚斋重评石头记：庚辰本》，人民文学出版社2006年版，第516页。
⑤ 曹雪芹：《脂砚斋重评石头记：庚辰本》，人民文学出版社2006年版，第69页。

经》读，虽不甚精阐，还可塞责。"① 可见，宝玉对《大学》《中庸》《论语》这三部经典是能通本背诵的，至于《孟子》，也是可以部分背诵的。《红楼梦》在第73回还提到，贾宝玉曾读过《左传》《国策》《公羊》《穀梁传》，以及汉、唐等文。从宝玉进学、大观园试才题对额、为晴文写祭文等情节可见，他还非常熟悉《诗经》《吴都赋》《蜀都赋》《离骚》《文选》《庄子》。实际上，清代科举考试的绝大部分内容，宝玉是掌握的。

但是这些，贾政和王夫人都是"选择性无视"的。但凡一提起来，贾政说的就是："你如果再提上学两个字，连我也羞死了。"② 王夫人说的是："临阵磨枪，也不中用。有这会子着急的，天天写写念念，有多少完不了的。"③ 可悲的是，贾政和王夫人确实不知道，这个世界上存在"墨菲定律"，简言之，"如果你担心某种情况发生，那么它就更有可能发生"。按照贾政和王夫人的这种教育方式，宝玉大概率确实会走上学不了习、考不中试，最终一事无成的道路。

但是，为什么宝玉似乎一直按照贾政和王夫人的"设计路线"走，到最后突然令人大跌眼镜"逆袭"了呢？这牵涉到另一个心理学的概念——"重要他人"。

> 它指的是在孩子心理人格形成及社会化过程中，最具影响力的一个人。这个人的养育态度及行为举止，将对孩子的成长形成决定性影响。这个人由孩子自己挑选，最初、最本能的选择当然是爸爸妈妈，如果爸爸妈妈不行，他可能就会选择祖父母、老师或其他长辈。④

在宝玉的成长过程中，这个"重要他人"是他的祖母贾母。虽

---

① 曹雪芹：《脂砚斋重评石头记：庚辰本》，人民文学出版社2006年版，第1740页。
② 曹雪芹：《脂砚斋重评石头记：庚辰本》，人民文学出版社2006年版，第198～199页。
③ 曹雪芹：《脂砚斋重评石头记：庚辰本》，人民文学出版社2006年版，第1675页。
④ 林文采：《心理营养》，上海社会科学出版社，2016年版，第4～5页。

然宝玉受到贾政和王夫人的贬低,但是印象中宝玉是一个宠儿,宝玉之所以有这种超然的地位,是因为贾母,"独那史老太君还是命根一样"。贾母从不吝惜对宝玉的疼爱和赞美,在清虚观打醮的时候,贾母曾经说:"我养了这么多儿子孙子,没有一个像他爷爷的,就只有这玉儿像他爷爷。"① 贾母见多识广,阅人多矣,她对形形色色的人的认识和了解比贾政和王夫人多得多。有可能她从漫长的人生阅历中发现,小时了了,大未必佳,反而可能是中等水平的孩子,保不定后发先至,所以她对宝玉还是很宠爱的。贾母的肯定、赞美和认同,给宝玉留下非常重要的心理保护网。

那么最终贾母是正确的吗?现实是:贾政和王夫人总觉得长子贾珠很优秀,不到20岁就娶妻生子中了举。可是宝玉中举的时候才19岁,他那时候已经成婚了,他出走后书中说宝钗有个遗腹子,因此,宝玉也是不到20岁就娶妻、生子、中举。贾珠三更灯火五更鸡,好容易考上了;宝玉天天在内帏厮混,最后也做到了。这说明贾母很厉害,看人很准。

其实,贾母的直觉,早在第二回就被贾雨村用理论证实了——雨村罕然厉色忙止道:"非也!可惜你们不知道这人来历,大约政老前辈也错以淫魔色鬼看待了。若非多读书识事,加以致知格物之功,悟道参玄之力,不能知也。"② 雨村认为,宝玉属于那种"禀正邪二气"而生者,所以"置之于万万人中,其聪俊灵秀之气,则在万万人之上;其乖僻邪谬不近人情之态,又在万万人之下"③。

但是,为什么宝玉一直没有动静到最后才突然"逆袭"呢?在顺位上,贾政和王夫人作为父母是第一顺位,贾母作为祖母是第二顺位。在力量对比上,贾政和王夫人是两个人,贾母是一个人。《孟子·滕文公下》道:"一齐人傅之,众楚人咻之,虽日挞而求其齐

---

① 曹雪芹:《脂砚斋重评石头记:庚辰本》,人民文学出版社2006年版,第667~668页。
② 曹雪芹:《脂砚斋重评石头记:庚辰本》,人民文学出版社2006年版,第38页。
③ 曹雪芹:《脂砚斋重评石头记:庚辰本》,人民文学出版社2006年版,第40页。

也,不可得矣。"① 一人教诲时,众人在旁喧扰,学习受到干扰,自然成效不佳。贾母给了宝玉不少肯定和赞美,但他父母的贬低打压更强势。

他19年的人生之中,父母不断给他"孽根祸胎""淫魔色鬼"等负面评价。同时,贾政还采取了辱骂和棒打教育。然而,打骂教育不但无法教育出一个优秀的继承人,甚至可以算是一种"病态"的育人方式,特别是面对青春期的男孩子,一味地打骂只会增加孩子的反抗意识,让他们变得更加叛逆,表面上对长辈唯命是从,但内心却更加恐惧、反感、排斥。正如霍姆林斯基所说:"父母不用温柔、理智的良言善语,而是打耳光和用皮带抽打孩子,这就如同在雕塑作品时不用精巧的雕刀,却动用生锈的斧头。"②

在宝玉19岁之前还没有读书中举的时候,贾政、王夫人,以及他优秀的哥哥贾珠简直像一座大山一样,压得他喘不过气来。而到了后期,贾政见宝玉"神采飘逸、秀色夺人","把素日嫌恶处分宝玉之心不觉减了八九"③,又自己名利心大灰,也想到祖宗都没有科举出身的,所以也就不再以举业苛求宝玉。正是因为贾政的松绑,他的影响力减弱、下降,而贾母的影响力相对而言增强、上升,反而使得宝玉被压抑、被无视的能力得以展现,从而一举夺魁。

三、拐卖与收养:《红楼梦》之创伤心理学

创伤心理学在香菱身上的体现是"选择性遗忘"和"斯德哥尔摩综合征"。香菱被拐的时候是5岁,这个年龄已经对父母家乡有了记忆,但是不论别人如何询问,香菱一概回答已"忘记了",其中的关键点在于"她被拐子打怕了的,万不敢说"④。一旦香菱流露出家

---

① 兰州大学中文系孟子译注小组:《孟子译注》,中华书局1960年版,第138页。
② 穆阳:《三分爱七分管:养育男孩手册》,商务印书馆2011年版,第167页。
③ 曹雪芹:《脂砚斋重评石头记:庚辰本》,人民文学出版社2006年版,第516页。
④ 曹雪芹:《脂砚斋重评石头记:庚辰本》,人民文学出版社2006年版,第84页。

乡父母的半点信息，就会遭到拐子的毒打，家乡父母的相关信息和钻心刺骨的疼痛如此紧密地结合在一起，因此，就像巴甫洛夫的条件反射一样，遭受重创的身体为了自我保护，就对这些信息进行了"选择性遗忘"。此外，香菱对拐子和薛蟠有着非常特殊的态度。拐子拐卖了香菱，使她的人生急转直下，而且在她成长过程中还常常对她施以毒打。但是，香菱却说拐子是自己的亲爹，而且不论是在贾雨村审案的公堂之上，还是在嫁给薛蟠做妾之后，香菱都没有追究拐子的责任，甚至连责骂和抱怨也没有。冯渊准备娶香菱回去一夫一妻过活，不料薛蟠看上了香菱，指使人打死了冯渊，而他抢了香菱只是要做丫头，只因薛姨妈喜欢，才明公正道地给他做了妾。但是，香菱在薛蟠外出做生意时真心实意地惦念他，宝玉让袭人帮她换掉弄脏的裙子，她还特意叮嘱宝玉不可让薛蟠知道，深恐薛蟠误会。拐子和薛蟠实际上都是香菱悲惨命运的加害者，但是香菱却对他们产生了深切的情感羁绊，这实际上是一种"斯德哥尔摩综合征"，又称斯德哥尔摩效应或者人质综合征，是指被害者对犯罪者产生情感、依赖性，甚至认同对方的一种情结。

　　创伤心理学在黛玉身上的体现是"人际关系不良"和"自毁倾向"。在精神分析运动中，尽管出现了不同的思想，形成了不同的流派，不同流派之间甚至还有鲜明的对立，但是精神分析学派总的还是有一些共同的东西，比如说强调儿童期的影响。孩童的父母过世一直被视为儿童高压力指数的压力源之一，在孩童所经历的失落经验中，父母的过世也是冲击最大的，因为这代表着抚养、安全与情感连接来源的丧失。

　　由于父母的缺失，一些最基本的为人处世、待人接物的技巧，黛玉都付诸阙如，说话做事常常不够周全，导致人际关系不良。她说"别人不挑剩下的，也不给我"[①]，当场让送宫花的周瑞家的下不来台。她开宝玉的玩笑，说宝玉有心给丫头们桂花油，只是怕打着盗窃官司，无意中却影射了偷东西的彩云。黛玉也不太会经营与众姐妹的

---

① 曹雪芹：《脂砚斋重评石头记：庚辰本》，人民文学出版社2006年版，第160页。

关系。一开始，湘云每到贾府时是与黛玉同住，可是到第37回结海棠诗社时，"宝钗将湘云邀往蘅芜苑安歇去"①了，自此湘云便一直与宝钗同住。小说中一再强调黛玉"本性懒与人共，原不肯多语"②，当她养病烦闷时，内心"盼个姊妹来说些闲话排遣"，但"说不得三五句话又厌烦了"③。在第76回中，她甚至自忖："虽有迎春惜春二人，偏又素日不大甚合"④，其与众姐妹的关系可见一斑。情志理论认为："人际关系紧张、欠协调常使人缺乏安全感、轻松感，易产生自责、愤恨、嫉妒、抑郁、焦虑等不良情志状态。"⑤ 由此，便能够解释为什么黛玉虽受尽宠爱，却动辄垂泪自怜，自觉孤苦无依，要发出"一年三百六十日，风刀霜剑严相逼"⑥的感慨了。

　　黛玉思乡念亲，愁肠百转，偏又情愫暗生，外加婚事不遂，郁结于心。她还喜欢作诗抚琴，常常思考过度。思本伤脾，脾为生化之源，脾弱则运化无能，气血乏源，故而不思饮食，头晕乏力。思虑过度，令气结而停滞不行，气机不畅，故善叹息。同时，怒伤肝，亦可导致肝气郁滞，肝失疏泄，甚至咯血。悲、忧则伤肺，肺气耗散，易发咳嗽，又肺主皮毛，常生皮肤诸疾，是以黛玉常犯"杏斑癣"。过度悲哀，使心身沮丧、肺气耗散，哀叹愁苦，泪涌抽泣自不必多言，久则体弱懒言，易于伤风。过分忧愁，更使气聚而不行。清沈金鳌在《杂病源流犀烛》中指出，"怒本情之正，惟发不中节则肝胆之气横逆"⑦，发而为病。所以，黛玉复杂的病情正与她经年累月的情志不佳大为相关。身体问题又反过来引起心理变化，身体的疾病严重到一定程度或者某些与情志密切相关的脏腑，如肝脏发生病变时，个人的情志会发生异常改变，而不由个人所控制，所以久病者"性情乖

---

① 曹雪芹：《脂砚斋重评石头记：庚辰本》，人民文学出版社2006年版，第857页。
② 曹雪芹：《脂砚斋重评石头记：庚辰本》，人民文学出版社2006年版，第503页。
③ 曹雪芹：《脂砚斋重评石头记：庚辰本》，人民文学出版社2006年版，第1039页。
④ 曹雪芹：《脂砚斋重评石头记：庚辰本》，人民文学出版社2006年版，第1841页。
⑤ 何裕民：《中医心理学临床研究》，人民卫生出版社2010年版，第71页。
⑥ 曹雪芹：《脂砚斋重评石头记：庚辰本》，人民文学出版社2006年版，第624页。
⑦ 沈金鳌撰，李占永、李晓林校注：《杂病源流犀烛·卷六·惊悸悲恐喜怒忧思源流》，中国中医药出版社1994年版，第86页。

诞",其实"都是这个病在那里作怪",情志郁结与身体疾病之间形成了恶性循环。

进而,情志郁结加速了黛玉的"自毁倾向"。当黛玉暗中得知宝玉定亲,遂立意绝食而死。后来亲自听闻傻大姐吐露宝玉和宝钗结合的秘密,急火攻心,吐血病倒。尤其是黛玉气绝正当宝玉娶宝钗的这个时辰,虽有学者质疑这是续书的败笔,"太像戏了",但是从医学和心理学的角度,这确实是黛玉情志爆发的顶点。

黛玉从傻大姐儿那里听到"宝二爷娶宝姑娘",从得知消息到死,再没流过一滴眼泪。她昔日善哭,而此时绝不一哭,才是真正大彻大悟。"前之欲得宝玉而从之者,誓不二其心也;今之不得宝玉而必死者,决无负我心也。"①

黛玉之死,有甚于失去宝玉者。黛玉向来病着,自贾母起,直到姊妹们的下人,常来问候。而临死之际,"连一个问的人都没有,睁开眼,只有紫鹃一人"②。此前常有人问候不是因为人们恭敬她,只不过是因为恭敬有着太上权威的贾母。因此,当她因为"心病"而为祖母所弃,别人所给她的这种疼爱,既然可以慷慨地施舍,当然更是可以合情合理地收回。所以,黛玉对紫鹃的嘱托——"妹妹,我这里并没亲人。我的身子是干净的,你好歹叫他们送我回去"③ 看来似乎是悖论,其实不然。一句情话都不许宝玉说出口的黛玉被人诬以心病孤零零地独赴北邙,这个生来就渴望爱、寻找爱的女孩子,最后被所有人疏远了、冷淡了、抛弃了,她不仅葬送了自己的才华和美貌,还赔上了自己的生命和名声,这是何等欲哭无泪的哀伤、欲唤无声的苦痛、欲说无言的悲怆!她不但失掉了宝玉,连整个世界都输掉了,最终,她不是病死,也不是情死,而是巨大情志打击造成的"自毁"。

《红楼梦》的当代价值是什么?第一,《红楼梦》中的饮食、服饰、园林,演变为现在的红楼宴,或者参考《红楼梦》服饰、《红楼

---

① 陈其泰:《红楼梦回评》,见朱一玄《红楼梦资料汇编》,南开大学出版社1985年版,第746页。
② 曹雪芹:《程甲本红楼梦》,沈阳出版社2006年版,第2668页。
③ 曹雪芹:《程甲本红楼梦》,沈阳出版社2006年版,第2710页。

梦》园林所做的服饰设计和园林设计,这是《红楼梦》的当代社会价值。第二,《红楼梦》在当代有很多的戏剧改编或者是歌舞剧改编,比如说1987年版电视剧《红楼梦》和2010年版电视剧《红楼梦》,以及京剧、越剧、黄梅戏、歌舞剧版的《红楼梦》,等等,这是《红楼梦》的当代艺术价值。第三,《红楼梦》的海外传播提升了我国优秀传统文化在海外的影响力。这种传播是双向的,既有把《红楼梦》翻译成外文,比如说有《红楼梦》的英文、法文、德文、西班牙文、马来西亚文、韩文等译本,又有外国学者踊跃地研究《红楼梦》。在《红楼梦》的社会价值、艺术价值和海外影响力之外,还有一个非常重要的价值——心理价值。通过对《红楼梦》中人物心理的探索,有助于当代同类型读者的自我启思,只有充分认识自我,才能趋利避害,达致心理健康。

第二节 林黛玉"成长"心理学

在我国,人们对成长问题的关注本来就较为稀少和迟缓,更不用说借以分析古典小说中的人物。就《红楼梦》来说,即使在这方面锐意探取的专家,如美国汉学家黄卫总,其关注点也仅仅限于宝玉和宝钗身上①,其他论者对林黛玉有无"成长问题"鲜少落墨。毕竟,宝玉和宝钗还曾走进婚姻——一个被视为"转大人"的很重要的象征,他们还共同经历了抄家,分别经历了中举和生子,每一步转折,似乎都留下了不可磨灭的成长烙印。黛玉的人生相对来说太过单纯,她既不曾经历抄家,也不曾走进婚姻,没有经历过什么重大的人生变故,性格似乎也没有什么太大的起伏。不是吗?她看来好像就这么波澜不惊地长大了,以至于我们想探讨一下林黛玉有否经历过"成长"都觉得乏善可陈。然而,莫迪凯·马科斯曾经指出,成长的含义主要

---

① 参见张惠《"拒绝成长"与"压抑欲望"——析美国汉学家黄卫总对〈红楼梦〉性心理世界的独异解读》,载《红楼梦学刊》2010年第4辑,第285~308页。

有两类：一类把成长描绘成年轻人对外部世界的认识过程；另一类把成长解释为认识自我身份与价值，并调整自我与社会关系的过程。① 黛玉之"成长"正是属于后者。而且，对于现代青年读者来说，黛玉争强好胜，爱哭小性，不但难以理解，更是无法同情，因此，探讨黛玉之"成长"牵涉到《红楼梦》人物形象的现代性接受问题。同时，"成长"的黛玉也贯穿起《红楼梦》的不同版本，而使后40回有部分的合理性。再者，黛玉因其"成长"的罪与罚，具有和宝玉还"玉（欲）""解脱"异曲同工的悲剧性，共同丰富了《红楼梦》的内涵。

一、成长

虽然起笔稍犯滥俗，但我们仍然应该指出的是黛玉拥有与众殊异的童年。在精神分析运动中，尽管出现了不同的思想，形成了不同的流派，不同流派之间甚至还有鲜明的对立，但是精神分析学派总的还是有一些共同的东西，比如说强调儿童期的影响。② 孩童的父母过世一直被视为儿童高压力指数的压力源之一；在孩童所经历的失落经验中，父母的过世也是冲击最大的，因为这代表着抚养、安全与情感连接来源的丧失。黛玉在儿童期先后承受了两次"遗弃"：一次是母亲的死，她5岁时就失去母亲，精神上遭受重创；一次是父亲决定让她去外祖母家寄养。虽然从大人的观点来看，这是一个很合理明智的决定，"汝多病，年又极小，上无亲母教养，下无姊妹兄弟扶持"③，去外祖母家方便教养，但对一个刚刚经历丧母之痛的幼儿来讲，无疑又是一次精神重创。虽然父亲已经明示是无奈之举，而且对双方皆好，

---

① Mordecai Marcus. "What Is an Initiation Story?" *in The Young Man in American Literature: The Initiation Theme*, ed. William Coyle (New York: The Odyssey Press, 1969), p. 32.
② 参见卡伦·荷妮《神经症与人的成长》，陈收待译，国际文化出版公司2000年版，第2页。
③ 曹雪芹：《脂砚斋重评石头记：庚辰本》，人民文学出版社2006年版，第51页。

但一个孩子也许在道理上明白这是对的,然而在感情上依然无法抹去"被遗弃"的感觉。而且,这个寄养决定还会带来更可惊惧的后果——一个刚刚承受丧亲之痛的几岁幼儿被"连根拔起",前往一无所知、千里之外的异乡。几年之后,她又听到了父亲去世的消息!儿童期的这些重创对黛玉影响深远,甚至她的体质和性格的不足也要部分地归因于此。和宝玉、宝钗相比,黛玉缺乏借身体接触传达的关爱。

黛玉5岁丧母,来到贾府后仅有的两次身体接触来自贾母:一次是在第3回,黛玉初到贾府,"方欲拜见时,早被他外祖母一把搂入怀中,心肝儿肉叫着大哭起来"①。一次是在第54回,元宵节放鞭炮。由于"林黛玉禀气柔弱,不禁毕驳之声,贾母便搂他在怀中"②。与此相比,书中第25回说:

> (宝玉)进门见了王夫人,不过规规矩矩说了几句,便命人除去抹额,脱了袍服,拉了靴子,便一头滚在王夫人怀里。王夫人便用手满身满脸摩挲抚弄他,宝玉也搬着王夫人的脖子说长道短的。③

这时黛玉并不在场,但类似的情景在平时应该不会少见。在第57回中,薛姨妈和宝钗都来到潇湘馆,薛姨妈谈到宝钗和黛玉的婚事时:

> 宝钗道:"惟有妈,说动话就拉上我们。"一面说,一面伏着他母亲怀里笑说:"咱们走罢。"黛玉笑道:"你瞧,这么大了,离了姨妈他就是个最老道的,见了姨妈他就撒娇儿。"薛姨妈用手摩弄着宝钗,叹向黛玉道:"你这姐姐就和凤哥儿在老太

---

① 曹雪芹:《脂砚斋重评石头记:庚辰本》,人民文学出版社2006年版,第53页。
② 曹雪芹:《脂砚斋重评石头记:庚辰本》,人民文学出版社2006年版,第1279页。
③ 曹雪芹:《脂砚斋重评石头记:庚辰本》,人民文学出版社2006年版,第560页。

太跟前一样，有了正经事就和他商量，没了事幸亏他开开我的心。我见了他这样，有多少愁不散的。"①

第 22 回时宝钗已经 15 岁，可以想见第 25 回和第 57 回宝玉和宝钗的年龄。他们在十几岁时还能扑进母亲怀中撒娇，而黛玉从 5 岁开始就要忐惕地审视别人的脸色，不敢有一毫放松。所以，黛玉才会为这点在他人看来微不足道的亲情流露而感触落泪："他偏在这里这样，分明是气我没娘的人，故意来刺我的眼。"② 也许黛玉的这句话又会引来"多心""尖刻"的讥评，因为正常人谁会这样忖度别人？然而，这只是因为再也没有这样的人来爱黛玉了。次次的觌面相逢犹如刑罚时刻提醒着黛玉自己的不幸，而且这不幸不是黛玉造成的，即使她再乖再好，她的父母也不会死而复活，也不会再有一个赞许的眼神或者一个关爱的拥抱。此时的黛玉，就如同希腊神话中的坦塔洛斯（Tantalus），被罚立在齐脖颈深的水中，头上有果树，口渴欲饮时，水即退去；腹饥欲食，果子即被风吹去。那是黛玉被剥夺的、永远也不会再拥有的却又时时看到的——他人的爱与幸福。

失去父母的深重打击可能超过我们的想象：

> 1915 年，Johns Hopkins 医院的一位医生报告，尽管有适当的身体照顾，但被送进 Baltimore 地方孤儿院的婴儿中，有 90% 在第一年内死亡。对住院婴儿进行接下来三十年的研究，发现尽管有适度的营养，但这些儿童经常有呼吸系统方面的传染病，不明原因的高烧，体重不足，及显现生理恶化的综合征兆（Bowlby, 1969; Sherrodetal, 1978）。另一项研究以美国和加拿大"弃婴之家"的 91 位婴儿为对象，发现这些婴儿有严重的情感障碍和身体失调，以及高度的死亡率，尽管他们获得良好的食物和医

---

① 曹雪芹：《脂砚斋重评石头记：庚辰本》，人民文学出版社 2006 年版，第 1358～1359 页。

② 曹雪芹：《脂砚斋重评石头记：庚辰本》，人民文学出版社 2006 年版，第 1359 页。

疗照顾（Spitz & Wolf, 1946）。①

可以看到，失去父母（缺乏身体接触）对儿童成长的恶果之一是造成病弱，恶果之二是造成情感障碍。这两点在黛玉身上都有非常清楚的显现。病弱固不必提，另外一个极其重要的后果就是爱的缺失以及由此导致的不自信和不安全感。

初进贾府的黛玉"不敢多说一句话，不敢多行一步路，唯恐被人耻笑了去"②，因为她从小桥流水的故乡来到这花柳繁华的金陵，从贵而不富的书香之家来到这钟鸣鼎食的王侯府第，那些管家婆子和奶奶丫鬟，哪一个不偷眼看她有没有"乡下气"和"小家子气"？她不能让人笑话了去。又何况，她的父亲是蟾宫折桂的探花，母亲是贾府嫡出的小姐，无论如何，她也不能丢了他们的面子。哪能不处处在意，时时留心？

可是接着，她就表现出了令人不悦的"争强好胜"。黛玉在诗社比赛中特别不甘心居于人下，如第17回元妃省亲令姊妹作诗时，"林黛玉安心今晚大展奇才，将众人压倒"③；第37回起白海棠诗社时，黛玉故意在众人苦思冥想之际或抚梧桐，或看秋色，或又和丫鬟们嘲笑，最后"提笔一挥而就，掷与众人"④。论者常常不免对黛玉这样的个性心存腹诽，甚至认为她矫揉造作、令人讨厌。不过，有些方面得结合《红楼梦》的整体来看，甚至还得看背景等，有时哪怕是结合了上下文，也时有片面之虞。此论似乎疏忽了林黛玉特殊的教育背景，而应有重做斟酌的必要。当我们回顾林黛玉的童年时代，会发现对她影响最深的人，当属她的父亲和老师。为解膝下荒凉之叹，林如海最初是把黛玉当作男子教养的，而她的老师，也绝不是什么保姆或女傅，而是男性的塾师贾雨村。除了同是男性，她的父亲和老师还有

---

① 理查德·格里格、菲利普·津巴多：《心理学与生活》，王垒、王苏等译，北京邮电出版社2003年版，第333页。
② 曹雪芹：《脂砚斋重评石头记：庚辰本》，人民文学出版社2006年版，第52页。
③ 曹雪芹：《脂砚斋重评石头记：庚辰本》，人民文学出版社2006年版，第393页。
④ 曹雪芹：《蒙古王府本石头记》，北京图书馆出版社2007年版，第1417页。

一个共同点——都是进士（林如海甚至还是探花）。能够在"乡试""会试""殿试"三级不断淘汰下自千万人中脱颖而出，其性格中必然会有一些坚韧不拔和奋勇争先的因子，贾雨村以"天上一轮才捧出，人间万姓仰头看"的诗句言志也可略为佐证。这样的父亲和老师教给林黛玉的显然不是什么针黹女工，而是传统士大夫的文化修养和审美情趣。所以在第3回中，林黛玉初进贾府时所说的"只读过四书"，只怕还是自谦之言。虽然看《红楼梦》的人每每觉得宝钗知识高过黛玉，君不见区区《西厢记》就让黛玉觉得"词句警人，余香满口"，《牡丹亭》就让黛玉"心驰神飞，暗中落泪"，而宝钗家诸如这些"西厢""琵琶"以及"元人百种"，无所不有，从小就"怕看正经书"，偷背着大人读这些。然而，身为士大夫的父亲和老师，在教导作为女儿和弟子的林黛玉时，让她读的一定都是些"正经书"，因此，林黛玉长到十几岁才看到这些在当时被认为是"淫词艳曲"的作品，其反应可不正是"少见多怪"？但是，若论"正经书"上的功夫和修养，只怕黛玉是高过宝钗和湘云的。黛玉所擅长的是《尚书》、《庄子》、佛学这样近于士大夫审美情趣的作品。黛玉曾经用《尚书》的典故来比拟刘姥姥：

> 刘姥姥听见这般音乐，且又有了酒，越发喜的手舞足蹈起来。宝玉因下席过来向黛玉笑道："你瞧刘姥姥的样子。"黛玉笑道："当日圣乐一奏，百兽率舞，如今才一牛耳。"众姐妹都笑了。①

林黛玉的"雅谑"语出《尚书》，原文为"击石拊石，百兽率舞"②，意思是圣人以音乐为施行教化的工具，虞舜时器乐一响，教化所及，各种野兽都幸福得忘乎所以，应声起舞了。

而从第21回可知，黛玉也深谙《庄子》。当时宝钗、袭人为了

---

① 曹雪芹：《脂砚斋重评石头记：庚辰本》，人民文学出版社2006年版，第940页。
② 杜泽逊主编：《尚书注疏汇校》，中华书局2018年版，第645页。

收服贾宝玉，施展了撒娇含嗔、忽热忽冷的手法，使贾宝玉陷入苦恼之中。他从庄子思想中去寻求解脱，作了一篇续《庄子·胠箧》文以自遣，以为只有焚花散麝、弃绝不顾，才能怡然自悦。当黛玉看到宝玉的文章后，不仅立即领悟到宝玉引的是《庄子》——"无端弄笔是何人？作践南华庄子因"①，而且作诗指出宝玉的浅薄。色不迷人人自迷，宝玉不说自己沉迷，反而怪罪身边的女孩子们"张其罗而邃其穴""迷眩缠陷天下"②，这是皂白不分、是非不明之言，所以林黛玉作诗相讥，说他"不悔自己无见识，却将丑语诋他人"③。

　　从第22回可知，黛玉在禅悟上也有相当高的智慧。当时，宝玉不能同时讨好黛玉、湘云两人，心灰意冷，做偈子以示解脱——"你证我证，心证意证。是无有证，斯可云证。无可云证，是立足境"④。宝钗的反应是惊恐，认为是自己昨天说的那支"赤条条来去无牵挂"的《寄生草》曲子惹出来的，担心这些道书禅机移了宝玉的性情，自己成了个罪魁了。因此，宝钗便把宝玉作的偈子撕了个粉碎，还递与丫头们命令快点烧毁。但是黛玉并不惊慌，她有信心解开宝玉的心结。她以其人之道还治其人之身，也是用参禅的方式。她先是问宝玉：至贵者是"宝"，至坚者是"玉"，尔有何贵？尔有何坚？宝玉竟不能答。她接着点评宝玉的偈子"无可云证，是立足境"，好固然好，还未尽善，因此以"无立足境，是方干净"足之。⑤宝玉所作偈子的意思是：你认为你领悟了，我认为我领悟了，但只有通过内心的意会交融，才能够真正达到领悟的地步。等到了再没有什么可以领悟的程度，才可以说得上是真正彻底地觉悟了。达到了彻底觉悟的地步，也就是没有什么再需要验证的时候，才算是进入了思想的最高境界。黛玉续的两句"无立足境，是方干净"，意思又进一层，说只

---

① 曹雪芹：《脂砚斋重评石头记：庚辰本》，人民文学出版社2006年版，第471页。
② 曹雪芹：《脂砚斋重评石头记：庚辰本》，人民文学出版社2006年版，第468页。
③ 曹雪芹：《脂砚斋重评石头记：庚辰本》，人民文学出版社2006年版，第471页。
④ 曹雪芹：《脂砚斋重评石头记：庚辰本》，人民文学出版社2006年版，第497页。
⑤ 参见曹雪芹《脂砚斋重评石头记：庚辰本》，人民文学出版社2006年版，第498～499页。

有把什么希望进入最高境界的想法也抛弃掉，才是真正的干净，才是真正的彻悟。宝玉本以为自己洞悉了道家的玄想、佛家的顿悟，心智上达到了极高的境界，如果一味这样自视甚高，发展下去说不定真会选择"灵修"或者"解脱"，这也是宝钗担心的原因。然则宝钗不能辖制，只能"毁""烧"，这也是宝钗姊妹弟兄们小时看闲书，大人们"打的打，骂的骂，烧的烧，才丢开了"的教育方式的遗留。但这种方式只能治身，不能治心，否则宝钗也不会在多年之后依然对这些闲书烂熟于心，记忆力强大到足以鉴别出黛玉无心引用的两句曲文的出处。黛玉用的是"以才治才"的法子，让宝玉自愧自己的"上智"在他人面前不过是"下愚"，甘拜下风，偃旗息鼓。黛玉是拿禅机"截断众流"，"治好了"宝玉的心病，宝钗"看到了"这一点，因此分别用"身是菩提树，心如明镜台，时时勤拂拭，莫使有尘埃"①的神秀来比宝玉，以"菩提本非树，明镜亦非台，本来无一物，何处染尘埃"的慧能来比黛玉。但是试问，同样的一件事，是"做到"的人高明些呢，还是"看到"的人高明些呢？

受父亲和老师教育的潜移默化，林以为通过自身高妙的才华可以获取他人的怜爱、保护和褒奖，因此在文场中往往不肯屈居人后。但是林终究是会渐次明白这一点的，因为常常，她的才华不是因为无人理解而显得落落寡合，就是因为无心触怒而令人心中不快。在第37回中，探春因最喜芭蕉，故为自己取号"蕉下客"，众人都道别致有趣。黛玉笑道："你们快牵了他去，炖了脯子吃酒。"②黛玉此处用的是"蕉叶覆鹿"的典故，语出《列子·周穆王》：

> 郑人有薪于野者，遇骇鹿，御而击之，毙之。恐人见之也，遽而藏诸隍中，覆之以蕉。不胜其喜。俄而遗其所藏之处，遂以为梦焉。③

---

① 曹雪芹：《脂砚斋重评石头记：庚辰本》，人民文学出版社2006年版，第499~500页。
② 曹雪芹：《脂砚斋重评石头记：庚辰本》，人民文学出版社2006年版，第839页。
③ 杨伯峻撰：《列子集释》，中华书局1979年版，第107页。

可是值得注意的是，当时大家的反应是"众人不解"，连最博学淹通的宝钗也不知道这个出处。林黛玉的才情连宝钗都不懂，何况其他小姐，又何况其他丫鬟仆妇。人们不但觉得黛玉难以亲近，更责备她的"尖刻"，不能理解林何以不懂这最基本的为人处世。人们常常理所应当地认为，一个能够在才华上达到这样高造诣的人，必然在为人处世上发展出相应的智慧而同样玲珑剔透。然而，世界上固然有薛宝钗，但也同样有这样一些人的存在，他们读得懂文心，却读不懂人心。况且，黛玉可以从何得知如何为人处世？她的外祖母不会去教她，她溺爱她，对她"万般怜爱"，既把迎春、探春、惜春三个孙女"倒且靠后"①了，而且"饮食起居，一如宝玉"，但外祖母只是"爱"而没有"教"；宝玉也不会去教她，他自己还没长大呢；那些仆妇们也不会去教她，因为她是小姐，她们也不敢，即使她的言语刺人，她们的反应要么是像送宫花的周瑞家的，"听了，一声儿不言语"②，要么像李嬷嬷，听了，又是急，又是笑，说道："真真这林姐儿，说出一句话来，比刀子还尖。你这算了什么。"③一个孩子本来能够根据别人的反应来检查和调整自己和别人的关系，从而发展出适合的社会行为，但仆妇们用沉默和赔笑掩饰了真实的情感——反感与恼怒，同时黛玉也没有父母或尊长批评或指正这种言谈的不当，所以可怜的、年幼的林黛玉，没准还为自己的言词犀利而暗自得意呢。

林黛玉的"尖刻""使气任性"，"窃以为问题在于爱情"④。大家对第 7 回中黛玉的讽刺"我就知道，别人不挑剩下的也不给我"记忆犹新，却常常忽略黛玉身处的环境，当时是在宝玉房中，大家正在解九连环玩。看到那样的大盒子里面只剩下两支孤零零的宫花，任是谁也会觉得在心上人面前丢了脸面，所以黛玉才忍不住出言讥刺。在第 8 回中，紫鹃怕天气冷，特地差雪雁给黛玉送手炉，黛玉反说

---

① 曹雪芹：《脂砚斋重评石头记：庚辰本》，人民文学出版社 2006 年版，第 97 页。
② 曹雪芹：《脂砚斋重评石头记：庚辰本》，人民文学出版社 2006 年版，第 161 页。
③ 曹雪芹：《脂砚斋重评石头记：庚辰本》，人民文学出版社 2006 年版，第 186～187 页。
④ 王蒙：《红楼启示录》，三联书店 1991 年版，第 13 页。

"那里就冷死了我",反笑雪雁:"也亏你倒听他的话。我平日和你说的,全当耳旁风,怎么他说了你就依,比圣旨还快些!"① 事实却是宝玉常吃冷酒,黛玉劝过不听,反而宝钗一席话就让宝玉顿改初衷,难怪黛玉吃了飞醋。但是黛玉的"尖刻"不但没有任何自卫的效用,反而招来了更大的祸患。直接的祸患是惹恼了这些丫鬟仆妇,留下了"林姑娘嘴里又爱刻薄人,心里又细"的风评;间接的祸患是开罪了宝钗。薛姨妈说:"这是宫里头的新鲜样法,拿纱堆的花儿十二支。昨儿我想起来,白放着可惜了儿的。"她还说自己的女儿:"宝丫头古怪着呢,她从来不爱这些花儿粉儿的。"② "宫花"是新制的,但薛宝钗"从来不爱这些花儿粉儿的",那准备这些宫花做什么?第4回已经说过宝钗为选妃而来,如今第7回又说宫花准备了没派上用场,留着没用,只好拿出来送人——可见宝钗是"挑剩下的",落选了。黛玉这话虽是想在宝玉面前为自己争个脸面,但她不曾考虑到,自己口无遮拦地说出这句"挑剩下的",言者无心,听者有意,何等刺了别人的心呢!而且,宝钗先为选妃而来,因此"一见宝玉之后,并没有像林黛玉那样的立刻在心里产生一种特殊的感觉,当然更没有燃起爱情的火苗"③,也想不到去鉴赏通灵宝玉。可是在第7回落选之后,宝钗似乎很快移情于宝玉,第8回就出现了薛宝钗巧合认通灵,"在这种商人家庭中,交易中的'待价而沽''待时而飞'的商业诀窍和手段,时刻影响着薛宝钗的心灵和她的人生态度"④。

  一切都做得这么自然以至于无人能够责备宝钗提出这个敏感话题。毕竟,谁会猜疑这个具有完美儒家道德的女孩会提醒一个男人他们必将联姻?⑤

---

① 曹雪芹:《脂砚斋重评石头记:庚辰本》,人民文学出版社2006年版,第185页。
② 曹雪芹:《脂砚斋重评石头记:庚辰本》,人民文学出版社2006年版,第155页。
③ 蒋和森:《红楼梦论稿》,人民文学出版社1959年版,第154页。
④ 胡文斌:《胡文斌点评红楼梦》,团结出版社2006年版,第249页。
⑤ Martin W. Huang. *Desire and Fictional Narrative in Late Imperial China* (Cambridge, MA: Harvard University Asia Center, 2001), p. 302.

而黛玉在第 8 回的讽刺也是"机带双敲"的，固然敲的是宝玉，怪他这么听宝钗的话；同时，"那里就冷死了我"，也未尝没有哪里就冷死了他（要你这般费心）之意，这无异于暴露出宝钗太"关心"宝玉了，在那个"男女授受不亲"的时代挑明了一个淑女竟然会"关心"一个男子，更何况这个淑女还是向来以儒家美德自恃的宝钗，如何不令宝钗羞恼交加呢？

但是，宝钗永远不会用言语反击黛玉，因为最厉害的反击不必是言语。她在偷听到小红的私情之后故意叫出黛玉的名字以金蝉脱壳①，在王夫人犹豫要不要拿黛玉的衣服来装殓金钏儿时自告奋勇用自己的衣服取代，给黛玉正眼也不瞧的赵姨娘也挨门儿送到一份礼……宝钗不用说黛玉一句不好，但人们自然而然就会远着、嫌着、厌着黛玉了："但设非宝钗，何至疑黛玉、薄黛玉、且弃黛玉至于此极哉。"②

最后，黛玉终究要自己长大而"不敢"尖刻。尖刻不尖刻，宝玉、黛玉这对小情侣原觉得是自己的事，不与他人相干。黛玉固然不觉得自己有何不妥，宝玉也不但不以为忤，还相当受落——因为黛玉的讽刺无一不显示多"在乎"他、多"紧张"他，所以他反而喜欢，并以为黛玉妙于辞令、很会说话，还要勾着贾母来赞黛玉："若是单是会说话的可疼，这些姊妹里头也只是凤姐姐和林妹妹可疼了。"③但宝玉的希望落了空，贾母反而大赞宝钗："提起姊妹，不是我当着姨太太的面奉承，千真万真，从我们家四个女儿算起，全不如宝丫头。"④ 老太太对黛玉是否"会说话"不置可否，但她的态度很清楚

---

① 对于宝钗是否有意陷害黛玉，说法不一，但是，"薛宝钗的这种行为，却至少可以向我们证明：她并非像她所表现的那样真心关怀林黛玉，因为一个人不会把自己认为有害的事，去让他所关怀所爱护的人来承担。关怀的感情，会立刻阻止她喊出那一声：'颦儿，你往那里藏？'但问题还不仅止于此，更重要的是，薛宝钗的这个'金蝉脱壳'，根本就是一种不道德的行为，因为即使她喊的是'凤姐'或其他任何一个人，也不能改变她这一行为的损人利己的实质。"参见蒋和森《红楼梦论稿》，人民文学出版社 1959 年版，第 140 页。

② 陈其泰评、刘操南辑：《桐花凤阁评红楼梦辑录》，天津人民出版社 1981 年版，第 290 页。

③ 曹雪芹：《脂砚斋重评石头记：庚辰本》，人民文学出版社 2006 年版，第 795 页。

④ 曹雪芹：《脂砚斋重评石头记：庚辰本》，人民文学出版社 2006 年版，第 795 页。

地表明了言语并不是赢得贾府好感和欢心的优势条件，这给林黛玉敲响了一记警钟，让她逐渐明白非言语智慧在成功中的关键作用。

那么，林黛玉何时开始成长了呢？窃以为这个转折点应在第23回。一般人认为黛玉很早就把宝钗视为争夺宝玉的对手，处处着意比较。殊不知此说未曾深思宝钗初来之际，三人还都是垂髫之年。实际上，黛玉对宝钗的"不忿"，和一般儿童被批评"被人比下去了"的反应相似。她那时候紧张宝玉，也是因为她没了母亲，远离父亲，独自来到千里之外的异乡后，宝玉是朝夕相伴的最亲近的人——"两个一桌吃，一床睡，长的这么大了"①。陡然来了一个宝钗之后，宝钗不是常常探访宝玉，"有事没事跑了来坐着"，就是"便拉宝玉走了"，黛玉因此而常感受到被冷落，常感人生之"无常"——变化岂不正是"无常"之一？黛玉害怕变化，正是变化夺去了她的亲人。然而，此时她还没有爱情的意识，只是为"变化"而苦恼。因此，当宝玉说出"岂有个为他远你的呢？"黛玉啐道："我难道为叫你远他？我成了什么人了呢？我为的是我的心！"② 只是到了第23回，宝黛共读《西厢》像一道闪电一样唤醒了黛玉，"自觉词藻警人，余香满口。虽看完了书，却只管出神，心内还默默记词"③。我们不可小觑阅读的威力，在但丁的《神曲》中，芙兰切丝卡·达波伦塔与保罗·玛拉特斯塔也正是因为共同阅读《湖上骑士兰斯洛特》才体验到那危险的情愫：

那时，我们俩在一起，毫无嫌猜。
那个故事，多次使我们四目交投，
使我们脸色泛红。④

正是这次阅读，唤醒了芙兰切丝卡和保罗，导致他们成为"永

---

① 曹雪芹：《脂砚斋重评石头记：庚辰本》，人民文学出版社2006年版，第451页。
② 曹雪芹：《脂砚斋重评石头记：庚辰本》，人民文学出版社2006年版，第451页。
③ 曹雪芹：《脂砚斋重评石头记：庚辰本》，人民文学出版社2006年版，第524页。
④ 但丁著、黄国彬译注：《神曲》，台北九歌出版社2003年版，第184页。

恒的伴侣",无论是在人间,还是在阴间。同样,黛玉朦胧的醋意、不安、悲哀都在共同阅读的《西厢》中找到了注解。如果说宝玉从"龄官画蔷"中悟出了人生情缘自有分定,那么黛玉就是从共读《西厢》中体会到为何自己见到宝玉来了就欢喜,见到宝玉走了就恼,见到宝玉和其他女孩在一起更恼。所以到了后面,她才会对其他女孩有了"情"上的猜忌,而考虑起所谓的"终身大事"来。其理由也是"近日宝玉弄来的外传野史,多半才子佳人都因小巧玩物上撮合,或有鸳鸯,或有凤凰,或玉环金珮,或鲛帕鸾绦,皆由小物而遂终身。今忽见宝玉也有麒麟,便恐此生隙,同史湘云也做出那些风流佳事来"①。

这个可怜的少女,她清楚地意识到自己的成长,否则她也不会仅仅因为宝玉要为她拭泪,就忙向后退了几步,说道:"你又要死了!作什么这么动手动脚的!"② 但她完全不知道该如何应对自己的成长,也没有任何渠道可以获得"不再是孩子"时所应具备的"正确的"行为指导。她只能依恃着天分中的一点聪明,小心翼翼地察知体味"大人们"在只言片语或行为举止中透露出的信息,暗忖哪些是一个闺秀"合宜的"或是"正确的"举止。如同一个要扮成明眼人的盲人,完全看不到,只能靠猜对每一个信号,才能穿过车马疾驰的十字路口。而且,黛玉并非只用猜一次、一日,这是她每天要面对的,有可能下一次就猜错了、做错了,从而造成不可挽回的笑柄或丑闻。所以黛玉时时充满了深深的恐惧和挫败感,没有父母,也没有老师,她被遗弃在这个陌生的世界里,孤独地长大。

然而,黛玉对宝玉的感情是爱吗?或者,宝玉选择黛玉是正确的吗?虽然从清代到 20 世纪 80 年代,同情黛玉和同情宝黛爱情者居于优势,但此后情况发生了根本性的逆转。问卷调查显示,早在 20 世纪八九十年代,很多大学生已经不欣赏黛玉的性格,认为她的悲剧是

---

① 曹雪芹:《脂砚斋重评石头记:庚辰本》,人民文学出版社 2006 年版,第 739 页。
② 曹雪芹:《脂砚斋重评石头记:庚辰本》,人民文学出版社 2006 年版,第 740 页。

自身性格造成的。① 步入 21 世纪，有老师让当代大学生从红楼人物中选伴侣，结果"男孩子没人选林黛玉"②。甚至还有大学生认为宝黛之间的感情不属于爱情，不现实、理想主义成了这些大学生对宝黛爱情的定评。③ 人们通常只看到宝玉对黛玉的爱，他常常去探望黛玉，"我便死了，魂也要一日来一百遭"④；他关心黛玉的病体，"今儿好些？吃了药没有？今儿一日吃了多少饭？"⑤；他挨了黛玉的排揎，还要给黛玉赔不是。但是，黛玉有爱过宝玉吗？《红楼梦》开卷说黛玉要用眼泪来偿还宝玉最初的甘露灌溉之恩，这给人的印象是如此的强烈而深刻，因此英国汉学家大卫·霍克思（David Hawkes）和其女婿约翰·闵福德（John Minford）合译的英文全译本《红楼梦》（*The Story of the Stone*）中，就专门把第四卷称为《泪债》（*The Debt of Tears*）。但是夏志清（C. T. Hsia）却认为，黛玉的自嗟自怜正所谓春悲秋恨皆自惹，"据说黛玉是来还泪债的，但这些眼泪给人的感觉只是自怜，而不是感激"⑥。那么，黛玉为什么总是哭呢？为什么总是和宝玉怄气呢？实际上，她的眼泪有许多次并不是为了宝玉而流，而是为了失去母亲而流，"守丧尽哀"⑦；为了不得不离开父亲而流，"洒泪拜别"⑧；为了远离故乡而流，"泪道不干"⑨；到了贾府之后，又为了宝玉砸玉，自己深深自责而落泪。她的眼泪更多的是为自己的无家可归、寄人篱下而流。有一次，她去敲怡红院的门，晴雯误以为是丫头，便拒绝开门。这个纯粹的误会，想不到竟是这么严重地

---

① 参见刘勇强《当代体验与历史观照的龃龉和融汇——漫谈古代小说的解读与欣赏》，载《名作欣赏》2002 年第 1 期，第 108～109 页。
② 马瑞芳：《假如当代大学生从红楼人物中选伴侣》，载《杂文选刊》2008 年第 12 期，第 27 页。
③ 参见薛颖《〈红楼梦〉经典艺术正在被消解——大学生谈红管见》，载《语文建设》2009 年第 8 期，第 149 页。
④ 曹雪芹：《脂砚斋重评石头记：庚辰本》，人民文学出版社 2006 年版，第 688 页。
⑤ 曹雪芹：《脂砚斋重评石头记：庚辰本》，人民文学出版社 2006 年版，第 1045 页。
⑥ C. T. Hsia. *The Classic Chinese Novel*（New York：Columbia University Press，1968），p. 277.
⑦ 曹雪芹：《脂砚斋重评石头记：庚辰本》，人民文学出版社 2006 年版，第 32 页。
⑧ 曹雪芹：《脂砚斋重评石头记：庚辰本》，人民文学出版社 2006 年版，第 51 页。
⑨ 曹雪芹：《脂砚斋重评石头记：庚辰本》，人民文学出版社 2006 年版，第 607 页。

挫伤了她。如果她真的在门外"高声问她",事情也就解决了。但寄人篱下的处境不容她多想,只是立刻在她的心里唤起了这样的感觉:"如今父母双亡,无依无靠,现在他家依栖,如今认真淘气,也觉没趣。"① 真的,再没有什么比损害了这个少女的自尊和触痛了她的依人为活的命运更能使她伤心的了。那一夜,她"倚着床栏杆,两手抱着膝,眼睛含着泪,好似木雕泥塑的一般,直坐到二更多天,方才睡了"②。第二天,她看见落花满地,便触景生情地写出了那篇有名的《葬花吟》。这个少女不能认识得更多,她把这种命运的无可逃避都归因于自己没有家。于是,她害上了无可解除的思家的忧郁症。大观园里的繁华热闹、别人家中的笑语温情,乃至自然界的落花飞絮、秋风秋雨等等,无一不在她的心里引起无家的哀痛。整个世界在她的面前,仿佛都变成了制造眼泪与忧愁的原料。③ 但后来她是为那个可怕的宿命,为那个时时悬在头顶的达摩克利斯之剑而哭泣。黛玉的悲哀在于,她要和宝玉延续这份"知己"之爱,就必须走进婚姻。贾府是不允许他们有什么所谓的"知己"之情的,进入婚姻,他们的怄气、吵嘴、赔不是就成了虽受人讥诮,但无可厚非的"闺房之乐";否则,就是"心病""私情"。黛玉的悲哀更在于,她想和宝玉在一起,可是却不具备任何能和宝玉走到一起的条件。她没有"金"来配宝玉的"玉",以符合人世的谶语"金玉良缘",更不利的是,她的对手宝钗反而有这个"金"。她也没有父母为其主张,而且病弱的身体也不知道能不能支持到那虚无缥缈的幸福的一天——如果有的话。所以,她不仅哭了,还怄宝玉,说宝玉有"金玉良缘"的想法。从精神分析的角度来看,黛玉是用了一种自我防御机制:"合理化"(rationalization,或译"文饰作用")。其含义是:对于一项失败或缺点,不是找出它的真正原因,而是给出理性的、逻辑的但却是错误的"理由"。合理化的作用在于使当事人心安理得。黛玉知道自己爱情

---

① 曹雪芹:《脂砚斋重评石头记:庚辰本》,人民文学出版社2006年版,第603页。
② 曹雪芹:《脂砚斋重评石头记:庚辰本》,人民文学出版社2006年版,第608页。
③ 参见蒋和森《红楼梦辨》,人民文学出版社1959年版,第95页。

的阻碍并不仅仅是那块"玉",但她没有办法改变自己的处境,她没有财富可以匹配煊赫的贾府,也没有父母可以为她做主,所以她只能说自己和宝玉没有"金玉良缘""天生不配"——"比不得宝姑娘,什么金什么玉的,我们不过是草木之人。"① 因此,在没有婚姻作为保障的前提下,所谓的爱情只能压在心底。宝玉曾经说过:"如今谁承望姑娘人大心大,不把我放在眼睛里,倒把外四路的什么宝姐姐凤姐姐的放在心坎儿上,倒把我三日不理四日不见的。"这倒不是黛玉以退为进,以此作为吸引宝玉的手段,而是"长大了"后不得不然的"远嫌"。她知道自己喜欢宝玉,但这种喜欢是这个社会万万不允许的,所以她只能和宝玉疏远,才会经常和宝玉吵架。黛玉越是意识到自己的爱情,就越是把它"压"在心底,不让它流露出来。其实这是一种"自我防御"机制——"反向作用"(reaction formation)②,即做出某种与实际(潜意识)愿望正好相反的事情。

然而,爱与不爱,不仅仅表现在说了什么,更表现在做了什么。黛玉之爱宝玉,正和宝玉之爱黛玉相同。宝玉说"我为你操碎了这颗心",黛玉从没说过,但是,黛玉对宝玉的心意是一样的。她见宝玉在元妃省亲之时作不出诗,大费神思,因此为其捉刀,"省他些精神不到之处"③;她提醒宝玉为姊妹们淘澄胭脂膏子时记着不要蹭到脸上带出幌子来;她怕贾政问宝玉的功课,因而仿照宝玉字迹替他临帖;她心疼他挨打,哭得眼睛跟两个桃儿似的,又怕宝玉下次再犯被打得更厉害,因此抽抽噎噎地叫他"可都改了吧"④;她担心夜雨路滑跌了宝玉,就把自己的玻璃绣球灯送给宝玉照亮儿,这玻璃绣球灯原本宝玉自己也有一个,可是这个打破了多少玛瑙碗、水晶盘的少爷疼惜这灯的贵重,因此自己也舍不得用,可是因为是宝玉,黛玉将如此贵重的灯举以予之,"跌了灯值钱,跌了人值钱?……忽然又变

---

① 曹雪芹:《脂砚斋重评石头记:庚辰本》,人民文学出版社2006年版,第653页。
② 黛安娜·巴巴利亚、莎莉·欧茨:《发展心理学——人类发展》,黄慧真译,桂冠图书1994年版,第555页。
③ 曹雪芹:《脂砚斋重评石头记:庚辰本》,人民文学出版社2006年版,第395页。
④ 曹雪芹:《脂砚斋重评石头记:庚辰本》,人民文学出版社2006年版,第770页。

出这个剖腹藏珠的脾气来?"① 她知道宝玉痛恨仕途经济,因此从不劝他显亲扬名。

> 黛玉深爱宝玉,肯定他个人的价值,而且是不带任何条件的肯定。这是黛玉和其他姊妹的根本歧异。不论阴阳,不论五行,不论《易》道(如清末的评者),也不论是阳刚之说或阴柔之论(如晚近的论者),任何有关宝钗和黛玉对立的二元论大概都消解不了上述的基本歧异。②

这不仅有力地回答了宝玉选择黛玉的合理性,而且也部分地说明了何以黛优于钗。对于许多读者尤其是现代年轻读者来说,宝玉选择黛玉根本就是一个错误,他们大多会选择宝钗、熙凤,或者至少是史湘云。令许多读者百思不得其解的是,林黛玉"恃才傲物""愤世嫉俗""不通世故""器量狭小""多病爱哭",何以宝玉对其情有独钟?这是因为黛玉忠诚专一、惟情至上,为了心爱的人可以舍弃生命;她不懂钩心斗角,而是倾心相待;绝不会逼着意中人去觅金封侯,只要心心相印就足够了。

然而,成长的压力无处不在。随着年龄的增长,不断地有人来给宝玉说亲了。可是那时时催促宝玉长大的压力,不也同样无所不在地逼迫着黛玉吗?而这时候,没有人教导黛玉该如何为自己的幸福争取,她只能默默地聆听他人的言语而判断自己的举止。虽然王熙凤说过:"既然吃了我家茶,如何不与我家做媳妇?"但她知道那只是模棱两可的玩笑话。虽然薛姨妈说过:"不如竟把你林妹妹定与他,岂不四角俱全?"③ 但她知道那只是打趣。黛玉不是没有成为"贤内助"

---

① 曹雪芹:《脂砚斋重评石头记:庚辰本》,人民文学出版社2006年版,第1048~1049页。

② Anthony C. Yu. *Desire and the Making of Fiction in Dream of the Red Chamber* (New Jersey: Princeton University Press, 1997), p.238.

③ 曹雪芹:《脂砚斋重评石头记:庚辰本》,人民文学出版社2006年版,第1361页。

的才能，须知在女强人王熙凤眼里，"林丫头和宝姑娘他两个倒好"①，她和宝钗原是不相伯仲的一对能人。再听听怡红寿宴那一天她对宝玉的话："我虽不管事，心里每常闲了。替你们一算计，出的多，进的少，如今若不省俭，必致后手不接。"② 原来，林妹妹的心里也自有一本明账，她并不是一味安富尊荣的人。可是大人们的标准究竟是什么呢？贾母说过："不管他根基富贵，只要模样儿配的上就好，来告诉我便是。那家子穷，不过给他几两银子就罢了。只是模样儿性格儿难得好的。"③ 黛玉在受打击的同时又燃起了希望，因为贫富不是取舍的依据，而所有这些条件中，黛玉不甚符合的就是"性格"。她的灵心慧舌虽然有时能够生出许多引人发笑的"俏语"和"雅谑"，但在大观园里却造成了"尖酸刻薄"的普遍印象。在这个"本也难站"的贾府里，必须有那"好性格"才能适应周围复杂错综的人事关系。在这里，隐忍曲承、安分随时、装愚守拙等等，是最受称赞的美德；而缜密的机心、巧妙的掩饰，在这里更是可以换取到欢心与奖赏。

然而，天真的黛玉彼时还不能领会什么才是能够在贾府长袖善舞、左右逢源的"好性格"，她还以为只要改掉锋芒毕露的口齿，与人为善就是"好性格"。这个聪明的少女，不仅懂得感情，也是善于体察人情的。她看得出凤姐的"花胡哨"，也看得出荣国府人们之间的"虎视眈眈""背地里言三语四"，她更是没有一刻忘记过自己原是"无依无靠投奔了来的"……所以，她还很自信自己是可以改变和塑造的。在第26回里，小丫头佳蕙过来送茶叶，正赶上黛玉分钱，便抓了两把钱给她，令佳蕙觉得受宠若惊。④ 第45回写她对宝钗派来送燕窝的婆子给予厚待，不仅让她外头坐了吃茶，还虑到她"冒雨送来""耽误了夜局发财"⑤，赏了她几百钱酒钱。在第62回中，

---

① 曹雪芹：《脂砚斋重评石头记：庚辰本》，人民文学出版社2006年版，第1304页。
② 曹雪芹：《脂砚斋重评石头记：庚辰本》，人民文学出版社2006年版，第1470页。
③ 曹雪芹：《脂砚斋重评石头记：庚辰本》，人民文学出版社2006年版，第668页。
④ 参见曹雪芹《脂砚斋重评石头记：庚辰本》，人民文学出版社2006年版，第584页。
⑤ 曹雪芹：《脂砚斋重评石头记：庚辰本》，人民文学出版社2006年版，第1050页。

有对黛玉体谅袭人的描写。宝玉的生日宴会散后,袭人前来奉茶,只送了一杯茶,偏偏钗黛两人在一处。黛玉见她忙得不可开交,便笑道:"你知道我这病,大夫不许多吃茶。这半杯尽够了,难为你想到。"平日里凡事都极为挑剔的她,于是便和宝钗共饮了一杯茶。① 这些岂不都体现出黛玉通情达理、处处为人着想的开朗、大度吗?在第87回中,紫鹃误会黛玉不让厨房熬粥是怕厨房里弄得不干净,黛玉却道:"我倒不是嫌人家肮脏,只是病了好些日子,不周不备,都是人家。这会子又汤儿粥儿的调度,未免惹人厌烦。"② 之后,黛玉吩咐紫鹃、雪雁去吃饭,"待我自己添香罢"③。从这些生活细节中可以看出,林黛玉的小姐脾气不见了,她随和、不挑剔,能做的事都自己做。到了查抄大观园时,探春、晴雯都发了脾气,素来爱耍性子的黛玉却一句微词都没有了,可见林妹妹也是在成长的!

 二、版本

在探讨黛玉"成长"的过程中,我们必然会遇到的第二个问题就是"版本"。批评后40回的学者常常也以后文的黛玉为例,认为黛玉劝说宝玉学习八股文完全有悖于前80回中"自幼不曾劝他立身扬名"的言行举止,可见是续书续得不圆的一个明证。然而,如果我们以"成长"的眼光来审视呢?续书非但不是续得不圆,几可称是"成长"的必然之义——黛玉终于不能承受社会的压力,而被迫让步和妥协。从这个意义上来讲,黛玉的"改口",即使是出于续作,也并非完全不可理解的。如果说这破坏了黛玉的形象,那么,难道刚认识宝玉的黛玉就爱哭、爱耍小性、不顾他人眼光、和宝玉同声同气地厌恶仕途经济;而数年之后,已经长大的黛玉还是爱哭、爱耍

---

① 参见曹雪芹《脂砚斋重评石头记:庚辰本》,人民文学出版社2006年版,第1470~1471页。
② 曹雪芹:《程甲本红楼梦》,沈阳出版社2006年版,第2411页。
③ 曹雪芹:《程甲本红楼梦》,沈阳出版社2006年版,第2413页。

小性、不顾他人眼光、和宝玉同声同气地厌恶仕途经济，前后没有任何变化，才保持了黛玉形象的完整吗？作者的高明之处，不在于塑造具备完整性格的形象，而是给予黛玉种种无声无息却又无所不在的压力，紧紧相逼、寸步不让，让黛玉被迫打倒自己、否定自己，以此来揭示成人世界的残酷无情。黛玉不得不"改口"，其实是成人世界所给予的压力——要么同流、要么异化。当然，还有可能认为，黛玉为什么非要同流？异化比同流更符合曹雪芹的原意。然而，我们知道，即使是贾政的亲生子，"异化"的宝玉也几乎招致"活活打死"的后果。试问如果黛玉"异化"，反了"封建"，不要说她自己会被千夫所指，即使是她所期冀的和宝玉朦胧的爱与未来，也会因为触怒贾政和王夫人而招致悲惨的下场。我们知道有一个民间故事：一个樵夫，坐在树枝丫上面，用斧子砍他所坐的那枝丫；他所要砍掉的树根，正是他赖以托身的地方。这个故事是可笑的——普通人因为"生本能"，没有谁敢这么傻，更何况是"心较比干多一窍"的黛玉。况且，林黛玉终生所寻求的，是被肯定和"融入"，这是黛玉成长的必然。因为个体人格的发展过程是通过自我调节作用及其与周围环境的相互作用而不断整合的过程。青少年时期的发展任务为自我统合，亦是情绪发展的关键期，父母在此时扮演重要的仿效对象。在此阶段丧亲的青少年失去主要的认同角色与支持来源，容易出现情绪困扰的问题，其重视的对象由父母逐渐转向同侪。因此，青少年不愿意在同侪圈中让自己显得不一样或是难以融入，我们可以看出黛玉为融入同侪做出了何等的努力。

第 27 回说："如今且说林黛玉因夜间失寐，次日起来迟了，闻得众姊妹都在园中作饯花会，恐人笑他痴懒，连忙梳洗了出来。"① 在第 42 回中，黛玉在行酒令时说了几句所谓的"淫词滥调"，被薛宝钗抓住了小辫子，黛玉不仅没有像人们想象的那样，奋起反驳或不屑一顾，反而羞愧难当，连连认错。"黛玉一想，方想起来昨儿失于检点，那《牡丹亭》《西厢记》说了两句，不觉红了脸，便上来搂着宝

---

① 曹雪芹：《脂砚斋重评石头记：庚辰本》，人民文学出版社 2006 年版，第 618 页。

钗，笑道：'好姐姐，原是我不知道随口说的。你教给我，再不说了。'宝钗笑道：'我也不知道，听你说的怪生的，所以请教你。'黛玉道：'好姐姐，你别说与别人，我以后再不说了。'"①

尤其是见仁见智的第45回《金兰契互剖金兰语　风雨夕闷制风雨词》，有学者认为是宝钗"藏奸"，也有学者认为钗黛皆自信稳操胜券从而消除嫌疑，但几乎无人否认黛玉确实被宝钗打动而对其产生信任；否则，她也不会干脆认薛姨妈为母，呼宝钗为姐姐，呼宝琴为妹妹，和宝钗"俨似同胞共出，较诸人更为亲切"②。但究竟是什么打动了黛玉？

> 从前日你说看杂书不好，又劝我那些好话，竟大感激你。往日竟是我错了，实在误到如今。细细算来，我母亲去世的早，又无姊妹兄弟，我长了今年十五岁，竟没一个人像你前日的话教导我。③

失去父母而不得不从同侪中学习"成长"的黛玉，势必选择某一个对象作为"榜样"。而她身边最密切的两个人，一个是宝玉，另一个是宝钗。从社会性别要求来讲，她几乎天然地倾向学习宝钗——她要成长成一个"女孩子"而不是"男孩子"。从社会评价机制来讲，她也只能偏离宝玉而倾向宝钗——一个被万口訾议为"混世魔王"，另一个被交口称赞为"品格端方"。当然还有人可能认为，黛玉可以和宝玉同走"叛逆"之路。然而，悲哀的是，她离不开大观园，她能生存下去的依靠，就是有一个能呵护她的贾宝玉，有一个能替她做主的外祖母。试问，一个贵族小姐，又是父母双亡在亲戚家生活，更何况离开亲戚家又无法在社会上自立（不是黛玉没有能力或

---

① 曹雪芹：《脂砚斋重评石头记：庚辰本》，人民文学出版社2006年版，第967~968页。
② 曹雪芹：《脂砚斋重评石头记：庚辰本》，人民文学出版社2006年版，第1366页。
③ 曹雪芹：《脂砚斋重评石头记：庚辰本》，人民文学出版社2006年版，第1040~1041页。

没有意愿，是当时的社会还没有进化到女子可以自立的程度），她"叛逆"的下场是什么？不容于贾府而出走？显然，黛玉并无选择。

而且，前文说过，没有人去教黛玉成长，此处黛玉自陈"我长了今年十五岁，竟没一个人象你前日的话教导我"亦为明证，因此，黛玉不得不努力摸索成长之路。如今宝钗来关怀她，尤其以做人的道理来教导她，即便礼物微薄，道理简单，黛玉毫无保留地为之感动亦在情理之中，所以黛玉在前80回中已经逐渐偏向宝钗的"遵守礼法"。在第51回中，当宝琴做的诗谜牵涉到了《西厢记》和《牡丹亭》，宝钗厉言疾色予以制止，反而黛玉曲词以回护："这宝姐姐也忒'胶柱鼓瑟'，矫揉造作了。这两首虽于史鉴上无考，咱们虽不曾看这些外传，不知底里，难道咱们连两本戏也没有见过不成？那三岁孩子也知道，何况咱们？"① 因此，脂批也特意指出："余谓颦儿必有尖语来讽，不望竟有此饰词代为解释，此则真心以待宝钗也。"② 在第52回中，赵姨娘来瞧黛玉，问："姑娘这几天可好？"黛玉虽然知道她"从探春处来，从门前过，顺路的人情"，却忙赔笑让坐："难为姨娘想着，怪冷的，亲自走来。"③ 其实，这也是《红楼梦》的基调之一，不惟黛玉如是。为维护礼法等级，作者总站在探春、王夫人一边谴责赵姨娘；宝玉不仅当面唯唯诺诺，连路过贾政的书房——此时房门还上着锁——都要毕恭毕敬地下马步行；宝玉和黛玉即便在热恋中也生不出"不轨之心""苟且之念"，做不出"贼形鬼状""丑态邪言"④，真可堪"发于情而止乎礼"的模范。

而且，第82回中林黛玉对八股文的议论未必不是实情。启功先生在《说八股》一文中论述说，八股文作为一种文体，它本身并无善恶可言；有些八股文，的确写得声调流利铿锵，分析深透周密；而且明清历朝科举出身的人，也就是作过八股的人，并不都是专会欺诈

---

① 曹雪芹：《脂砚斋重评石头记：庚辰本》，人民文学出版社2006年版，第1184~1185页。
② 曹雪芹：《脂砚斋重评石头记：庚辰本》，人民文学出版社2006年版，第1185页。
③ 曹雪芹：《脂砚斋重评石头记：庚辰本》，人民文学出版社2006年版，第1215页。
④ 曹雪芹：《脂砚斋重评石头记：庚辰本》，人民文学出版社2006年版，第427页。

撒谎的人，也有许许多多具有各方面的才能，为国为民做过若干好事。① 徐健顺先生编著的《名家状元八股文》收录了自宋代王安石、苏轼、苏辙、文天祥等大文豪至明清于谦、李东阳、归有光、汤显祖、纪昀、俞樾等人的八股文，谁又能否认这些八股文的确写得好呢？林黛玉说八股文"清贵"，就成了科举和礼教支持者？她对贾宝玉说这一番话，其实是最好的宽慰。她现在已经长大了，很清楚这个家庭要贾宝玉干什么，她在宝玉被强迫去读书的时候，能说什么呢？这与第9回宝玉第一次上学去是很不相同的，那时候宝玉还小，而且他根本不是想去读书，而是想与秦钟在一起。因此，林黛玉开玩笑地讥刺他："好！这一去，可定是要'蟾宫折桂'去了。"② 但现在宝玉已经长大了，家庭的重担、父母的期望以及社会的角色——宝玉去上学受了多大的压力，在这样的情况下林黛玉还能开玩笑吗？难道还能去鼓动他反抗吗？即使不算后40回，在前80回中，黛玉可曾有任何反对八股及者科举的言行？她只是"不作为"，因为知道宝玉不爱这个，她尊重这个选择，不拿世俗的标准去要求他，但并不表示她毫无保留地支持宝玉任何离经叛道的行为，试看宝玉挨打后，黛玉劝宝玉"从此可都改了吧"便可知端倪。黛玉此处的话语应该没有反讽的意味在内，没有敦促宝玉变本加厉走得更远的动机；相反，她深感这"封建"的严威，怕宝玉吃了亏，真心实意地请求宝玉收敛，不要撩拨那头令人惊怖的"封建"巨兽。面对薛宝钗的教导，黛玉也只有"心下暗服"，并不敢与主流思想对抗。

但是，有人也许会有质疑，如是一来，黛玉的将来就是成长为另一个宝钗吗？或者，也变成所谓的"禄蠹"吗？但是，与曹雪芹同时代的清代人则不作此想，比如陈其泰认为，黛玉所逐渐成长起来的，是待人接物的近情近理，而其自身却有自己的坚持，能够不沾染恶趣。如果她能够和宝玉结合，将让宝玉既能够保全天性，又能够和悦父母，而不至于走上心碎出家的道路。

---

① 参见启功《说八股》，载《北京师范大学学报》1991年第3期，第60页。
② 曹雪芹：《脂砚斋重评石头记：庚辰本》，人民文学出版社2006年版，第200页。

> 黛玉则清而不奇。吾于82回论时文,及每每谈论家事时见之。其人虽恶世俗庸鄙之事,而未尝不近情着理。特有定识定力,自不沾染恶趣耳。倘与宝玉得遂心愿,吾知其能使宝玉葆其性真,而致其知能,不妨为顺亲悦亲之事,而不失为成仙成佛之人。又何事绝人逃世,似伤父母之心也哉。故吾谓黛玉天姿学问尚在宝玉之上,此绛珠所以为仙草,而神瑛毕竟是顽石也。①

自然,可能有人会疑惑,黛玉能否身为鄙俗之事同时皎然不涅?然而《红楼梦》所描写的人物,本来就是非常人所能。第19回中,宝黛闻香、胳肢、讲故事,而且还是共卧一床之上,但是只怕没人敢否认宝黛之间的清白无染。

> 宝、黛同歪着一段,至身亲手交,颠倒反覆,无所不至,而悉皆明明写出,其不及乱,只争毫发一间。此太虚幻境之兼美;必有似黛玉也。而其究竟止不过如此,实不曾乱,实留一干净身子,是所谓"玉带林中挂",以见其显豁呈露,如此而止。②

三、悲剧

林黛玉的悲剧,表面而言,自然是和宝玉有情人不成眷属;然而,深层来看,她的悲剧有甚于她的婚姻不遂。

林黛玉聪明绝顶,但在爱情与婚姻的问题上却显得过于愚钝和天真。她相信她与贾宝玉的爱情是真诚的,却不知道爱情距离婚姻其实有万里之遥。在婚姻的角斗场上,薛宝钗胜券在握,她跟贾宝玉的亲事已经由长辈们敲定了,这是现实,是确定的和不可改变的。宝钗心

---

① 陈其泰评、刘操南辑:《桐花凤阁评红楼梦辑录》,天津人民出版社1981年版,第370页。

② 曹雪芹、高鹗著,张新之评:《妙复轩评石头记》,北京图书馆出版社2002年版,第583页。

如明镜，只有宝黛还蒙在鼓里。

第85回讲到黛玉的生日，"那黛玉略换了几件新鲜衣服，打扮得宛如嫦娥下界，含羞带笑的，出来见了众人"。外面的戏已经开了场，先是一两出吉庆戏文，第三出《蕊珠记》里的《冥升》是新打的，只见金童玉女，旗幡宝幢，引着一个霓裳羽衣的小旦出来，头上披一条黑帕。"小旦扮的是嫦娥，前因堕落人寰，几乎给人为配。幸亏观音点化，他就未嫁而逝。此时升引月宫。不听见曲里头唱的：'人间只道风情好，那知道秋月春花容易抛？几乎不把广寒宫忘却了！'"① 这显然并非吉兆，林黛玉却毫无察觉。

黛玉的悲剧是她的命运没有掌握在自己手中。雪雁的一声误传"宝玉定了亲了"②，便把她立刻抛入饮食不进的危境中。接着听到这段亲事原是"议而未成"③ 的，她又立刻挣出死亡的怀抱，心中疑团已破，自然不似先前寻死之意了。但是，这使人人都知道了林黛玉的心病！尤其是，这是掌握生杀大权的老祖母最反感的一种病！早在第54回中她就说过，"只一见了一个清俊的男人，不管是亲是友，想起终身大事来，父母也忘了，书礼忘了，鬼不成鬼，贼不成贼，那一点儿像个佳人？就是满腹文章，做出这样事来，也算不得是佳人了。……所以我们从不许说这些书，丫头们也不懂这些话"④。贾母此时，亦只望其速死："我看这孩子的病，不是我咒他，只怕难好。你们也该替他预备预备。""孩子们从小儿在一处儿顽，好些是有的。如今大了懂的人事，就该要分别些，才是做女孩儿的本分，我才心里疼他。若是他心里有别的想头，成了什么人了呢！我可是白疼了他了。""咱们这种人家，别的事自然没有的，这心病也是断断有不得的。林丫头若不是这个病呢，我凭着花多少钱都使得。若是这个

---

① 曹雪芹：《程甲本红楼梦》，沈阳出版社2006年版，第2370～2371页。
② 曹雪芹：《程甲本红楼梦》，沈阳出版社2006年版，第2469页。
③ 曹雪芹：《程甲本红楼梦》，沈阳出版社2006年版，第2482页。
④ 曹雪芹：《脂砚斋重评石头记：庚辰本》，人民文学出版社2006年版，第1267～1268页。

病，不但治不好，我也没心肠了。"① 贾母的态度已经非常明确，那就是放弃林黛玉了。放弃的原因，不光是因为病，还因为林黛玉不守本分，也就是不遵妇德。女孩子是不能有心病的、不能有感情的，所以，即使林黛玉病了，贾母也没心肠治了。

"世事""人情"果然是人生最大的一本书。一个人，哪怕你满肚子学问，如果不通世事、不懂人情，也难免平地摔跤、处处碰壁。

林黛玉太过天真，这是她的可爱，也是她的悲哀。王夫人提出担心倘或黛玉真与宝玉有些私心，只怕节外生枝。于是，贾母做出宝玉定亲的话不许叫她知道的决定。贾母的话一言九鼎，这就引出了王熙凤的"调包计"，林黛玉却对此浑然不觉。

荣国府海棠突然违令开花，阖家惶恐不安，黛玉特别为之开解："当初田家有荆树一棵，三个弟兄因分了家，那荆树便枯了。后来感动他们兄弟们仍旧在一处，那荆树也就荣了。可知草木也随人的。如今二哥哥认真念书，舅舅喜欢，那棵树也就发了。"② 险情近在咫尺，林黛玉用极笨拙的方式最后一次表现出她的幼稚和善良，这是痴心所致。

> 黛玉讲过的话，再没比这一段更能投合贾府众老的心，得其所欢。她用迷信推测宝玉用功，完全有违先前的性格。③

林黛玉学会了投其所好，可惜不中用了！

我们知道，原本最能讨得贾府众老欢心的是薛宝钗。她在生日时专点贾母喜吃的甜烂之物，喜看的热闹戏文；在金钏跳井后宽慰王夫人并拿自己的衣服作为装殓之物。但是，从黛玉这一席话可以看出，她原非不能曲意迎人以博堂上之欢，凭她的聪明也不难察知他人好

---

① 曹雪芹：《程甲本红楼梦》，沈阳出版社 2006 年版，第 2658～2659 页。
② 曹雪芹：《程甲本红楼梦》，沈阳出版社 2006 年版，第 2583 页。
③ Anthony C. Yu. *Desire and the Making of Fiction in Dream of the Red Chamber* (New Jersey: Princeton University Press, 1997), p. 250.

恶，"非不能也，是不为也"①，她只是自尊高傲，不肯卑辞下意。然而，在生命的最后几天，她几乎臣服，试图将可以维系希望的东西都抓得紧紧的，可是无论她如何努力，最终还是孤独凄凉地落败和死去，正呼应了她初进贾府时的情形：一人来，一人走，孑然一身。黛玉的悲剧，在于她不断抗争却"在劫难逃"。

她终于等到的，是宝玉和宝钗成婚的喜讯！

林黛玉从傻大姐儿那里听到的消息是"宝二爷娶宝姑娘"，并没有提及"调包计"。所以，尽管"泄机关颦儿迷本性"，林黛玉仍然需要证实，她说："我问问宝玉去！"②

两个有情人同处于非正常状态，一个已经是疯疯傻傻，这一个又这样恍恍惚惚，只能相对嘻嘻傻笑。黛玉终于问出了宝玉的真心话——"我为林姑娘病了"③，于是决定一死以报知己：

> 前之欲得宝玉而从之者，誓不二其心也；今之不得宝玉而必死者，决无负我心也。④

黛玉再没有见到宝玉，从得知消息到死，她再没流过一滴眼泪。昔日善哭，而此时绝不一哭，这才是真正大彻大悟。她烧掉了自己的所有诗稿，烧掉了那块题诗的旧帕，这是她的青春、她的心血、她的最纯真的少女的爱情和幸福，这是她生命的一切。

黛玉气绝正当宝玉娶宝钗的这个时辰。

黛玉视紫鹃为知己，自料万无生理，最后委托紫鹃："妹妹，我这里并没亲人。我的身子是干净的，你好歹叫他们送我回去。"⑤

她提醒宝玉为姊妹们淘澄胭脂膏子这样的小事不要带出幌子来，

---

① 杨伯峻：《孟子译注·卷一 梁惠王章句上》，中华书局1960年版，第14页。
② 曹雪芹：《程甲本红楼梦》，沈阳出版社2006年版，第2649页。
③ 曹雪芹：《程甲本红楼梦》，沈阳出版社2006年版，第2651页。
④ 陈其泰评、刘操南辑：《桐花凤阁评红楼梦辑录》，天津人民出版社1981年版，第265页。
⑤ 曹雪芹：《程甲本红楼梦》，沈阳出版社2006年版，第2701页。

却不知自己在所谓"才子佳人"的大是大非上处处带出幌子来。洁身自好原是一种美德,万料不到美德反而会成为一种弱点。不是吗?坐在午睡的宝玉床边为其内衣刺绣的宝钗成了宝二奶奶,一句情话都不许宝玉说出口的黛玉反被人诬以心病,最终独赴北邙。

第六章 《红楼梦》人物形象新论

第一节　宝玉的"情不情"新议

宝玉感情世界的丰富性与性格的复杂性可分为"专情""泛情""无情"三个层面，小说都有描写。由于宝玉的"专情"已经被学者充分论证，本书不赘，而集中对其"无情"和"泛情"予以探讨。宝玉在"情榜"上区别诸人的意义就在于"泛情"（情不情）上，"情不情"首先作为一条"穿珠之线"将许多看似无关的情节贯穿成为一个有机整体；其次作为宝玉性格的重要组成部分，是宝玉之所以做出他人无法做出的举动的内因。"情不情"，一方面有助于我们更新对宝玉形象的认识；另一方面也凸显出《红楼梦》的艺术成就和曹雪芹的伟大。

一、无情：悬崖撒手掉头东

由于宝玉"平生万种情思""即瞋视而有情""转盼多情"的形象是如此地深入人心，因此，陡然提出宝玉"无情"仿佛太过挑战公众的审美心理，那么，这种提法可否在书中找到有力的证据作为支撑？

（1）"无情"指"不情于物"，对器物无情。在第35回中，那些老婆子评定宝玉："糟踏起来，那怕值千值万的都不管了。"① 这句考评可以从第31回晴雯口中得到证实，"先时连那么样的玻璃缸、玛瑙碗不知弄坏了多少，也没见个大气儿"②。为了引晴雯开心，宝玉不仅把自己的扇子递与她撕了取笑，又赶上来，一把将麝月手里的扇子也夺了递与晴雯，让晴雯撕了几半子。要说这些玻璃缸、玛瑙碗、扇

---

① 曹雪芹：《脂砚斋重评石头记：庚辰本》，人民文学出版社2006年版，第804页。
② 曹雪芹：《脂砚斋重评石头记：庚辰本》，人民文学出版社2006年版，第712页。

子，即使贵重，到底还算有价，但宝玉即使是对无价之宝也是这么个不痛不痒的无情态度。以他的通灵宝玉而论，从第 3 回黛玉进贾府砸起，"摘下那玉，就恨（狠）命摔去"①；第 29 回因黛玉刺了一句"好姻缘"，宝玉便赌气向颈上抓下通灵宝玉，咬牙狠命往地下一摔。见没摔碎，又回身找东西来砸。要知道这玉非比寻常，乃是他一落胎胞时嘴里衔下来的东西，是他的命根子，他却照样没有一分怜惜之情。

（2）"无情"指"不情于有情之人"。宝玉第一个不情的对象是金钏。看"金钏儿并不睁眼，只管嗑了"② 宝玉送来的香雪润津丹，可知宝玉送丹并非初次，否则金钏不会并不睁眼便嗑了。宝玉又将"讨你，咱们在一处罢""等太太醒了我就讨"③ 的话再三重复，招出金钏"金簪子吊（掉）在井里头，有你的只是有你的"④ 的答语，可见金钏与宝玉之间不能不谓有情。然而，当王夫人醒来打骂金钏的时候，宝玉的反应是"早一溜烟去了"⑤，接着回了大观园见到龄官画蔷，一缕柔情又牵系到龄官身上，恨不得为其分忧。他不但未替金钏辩解，还采取鸵鸟主义回避事态的严重性，似乎自己一离开，不见不闻，所有的风波都会复归平静。况且，给金钏扣上"勾引爷们"的罪名，宝玉不会一点都预见不到等待金钏的悲惨命运，但他还是选择了"不作为"。当然，宝玉所痛恨的也正是他所依赖的，他不是不想，而是不敢，是"不得已"。但这"不得已"的实质是什么？是为了保全自己。换言之，一个女奴不值得他做出抗争并危及自身的牺牲。过后，宝玉又是撕扇子供晴雯千金一笑，又是欢喜非常地和湘云评论金麒麟，又是情切切地对黛玉诉肺腑，完全把金钏忘到了脑后，然后便迎来了晴天霹雳般的金钏跳井的消息。其实，就算撵金钏这件事宝玉做不了主，但如果探问一下、抚慰一下，也许金钏就未必一定

---

① 曹雪芹：《脂砚斋重评石头记：庚辰本》，人民文学出版社 2006 年版，第 69 页。
② 曹雪芹：《脂砚斋重评石头记：庚辰本》，人民文学出版社 2006 年版，第 695 页。
③ 曹雪芹：《脂砚斋重评石头记：庚辰本》，人民文学出版社 2006 年版，第 695 页。
④ 曹雪芹：《脂砚斋重评石头记：庚辰本》，人民文学出版社 2006 年版，第 696 页。
⑤ 曹雪芹：《脂砚斋重评石头记：庚辰本》，人民文学出版社 2006 年版，第 696 页。

会寻死。只是"爱博而心劳"的宝玉，体贴到能为彩云瞒赃，会示意黛玉不要打趣窘着了彩云，会为藕官烧纸百般掩饰，却偏偏对金钏如此忽视。那么，是宝玉无法去探问抚慰金钏吗？由宝玉在元妃省亲之余还能偷空跑到袭人家里，在熙凤生日当天还能悄悄溜出去水仙庵井台上吊祭金钏，叮知宝玉并非在金钏死前不能去探问抚慰，只是当时不在意、没想到，但这"不在意、没想到"难道不是"无情"之证吗？再者，金钏死后，宝玉又做了什么？不过是"在王夫人傍边坐着垂泪"①，到井台上吊祭，又对金钏的妹妹玉钏低首下心，赔笑问长问短。要让一个贵公子做到此处确是难得的了，但究竟对金钏又有何益？对金钏，宝玉毕竟是辞不得"无情"二字。

宝玉第二个无情的对象是琪官。他对琪官的"无情"在于无论如何，终于招认了琪官的下落。虽然忠顺府长史官说出了"红汗巾子怎么到了公子腰里"的机密隐情，但他到底不知道琪官的真正下落，毕竟还是宝玉亲口招认了"如今在东郊离城二十里有个什么紫檀堡，他在那里置了几亩田地几间房舍"②。忠顺府长史官如果能直接"拘捕"到琪官，未必有亲临贾府逼问的必要。他为什么要跑到贾府找宝玉索人？难道为了激怒贾政把宝玉痛打一顿？如果说这是忠顺王爷痛恨宝玉夺爱而以此作为薄惩，则教训宝玉自然有其他多种方法，去找宝玉父亲告状这种方法，未免把忠顺王爷和长史官等同于乳臭未干的小儿，他们的心机和智力不会如此低下，作者刻画人物也未必如此浅薄。

如果说对金钏，宝玉好歹还曾经垂泪、吊祭，那么对于琪官，宝玉竟然连问都不问一下了。何况，宝玉是刚刚经历过金钏跳井惨剧的，起因也不过和她说了一句顽话；而琪官，不但有人证，"这一城内，十停人到（倒）有八停人都说，他近日和衔玉的那位令郎相与甚厚"③，还有红汗巾子的物证，"现有据证，何必还赖？"④ 如果说

---

① 曹雪芹：《脂砚斋重评石头记：庚辰本》，人民文学出版社2006年版，第749页。
② 曹雪芹：《脂砚斋重评石头记：庚辰本》，人民文学出版社2006年版，第755页。
③ 曹雪芹：《脂砚斋重评石头记：庚辰本》，人民文学出版社2006年版，第753页。
④ 曹雪芹：《脂砚斋重评石头记：庚辰本》，人民文学出版社2006年版，第754页。

一句顽话就能招致滔天祸事，那么，八停人的人证和红汗巾子的物证，对琪官又意味着什么？而且，从长史官的来势汹汹，以及自己的惨遭毒打，宝玉应该能够推断出等待蒋玉菡的将是什么遭遇，而他却不置一词，从此放手。这亲承下落与不闻不问，可辞对琪官的"无情"二字？

宝玉第三个无情的对象是晴雯。老太太指名给宝玉的，除了袭人（原名珍珠），就是晴雯了。而且贾母还说过，"晴雯那丫头我看他甚好""我的意思这些丫头们那模样儿言谈针线多不及他，将来只他还可以给宝玉使唤得"①，含义是比较明显的。从晴雯对宝玉的痛悔之语"早知如此，我当日也另有个道理。不料痴心傻意，只说大家横竖是在一处"②，可知晴雯心中也并非对宝玉没有私情密意。即使以前宝玉不觉，晴雯死前将左手上两根葱管一般的指甲和贴身穿着的一件旧红绫袄都赠予宝玉，怎么着宝玉也能领悟得到了。然而，对于这样一个对己有情的女孩儿的死，宝玉是怎样反应的呢？宝玉虽然在芙蓉花前作了一篇缠绵凄恻的诔文，然而，一旦诔文祭完，和黛玉谈起的，便完全不是晴雯之死，而是诔文本身的好坏。而且，一连描写"宝玉听了，不觉红了脸，笑答道"③，"宝玉听了，不禁跌足笑道"④，"宝玉听了，忙笑道"⑤，霎时转悲为喜，太过薄情。宝玉虽然在诔文中怒斥"箝诐奴之口，讨岂从宽；剖悍妇之心，忿犹未释"⑥，而且也明确对袭人质疑，"这也罢了。咱们私自顽话怎么也知道了？又没外人走风的，这可奇怪"；"怎么人人的不是太太都知道，单不说，又单不挑出你和麝月秋纹来？"⑦ 然而，一旦袭人巧言令色地说出一番权变机诈之语，宝玉便立即绝口不提，忙握她的嘴，劝

---

① 曹雪芹：《脂砚斋重评石头记：庚辰本》，人民文学出版社 2006 年版，第 1896 页。
② 曹雪芹：《脂砚斋重评石头记：庚辰本》，人民文学出版社 2006 年版，第 1885 页。
③ 曹雪芹：《脂砚斋重评石头记：庚辰本》，人民文学出版社 2006 年版，第 1933 页。
④ 曹雪芹：《脂砚斋重评石头记：庚辰本》，人民文学出版社 2006 年版，第 1934 页。
⑤ 曹雪芹：《脂砚斋重评石头记：庚辰本》，人民文学出版社 2006 年版，第 1935 页。
⑥ 曹雪芹：《脂砚斋重评石头记：庚辰本》，人民文学出版社 2006 年版，第 1928～1929 页。
⑦ 曹雪芹：《脂砚斋重评石头记：庚辰本》，人民文学出版社 2006 年版，第 1876 页。

道:"这是何苦!一个未清,你又这样起来。罢了,再别提这事,别弄了去了三个,还要饶上你一个。"① 而且,竟说出这样绝情冰冷的话来:"从此休提起,全当他们三个死了,不过如此。况且死了的也有,并没见我怎么样,此一理也。"② 由此更觉晴雯死得可怜,宝玉怎说不是"无情"?

(3)"无情"指"不能专情",即对林黛玉。贾府为宝玉择婚之所以最终弃黛选钗,原因固多,黛玉身体病弱必然也是理由之一。黛玉最后魂归离恨天,固然有误会宝玉变心的致命打击,和其自身积病积弱自然也不无关系。然而,黛玉之病完全是她个人原因造成吗?

虽然黛玉身体面庞怯弱不胜,从会吃饮食时便吃药,有胎里带来的不足之症。但未必便积成重症,只要"从此以后总不许见哭声,除父母之外,凡有外姓亲友之人,一概不见"③,便也可平安了此一世。只为见了宝玉之后,存了一点痴心,却无法捉摸宝玉的真实想法,以至于病一日重似一日。

宝玉未必不知黛玉之心,却每每不肯直说好让黛玉放心,只是"变尽法子暗中试探"④,而在具体的行为上也实在让人难以放心。宝玉看宝钗脸若银盆,眼似水杏,唇不点而红,眉不画而翠,比林黛玉另具一种妩媚风流,"不觉就呆了"⑤;看着宝钗"雪白一段酥臂,不觉动了羡慕之心""宝钗褪了串子来递与他也忘了接"⑥。宝玉口口声声对黛玉说:"除了别人说什么金什么玉,我心里要有这个想头,天诛地灭,万世不得人身!"⑦ 自己却笑看金锁对宝钗说:"姐姐这八个字到(倒)真与我的是一对。"⑧ 又巴巴地拣出一个金麒麟要留给湘

---

① 曹雪芹:《脂砚斋重评石头记:庚辰本》,人民文学出版社2006年版,第1879页。
② 曹雪芹:《脂砚斋重评石头记:庚辰本》,人民文学出版社2006年版,第1879~1780页。
③ 曹雪芹:《脂砚斋重评石头记:庚辰本》,人民文学出版社2006年版,第55页。
④ 曹雪芹:《脂砚斋重评石头记:庚辰本》,人民文学出版社2006年版,第676页。
⑤ 曹雪芹:《脂砚斋重评石头记:庚辰本》,人民文学出版社2006年版,第655页。
⑥ 曹雪芹:《脂砚斋重评石头记:庚辰本》,人民文学出版社2006年版,第655页。
⑦ 曹雪芹《脂砚斋重评石头记:庚辰本》,人民文学出版社2006年版,第653~654页。
⑧ 曹雪芹:《脂砚斋重评石头记:庚辰本》,人民文学出版社2006年版,第181页。

云,"听见史湘云有这件东西,自己便将那麒麟忙拿起来揣在怀里。一面心里又想到怕人看见他听见史湘云有了,他就留这件,因此手里揣着,却拿眼睛飘(瞟)人"①。他才对着黛玉发过"你死了,我做和尚"②的誓,又当着黛玉的面忘情地对袭人说:"你死了,我作和尚去。"③宝玉只是说黛玉"总是不放心",却不知自己如何叫人放心。

后来,宝玉从龄官和贾蔷身上领悟到人生情缘,各有分定,"从此后只是各人得各人眼泪罢了"④,才将一片心渐渐专注到黛玉身上。只可惜太迟,黛玉因不放心的缘故,已弄了一身病。"况近日每觉神思恍惚,病已渐成,医者更云气弱血亏,恐致劳怯之症。你我虽为知己,但恐自不能久待;你纵为我知己,奈我薄命何!"⑤

因此,黛玉与宝玉不能得成眷属饮恨以终,虽与环境、自身都不无关系,但宝玉的行为、态度到底也难辞其咎。黛玉对宝玉有情,宝玉却有意无意地促成了她的病与死,难说不是无情。

(4)"无情"指"最终断情",以宝玉出家为体现。宝玉出家即使是出于后40回的创纂,也是符合曹雪芹原意的,因脂评中透露了曹雪芹的原作也是以宝玉出家为悬崖撒手:"若他人得宝钗之妻、麝月之婢,岂能弃而为僧哉?玉一生偏僻处。"⑥宝玉出家,第一是对父母无情。得知宝玉抛却尘缘出家,王夫人哭道:"他若抛了父母,这就是不孝,怎能成佛作祖。"⑦这虽不是曹雪芹写的原话,从人情的角度推究也不为大谬。父母辛辛苦苦生养他一场,宝玉不但没有报答这"昊天罔极"的深恩,反而最终要以出家给他们沉重的心灵打击,这不能不说是"无情"。第二是对宝钗无情。虽然宝钗不是宝玉

---

① 曹雪芹《脂砚斋重评石头记:庚辰本》,人民文学出版社2006年版,第672~673页。
② 曹雪芹:《脂砚斋重评石头记:庚辰本》,人民文学出版社2006年版,第689页。
③ 曹雪芹:《脂砚斋重评石头记:庚辰本》,人民文学出版社2006年版,第716页。
④ 曹雪芹:《脂砚斋重评石头记:庚辰本》,人民文学出版社2006年版,第830页。
⑤ 曹雪芹:《脂砚斋重评石头记:庚辰本》,人民文学出版社2006年版,第740页。
⑥ 曹雪芹:《脂砚斋重评石头记:庚辰本》,人民文学出版社2006年版,第468页。
⑦ 曹雪芹:《程甲本红楼梦》,沈阳出版社2006年版,第3243页。

的意中人，在成为宝二奶奶的过程中也不能说一点也没有运用手段，然而宝玉却没有在婚礼当日与之决裂，而是在大家都以为尘埃落定之时毅然出家，但这出家的附带后果就是宝钗的终身守寡。宝钗虽不为至善，但这终身守寡的结局也不可不谓酷烈。宝玉出家虽然斩截，对宝钗却不可不谓残忍，这也不能不说是"无情"。当然，也许有人会认为，即使宝玉出家对不起父母，对不起宝钗，但毕竟给了黛玉一个交代，却不知宝玉出家对黛玉最无情。试问宝玉出家是大乘还是小乘？大乘度人，小乘自度。以大乘而论，不见宝玉度了何人，连他的父母、妻子都悲痛欲绝，更不见从他出家中得到了什么益处，可见宝玉出家不是大乘。那么宝玉出家是小乘，是为了自我的解脱。然而宝玉要达到自我解脱，要破除的最大执念就是林黛玉。宝玉出家，终究是要把林妹妹忘了！假若他不忘，那出家岂不是徒有其名？如何算得大觉悟、大解脱？但是他忘了的话，那如何不是断情、绝情、不情？一个"断情、绝情、不情"的人，又如何不是"无情"？

二、泛情：一生无奈是多情

当然，"无情"毕竟是宝玉的性格中隐性的一面，而且他只是个不谙世事、年少无知的侯门公子，可予以宽恕和谅解。而宝玉的性格中"泛情"的显性一面，既使得他的形象独树一帜而令人过目不忘，也使得他在"情榜"上区别于诸人。

宝玉"泛情"（"情不情"）的第一层含义，是"情于不情之物"。第35回通过一个婆子描述道，宝玉"看见燕子，就和燕子说话；河里看见了鱼，就和鱼说话；见了星星月亮，不是长吁短叹，就是咕咕哝哝的"[①]。那么，宝玉的行为举止到底如何呢？在第23回中，宝玉携了一套《会真记》走到沁芳闸桥边桃花底下一块石上坐着，正看到"落红成阵"，只见一阵风过，把树头上桃花吹下一大半

[①] 曹雪芹：《脂砚斋重评石头记：庚辰本》，人民文学出版社2006年版，第804页。

来，落的满身满书满地皆是。宝玉要抖将下来，恐怕脚步践踏了，只得兜了那花瓣，来至池边，抖在池内。在此处，脂砚斋双行夹批道——"情不情"，即对无情之物用情。而且，这不是宝玉的一时之兴，而是一贯的性格。在第27回中，宝玉低头看见许多凤仙、石榴等各色落花落满一地，便又把那花兜了起来准备葬掉。不仅对花，就是对成荫绿叶，宝玉也不免有些痴处。宝玉大病初愈见到一株大杏树，花已全落，上面已结了豆子大小的许多小杏。宝玉因想到辜负杏花，不觉仰望杏子不舍。又想起邢岫烟已择了夫婿一事，不过二年，便也要"绿叶成阴子满枝"了；再过几日，这杏树子落枝空，再几年，岫烟也不免乌发如银，红颜似缟。因此，不免伤心，只管对杏流泪叹息。在第62回中，宝玉将香菱的夫妻蕙与自己的并蒂菱用树枝儿抠了一个坑，先抓些落花来铺垫了，将这菱蕙安放好，又将些落花来掩了，方撮土掩埋平服。诸如此类，不胜枚举。这也就是宝玉"泛情"（"情不情"）的第一层含义，正如甲戌本在《红楼梦》第8回上朱笔眉批所言："按警幻情讲（榜），宝玉系情不情。凡世间之无知无识，彼俱有一痴情去体贴。"① 那么，宝玉为什么会对这些无情之物用情？除了他的泛自然主义，"你们那里知道，不但草木，凡天下之物，皆是有情有理的，也和人一样，得了知己，便极有灵验的"②，将一切外物都主体化，"以我观物，物物皆着我之色彩"③；还有他对美的特殊敏感，不仅发掘出常人留意不到、鉴赏不出的美，还将这美和女孩儿的命运联系起来，物即是人，人即是物，不觉移情。

然而，前面说过宝玉是"不情于物"的，那么，和现在对物的有情是不是矛盾呢？我们细加辨别就会发现，"不情于物"和"情于不情之物"并不矛盾。如果"不情之物"是器物，则"不情"，不甚爱惜。如果"不情之物"是自然之物如动物或草木，则情之。然而，

---

① 曹雪芹：《脂砚斋甲戌抄阅重评石头记》，沈阳出版社2005年版，第246页。
② 曹雪芹：《脂砚斋重评石头记：庚辰本》，人民文学出版社2006年版，第1878页。
③ 王国维著、姚柯夫编《〈人间词话〉及评论汇编》，书目文献出版社1983年版，第1页。

老婆子评宝玉还有一句："爱惜东西，连个线头儿都是好的"①，看宝玉在第15回郑重其事地收藏好北静王给的一串鹡鸰香念珠；在第18回将一个荷包珍重地挂在里面唯恐被人拿了去；在第29回忙忙地揣了一个金麒麟，这又作何解呢？这不是又和对器物无情矛盾了吗？首先看看宝玉珍藏的这串鹡鸰香念珠，原是在第16回等林妹妹归来要转赠她的。宝玉所珍重的那个荷包，也因是林黛玉做的，故而被他小心地挂在里面，唯恐被人拿去。至于那个金麒麟，也是宝玉听见史湘云有这件东西，故而便将那麒麟忙拿起来揣在怀里。由此可见，宝玉所情的不是这些器物，而是和这些器物相关的他所爱慕、喜欢的人。否则，为什么除了黛玉亲手做的荷包，那些其他的荷包、扇囊，一应所佩之物，宝玉都任凭那些小厮尽行解去？除了和湘云有关的金麒麟，那一盘子珠穿宝贯，玉琢金镂，共有三五十件的金璜、玉玦，宝玉都毫不在意，甚至建议张道士散给乞丐？

细考宝玉所情的"不情之物"，有燕子、鱼、星星、月亮、落花、杏树、海棠，都是不费穿凿的自然之物，因此宝玉才有移情之举。而那玻璃缸、玛瑙碗、扇子等等，都是人力扭捏而成；至于那块通灵宝玉，虽然不系人工，到底是一僧一道把它由顽石变成一块鲜明莹洁的美玉，且又缩成扇坠大小，可佩可拿，又镌上数字，只是幻相变相，毕竟不是本真，因此宝玉都不甚珍惜，这和他在第17回对稻香村的批评所表现出的偏爱"天然"的美学思想是一致的。

宝玉"泛情"（"情不情"）的第二层含义，是"情于不情之人"，这"不情之人"特指对宝玉没有男女之情的人。庚辰本曾在第31回揭示出只鳞片爪："'撕扇子'是以不情之物供娇嗔不知情时之人一笑，所谓'情不情'。"② 因为晴雯在撕扇之时对情的认识还在蒙昧未明之中，故而脂评称其为"不知情时之人"。然而，宝玉"情不情"却并非只对晴雯一人。宝玉用情的对象，不仅有那些日常厮见、心内钦服、碍于名分不得尽心而终于能效微劳者，有偶尔一面之缘而

---

① 曹雪芹：《脂砚斋重评石头记：庚辰本》，人民文学出版社2006年版，第804页。
② 曹雪芹：《脂砚斋重评石头记：庚辰本》，人民文学出版社2006年版，第707页。

念念不忘者，有缘悭一面仅凭耳闻而向往之人，甚至还有信口捏造的人物。

第一种的代表人物是平儿和香菱。在第44回中，凤姐在生辰当天喝醉了酒，撞破了贾琏和鲍二媳妇的私情并听到了贾琏对平儿无心的赞语，大闹之余又打了平儿。平儿又屈又躁，哭得哽咽难抬。"宝玉素日因平儿是贾琏的爱妾，又是凤姐儿的心腹，故不肯和他厮近，因不能尽心，也常为恨事"①，于是便请平儿到怡红院中来。宝玉又是代贾琏、凤姐赔不是，又是让平儿换掉沾脏了的新衣服，拿些烧酒喷了熨一熨，还让她把头也另梳一梳，之后还吩咐了小丫头子们舀洗脸水让平儿洗脸，并亲自拈了宣窑瓷盒里兑上香料制的紫茉莉花粉与白玉盒子中花露蒸成的胭脂膏子伺候平儿理妆。末了，"宝玉又将盆内的一枝并蒂秋蕙用竹剪刀撷了下来，与他簪在鬓上"②。待平儿离开后，宝玉又亲自拿熨斗把平儿的衣服熨了叠好；见平儿的手帕子忘了拿走，上面犹有泪渍，又拿至脸盆中洗了晾上。

宝玉不仅在行为上如此体贴周到，心中也不禁大有怜惜之意。宝玉想到"竟得在平儿前稍尽片心，亦今生意中不想之乐也。因歪在床上，心内怡然自得"③。他转念又想到平儿得不到贾琏的珍惜，又无父母兄弟姊妹，独自一人，侍奉贾琏夫妇二人。以贾琏之俗，凤姐之威，她竟能周全妥帖，今儿还遭荼毒，想来此人薄命，比黛玉尤甚。想到此间，便又伤感起来，不觉潸然泪下。"因见袭人等不在房内，尽力落了几点痛泪。"④

香菱和小丫环们斗草，因一枝"夫妻蕙"招致荳官的取笑与厮闹，结果污湿了新做的石榴红裙，正无奈之际，寻了些花草来凑戏的宝玉见此，不仅设身处地替香菱考虑到两重为难之处（一则这裙子是琴姑娘送的，香菱和宝姐姐每人才一件，宝钗的尚好，香菱的先脏

---

① 曹雪芹：《脂砚斋重评石头记：庚辰本》，人民文学出版社2006年版，第1015页。
② 曹雪芹：《脂砚斋重评石头记：庚辰本》，人民文学出版社2006年版，第1016页。
③ 曹雪芹：《脂砚斋重评石头记：庚辰本》，人民文学出版社2006年版，第1017页。
④ 曹雪芹：《脂砚斋重评石头记：庚辰本》，人民文学出版社2006年版，第1017～1018页。

了，岂不辜负宝琴的心。二则薛姨妈老人家嘴碎，常常说家人不知过日子，只会糟蹋东西，不知惜福。这叫薛姨妈看见了，又说一个不清），而且忙忙地替香菱打算出一个极好的办法（宝玉道："我有个主意：袭人上月做了一条和这个一模一样的，他因有孝，如今也不穿。竟送了你换下这个来如何。"①），并且为能够为香菱得效微劳"欢喜非常"，"因又想起上日平儿也是意外想不到的，今日更是意外之意外的事了"②。

如果宝玉对这些人物用情是因为深知她们的不幸遭遇而萌生怜爱之意，那么，对于那些仅有一面之缘、根本不知底里的女孩儿，宝玉也不禁为她们或是面容或是行为的偶然动人之处思念不止。在第15回中，宝玉随凤姐送殡来到村庄，在拧转玩耍纺车的时候，邂逅了一个约有十七八岁的村女"二丫头"。当宝玉一行人要离开时，见二丫头怀里抱着她的小兄弟，同着几个小女孩子说笑而来。此时，"宝玉恨不得下车跟了他去，料是众人不依的，少不得以目相送，争奈车轻马快，一时展眼无踪"③。二丫头连小才微善也算不上，但一个小小的举动，宝玉就不由得心动神移，乃至"恨不得下车跟了他去"，亦可谓多情如此了。而且，这在宝玉，也并不是唯一一次的行为。在第19回中，宝玉偷偷地到袭人家里来，"见房中三五个女孩儿，见他进来，都低了头，羞惭惭的"④。当时只见宝玉言笑如常，但直到袭人回到怡红院中，才知道宝玉的留情与念念不忘。宝玉见众人不在房中，于是笑问袭人，今儿那个穿红的是她什么人？听到袭人说是自己的两姨妹子。宝玉不由赞叹了两声，又忍不住说道："我因为见他实在好的很，怎么也得他在咱们家就好了。"听到袭人"花几两银子买他们进来就是了"的醋语，宝玉无可分辩，只得岔开道："你说的

---

① 曹雪芹：《脂砚斋重评石头记：庚辰本》，人民文学出版社2006年版，第1478～1479页。
② 曹雪芹：《脂砚斋重评石头记：庚辰本》，人民文学出版社2006年版，第1479～1480页。
③ 曹雪芹：《脂砚斋重评石头记：庚辰本》，人民文学出版社2006年版，第308页。
④ 曹雪芹：《脂砚斋重评石头记：庚辰本》，人民文学出版社2006年版，第409页。

话，怎么叫我答言呢。我不过是赞他好，正配生在这深堂大院里，没的我们这种浊物到（倒）生在这里。"① 袭人的两姨妹子更比不得二丫头了，因为二丫头至少还和宝玉说了一句话，袭人的两姨妹子只是因为穿了红的，当然其容貌身量应该至少也和袭人在伯仲之间，就动了宝玉一点痴意，心心念念地也要一处才好。

宝玉看到龄官不知何故在地上画了几千个"蔷"字，这本和他绝不相关，他却不觉也看痴了，两个眼睛珠儿只管随着簪子动，心中还十分怜惜温存道："看他的模样儿这般单薄，心里那里还搁的住熬煎。可恨我不能替他分些过来。"②

不过，这些女孩儿虽无十分才华、十分颜色，至少也是宝玉亲眼见过的，然而宝玉之多情，能情及耳闻之人。"宝玉闻得傅试有个妹子，名唤傅秋芳，也是个琼闺秀女，常有人传说才貌俱全，虽自己未能亲睹，然遐思遥爱之心十分诚敬。"③ 为了这一点遐思遥爱之心，素习最厌愚男蠢女，且骂嫁了汉子沾了男人气味的老婆子就是鱼眼睛的宝玉，却出人意料地让两个婆子进怡红院相见，原因就是这两个婆子是"傅二爷家的两个嬷嬷"，真可谓是爱屋及乌了。

不惟如此，宝玉之情甚至惠及刘姥姥信口捏造出来的死美人。茗玉小姐雪下抽柴的故事本是刘姥姥的信口开河，宝玉却特别地留了心，不但"心中只记挂着抽柴的故事，因闷闷的心中筹画"④，而且在众人散后，还背地里"到底拉了刘姥姥，细问那女孩儿是谁"⑤。他还信誓旦旦地要做疏头、化布施，让刘姥姥做香头，"攒了钱把这庙修盖，再装潢了泥像"⑥，每月上香尽礼。而且，宝玉还真正把这当成一件要紧正经事务来做。他回至房中，盘算了一夜。次日一早，便出来给了茗烟几百钱，按着刘姥姥说的方向地名，着茗烟去先踏看

---

① 曹雪芹：《脂砚斋重评石头记：庚辰本》，人民文学出版社2006年版，第417页。
② 曹雪芹：《脂砚斋重评石头记：庚辰本》，人民文学出版社2006年版，第699页。
③ 曹雪芹：《脂砚斋重评石头记：庚辰本》，人民文学出版社2006年版，第802页。
④ 曹雪芹：《脂砚斋重评石头记：庚辰本》，人民文学出版社2006年版，第897页。
⑤ 曹雪芹：《脂砚斋重评石头记：庚辰本》，人民文学出版社2006年版，第898页。
⑥ 曹雪芹：《脂砚斋重评石头记：庚辰本》，人民文学出版社2006年版，第899页。

明白,回来再做主意。等到茗烟回来确证所谓茗玉小姐是子虚乌有之事,宝玉还先是斥责茗烟"无用",又不肯死心还要茗烟再找:"你别急。改日闲了你再找去。若是他哄我们呢,自然没了,若真是有的,你岂不也积了阴骘。我必重重的赏你。"①

由此可见,宝玉真合了鲁迅先生所评——"爱博而心劳"②,是一个泛情之人,一腔柔情,几乎可以随时随地随缘而发。而且,宝玉所情之人,几乎和他一点男女之情的可能都没有,甚至不感谢、不知道、不理解他的情。平儿感动于宝玉"色色想得周到",却碍于身份不可言谢。二丫头、袭人的妹子根本就无从知道宝玉的心思。龄官虽然道了谢,却不知道谢的究竟是谁,还误把宝玉当成一个女孩。薛蟠要娶夏金桂,宝玉为香菱担忧,却惹得香菱嗔怒:"怪不得人人都说你是个亲近不得的人。"③对于这些无"情"于他、漠然甚至误解于他的女孩,宝玉仍然是无怨无悔地为之奔走执役,又怎不是"泛情"("情不情")?

三、"情不情":万缕千丝终不改

"情不情"首先作为一条"穿珠之线"将许多看似无关的情节贯穿成为一个有机整体;其次作为宝玉性格的重要组成部分,是宝玉之所以做出他人无法做出的举动的内因。一方面,"情不情"有助于我们更新对宝玉形象的认识;另一方面,也凸显出《红楼梦》的艺术成就和曹雪芹的伟大。

首先,"情不情"作为线索,将一系列分散的事件连贯起来,有如穿珠之线,拽之而首尾皆动。宝玉的"情不情"不仅是袭人离间黛玉、离间晴雯的源头之一,也是宝钗进入钗黛角逐的源头之一。

---

① 曹雪芹《脂砚斋重评石头记:庚辰本》,人民文学出版社2006年版,第900~901页。
② 鲁迅:《中国小说史略》,江西教育出版社2017年版,第138页。
③ 曹雪芹:《脂砚斋重评石头记:庚辰本》,人民文学出版社2006年版,第1943页。

宝玉的"情不情"特别表现在他对于女孩儿哪怕是婢女都能做小伏低，惟恐拂意，这一点在当时的贵公子中尤为难能可贵，这种体贴温柔正是袭人无法割舍的地方，因此才会想尽办法留在宝玉身边。一切有助于袭人成为宝玉"身边人"的机会，她都试图牢牢抓住，除了以"温柔和顺"取得宝玉的欢心，还在王夫人面前摆出"贤良"的样子，并断然回绝了家里人要赎回自己的打算。而在宝钗的大度和黛玉的小性之间——宝钗以小姐之尊主动要求替宝玉做鞋，为袭人分忧；黛玉却以"嫂子"打趣并说出"不是东风压了西风，就是西风压了东风"① 之语，袭人做出了亲钗疏黛并最终成钗间黛的取舍，当然直接的结果就是黛玉的死。

但是，宝玉的"情不情"又似乎对谁都无所不情，这一点又使袭人担心，故而，对于宝玉曾经有意无意示情之人，凡是自己无法笼络的，便一概间逸之——四儿被逐，芳官出家，晴雯瘘死，袭人都实有力焉。虽然黛、晴之死可以说都跟袭人有直接关系，可是追本溯源来看，宝玉的"情不情"却又是伏脉千里的源头之一。

宝钗进京本为入宫待选，但元妃省亲所说的"送我到那不得见人的去处"一语，虽然薛姨妈和宝钗没有亲聆，但必然会有所耳闻，在某种程度上打消了其入宫的热心；况且，薛蟠打死人命虽然经贾雨村胡乱判断遮掩过去，但毕竟有一个让人不怎么放心的"案底"，这对宝钗入宫的"良家子"身份是一层隐忧；而为了以"贵"补"富"的话，贾家也是一个不错的选择；何况上一辈就有姻亲关系，可谓亲上加亲；并且贾家知根知底，对薛家又极其礼让。这是薛家希望用"金锁"笼络"宝玉"的外在基础，而宝玉的"情不情"则是宝钗和薛家中意的内在条件。因为宝玉"有情极之毒"是在黛死钗嫁之后；在这以前，宝玉的"情不情"更明显的是外表的"情"的一面，相比于那些"三房五妾，今儿朝东，明儿朝西，要一个天仙来，也不过三夜五夕，也丢在脖子后头了，甚至于为妾为丫头反目成

---

① 曹雪芹：《程甲本红楼梦》，沈阳出版社2006年版，第2273页。

仇"①的王孙公子,宝玉的低首下心、温柔多情更值得看重。如果宝玉是个冷面冷心的人,宝钗不会暗示莺儿做出比通灵的举动,也不必含羞笼上元妃所赐的和宝玉一样的红麝串,更不会有事没事就到怡红院里坐着。简言之,宝玉"情不情"的外在"多情"是吸引宝钗的内在条件,而宝钗又有"任是无情也动人"的外貌和温柔平和、甚得贾府上下欢心的性格,而且这些看来也不是不让多情的宝玉动心,这使得宝钗自信可以在钗黛角逐中获胜。虽然宝钗进入钗黛角逐的原因不止一端,但宝玉的"情不情"至少也是源头之一。

首先,"情不情"的外化,辐射和影响了宝玉身边人,对他做出评价与采取相应行为,从而构成或推动了情节的发展。

其次,"情不情"作为宝玉性格的重要组成部分,是宝玉之所以做出他人无法做出的举动的内因。在懦弱妥协的背后,宝玉的性格实际上还有强势的另一面,即积聚所有精神和注意力于一点,甚至可以不顾任何批评非议——"行为偏僻性乖张,那管世人诽谤!"②他固执地选择自己认定的路走,甚至根本不理会社会所"规定"的或者"有益"的模式;但是由于他能有此超人的专注,"性痴则其志凝,故书痴者文必工,艺痴者技必良"③,他又容易取得世人难以达到的成就。这也是为什么宝玉"置之于万万之人中,其聪俊灵秀之气,则在万万人之上,其乖僻邪谬不近人情之态,又在万万人之下"④的缘故。正是因为宝玉"行为偏僻性乖张",多情到情及于不情之物、不情之人,才能做出舍弃一切出家为僧的无情绝情举动——"然宝玉有情极之毒,亦世人莫忍为者,看至后半部,则洞明矣。此是宝玉三大病也。宝玉有此世人莫忍为之毒,故后文方能'悬崖撒手'一回,若他人得宝钗之妻,麝月之婢,岂能弃而为僧哉,玉一生偏僻处。"⑤

---

① 曹雪芹:《脂砚斋重评石头记:庚辰本》,人民文学出版社2006年版,第1350页。
② 曹雪芹:《脂砚斋重评石头记:庚辰本》,人民文学出版社2006年版,第67页。
③ 蒲松龄:《全本新注聊斋志异》,人民文学出版社1989年版,第232页。
④ 曹雪芹:《脂砚斋重评石头记:庚辰本》,人民文学出版社2006年版,第40页。
⑤ 曹雪芹:《脂砚斋重评石头记:庚辰本》,人民文学出版社2006年版,第468页。

对宝玉这一形象，旧的看法是他爱情专一，是一个专情的人物。然而，通过仔细地回顾原典，除"专情"外，宝玉还是泛情、多情、无情、不情、绝情等感情的矛盾混合体。这乍看来似乎让人难以接受，如果一个形象，不是"专情"的，仿佛太"花"、太"色"，带有贬义，尤其是这个载体是宝玉的话，因为宝黛之爱是如此深入人心，这种理想而纯粹的爱情主人公之一怎么可以有这样的"真面"？然而，从实际人生经验来讲，始终的、完全的、单一的、排他的爱情，对人类讲，是一种理想化的爱情，从某种意义上讲，是一夫一妻制的折射。因为爱情之旅中，可以有一个最爱的，却不一定是唯一的对象。经过选择、比较确定一个唯一，是选择婚姻，而非爱情。爱情不等于婚姻：婚姻是法律的、社会的制度，对人有约束；爱情不受约束，是不由自主的事情。从这个道理讲，文艺作品对始终如一的爱情的歌颂是一种理想状态。这种不由自主地受异性吸引而发生的爱情，与动物性有区别，但也是真情。

曹雪芹不仅写了宝玉的"情"，他也如实写出了他的"多情""泛情""无情"。根据感情深浅程度的不同，可以把宝玉的情分为专情、多情、泛情、无情、绝情等等。宝玉有专情，表现在他和黛玉之间；有多情，表现为他对宝钗、对湘云、对袭人、对晴雯、对龄官等等；有泛情，表现为他对袭人的两姨妹子、对傅秋芳、对美人图；有无情，表现为他对金钏、对蒋玉菡；有绝情，表现为他的悬崖撒手。

一方面，这表现了宝玉感情的多层面，是具备人性本来面目的、富有人情的宝玉，不是一个理想化的、纯粹的、专一的形象，而是多层次、立体的、真实的宝玉。另一方面，这也凸显出《红楼梦》的艺术成就和曹雪芹的伟大。现实主义的基本特征，就是按照实际生活所固有的样式来再现生活，而不是以作家的好恶和愿望来取代客观事物。《红楼梦》的现实主义，在于它不是按照某种理想、某种模式、某种观念来塑造人物，而是按照本身的体验如实地表现人物。曹雪芹并非人为设置多角恋爱，而是描写身处其中的宝玉自然的反应。宝玉具有许多特殊的条件，家世、容貌、性情以及身处的社会环境，都给他提供了许多选择的机会而没有太多束缚，因此他在此过程中展示出了专情、多情、泛情、无情、绝情等多层面,但还是有所侧重,在经过对比、选择、犹豫和彷徨后,对黛玉还是超出众人之上的,从而对人性进行全面展示。这才是真正的现实主义,是曹雪芹超越于时代而表现在艺术上的高明之处,值得后世艺术家深思。

第二节 "醉金刚"倪二在《红楼梦》中的结构功能性意义

学者对"醉金刚"倪二的研究一般集中在他轻财仗义的侠义行为上,以及衬托贾芸及其母舅卜世仁的形象。但本书认为,"醉金刚"倪二具有重要的结构功能性意义,实际上,他不但与贾雨村构成"仗义"和"负心"的对举,而且很有可能对贾府的覆灭也起到了启动作用,与贾雨村"合力"造成了贾府被抄,确实可谓"小鳅生大浪"。

一、仗义每从屠狗辈,负心多是读书人

"仗义半从屠狗辈,负心多是读书人",本是明代曹学佺的诗句,相传最初来源于屠户徐五的对联,曹学佺录而用之。

> 曹学佺辞官归里,闲行街巷,见一陋屋,宅主乃屠者徐五,徐五题柱联云:"问如何过日,但即此是天。"厅堂有二联,一云:"仗义半从屠狗辈,负心多是读书人。"①

清代诗人黄仲则(名景仁),将"仗义半从屠狗辈"改为"仗义每从屠狗辈",其愤世之情更为显豁。

---

① 游友基:《梁章钜楹联故事》,载《对联(民间对联故事)》2008年第8期,第9页。

用这副对联来评论"醉金刚"和贾雨村,堪称贴切。

在曹雪芹执笔的前80回《红楼梦》中,倪二只出现过一回,即第24回《醉金刚轻财尚义侠 痴女儿遗帕惹相思》,出场回目名便交代其"醉金刚"的外号,"义侠"也直接交代了人物的性格。

倪二的第一次出场非常特殊,当贾芸在自己舅舅卜世仁那里没有借到冰片、麝香后,在归家路上撞到醉汉倪二身上。当时倪二直接大骂出口,更是要出手打人。此时倪二的身份按照曹雪芹笔下所写,"是个泼皮,专放重利债,在赌博场吃闲钱,专管打降吃酒"①。其中,"专管打降吃酒"②,是在赌场为赢家打服赖账输家,受请酒酬谢,可见倪二既是放高利贷的又是泼皮的。但在看清楚是街坊贾芸后,倪二却马上出声道歉:"原来是贾二爷,我该死,我该死。这会子往那里去?"③ 由此可见倪二的姿态放得很低。倪二既然是个放高利贷的泼皮,平时想必也常与各色人等打交道,而贾芸不过是贾府的破落旁支,单从身份上来讲,倪二根本不必与贾芸客气。而且还没看清楚人就要打,可见倪二平日里自然是也比较嚣张的。但反应过来是贾芸后,倪二却马上说自己该死,这说明倪二对街坊还是颇为友善的。接着,贾芸不愿说出自己的经历,倪二便道"不妨不妨,有什么不平的事,告诉我,替你出气"④,这里可以看出倪二问贾芸"这会子往那里去?"并不仅仅是口头上的客气,而是在对方真的有事时实实在在的关心,即使贾芸刚开始不愿意说,倪二还是试图为贾芸解决烦恼。他接着说:"有人得罪了我醉金刚倪二的街坊,管叫他人离家散!"⑤"义侠"的形象跃然于纸上。在贾芸道出自己的烦恼后,倪二更是展现出了同理心——"真真气死我倪二"⑥。即使替贾芸感到不平非常生气,并且还处于喝醉酒的状态,倪二仍然考虑到了卜世仁

---

① 曹雪芹:《脂砚斋重评石头记:庚辰本》,人民文学出版社2006年版,第539页。
② 郭树文:《市井小人物的深广意蕴——〈红楼梦〉醉金刚论析》,载《学习与探索》1995年第6期,第117页。
③ 曹雪芹:《脂砚斋重评石头记:庚辰本》,人民文学出版社2006年版,第540页。
④ 曹雪芹:《脂砚斋重评石头记:庚辰本》,人民文学出版社2006年版,第540页。
⑤ 曹雪芹:《脂砚斋重评石头记:庚辰本》,人民文学出版社2006年版,第540页。
⑥ 曹雪芹:《脂砚斋重评石头记:庚辰本》,人民文学出版社2006年版,第540页。

作为贾芸舅舅的身份而没有大骂出口,"要不是令舅,(我)便骂不出好话来"①,可见倪二虽是个泼皮,却非常细心。他接着马上就要借给贾芸银子,但想到做了这么多年街坊,贾芸也知道自己是放贷的,却从来没和自己借过钱,所以说:"若说怕利钱,这银子我是不要利钱的,也不用写文约。若说怕低了你的身分,我就不敢借给你了,各自走开。"②倪二的豪爽率真可谓体现得淋漓尽致,他既不要利钱,又直言贾芸别是怕低了身份。"不论他的醉态也好,醉骂也好,都具有鲜明的市井泼皮的特色,带有几分侠气。"③

接下来,曹雪芹借贾芸的心理活动说出倪二"因人而使,颇颇的有义侠之名"④。既然贾芸与倪二相交不深,素日里估计也就是点头之交,却也知道倪二颇有些"义侠之名",可见倪二并不仅仅是在这一次帮助贾芸,平时肯定也行侠仗义帮助过别人,才能留下这个侠名。转念贾芸又想到"怕他燥(躁)了,到(倒)恐生事"⑤,这又照应了倪二出场时的泼皮身份,贾芸作为街坊对倪二也算是比较了解,怕他作为泼皮脾气易变。在贾芸答应收下之后,倪二又表示相与结交的人不收利钱,而收别人的利钱当然也不是在结交,又不让贾芸写文契,不可谓不豪爽,不可谓不率真。倪二借完钱走了后,贾芸还是担心"只是还怕他一时醉中慷慨,到明日加倍的要起来"⑥,可见倪二终归是难以脱离泼皮的身份而存在,即使是贾芸已经拿到了钱,还是担心这只是倪二放高利贷的幌子。然而,在贾芸最终有了银子后去找倪二还钱时,倪二是"按数收回",可见他不是说说而已,也不是借此放高利贷,而是真心实意地想要帮助贾芸。

对于倪二,曹雪芹只交代了他放贷泼皮的身份,甚至没有对他的外貌进行描写,却用了几段的篇幅表现出倪二的"义侠"形象,这

---

① 曹雪芹:《脂砚斋重评石头记:庚辰本》,人民文学出版社2006年版,第540页。
② 曹雪芹:《脂砚斋重评石头记:庚辰本》,人民文学出版社2006年版,第540页。
③ 冯其庸:《醉里乾坤大——论〈红楼梦〉的情节和细节描写》,载《社会科学辑刊》1981年第2期,第122页。
④ 曹雪芹:《脂砚斋重评石头记:庚辰本》,人民文学出版社2006年版,第541页。
⑤ 曹雪芹:《脂砚斋重评石头记:庚辰本》,人民文学出版社2006年版,第541页。
⑥ 曹雪芹:《脂砚斋重评石头记:庚辰本》,人民文学出版社2006年版,第542页。

样的表现方式可谓是"略貌取神",主要突出他的"义"。倪二虽是泼皮,不是体面之辈,却不是势利小人,面对相识的弱势群体,是一个侠肝义胆、仗义轻财的"义侠",是底层小人物中的厚道之人,正所谓"仗义多是屠狗辈"。倪二出现在贾芸最落魄的"困厄"之际,彼时贾芸在世族之家谋职无望,在亲戚之家遭受冷遇,几乎走投无路,倪二仗义援手,对贾芸而言是雪中送炭、峰回路转,正是传统侠义振人不赡、尊重孝德的体现。① 所以,倪二帮助贾芸更是将其与传统之"侠"联系在一起,使其"义侠"身份更加彰显。

醉金刚倪二的设置,不仅仅是突出他的"义侠",更重要的是和贾雨村构成"仗义每从屠狗辈,负心多是读书人"的"反衬"。

贾雨村曾经两次负义。第一次是他接受了甄士隐的五十两白银和两套冬衣,得到了进京赶考的机会,从此步入仕途。贾雨村得到的是一生之中改变命运的机会,可是他竟然把恩人的女儿推入了火坑,这是一次小负义。

当薛蟠的命案到了他的手里审理,他明明已经知道案件中被拐卖的女孩子是甄英莲,也清楚了来龙去脉,但门子的一番话立即让他打消了秉公执法的想法。因为那个时候他做了一番权衡,不光是甄士隐早已败落,在官场上和在经济上都不能给他提供帮助,还有更重要的是四大家族得罪不起,所以他就过河拆桥、胡乱判案,使英莲失去了跟父母团聚的最后机会。

要知道,正是因为英莲的失踪,她的父母痛苦不已,以至于渐渐露出那下世的光景。"夫妻二人,半世只生此女,一旦失落,岂不思想,因此昼夜啼哭,几乎不曾寻死。"②

贾雨村也明明知道,薛家不是好主。他自己说:

> 这菊英(英莲)受了拐子这几年折磨,才得了个头路,且

---

① 参见张玉梅《〈红楼梦〉中侠义抒写述论》,载《红楼梦学刊》2019年第4期,第219~220页。
② 曹雪芹:《脂砚斋重评石头记:庚辰本》,人民文学出版社2006年版,第20页。

又是个多情的,若能聚合了,倒是件美事,偏又生出这段事来。这薛家纵比冯家富贵,想其为人,自然姬妾众多,淫佚无度,未必及冯渊定情于一人者。①

但是,仍然能昧着良心把英莲断给薛蟠,最终导致她被薛蟠打死。现在后40回的生子扶正云云可能不太可信。前80回中已经说过香菱(英莲)"皆由血分中有病,是以并无胎孕。今复加以气怒伤感,内外折挫不堪,竟酿成干血之症,日渐羸瘦作烧,饮食懒进,请医诊视服药亦不效验"②,很可能很快就香消玉殒。再说第5回中已经说英莲的判词是"自从两地生孤木,致使香魂返故乡"③,应该是薛蟠娶了夏金桂(桂乃两地孤木的拆字法),之后香菱(英莲)被折磨致死。

第二次是他接受了贾政的举荐,从此飞黄腾达。当初他接受甄士隐的资助进京赶考,还可以说只是甄士隐给了他一次机会,有可能是他的才能和运气让他考中了,走上了仕途。然而到了第二次,就和他的才能和运气无关了,完全是贾府的力量,因为那个时候他已经被罢官,而且明说是由于贪酷被人检举下去的。上司"参他'生情狡猾,擅篡礼仪,且沽清正之名,而暗结虎狼之属,致使地方多事,民命不堪'等语。龙颜大怒,即批革职。该部文书一到,本府官员无不喜悦"④。

直到林如海为他亲写荐书,委托贾政为他斡旋,帮他打点,甚至连使费都替他谋划妥当:

> 弟已预为筹画至此,已修下荐书一封,转托内兄务为周全协佐,方可稍尽弟之鄙诚,即有所费用之例,弟于内家信中已注明

---

① 曹雪芹:《脂砚斋重评石头记:庚辰本》,人民文学出版社2006年版,第85页。
② 曹雪芹:《脂砚斋重评石头记:庚辰本》,人民文学出版社2006年版,第1963页。
③ 曹雪芹:《脂砚斋重评石头记:庚辰本》,人民文学出版社2006年版,第106页。
④ 曹雪芹:《脂砚斋重评石头记:庚辰本》,人民文学出版社2006年版,第30页。

白,亦不劳尊兄多虑矣。①

贾政因为性喜读书人,又有仁义之风,再加上妹夫林如海的委托,因此竭尽全力,为贾雨村谋到了"金陵应天府"的肥缺:

且这贾政最喜读书人,礼贤下士,济弱扶危,大有祖风;况又系妹丈致意,因此优待雨村,更又不同,便竭力内中协助,题奏之日,轻轻谋了一个复职候缺,不上两个月,金陵天应(应天)府缺出,便谋补了此缺。②

可见,贾雨村再度被起用且青云直上,完全是借助贾府的力量。然而,他受了人家这样的大恩,最终却直接导致了贾府整个家族的抄家,这是一次大负义。

二、醉金刚小鳅生大浪,锦衣军查抄宁国府

"仗义"和"负心"是倪二和贾雨村的隐形对比,而到了《红楼梦》末尾,安排倪二和贾雨村相逢,最终导致了贾府被抄。

值得玩味的是,倪二在第24回登场,是《醉金刚轻财尚义侠 痴女儿遗帕惹相思》;而在第104回出场,则是《醉金刚小鳅生大浪 痴公子余痛触前情》,"醉"始"醉"终,一开始相助了贾府的一个没落旁支,而最终却导致了公侯巨族的覆没,作者岂无叹世之意乎?

更有意味的是,倪二启动了贾府被抄,贾雨村完成了贾府被抄。

第104回开篇是贾雨村巡视辖地,路遇一醉汉闹事,这醉汉就是倪二。倪二说了一番胡话后便被贾雨村冠上了"目无法纪"的标签,倪二自称"醉金刚"更是激怒了贾雨村,命人痛打,"倪二负痛,酒

---

① 曹雪芹:《脂砚斋重评石头记:庚辰本》,人民文学出版社2006年版,第50页。
② 曹雪芹:《脂砚斋重评石头记:庚辰本》,人民文学出版社2006年版,第51页。

醒求饶"①。先是醉酒滋事，被打后又马上求饶、哀求，倪二泼皮的欺软怕硬表现得淋漓尽致，贾雨村便命人带倪二到衙门慢慢审问。后来贾芸没有出手相助把倪二从衙门里弄出来，倪二回家得知后认为贾芸忘恩负义，便骂道："这小杂种，没良心的东西！"② 他发狠要利用尤二姐的前未婚夫张华作为工具实施报复，扬言要把贾府"盘剥小民，强娶有男妇女"诸事闹到都察院老爷那里，他对自己的女人说：

你们在家里那里知道外头的事。前年我在赌场里碰见了小张，说他女人被贾家占了，他还和我商量。我倒劝他才了事的。但不知这小张如今那里去了，这两年没见。若碰着了他，我倪二出个主意叫贾老二死，给我好好的孝敬孝敬我倪二太爷才罢了，你倒不理我了！③

在后40回中，对于倪二最后的描写就是"明日早起，倪二又往赌场中去了。不题"，看起来好像是倪二之前说的要闹得贾府不宁只是酒后壮胆说的胡话，根本没有付诸实践，第二天起来如同往常一样又去赌场，好像已经忘了这件事。

但是，在第105回中，通过薛蝌之口道出了贾府被查抄的肇因：

薛蝌道："这里的事我倒想不到，那边东府的事我已听见说，完了。"贾政道："究竟犯什么事？"薛蝌道："今朝为我哥哥打听决罪的事，在衙内闻得，有两位御史风闻得珍大爷引诱世家子弟赌博，这款还轻；还有一大款是强占良民妻女为妾，因其女不从，凌逼致死。那御史恐怕不准，还将咱们家的鲍二拿去，又还拉出一个姓张的来。只怕连都察院都有不是，为的是姓张的曾告过的。"④

---

① 曹雪芹：《程甲本红楼梦》，沈阳出版社2006年版，第2835页。
② 曹雪芹：《程甲本红楼梦》，沈阳出版社2006年版，第2839页。
③ 曹雪芹：《程甲本红楼梦》，沈阳出版社2006年版，第2841页。
④ 曹雪芹：《程甲本红楼梦》，沈阳出版社2006年版，第2874页。

可以猜测，倪二估计还是用了某些方式使得贾府的这些不干净之事闹到了官府那里。是先有他受监狱中"有义气的朋友"教唆启发，挑唆尤二姐未婚夫张华告状，揭露贾府罪恶，而后有"锦衣军查抄宁国府"一案。倪二作为一个小小的市井人物，最终竟然掀翻了公侯王府，这样一来倒是解释了回目中倪二作为下层老百姓"小鳅"最终反抗并造就了"锦衣卫查抄宁国府"这样的"大浪"。

有学者质疑，就凭倪二这条"小鳅"，外搭张华这只"小虾"，就能够通过"当今圣上"之手，给百年公府带来如此巨大的冤假错案？①

贾王史薛号称四大家族，然而史、薛早已没落，唯有贾、王还在支撑门面。然而，在第95回中，元妃"忽得暴病""痰气壅塞，四肢厥冷""不能言语"②而死，贾府在宫里的靠山已倒。在第96回中，王子腾"偶然感冒风寒，到了十里屯地方，延医调治。无奈这个地方没有名医，误用了药，一剂就死了"③。王子腾是四大家族里职务最高、影响力最大的一个，京营节度使，后升任九省都检点，可谓权势滔天，又是王夫人和薛姨妈的兄长，任谁想动贾府，都要考虑一下他的态度，可见他的暴死会对贾府的政治根基造成怎样毁灭性的打击。在第102回中，贾政被参"失察属员，重征粮米，请旨革职"，虽然皇上恩恤，未曾革职，但也"着降三级"④。贾府不仅在经济上，而且在政治上也都"内囊子已经尽上来了"。可是，一直以来，贾府得罪的人却也不少，宫中的夏太监明说是"借"，实际来敲诈二百两银子，王熙凤只能当了两个项圈送去。仅夏守忠一人，"上两回还有一千二百两银没送来"⑤，这已经不是第一次、第二次了。贾琏还补充道："昨儿周太监来，张口一千两。我略应慢了些，他就

---

① 参见赵安胜《从抄家风暴中的薛蝌看后四十回文笔》，载《红楼梦学刊》2012年第3辑，第180页。
② 曹雪芹：《程甲本红楼梦》，沈阳出版社2006年版，第2609～2611页。
③ 曹雪芹：《程甲本红楼梦》，沈阳出版社2006年版，第2632页。
④ 曹雪芹：《程甲本红楼梦》，沈阳出版社2006年版，第2804～2805页。
⑤ 曹雪芹：《脂砚斋重评石头记：庚辰本》，人民文学出版社2006年版，第1731页。

不自在。将来得罪人之处不少。"① 忠顺王爷误会宝玉勾引了自己的禁脔琪官，此事就更不用说了。"山雨欲来风满楼"，贾府已经处在风雨飘摇的前夜。

与此同时，贾府多年风光无限，内部却也埋下无数危机的伏笔：凤姐为了三千两银子拆散周守备之子和张金哥的婚姻，导致两人双双殉情而死；张华曾经告贾琏强夺己妻，而且在国孝、家孝之时娶亲；凤姐"弄小巧用借剑杀人"，害得尤二姐吞金而死；凤姐截留丫环月钱在外面放高利贷；鲍二家的因偷情被凤姐抓到羞愧自尽；贾赦为了石呆子的几把扇子害得他坑家败业……贾府本来已经埋伏了多少罪名罪状，只需要一只蝴蝶轻轻地扇动一下翅膀，就可以引来冰山消融、大厦倾覆。倪二就充当了"蝴蝶效应"中造成巨大后果的微小变量：

> 不是不报，时候未到，到了时候都出来了，最后的抄家都和这些人的活动有关系，所以中国又有另一句话："舍得一身剐，敢把皇帝拉下马。"王熙凤说过这句话，而实际上做到了的是醉金刚这批人。②

有学者认为，后40回中的"醉金刚小鳅生大浪"，骂贾芸和告贾府，是把倪二邪恶化了，哪里还有一点义侠的影子，和前80回中的倪二形象不符。③ 然而，值得注意的是，倪二本身并非一位义薄云天式的大侠，而是兼有"义侠之风"和"泼皮"双重属性的人物。倪二一开始看中贾芸，是因为他认为贾芸颇重孝道，是个正人，因此豪爽资助，不求回报；但是后40回中，他认为贾芸忘恩负义，对于泼皮来说，当年不用你开口，我主动帮助了你，今日我落难，妻女上门求告，你竟然袖手旁观、坐视不管，还假说营救，可见何等虚伪，你不仁休怪我不义！虽然贾芸确实有去贾府希望为倪二奔走，但是这

---

① 曹雪芹：《脂砚斋重评石头记：庚辰本》，人民文学出版社2006年版，第1732页。
② 王蒙：《红楼梦中的政治》，载《文学自由谈》2005年第1期，第125页。
③ 参见刘洋风《论〈红楼梦〉中侠客的身份危机》，载《河南教育学院学报（哲学社会科学版）》2019年第2期，第9页。

是读者开了"全知视角",倪二身在狱中,出狱后又听"妻女将贾家不肯说情的话说了一遍",只能得出"头里他没有饭吃要到府内钻谋事办,亏我倪二爷帮了他。如今我有了事他不管"①的结论。在前80回中,倪二曾经对贾芸说过:"这三街六巷,凭他是谁,有人得罪了我醉金刚倪二的街坊,管叫他人离家散!"②那么,在后40回中,若有人得罪了醉金刚倪二自己呢?可见倪二导致贾府抄家并非完全空穴来风。

而贾芸在后40回中的表现也和他在前80回中的表现相呼应。营建大观园之时,贾芸本想走贾琏的路子,后来发现凤姐才真正掌握大权,因此才想赊了冰片、麝香去走凤姐的门路。他比宝玉大四五岁,却认宝玉做父亲,虽然明知宝玉不像贾琏已经掌管事务,有权力在手,但毕竟是贾家未来的权力人物,能结交自然是结交的。等真见了宝玉才发现,闻名不如见面,宝玉原非他想象中的样子:

> 那宝玉便和他说些没要紧的散话。又说道谁家的戏子好,谁家的花园好,又告诉他谁家的丫头标致,谁家的酒席丰盛,又是谁家有奇货,又是谁家有异物。那贾芸口里只得顺着他说,说了一会,见宝玉有些懒懒的了,便起身告辞。宝玉也不甚留,只说:"你明儿闲了,只管来。"仍命小丫头子坠儿送他出去。③

最后,还是凤姐派给贾芸一个栽种花木的职务,才解决了他生计上的燃眉之急。

在后40回中,贾芸为了倪二的事,先是去找贾琏,被拜高踩低的看门人直接回绝;到后头要进园内找宝玉,不料园门锁着,只得垂头丧气地回来。他待要再找凤姐,想到凤姐因自己后来没有钱去打点,就把自己拒绝,而且凤姐又放高利贷,又暗中惹下人命官司,求

---

① 曹雪芹:《程甲本红楼梦》,沈阳出版社2006年版,第2839页。
② 曹雪芹:《脂砚斋重评石头记:庚辰本》,人民文学出版社2006年版,第540页。
③ 曹雪芹:《脂砚斋重评石头记:庚辰本》,人民文学出版社2006年版,第591页。

她恐怕无用。所以，在前80回和后40回中，贾芸的行事逻辑是非常相似的：贾琏—宝玉—凤姐。而前80回和后40回中贾芸的性格特点也是比较一致的：内向，爱面子，有什么事都憋在心里。在前80回中，他去求贾琏、凤姐，不敢直说；他认宝玉为父也不敢直接跟宝玉说明希望宝玉提携；他在舅舅那里受了气，不敢对母亲说，也不愿对他人（如倪二）说起。在后40回中，因为爱面子，他一口答应了倪二妻女的请求，但是后来发现自己能力不足，无法得到贾琏、凤姐或宝玉的帮助，甚至连面都见不上时，又是因为爱面子，不肯向倪二妻女直说，只是拖延。在前80回中，若不是外向型的倪二问出情由借他银两，主动推动、帮助了他，他谋求栽花种树一事必然不了了之；但是在后40回中，因为没有一个外向型的人来推动他，所以营救倪二之事也就不了了之。在本心上，贾芸并非忘恩负义，但由于面子和能力不匹配，导致了前后的落差。

贾府的事发，固然与贾府本身腐败堕落，以及倪二当年的背后推动不无关系，同时也与贾雨村密切相关。《锦衣军查抄宁国府　骢马使弹劾平安州》那一回，西平王宣读贾赦的罪名是"交通外官，依势凌弱，辜负朕恩，有忝祖德，着革去世职"①。所谓交通外官、依势凌弱，大概指的就是与贾雨村结党营私，罗织石呆子罪名，强抢古扇这件事。

至于贾府亲戚薛蟠，之前就打死过冯渊，算是草菅人命、命案在身，如果不是贾雨村包庇纵容，世间应该早就少了一个为非作歹的人。正是贾雨村的徇情枉法，致使薛蟠逍遥法外、不知收敛，以为一切都可以用钱摆平，因此后来到南边置办货物，只因酒店堂倌张三多看了一眼薛蟠的红颜知己蒋玉菡，薛蟠就用酒碗砸死了堂倌，可见薛蟠欠下的第二条人命，间接也是贾雨村欠下的。

除了间接连累贾家，从仆人的对话中，我们也可以看出贾府被抄的肇使人正是贾雨村。一仆人道："况且我常见他们来往的都是王公侯伯，那里没有照应。便是现在的府尹，前任的兵部是他们的一家，

---

① 曹雪芹：《程甲本红楼梦》，沈阳出版社2006年版，第2874页。

难道有这些人还护庇不来么？"① 现在的京兆府尹就是贾雨村。另一仆人道："我常见他在两府来往，前儿御史虽参了，主子还叫府尹查明实迹再办。你道他怎么样？他本沾过两府的好处，怕人说他回护一家，他便狠狠的踢了一脚，所以两府里才到底抄了。"②

因此，倪二在前80回中助贾芸，在后40回中告贾府，正体现了他"泼皮""义侠"的辩证性。而更深一层的是，倪二和贾雨村在前80回形成"仗义"和"负心"的对举，在后40回中，倪二"导火启动"，贾雨村"落井下石"，不约而同地"合力"导致了贾府的倾覆。《红楼梦》以倪二与贾雨村的多次起结与照应，以小见大，贯穿起了全书的整体结构，反映了必然性和偶然性的关系问题，认识到这一点，愈发使我们对《红楼梦》草蛇灰线、千里伏脉的精严结构有拍案惊奇、不胜深思之感。

第三节 锡名排玉合玫瑰：贾探春论

玫瑰作为贾探春的别名，实际上暗含了三种寓意。一语容括了她的容貌、性格、才能、命运，"十年辛苦不寻常"，曹雪芹命名之时，不知是不是也"吟安一个字，捻断数茎须"？

然而，没有辛苦的推敲，怎能有艺术绝境的登临，而令人服膺不已？

"玫瑰"的第一重寓意是探春的容貌和性格。在第65回中，兴儿说探春的诨名是"玫瑰花"，并解释为"玫瑰花又红又香，无人不爱，只是刺扎手"③。探春有"削肩细腰，长挑身材，鸭蛋脸面，俊眼修眉，顾盼神飞"的美貌，又有"文采精华，见之忘俗"④ 的气质，不枉"又红又香"的赞誉。再者，三姑娘的性格也是有大主意、

---

① 曹雪芹：《程甲本红楼梦》，沈阳出版社2006年版，第2921页。
② 曹雪芹：《程甲本红楼梦》，沈阳出版社2006年版，第2860页。
③ 曹雪芹：《脂砚斋重评石头记：庚辰本》，人民文学出版社2006年版，第1572页。
④ 曹雪芹：《脂砚斋重评石头记：庚辰本》，人民文学出版社2006年版，第54页。

不容冒犯的，不像迎春绵软懦弱。打王善保家的那一巴掌，大杀趋炎附势小人的气焰。然而，更要指出的是，抄检大观园之时，探春自命是个"窝主"，纵丫头们偷了来，只藏在自己这里，因此只许看自己的东西，不许抄检丫头。

试想，实际上林黛玉房中紫鹃被抄出了宝玉的寄名符等物，迎春房中司棋被抄出了表弟潘又安私赠的表记，惜春房中入画被抄出了替哥哥收藏的往日受赏的银两。探春房中的丫头呢？有两种可能：一是也有私藏，哪怕很小，就如入画只不过替亲哥哥存起来往日受赏的银两，免得被吃酒赌钱的叔叔婶婶胡乱花用，但是解释权在抄检方那里，可以是一笑而过，也可以是雷霆万钧。因此，如果探春的丫头也有私藏，而探春不许查丫头，有过失者何等庆幸感激。一是纤尘不染，然则听到探春此言，也不由佩服探春的担当。如果把秋爽斋比作是一个小单位或小公司，探春就是这个小部门的领导，而她在抄检大事临头之际表现出了冷静、有担当、有威严的领导才能，"有刺扎手"，才是一朵不容随便攀折的真玫瑰。

"玫瑰"的第二重寓意是探春的才能。之前去赖大家做客，探春发现，"一个破荷叶，一根枯草根子，都是值钱的"①。赖大家的园子，除他们戴的花，吃的笋菜鱼虾之外，一年还有人包了去，年终足有二百两银子剩余。故而，探春得到理家的授权之后，举一反三，把大观园也承包给老妈妈们，以实现大观园的自给自足。"不如在园子里所有的老妈妈中，拣出几个本分老诚能知园圃的事，派准他们收拾料理，也不必要他们交租纳税，只问他们一年可以孝敬些什么。一则园子有专定之人修理，花木自有一年好似一年的，也不用临时忙乱；二则也不至作践，白辜负了东西；三则老妈妈们也可借此小补，不枉年日在园中辛苦；四则亦可以省了这些花儿匠山子匠打扫人等的工费。将此有余，以补不足，未为不可。"②

---

① 曹雪芹：《脂砚斋重评石头记：庚辰本》，人民文学出版社2006年版，第1310页。
② 曹雪芹：《脂砚斋重评石头记：庚辰本》，人民文学出版社2006年版，第1311～1312页。

虽然后文写到宝钗为免分配不均生出是非，让得了营生的老妈妈分一些利润给那些没得到的。"你们只管了自己宽裕，不分与他们些，他们虽不敢明怨，心里却都不服，只用假公借私的多摘你们几个果子，多掐几枝花儿，你们有冤还没处诉。"①

但是毕竟探春才是大方案的提出者，宝钗只是完善者，所以探春应是更胜一筹的，更是体现了"世事洞明皆学问"的才干，是玫瑰红香馥郁的一面。在《红楼梦》人物中，林语堂最喜欢探春，也是最欣赏她的有担当、有创新意识、敢想敢做。

但就在探春兴利除宿弊的同时，她在处理舅舅的丧事上却很让人诟病。她的亲舅舅死了，按规矩应给二十两丧葬银子。母亲赵姨娘因为袭人的母亲死了都能得到四十两，而且自己女儿探春现在身居理家高位，满以为她应该照管自家，所以坚持多要，以争脸面。"如今你舅舅死了，你多给了二三十两银子，难道太太就不依你？"②

探春接下来所说的这句话被人认为是她的一个大缺点——"谁是我舅舅？我舅舅年下才升了九省检点，那里又跑出一个舅舅来？我倒素习按理尊敬，越发敬出这些亲戚来了。"③ 即使深爱探春之人也认为她不认自己的亲舅舅赵国基，反而高攀王夫人的兄弟王子腾，有悖孝道，数典忘祖，有"绝情"之憾。

然而，要深刻理解古代人物，要把人物还原到他（她）的时代背景中去，而不能以今律古。譬如古代有八母，八种身份不同的母亲，即嫡母、继母、养母、慈母、嫁母、出母、庶母和乳母。

嫡母：妾的子女称父之正妻为嫡母。对于嫡母，服制是斩衰三年。

继母：父亲的后妻称为继母，对于继母，服制也是斩衰三年。

养母：过继儿子称收养他的母亲为养母。对养母服制是斩衰三年。

---

① 曹雪芹：《脂砚斋重评石头记：庚辰本》，人民文学出版社2006年版，第1320页。
② 曹雪芹：《脂砚斋重评石头记：庚辰本》，人民文学出版社2006年版，第1291页。
③ 曹雪芹：《脂砚斋重评石头记：庚辰本》，人民文学出版社2006年版，第1292页。

慈母：妾所生之子，其母死后，其父令别的妾抚育，此别妾就是此子的慈母。

嫁母：亲母因父亲死后再嫁，称作嫁母。为嫁母服齐衰杖期。

出母：被父亲休弃的生母称作出母。为出母服齐衰杖期。

庶母：父亲的妾称为庶母。士为庶母服缌麻。

乳母：父妾之中曾乳育己者称她为乳母。为乳母服缌麻。

探春是庶出，按照古时规定王夫人是她的嫡母，她要叫王夫人为太太、母亲，是属于王夫人名下的孩子。赵姨娘是她的庶母，她要叫赵姨娘为姨娘，不能称母亲，不管她生了多少孩子，名义上探春都与她无干，与赵家无干，更别说叫赵国基舅舅。所以赵姨娘当众那样说，探春很生气，不仅没脸，还会得罪王夫人，被人认为不知规矩。

类似的情形我们还可以看到，贾环与莺儿赶围棋输了钱，回家向赵姨娘哭诉，赵姨娘正恨铁不成钢地骂他，凤姐在窗外过，都听在耳内，便隔窗说道："他现是主子，不好了，横竖有教导他的人，与你什么相干！"①

从生活教养上来看，也许很多人没注意到的是，探春是跟着王夫人长大的。宝玉、三春等原是在贾母处，黛玉来了后，贾母把三春移到王夫人处教养。即使民间俗语中也有"生母没有养母亲"，因此，探春和王夫人更亲近。

第一，王夫人确实是个好嫡母，因为她基本不找探春麻烦，还愿意让探春管家，因此探春感谢嫡母培养之恩。

第二，王夫人也会让探春去王子腾家做客，贾环可没有份儿。这是变相地承认了王子腾和探春的舅甥关系。"这日王子腾的夫人又来接凤姐儿，一并请众甥男甥女闲乐一日。贾母和王夫人命宝玉，探春，林黛玉，宝钗四人同凤姐去。"②

第三，在三春之中，王夫人最疼探春。王熙凤曾经指出："太太又疼她，虽然面上淡淡的，皆因是赵姨娘那老东西闹的，心里却是和

---

① 曹雪芹：《脂砚斋重评石头记：庚辰本》，人民文学出版社2006年版，第447页。
② 曹雪芹：《脂砚斋重评石头记：庚辰本》，人民文学出版社2006年版，第1674页。

宝玉一样呢。"① 虽然说王夫人待她和宝玉一样有些拔高，但和迎春、惜春这样的主子姑娘比起来，王夫人对她显然是更看重的。不然，探春所居的秋爽斋何以阔朗气派至此？

从品格修养上来看，王夫人虽可能有伪善的一面，但大体来看，是淑女和正人。而赵姨娘则是公认的昏聩愚昧、颟顸粗鄙，屡屡让贾探春蒙羞。而赵国基也是处处奴才相，伺候贾环读书，但凡贾环来了，赵国基就得站着。

是以探春是做出了一种超血缘的选择。玫瑰有刺，这刺是令人不悦，却也是一种自保、自清的手段。

贾府三代中，贾赦、贾政取名皆从"文"旁；贾珠、贾琏、贾宝玉、贾环取名皆从"玉"旁；贾兰、贾蓉、贾蔷、贾芸取名皆从"草"旁。则探春的"玫瑰"诨名不可谓没有深意。《说文》有解："玫，石之美者，瑰，珠圆好者。"② 玫瑰也是一种玉石！作为贾府未来希望的玉字辈男性的能力如何呢？贾珠早死，贾琏除了鬼混，其才干不如凤姐远矣。宝玉呢？是一个不管事的"富贵闲人"，贾环除了讨人嫌憎外，余无他能。从探春理家的才干和"必须先从家里自杀自灭起来，才能一败涂地"的见识来看，她实在是高出那些以"玉"旁为名的男性，故而脂砚斋批道："使此人不远去，将来事败，诸子孙不致流散也，悲哉伤哉！"③ 此语将探春的能力推举到维系家族存续的地位，因此，从实质上来说，探春确实具备"玉质"。况且，在命名上，也有先例可循，林黛玉的母亲闺名贾敏，敏从赦从政，也是"文"字辈的。

"玫瑰"的第三重寓意是探春的命运。玫瑰花是一种奇特的花，它必须离开母亲才能繁茂。

《花镜》有言："玫瑰，一名'徘徊花'，处处有之，惟江南独盛。其木多刺，花类蔷薇而色紫，香腻馥郁，愈干愈烈。每抽新条，

---

① 曹雪芹：《脂砚斋重评石头记：庚辰本》，人民文学出版社2006年版，第1304页。
② 许慎撰、段玉裁注、许惟贤整理：《说文解字注》，凤凰出版社2015年版，第29～30页。
③ 王墀：《增刻红楼梦图咏》，上海书店出版社2006年版，第42页。

则老本易枯，须速将根旁嫩条移植别所，则老本仍茂，故俗呼为'离娘草'。"① 这真是不期然地照应了探春的终身：探春在花签中抽到了杏花，"日边红杏倚云栽"，预兆是得贵婿的，她后来嫁作海外王妃，果成离娘之草。

当然有人可能认为，女儿家大了嫁了人自然都要"离娘"，未必非得照应玫瑰？又且在《红楼梦》后40回中，探春不还回家省亲，不也没有真正完全"离娘"？

首先，《红楼梦》后40回未必都是曹雪芹的原稿，若按前80回的伏笔，"清明涕泣江边望，千里东风一梦遥"② 来说，探春是不可能有回家省亲之举的。其次，探春的"离娘"，是永无再见之意。

在《触龙说赵太后》中，赵太后送女儿燕后出嫁时，燕后上了车，赵太后还握着她的脚后跟哭泣，舍不得她出嫁；但每逢祭祀赵太后为她祈祷时，却每次祈祷说："一定别让她回来啊。"这是从长远考虑，希望她有子孙相继为王。因此，探春作王妃若果然幸福无虞，是断不该回来的，回来可能就意味着被休弃，这和普通女子出嫁后可以回门是不能混同的。

玫瑰花离娘而茂，却永远骨肉分离，天各一方，这固然是悲剧，但是我们读《红楼梦》，却未尝不可以用积极的眼光来看待。探春"才自清明志自高"，但身为庶女，"如今有一种轻狂人，先要打听姑娘是正出是庶出，多有为庶出不要的"③。她若嫁在近处，未必能嫁得身份高贵之人，若探春如此才干而沉沦下僚，身份卑微、四处掣肘，岂非更是怀才不遇、郁郁而终的悲剧？更何况赵姨娘蝎蝎螫螫，探春嫁在近处，更不知受其何等带累，惹出何等笑柄。

从这个角度看，探春倒不如飘然远去，各自安好。若似1987年电视剧剧本的改编，探春被南安太妃收为义女，远嫁和亲，可能反而更好，这样探春就永远撕下了"庶出"的标签，脱离了天天以羞辱

---

① 陈淏：《花镜》，浙江人民美术出版社2015年版，第170页。
② 曹雪芹：《脂砚斋重评石头记：庚辰本》，人民文学出版社2006年版，第108页。
③ 曹雪芹：《脂砚斋重评石头记：庚辰本》，人民文学出版社2006年版，第1302页。

女儿为能事、宣扬她是奴才生的原生家庭,可以在海外施展她的一番抱负。就如她当日宣称的那样,"立一番事业,那时自有我一番道理"①,不是更好?

探春去做一个海外王妃,又何悲之有?她虽然没有扶振贾家家声,以她庶出和姑娘的身份,代替凤姐理家也不过是暂时的,在那个体制内,她虽有此才干也未必得以施展。可是在海外的夫家,在一个不敢歧视和低看她的新环境里,又焉知她不会成为一个上下称颂的未来大家族的贾太君呢?

第四节　德配朝颜自安然:贾巧姐论

《红楼梦》十二钗中有好几个人物都被人恨不得掰开揉碎了反复讲,古时有为钗黛之争几挥老拳者,现在连探春、袭人都分黑、粉好几派,虽说"递相祖述复先谁",但《红楼梦》中可资讨论者正复不少,何如一空依傍,另辟蹊径?比如大家何不谈谈贾巧姐呢?

不谈巧姐是因为她太令人困惑了。她不但在《红楼梦》中资料极其匮乏,而且年龄也扑朔迷离,忽大忽小。第 7 回 "奶子正拍着大姐儿睡觉"②,第 27 回 "巧姐"在园子里和丫鬟们玩耍③,第 29 回奶子"领着"巧姐坐车④,可见已渐渐长大,可是到了第 62 回 "奶子抱着巧姐"给宝玉拜寿,又缩小成婴儿状。⑤ 第 84 回巧姐惊风,"奶子抱着,用桃红绫子小棉被儿裹着"⑥,顶多 4 岁。第 92 回,开读《列女传》,至少 8 岁。第 101 回,奶子因巧姐夜里不睡,"往孩

---

① 曹雪芹:《脂砚斋重评石头记:庚辰本》,人民文学出版社 2006 年版,第 1290 页。
② 曹雪芹:《脂砚斋重评石头记:庚辰本》,人民文学出版社 2006 年版,第 158 页。
③ 参见曹雪芹《脂砚斋重评石头记:庚辰本》,人民文学出版社 2006 年版,第 608 页。
④ 参见曹雪芹《脂砚斋重评石头记:庚辰本》,人民文学出版社 2006 年版,第 662 页。
⑤ 参见曹雪芹《脂砚斋重评石头记:庚辰本》,人民文学出版社 2006 年版,第 1451 页。
⑥ 曹雪芹:《程甲本红楼梦》,沈阳出版社 2006 年版,第 2432 页。

子身上拧了一把，那孩子哇地一声大哭起来了"①，又缩回了两三岁。第117回，就骤然"年纪也有十三四岁了"②。所以很难解释清楚。再者，巧姐既乏事迹，更少言语，分析起来着实难以下手，这可能是诸家敬而远之的原因之一。

那么，有没有什么比较特别的角度？

十二钗多以花为比，宝钗是牡丹，黛玉是芙蓉，探春是杏花，李纨是老梅，甚至有些丫鬟也分得花签，比如麝月是荼蘼。但是，很多正钗的代表花是不详的，尤其是巧姐。若她是花，该是朵什么花？我想，与巧姐最相似的花，是牵牛花。

很多人以为牵牛花是夕颜，其实这是两种非常不同的花。牵牛花有个俗名叫"勤娘子"，顾名思义，它是一种很勤劳的花。每当公鸡刚啼过头遍，绕篱萦架的牵牛花枝头，就开放出一朵朵喇叭似的花来。牵牛花的另一个日本名字叫"朝颜"，是黎明开放的。而夕颜，是傍晚开放的，不及天亮便凋零，可理解为"傍晚的容颜"。

相比于夕颜，以牵牛花（朝颜）比巧姐是更贴切的。牵牛花（朝颜）是一种相对来说比较低贱的花，田间地头，蔓生皆是，与《红楼梦》第5回《游幻境指迷十二钗　饮仙醪曲演红楼梦》里预示的巧姐终老乡间的最终结局相符：

> 后面又是一座荒村野店，有一美人在那里纺绩。其判曰：
> 势败休云贵，家亡莫论亲。
> 偶因济刘氏，巧得遇恩人。③

再者，《红楼梦》第92回的回目是《评女传巧姐慕贤良　玩母珠贾政参聚散》，亦大有深意。许多大人君子一听到巧姐要学习《列女传》，就像听到宝玉要去参加科举一般，立即拉长了脸，恨不得连

---

① 曹雪芹：《程甲本红楼梦》，沈阳出版社2006年版，第2765页。
② 曹雪芹：《程甲本红楼梦》，沈阳出版社2006年版，第3184页。
③ 曹雪芹：《脂砚斋重评石头记：庚辰本》，人民文学出版社2006年版，第109页。

连否决。理由是宝玉若是中举岂不损害了他的反封建形象？巧姐去慕贤良就更是封建余毒了。但是，如果说中举破坏了宝玉的形象，那么，如果刚出场的宝玉就爱吃女孩嘴上的胭脂、爱在内帏厮混、厌恶仕途经济；而数年之后，已经长大的宝玉还是爱吃女孩嘴上的胭脂、爱在内帏厮混、厌恶仕途经济，前后没有任何变化，这就是保持了宝玉形象的完整吗？作者的高明之处，不在于塑造人物的完整性格，而是给予宝玉人世中所能给予的极致形式，以他处在一次次最高点上所引发的行为和自省，来揭示中国文化的各种层次性。宝玉不可能永远喝酒、作诗、吃螃蟹，不管作者是谁，他已经做了很多安排，他让宝玉梦游太虚幻境、看龄官画蔷、挨打、经历金钏跳井和晴雯被逐，甚至结婚、中举、生子——作者让宝玉尝试了不同的人生，每一次都把他推到顶峰上来观察。书中有太多的不一致、不完整、不合理，但它的意义不在于一致、完整和合理，而是在将宝玉推至顶峰之时对人性的洞察，这才是《红楼梦》更深刻的地方。①

同理，巧姐也是，《列女传》虽有其封建、落后的一面，但也有值得借鉴与深思之处，就像不能因二十四孝里有郭巨埋儿，就将其一律抹倒。宝玉告诉巧姐的列女都是什么样的？守节的当时没讲，引刀割鼻、怨妒类谈得也少，主要是集中于贤与才。

> 宝玉道："那文王后妃是不必说了，想来是知道的。那姜后脱簪待罪，齐国的无盐虽丑，能安邦定国，是后妃里头的贤能的。若说有才的，是曹大姑、班婕妤、蔡文姬、谢道韫诸人，孟光的荆钗裙布，鲍宣妻的提瓮出汲，陶侃母的截发留宾，还有画荻教子的，这是不厌贫的。那苦的里头，有乐昌公主破镜重圆，苏蕙的回文感主。那孝的是更多了，木兰代父从军，曹娥投水寻父的尸首等类也多，我也说不得许多。那个曹氏的引刀割鼻，是魏国的故事。那守节的更多了，只好慢慢的讲。若是那些艳的，

---

① 参见张惠《"拒绝成长"与"压抑欲望"——析美国汉学家黄卫总对〈红楼梦〉性心理世界的独异解读》，载《红楼梦学刊》2010年第4辑，第296页。

王嫱、西子、樊素、小蛮、绛仙等。妒的是秃妾发、怨洛神等类，也少。文君、红拂是女中的……"贾母听到这里，说："够了，不用说了。你讲的太多，他那里还记得呢。"巧姐儿道："二叔叔才说的，也有念过的，也有没念过的。念过的二叔叔一讲，我更知道了好些。"①

终《红楼梦》全书，宝玉是 13 至 19 岁的少年，但作者不是，写《红楼梦》时他已是 40 岁的中年人。翻过跟斗过来的人，冷暖备尝，眼界遂大，感慨遂深，还会和少年心性一般吗？只怕很多东西都会价值重估。

他写《红楼梦》的目的是什么？是"念及当日所有之女子，一一细考较去，觉其行止见识，皆出于我之上"，是记录其"小才微善"②。才，恐怕巧姐是有限的，且不论抄家时她年纪较小，恐未曾完成完整的诗书教育，后来又下嫁民家，也不像香菱还能进入侯府的大观园与众多才女吟咏进益。而且，即使同在大观园中的迎春、探春也比宝钗、黛玉逊色多多。是以巧姐即使在贾府长大，才学恐怕也难与薛林争胜。所以，巧姐能够进入十二正钗之列，很有可能在"善"、在"德"！

我们知道作者是很会狡狯手法的，像薛林那样的，还说是"小才"，所以巧姐，恐非仅仅是"微善"。而且《红楼梦》中绝少有闲文，并惯会草蛇灰线，伏脉千里，所以巧姐的"微善"只怕和第 92 回的"慕贤良"有着千丝万缕的联系。

在《红楼梦》后 40 回贾府破败后，她险些被王仁、贾环等人卖给一个外藩王爷做妾，幸而刘姥姥、平儿合力将她救出，最后嫁到姓周的富农家，丰衣足食。但根据书中判词及伏笔，巧姐更有可能是嫁给了刘姥姥的外孙板儿。

---

① 曹雪芹：《程甲本红楼梦》，沈阳出版社 2006 年版，第 2529～2530 页。
② 曹雪芹：《脂砚斋重评石头记：庚辰本》，人民文学出版社 2006 年版，第 3 页、第 6 页。

"那大姐儿因抱着一个大柚子顽的,忽见板儿抱着一个佛手,便也要佛手。丫鬟哄他取去,大姐儿等不得,便哭了。众人忙把柚子与了板儿,将板儿的佛手哄过来与他才罢。那板儿因顽了半日佛手,此刻又两手抓着些果子吃,又忽见这柚子又香又圆,更觉好顽,且当毬踢着玩去,也就不要佛手了。"① 此处共有四处脂批:庚辰双行夹批,"小儿常情遂成千里伏线";庚辰双行夹批,"柚子即今香团之属也,应与缘通。佛手者,正指迷津者也。以小儿之戏暗透前回通部脉络,隐隐约约,毫无一丝漏泄,岂独为刘姥姥之俚言博笑而有此一大回文字哉?"②;蒙侧批,"伏线千里";蒙侧批,"画工"③。

作者写道"这柚子又香又圆",谐音"香橼",批书人注明"柚子,即今香团之属也,应与缘通"。香橼:果名,似橘,子肉甚厚,白如芦菔,女工竞雕镂花草,渍以蜂蜜。此外,香橼又可用作砧木,但只可嫁接佛手,对其他种类严格不亲和,因此巧姐和板儿的柚子、佛手互换之举极有可能是姻缘兆始。这也就是薛姨妈所说"千里姻缘一线牵",只要月下老人"暗里只用一根红丝把这两个人的脚绊住,凭你两家隔着海、隔着国,有世仇的,也终久有机会作了夫妇。"④

巧姐嫁给姓周的富农,都被认为是做梦都想不到的下嫁,更不要说嫁给当初曾畏畏葸葸去她家打秋风的刘姥姥的外孙。一般女子,如果从侯门嫁到荒村,多半是哭哭啼啼、怨天尤人的。但我想,这一定不是巧姐。

巧姐的巧,一般多认为是因为她生在七月初七,日子不好。巧姐在第 21 回中染了痘疹,这在当时是险症,死亡率很高。她在第 42 回中撞了花神发热,在第 84 回中惊风,三灾六难不断。所以在第 42 回中,凤姐让刘姥姥给巧姐起名字,刘姥姥说:"就叫他是巧哥儿罢。

---

① 曹雪芹:《脂砚斋重评石头记:庚辰本》,人民文学出版社 2006 年版,第 942～943 页。
② 曹雪芹:《脂砚斋重评石头记:庚辰本》,人民文学出版社 2006 年版,第 943 页。
③ 曹雪芹:《蒙古王府本石头记》,北京图书馆出版社 2007 年版,第 1577～1578 页。
④ 曹雪芹:《脂砚斋重评石头记:庚辰本》,人民文学出版社 2006 年版,第 1358 页。

这叫作'以毒攻毒,以火攻火'的法子。姑奶奶定要依我这名字,他必长命百岁。日后大了各人成家立业,或一时有不遂心的事,必然是遇难成祥,逢凶化吉,却从这'巧'字上来。"① 因此,最后是刘姥姥把她给救了。

但我认为,巧姐的巧,除了这些,还有多重含义。首先,巧姐生于七夕,终日纺绩,暗喻其为织女,而织女本是"天孙",南朝梁宗懔在《荆楚岁时记》中说:"天河之东有织女,天帝之女也。"② 这是暗喻巧姐有着天潢贵胄的出身。其次,织女下嫁贫寒的凡夫俗子牛郎,也合乎巧姐的丈夫板儿微贱的身份。再次,巧姐应该是手艺精巧的。《上山采蘼芜》里谈到新人"织缣日一匹",旧人"织素五丈余",可知女红一道,同是女子而大有差别。《红楼梦》也提到有一种"慧绣","凡这屏上所绣之花卉,皆仿的是唐、宋、元、明各名家的折枝花卉,故其格式配色皆从雅,本来非一味浓艳匠工可比。每一枝花侧皆用古人题此花之旧句,或诗词歌赋不一,皆用黑绒绣出草字来,且字迹勾踢,转折,轻重,连断皆与笔草无异,亦不比市绣字迹板强可恨"③。因觉这样笔迹说一"绣"字,反似乎唐突了,所以改称"慧纹",若有一件真"慧纹"之物,价则无限。织女本来就是"年年织杼劳役,织成云锦天衣"④,巧姐实其名,应该是在此道上颇见精妙的。况且刘姥姥家本贫寒,为救她更是倾家荡产,巧姐婚后很有可能是以纺绩针黹补贴家用,甚至养家糊口。

说到此处,可能又有君子嗒然失色,恨不得为巧姐一哭。然而,我们常常不免以二元论来衡量和评价事物。如果纺绩是公侯夫人所做,往往是赞美不绝,如《诗经·葛覃》"为絺为绤,服之无斁"⑤,赞扬后妃,说她们在父母家里从事女工,纺纱织布。又如《汉书·

---

① 曹雪芹:《脂砚斋重评石头记:庚辰本》,人民文学出版社2006年版,第959～960页。
② 袁珂辑注:《中国神话选》,人民文学出版社2005年版,第74页。
③ 曹雪芹:《脂砚斋重评石头记:庚辰本》,人民文学出版社2006年版,第1247页。
④ 袁珂编著:《古神话选释》,人民文学出版社1979年版,第160页。
⑤ 程俊英撰:《诗经译注》,上海古籍出版社2012年版,第4页。

张安世传》说:"安世尊为公侯,食邑万户,然身衣弋绨,夫人自纺绩。"① 但是,纺绩的如果是贫家女子,则视之为本等,甚至觉得对方可怜。所以,我们会认为贾巧姐以侯门女之尊下嫁到荒村纺绩是一种悲剧。

然而,十二钗各有其美,最小的巧姐能够得附骥尾,一定不会仅仅因为她是王熙凤的女儿这么简单,贫富都夷然自若,嫁与豪室寒门,只是活动天地大小而已,而"主中馈,助蒸尝"②、"奉箕帚,操井臼"③ 不是一样的吗?不要忘了,巧姐是牵牛花,不是柔弱无主、暗自伤怀的夕颜,而是与日同起、和露而开的朝颜!比起夕颜的洁白、柔软、楚楚可怜,朝颜们都是积极向上,明亮鲜妍的存在啊!富不骄,贫不谄,嫁与豪富夫家淡然,嫁与贫寒夫家安然,即使身入寒门,亦能令满堂雍熙,方不负宜室宜家,这才是真正大家之女贾巧姐。

---

① 班固撰:《汉书》,岳麓书社1993年版,第1147页。
② 曹道衡选注:《乐府诗选》,人民文学出版社2007年版,第122页。
③ 豫生主编:《周易全解》,吉林大学出版社2009年版,第73页。

第七章
红学人物与著作研读

第一节 吴组缃先生红学研究与创作交叉考论

在《红楼梦》研究史上,吴组缃先生被公认是自我要求甚严,故而其成果发表出的很少,很多学者提到吴组缃先生论文不多而精①。不多是有目共睹的,但是精如何体现?数据虽然冰冷,但往往很能说明一些问题。比如从表7-1就能够窥斑而知一豹。

表7-1 吴组缃发表的论文

序号	论文题目	刊载时间
1	《评俞平伯先生的〈红楼梦〉研究工作并略谈〈红楼梦〉》	1954年12月5日《光明日报》
2	《论贾宝玉典型形象》	1956年6月16日补毕,载于《北京大学学报》1956年第4期
3	《谈〈红楼梦〉里几个陪衬人物的安排》	1959年6月19日,载于《人民文学》1959年第8期
4	《贾宝玉的性格特点和他的恋爱婚姻悲剧》	本文是吴组缃先生1963年在宁夏大学中文系的讲演,载于《宁夏文艺》1963年第4期
5	《漫谈〈红楼梦〉亚东本、传抄本、续书——〈红楼梦版本小考〉代序》	1981年3月3日载于《红楼梦版本小考》,中国社会科学出版社1982年版
6	《略谈〈红楼梦〉研究》	本文是吴组缃先生1982年2月26日在《红楼梦学刊》第四次编委(扩大)会上的发言,载于《红楼梦学刊》1982年第3辑

---

① 参见刘勇强《吴组缃小说的艺术个性》,载《文学评论》1996年第1期,第111页;周先慎《吴组缃先生的文品与人品》,见新浪微博(http://blog.sina.com.cn/s/blog_4ad997190100nlf8.html);傅承洲《吴组缃的古代小说研究——以遗著、讲义为中心》,载《文学遗产》2014年第3期,第149~159页。

他关于《红楼梦》的论文只有六篇，但是有两个特点：专业、顶级。比如，《红楼梦学刊》是国家级中文类重点学术刊物，也是研究《红楼梦》的专业性刊物，主要发表从各种角度探讨《红楼梦》思想和艺术的论文，以及与曹雪芹研究相关的研究文章；又如，《光明日报》是全国性的官方新闻媒体之一；等等。因此，他的文章数量虽少，但是能够登上这些发表机构，足以证明其质量。反过来，在专业、顶级的发表平台上刊登的文章，无论读者是否赞同这些观点，又几乎必然会引起业界的瞩目和思考，从而对红学的发展产生影响。正如孙玉石先生所言：

> 吴组缃用他自幼养成的深厚的古代文学的功底，一个经验丰富的作家对于生活与艺术的独特眼光和体验，长期从事于中国明清文学史，中国古代小说，特别是世界文学巨著《红楼梦》的研究工作和教学工作，他以心血所凝成的自成体系而又非常独到的学术见解，在这个领域里产生了同样是别人所无法替代的广泛而深刻的影响。①

并且，检视吴先生存世的这数篇论文可以发现，他等于是以一篇文章谈《红楼梦》研究的一个方面，各个研究方向基本上都涉猎到了。论文虽然少，但是他抓住的都是特别大的关键性的问题：青年人怎么研究《红楼梦》的问题、后40回问题、《红楼梦》的人物问题、《红楼梦》对新文化的作用问题等等。

一、博观约取：研究《红楼梦》的方法

吴组缃先生曾经为青年人指出了研究《红楼梦》的方法：

---

① 孙玉石：《人活在世上就是口气——为北京大学中文系吴组缃先生追思会作》，载《新文学史料》1995年第1期，第13页。

现在有一种风气,青年人入学,每个人都立志钻进一个小旮旯,只搞一个小摊子,这恐怕很难培养出人才来。若是青年人一心一意只研究一部《红楼梦》,恐怕也搞不出所以然来。钻在一个小旮旯里怎么行呢,要有广泛的基础嘛,要有开阔的眼界嘛。①

然而,笔者认为这是一个共性的问题,不但对青年人,对非青年的研究者也都会有启发。吴组缃强调学者要注重生活知识和历史知识,"搞古代小说,一定要具备深厚的生活知识。这方面我认为我们的研究界做得很不够。不光作家要有生活知识,评论家更需要有生活知识。我常常看到评论文章中闹笑话,就是因为评论者缺乏生活知识,进入不了作品。搞古代小说,还需要很丰富的历史知识,只看二十四史、《资治通鉴》不行,还要多看野史、笔记小说,那是有血有肉的历史"②。"汝果欲学诗,功夫在诗外"③,尽力让自己跳出就《红楼梦》而论《红楼梦》的包围圈,去接触更广阔的世界,深入地阅读更多的古代小说、古代哲学、历史文献、百科知识以及有价值的专业研究学者的著述,从中汲取精华,再回过头重新审视《红楼梦》,对从汗牛充栋的前人著作和成果中杀出重围、推陈出新无疑是有帮助的。

对于《红楼梦》后40回的看法和作者问题,吴组缃先生基本上有两大意见。

第一,后40回很有可能是曹雪芹自己写的。至于前后有修改痕迹,很可能是曹雪芹随着人生阅历的加深以及"批阅十载,增删五次"造成的:

> 可能只有原作者曹雪芹本人有此种敏感;无论续书作者是

---

① 吴组缃:《说稗集》,北京大学出版社1987年版,第248页。
② 吴组缃:《如何创作小说中的人物》,见《中国小说研究论集》,北京大学出版社1998年版,第410页。
③ 孔凡礼、齐治平编:《陆游资料汇编》,中华书局1962年版,第431页。

谁,连同脂砚、畸笏等批者在内,都不像能够有此水平。我设想,曹雪芹以他的历史条件和生平经历,写作这样一部博大精深的作品,随着创作实践的进展,对生活现实的认识自必不断有所提高。写到后面,必得回头改写前面,还需重新修改后面。①

第二,后40回即使真的是他人所续,曹雪芹也应该感谢他。因为续书作者"在核心部分保持了悲剧结局;有不少的段落写得颇为动人",而且兢兢业业,亦步亦趋,认真临摹,"致使一般读者,以至电子计算机,发现不出它的借手痕迹"②。

这一个结论被吴先生发表于1981年3月3日,是引用了当时的最新成果。

1980年6月16日,首届国际《红楼梦》学术研讨会在美国威斯康星大学召开。该校博士生陈炳藻先生独树一帜,宣读了题为《从词汇上的统计论〈红楼梦〉作者的问题》的论文,首次借助计算机介入《红楼梦》研究,用统计公式和电脑计算了20多万个语汇的出现频率,用以证明前80回和后40回作者同为一人。陈炳藻先生的具体方法是,利用计算机对《红楼梦》前80回和后40回的用字进行测定,并从数理统计学的观点出发,探讨《红楼梦》前后用字的相关程度。他将《红楼梦》120回本按顺序变成三组,每组40回,并将《儿女英雄传》作为第四组进行比较研究。他从每组中任取8万字,分别挑出名词、动词、形容词、副词、虚词这五种词,运用数理语言学,通过计算机程序对这些词进行编排、统计、比较和处理,进而找出各组词的相关程度。结果,他发现《红楼梦》前80回和后40回所用的词汇正相关程度达78.57%,而《红楼梦》与《儿女英雄传》所用词的正相关程度是32.14%,由此推断出前80回和后40回的作者均为曹雪芹一人的结论。

陈炳藻应用统计和电脑分析说明《红楼梦》前80回和后40回

---

① 吴组缃:《说稗集》,北京大学出版社1987年版,第240页。
② 吴组缃:《说稗集》,北京大学出版社1987年版,第243页。

的作者为同一人的说法,得到了两种不同的反对意见:一种是针锋相对进行反驳,以张卫东、刘丽川、陈大康等先生为代表;一种是在否定陈炳藻结论的基础上,又致力于创立新的学说,以李贤平先生为代表。

"反对说"中,张卫东、刘丽川先生的《〈红楼梦〉前八十回与后四十回语言风格差异初探》[1]发表于1986年,陈大康先生的《从数理语言学看后四十回的作者——与陈炳藻先生商榷》[2]发表于1987年,李贤平先生的《〈红楼梦〉成书新说》[3]同样发表于1987年。

这些成果的出现比陈炳藻的论文要迟了六七年,由此可见,吴组缃先生眼界开阔,其目光不局限于国内,而是放眼海内外。而且在20世纪80年代,中国国内可不像现在,有这么便捷的互联网,并且由于历史原因,中美两国之间的外交曾一度中断。从1949年中华人民共和国成立到20世纪70年代初,中美总体处于对抗状态。1972年,中美两国关系开始走向正常化。1978年,美国承认中华人民共和国政府是中国唯一的合法政府,直到1979年1月1日《中美建交公报》正式生效,中美才建立了正式的外交关系。

陈炳藻的论文宣读于美国,宣读时间是1980年6月,而1981年3月吴先生的红学论文即予以引用,表明吴先生对于学术动态和资料获取非常敏锐。

由此,反过来再看他对青年人做学问的告诫,就不是泛泛之论,身教重于言教,这是他身体力行的由衷之言。

---

[1] 张卫东、刘丽川:《〈红楼梦〉前八十回与后四十回语言风格差异初探》,载《深圳大学学报》(人文社会科学版)1986年第1期,第8～14页。

[2] 陈大康:《从数理语言学看后四十回的作者——与陈炳藻先生商榷》,载《红楼梦学刊》1987年第1期,第293～318页。

[3] 李贤平:《〈红楼梦〉成书新说》,载《复旦学报》(社会科学版)1987年第5期,第3～16页。

二、研创双擅：中心主次人物的安排

吴组缃先生是《红楼梦》研究与小说创作双擅的代表性人物之一，少年时便喜爱《红楼梦》。1922年，年仅14岁的吴组缃，就阅读到上海亚东书局出版的汪原放标点分段的明清著名小说，"尤其喜爱《红楼梦》"①，不仅从它学做白话文，也慢慢学会如何做小说。

> 同时读它的还有好些同学。我们不只为小说的内容所吸引，而且从它学做白话文：学它的语句语气，学它如何分段、空行、低格，如何打标点用符号。……一部《红楼梦》不止教会我们把白话文跟日常口语挂上了钩，而且更进一步，开导我们慢慢懂得在日常生活中体察人们说话的神态、语气和意味。②

吴组缃成年之后，又长期从事《红楼梦》的教学与研究工作，对《红楼梦》常年的"入乎其中"，长久的玩赏、观察、体味、思考，也潜移默化地对他的创作产生了影响。

在《红楼梦》人物研究中，吴先生非常注重他们之间的关系，注重对其中艺术规律的把握：

> 写小说，在有了内容之后，下笔之前，得先布局。像画画，先勾个底子；像造房子，先打个蓝图。这时候，首先面临的就是人物的安排问题。比如，把哪些人物摆在主要的、中心的地位；怎样裁度增减去留、调配先后轻重，使之能鲜明而又深厚地显示内在的特征和意义；从而充分地、有力地、并且引人入胜地表达

---

① 方锡德：《吴组缃生平年表》，载《新文学史料》1995年第1期，第51页。
② 吴组缃：《说稗集》，北京大学出版社1987年版，第236～237页。

出内容思想来。①

吴先生曾经提到对贾宝玉、林黛玉、薛宝钗这三个中心人物，作者不是平列地安排的。

> 贾宝玉当然是三个中心人物里面的主要人物……林和薛两人，也不是摆在完全对等的地位，书里的描写，是侧重林，即侧重贾的恋爱问题，而把跟薛的关系摆在略次的地位。②

吴先生的这个认识对他的创作有影响，像他自己的两篇名作《卍字金银花》《金小姐和雪小姐》也都是按这种方式来排列人物的。其中，作品中的"我"是中心人物，两位女性是围绕着"我"的次要人物。这两个女性人物中的关系也是不对等的，其中总是侧重男主角的初恋，而另一位女性角色——妻子或者未婚妻，都是放在比较次要的位置的。

《红楼梦》里对林黛玉和薛宝钗的容貌之对比给人的印象非常强烈。林黛玉是：

> 两弯似蹙非蹙笼烟眉，一双似泣非泣含露目。态生两靥之愁，娇袭一身之病。泪光点点，娇喘微微。闲静时如名花照水，行动时似弱柳扶风。③

薛宝钗是：

> 唇不点而红，眉不画而翠，脸若银盆，眼如水杏。④

---

① 吴组缃：《说稗集》，北京大学出版社1987年版，第199页。
② 吴组缃：《说稗集》，北京大学出版社1987年版，第200页。
③ 曹雪芹、高鹗著，周书文点校：《红楼梦：稀世绣像珍藏本》，北京图书馆出版社1999年版，第27页。
④ 曹雪芹：《脂砚斋重评石头记：庚辰本》，人民文学出版社2006年版，第655页。

两相对比，作者的倾向性非常明显。吴先生两部创作也是如此。《卍字金银花》中的小姑娘：

> 那双漾满着泪的眼眶，波俏而多睫毛。那两片不时因哭后的哽咽而抽动的口唇，棱角画得格外清楚。①

而《卍字金银花》中的"妻子"连脸都没露，基本上只是一个模糊的影子。

《红楼梦》里对林黛玉只写"神仙似的妹妹"的外貌，不写衣着一字，而对薛宝钗在相形见绌的容貌之外，还把衣服也着重点出：

> 头上挽着漆黑油光的纂儿，穿蜜合色的棉袄，玫瑰紫二色金银鼠比肩褂，葱黄绫棉裙，一色半新不旧，看去不觉奢华。②

《金小姐和雪姑娘》中描写的雪姑娘有着圆如满月的天真的笑脸和像一朵纯朴的玫瑰花的少女风韵。而未婚妻金小姐，则也是容貌与衣着兼写：

> 上等的高跟鞋，上等长旗袍，一切都是时髦女人的气派，五官端正，脸上敷着一层薄薄的粉，可是并不曾盖住那贫血的苍白松弛的皮肤；微肿的眼皮里嵌着两只枯涩的瞳子，像雨夜的街灯闪着凄清冷落的光。一种腼腆窘促，十分不活泼的神情。③

但是，吴先生的小说创作是发展性的，绝不是仅仅图解《红楼梦》。他创作出了"贬值了的林黛玉"形象，而这个形象又是与其作品当时的社会环境相联系的。

---

① 吴组缃：《宿草集》，北京大学出版社 1988 年版，第 57 页。
② 曹雪芹：《脂砚斋重评石头记：庚辰本》，人民文学出版社 2006 年版，第 178 页。
③ 吴组缃：《宿草集》，北京大学出版社 1988 年版，第 69 页。

三、创作新变：贬值了的林黛玉

《卍字金银花》叙述的是一个少爷在少年时的一个夜晚，一个看灯走丢了的小姑娘走到了他们家。这个小少爷非常喜欢这个从天而降的小姑娘，他们一起玩耍，他还许诺，要第二天给她摘卍字金银花。可是深夜的时候，小姑娘的家人找来了，感谢了他们并把小姑娘带走了，从此他们再也没有见过面。等到小少爷再次回乡的时候，他已经长大成人，并且已经有了妻子。一天烈日的正午，这位少爷在路边突然听到窝棚里的呻吟声，他大着胆子过去一看，却看到一个大腹便便的妇人倒在窝棚的地上，呻吟着想要水喝。他把她扶起来，并且给她倒水，这时候赫然发现这就是当初走丢了走到他家的小姑娘。一番询问后，少爷知道了缘故。原来小姑娘长大之后，父母双亡的她被舅舅许配给了人，可是丈夫早死，她不知和什么人珠胎暗结却又不肯说出腹中孩子的父亲是谁，深感丢人现眼的舅父就把她赶出家门，任她在路边窝棚里自生自灭。少爷对她充满了怜悯，于是许诺回去为她请医生。然而，没有想到这个少爷回去之后高烧不止，等他几天之后从高烧昏迷中醒来，得知这个姑娘已经因为难产悲惨地死去了。故事的结尾，少爷善解人意的妻子，让他去这个姑娘的坟上祭奠，并且带上一束卍字金银花。

这篇《卍字金银花》的开头就像一篇具体而微的小《红楼梦》。走丢了的小姑娘，就像当初元宵看灯走丢了的香菱；她和小少爷的见面，又仿佛是天上掉下个林妹妹；然而这个小姑娘父母双亡由舅父抚养，且喜欢着男装，性格又非常活泼，俨然又是一个小湘云了。而小少爷在她临终之前探望她并给她倒茶喝的场景，分明又是宝玉和晴雯诀别时的情景再现。而这个小少爷就像《红楼梦》里面的怡红公子一样，多情、善良但又懦弱。

当然，《卍字金银花》绝不是亦步亦趋《红楼梦》，它最终挣脱了《红楼梦》自成一格。《红楼梦》中曾经把女孩子分成三类：一类是未嫁女孩，无价的宝珠；第二类是嫁了汉子，沾染了男子气味，变成了死珠；第三类就是老婆子们，是鱼眼睛。但是，《卍字金银花》所塑造的女性不在这三类之中。那个小姑娘的丈夫早亡，她跟人私通怀孕，这在当时的社会是要浸猪笼的死罪。然而，多情善良的小少爷，依然同情她的遭遇，并震慑于她惊心动魄的美。虽然犯下了这样的道德重罪，在他眼中她依然美得熠熠生辉。故事的结尾采用了西方的技巧，小少爷很想去拯救她，从良心和道义上他必须去救。但是，从潜意识中，他不能去救，不敢去救。因为不管是他亲自还是托人带医生去救她，都无疑是与整个社会道德为敌，这个代价是他承受不了的。因此，懦弱的他发了高烧，这高烧挽救了他的道德困境。

《卍字金银花》借鉴了红楼梦以花喻人的技巧，在寿怡红群芳开夜宴抽花签时，说宝钗是牡丹，黛玉是芙蓉，李纨是老梅，探春是杏花，袭人是桃花，麝月是荼蘼。晴雯被逐出大观园之后，连病带气含冤而死，宝玉得知后叹道："这阶下好好的一株海棠花竟无故死了半边，我就知有异事，果然应在他身上。"他认为孔庙、诸葛祠、岳坟这几处松柏善草都有灵验兆应，所以"这海棠亦是应着人生的"。"在古代小说中，象征手法很常见……但是吴组缃剔除了这种象征的迷信色彩，而完全把它作为一种暗示性和强调性的艺术手段。"① 《卍字金银花》充分表现了这一点。卍字金银花代表了文中出现的小姑娘，同时它又是一种反讽，因为"卍"字在佛教中是一个非常吉祥的符号，然而文中的小姑娘却悲惨地死去，所以构成了一种反对。并且不管是开头小少爷许诺第二天清晨给小姑娘摘卍字金银花，还是最后小少爷拿卍字金银花祭奠小姑娘，花与人终生未曾相见，这也暗喻了小姑娘和小少爷始终错过，有缘无分。

利昂·塞米利安在《现代小说美学》中指出，"人物是小说的原动力"②，刘勇强教授进一步指出，主人公的道德品质与性格特征决

---

① 刘勇强：《吴组缃小说的艺术个性》，载《文学评论》1996 年第 1 期，第 111～122 页。

② 利昂·塞米利安：《现代小说美学》，宋协立译，陕西人民出版社 1987 年中文版，第 138 页。

定着一部小说的基本思想内涵，也影响着小说的结构布局。例如，长篇如《水浒传》开篇描写洪太尉误走妖魔，以"妖魔"为梁山好汉定性，表明此书所描写的正是一批挑战社会秩序与主流观念的"叛乱者"。① 吴组缃先生的《卍字金银花》开篇以"卍字金银花"为小姑娘定性，"一朵朵的都是卍字形。春天开一次，六月开一次，九月开一次。——这时候正开得好看"②。金银花初开为白色，经一二日则色转黄，故名金银花，其"金""银"两面，暗喻了该女子的变化，从"笔峰墨沼"的书香门第的小姐，沦落成做下丑事珠胎暗结的寡妇。同时，也暗示了社会和"我"对她的不同评价，表明他所描写的这个女子纵为这个社会所不解、不容，但实质上却依然是一朵美丽而柔弱的娇花。她的变故是不许寡妇再嫁的社会造成的，而非她个人的罪恶。

《卍字金银花》并非一个孤立的现象，吴先生的另一篇名作《金小姐和雪姑娘》也有类似的"贬值了的林黛玉"形象。

"我"是一位中学教员，为了打发无聊的日子，减轻思念以前恋人的痛苦，决定要谈恋爱。在朋友的介绍下，"我"认识了金小姐，与之成为一对即将谈婚论嫁的恋人。在一个偶然的机会里，"我"出乎意料地碰到了初恋的雪姑娘，生活的煎熬已经使雪姑娘由天真浪漫的少女变成了一个未婚先孕的堕落女人。"我"既伤心痛苦，更深感内疚，经过揪心的抉择，决定和雪姑娘结婚，以弥补自己昔日的过失，挽救雪姑娘。但是，当"我"第二天来见雪姑娘时，她却因为打胎而惨死在病床上。

吴先生研究《红楼梦》历来反对脱离社会环境孤立讨论人物的倾向，而是把人物放在具体的社会关系中分析他们的行为。这一点在他的《论贾宝玉典型形象》和《谈〈红楼梦〉里几个陪衬人物的安排》中都有深刻的体现。他自己在创作中也是把人物放在具体的社

---

① 参见刘勇强《古代小说的人物设置问题》，载《北京大学学报（哲学社会科学版）》2009年第3期，第87页。

② 吴组缃：《宿草集》，北京大学出版社1988年版，第115页。

会环境中安排他们的行为逻辑。

吴先生笔下的是身处于民国时期的被侮辱和被损害的林黛玉。《红楼梦》中的林黛玉，虽然父母双亡，可是毕竟有外祖母保护，身处在衣食无忧的大观园，一应衣履饵食都是最上等的，而且大门不出二门不迈，外界的黑手是伤害不了她的。吴先生笔下的林黛玉式的女子，没有了父母，也没有一个大家族提供保护。《卍字金银花》中的小姑娘后来成了寡妇，"因为年轻做了为社会所不容的事，家里已经没人，想偷偷到外婆家来求舅父帮助"①，她们来到了社会上，受到了很多诱惑。像雪姑娘：

> 她知道在耳后边脖子上调弄得没一丝垢积，知道怎样洒香水，擦巴黎粉，知道怎么穿戴合适的衣饰，买时髦漂亮的东西，爱看红楼梦茶花女，爱看新时行的张资平郁达夫的小说。一个十五六岁的姑娘懂得了二十五六岁女人所能懂的事。②

《红楼梦》中的林黛玉，自始至终没有和贾宝玉越雷池一步，但是吴先生笔下的林黛玉式的女子，《卍字金银花》里的小姑娘，长大之后成为寡妇，却和别人私通怀了孕；雪姑娘则是未嫁有孕，所以她们相当于是"贬值了的林黛玉"。然而，受到新文化思想熏陶的吴组缃先生，其小说的创作，不仅在情节设置，而且在人物评价上，也走在时代的前端。

清末民初，大量的翻译小说被引进，《新青年》也给进步青年许多激励。1922年，尚是少年的吴先生非常喜欢这一类作品。

五中时期，吴组缃在芜湖传播新文化的著名书店"科学图书社"里，进一步接触到"五四"新文化运动的一些著名书刊，如《新青年》《少年中国》《新潮》《冬夜》《草儿》《尝试集》

---

① 吴组缃：《宿草集》，北京大学出版社1988年版，第119页。
② 吴组缃：《宿草集》，北京大学出版社1988年版，第63页。

《胡适文存》《独秀文存》等。①

周作人先生曾经翻译日本女学者与谢野晶子对贞节的新看法《贞操论》，发表在1918年5月15日的《新青年》第4卷第5号上。之后，胡适在《新青年》上发表了《贞操问题》，认为自己读了周作人先生翻译的《贞操论》，感触颇深，就"中国人的贞操问题"提出了三点看法。鲁迅也呼应周作人，在《新青年》上发表了《我之节烈观》，文章列举了大量事实，对"表彰节烈"的非人性一面进行了批判，呼吁为了那些节妇烈妇：

> 要除去虚伪的脸谱。要除去世上害己害人的昏迷和强暴。
> 我们追悼了过去的人，还要发愿：要除去于人生毫无意义的苦痛。要除去制造并赏玩别人苦痛的昏迷和强暴。
> 我们还要发愿：要人类都受正当的幸福。②

吴先生受到"新文化"的感召，能够跳出"旧观念"，因此，在情节设置上，吴先生让作品中的"我"毅然决定和"雪姑娘"结婚，可以看出是受到《复活》的"救赎"思想的影响。在人物评价上，吴先生也并不认为"贬值了的林黛玉"是下流无耻，而是给予了同情和怜悯，他认为：

> 一朵鲜明无瑕的自己爱过捧过的花。如今已被这杀人的社会制度逼成这样，到现在，对于这给人践踏成污泥的花朵。不止怜惜和伤心，我是依旧爱着的。她自己没有罪，她的灵魂依旧纯圣，依旧洁白。我应该拾起她，给以爱护和抚摩。③

---

① 方锡德：《吴组缃生平年表》，载《新文学史料》1995年第1期，第42页。
② 鲁迅：《鲁迅文集》，华中科技大学出版社2014年版，第11页。
③ 吴组缃：《宿草集》，北京大学出版社1988年版，第69页。

因此，将吴组缃先生的红学研究与小说创作以交叉比较的眼光审视，不仅对吴先生的学术能得到新的体认，而且对研究其他在红学史上研究与创作双擅的学者，应该也是一种启发。

第二节　版本研究的力作和文理研究的依藉
——刘世德先生《红楼梦舒本研究》《红楼梦晢本研究》启思

中国古代小说版本研究大家刘世德先生，在86岁和87岁高龄时仍然著述不辍，相继出版了两部《红楼梦》版本新著：《红楼梦舒本研究》（2018年），近88万字；《红楼梦晢本研究》（2019年），共45万字。众所周知，版本研究既耗时费力，又很枯燥，需要日复一日高强度、高密度地工作。但刘先生似乎乐在其中，他游弋在不同版本之间，以高度的耐心和细心比较各本异同，同时又提炼出很多具有重要意义，也是聚讼之所在的问题，真可谓老骥伏枥，令后学感佩不已。

一、后40回作者问题

《红楼梦舒本研究》在悉心爬梳版本异同的基础上，旁征博引，并用于论证红学史上的重要关键性问题。如学界关心的《红楼梦》后40回作者问题，林冠夫先生曾在《确切的乾隆钞本——舒序本》中指出：

> 从舒元炜作序的己酉六月，到周春《阅红楼梦随笔》提到的庚戌，到程高本付梓时的辛亥，前后三年。这正与程序中"搜罗数年"之说相印证。由此说明，后40回在程高木活字排印本问世之前，已经以抄本形式有过三年以上的流传过程。看来，程伟元序中说的"鼓担"云云，未必是凭空向壁构就的欺

世之谈。①

刘世德先生则通过翔实考订舒序和周春笔记所载诸人，就后40回作者问题提出了自己的看法：①考证舒本藏主"筠圃主人"为姚玉栋，详细列出他的年表以及宦游山东二十年所历任的官职与属地，分别为博兴知县、宁阳知县、单县知县、淄川知县、章丘知县、利津知县、乐陵知县、临邑知县、阳信知县。②考证舒元炜与周春、程伟元的关系。舒元炜历任山东泗水知县、巨野知县、新泰知县等；舒元炜序作于乾隆五十四年（1789），他称自己这个版本仅80回，但相对于全璧"已有二于三分"，且用"秦关"（百二）典故，可见舒元炜已知市面上120回本《红楼梦》的存在；舒元炜、周春、程伟元三人同时而互不相识，相互之间没有交往，故舒元炜不存在为周春、程伟元提供伪证的必要性。③考证周春、杨畹耕、雁隅（徐嗣曾）三人身份：三人同时而又同乡，均为浙江海宁人，彼此熟识，关系密切，周春是杨畹耕的表兄，雁隅是杨畹耕的堂兄。周春记载，杨畹耕告诉他，雁隅曾购置《红楼梦》120回抄本，"监临省试，必携带入闱"。雁隅任福建巡抚期间主持过三次乡试，分别为乾隆五十一年丙午（1786）、乾隆五十三年戊申（1788）八月、乾隆五十四年己酉（1789）八月。②而程甲本印行的年份是乾隆五十六年（1791），雁隅逝世于程甲本印行的前一年。此外，加上程伟元言之凿凿的自述、第92回回目与正文的龃龉，及第93回程乙本对程甲本的改写，刘世德先生总结说："在程甲本排印出版之前，社会上已经有《红楼梦》120回抄本在流传、出售、购买；程伟元、高鹗不可能是《红楼梦》后40回的续作者，而是整理者、编辑者。"③ 刘先生的这个结论，是建立在一系列证据链的基础上的，由于这些证据链均有文献支持并且环环相扣，使他的论点显得确凿、可信。

---

① 林冠夫：《红楼梦版本论》，文化艺术出版社2007年版，第319页。
② 乾隆五十五年适逢清高宗80岁大寿，遂特定五十四年乡试为"恩科"，并将原定的五十四年乡试提前至五十三年举行。
③ 刘世德：《红楼梦舒本研究》，社会科学文献出版社2018年版，第1~43页。

《红楼梦舒本研究》不是为版本而版本,而是在发现舒本独特性的同时,与其他脂本进行比较,并结合原著情节、细节,做出合理推断。

《红楼梦》十二钗中有好几个都被人恨不得掰开揉碎了反复讲,古时有为钗黛之争几挥老拳者,现在连探春、袭人都分黑、粉好几派,真个是"第相祖述复先谁"了。但《红楼梦》中可兹讨论者正复不少,何如一空依傍,另辟蹊径?比如大家何不谈谈贾巧姐呢?当时我认为不谈巧姐的原因之一是因为她太令人困惑了。

刘世德先生的《红楼梦舒本研究》第二十五章《巧姐儿与大姐儿:一人欤,二人欤?》恰恰解释了这个困惑,并且揭示出这正是《红楼梦》前80回和后40回出自两手的明证。

刘先生把120回分成三个部分来考察,发现前40回中,有的脂本让大姐儿和巧姐儿同时出现在同一个场合,有的脂本则有意识地删掉巧姐儿,单独保留大姐儿。这反映了曹雪芹在创作过程中的困惑:这时他还没有最后拿定主意是安排琏、凤夫妻生一个女儿抑或生两个女儿。在中40回中,曹雪芹巧妙地在第42回通过刘姥姥改名的方式,把巧姐儿和大姐儿合并为一个人。在后40回中,在第101回单独出现了大姐儿的名字,但在此前和此后的11回中只有巧姐儿,没有大姐儿。刘先生认为,大姐儿的名字在后40回中不但只出现了一次,而且此时她在夜间无缘无故啼哭吵醒奶妈,于是被奶妈又拍又拧,"哇"地大哭起来,由此可以看出她年纪尚幼,将这个情节放在巧姐已经能够读《列女传》的情节之后,委实不符。因此,刘先生指出:

> 由于曹雪芹在第42回已将巧姐儿和大姐儿"合二为一",并且定位于巧姐儿。程甲本101回的作者或整理者显然忽略了这一点。这也从侧面证明了后40回作者不可能是曹雪芹。①

---

① 刘世德:《红楼梦舒本研究》,社会科学文献出版社2018年版,第788页。

二、对文本研究的启示

《红楼梦舒本研究》《红楼梦晢本研究》的另一优长在于它们能深化我们的《红楼梦》文本研究。

晢本的很多独异文字,涉及小说的具体人物名字,有助于深化我们对《红楼梦》文本的理解。这里,我们可以第24回"花儿匠"的名字"方春"/"方椿"为例,来看刘世德先生的分析。

俞平伯先生《记郑西谛藏旧抄〈红楼梦〉残本两回》曾简略指出:

> 花儿匠方椿作方春(第20回第15页下,按"方椿"本是"方春"的谐音,这儿直把谜底给揭穿了)。①

花儿匠的出现是由于敕造大观园,这时的贾府与一开始冷子兴"内囊却也尽上来了"②的评价相比,迎来了一个回光返照的繁荣小阳春时期。俞平伯先生所谓"把谜底给揭穿了",就是从这个意义上来理解"方春"的。

经过比对,刘世德先生发现,这个"花儿匠"的名字,其他脂本(庚辰本、舒本、杨本、蒙本、戚本梦本)均作"方椿",只有晢本作"方春"。刘世德先生举出了正反两方面的证据,认为"方椿"更合理。一方面,曹雪芹不可能让这个花儿匠以"春"为名有两条证据:一则贾府四姐妹形象生动,令人难忘,她们都以春为名——元春、迎春、探春、惜春,寓意"原应叹惜";二则在《红楼梦》的曲词、判词之中,曹雪芹对封建贵族大家庭的没落抒发了悲凉的叹惋之

---

① 俞平伯:《红楼心解·读〈红楼梦〉随笔》,陕西师范大学出版社2005版,第58页。
② 曹雪芹:《脂砚斋重评石头记:庚辰本》,人民文学出版社2006版,第36页。

情，这些叹惋往往是通过"春"字来表达的，如"春梦随云散""勘破三春景不长""画梁春尽落香尘"等等。另一方面，曹雪芹可能让他以"椿"为名也有两条证据：一则《庄子·逍遥游》有"上古有大椿者，以八千岁为春，八千岁为秋"①的记载，后世以椿年、椿龄为祝人长寿之词，花儿匠取名为"椿"与他的营生有密切关系，可以寓意他所出售的树种、花种长盛不衰。二则《红楼梦》第30回回目的下联作"椿龄画蔷痴及局外"，"椿龄"即龄官，可见"椿"字也是曹雪芹相当熟悉的。②

　　不过，我认为刘世德先生还有一层意思，是他不便或不愿明确说出的，这就是在《红楼梦》中，以"春"命名的人物等级是较高的，以"椿"命名的人物等级是较低的。因为《红楼梦》文本明显是有等级观念的，否则也就不会分为十二正钗、十二副钗和十二又副钗了。曹雪芹生活的清代是一个尊卑等级观念非常鲜明的时代，他本家就是包衣奴才出身。天命六年（1621）三月努尔哈赤攻占沈阳、辽阳后，曹世选（即曹锡远)③、曹振彦父子被掳入旗，归西吾里额附佟养性统辖，为旧汉军。天聪四年（1630）九月以后［或为天聪六年（1632）佟养性死后］，曹振彦转隶镶白旗固山贝勒多尔衮属下，并在多尔衮掌正白旗后随之转入正白旗，为多尔衮之府属包衣；顺治八年（1651）多尔衮获罪后，正白旗收归顺治帝统辖，曹家遂隶属内务府，成为皇室家奴。曹家成为皇室家奴后的名分确切地说应为正白旗包衣旗鼓佐领下人，虽加入旗籍，但为汉军旗人，和同旗籍的满洲旗人、蒙古旗人不同。这一点可以从"尚志舜佐领下护军校曹宜，当差共三十三年，原任佐领曹尔正之子，汉人"④得到佐证。由于包衣中包衣满洲、包衣蒙古和包衣汉军的等级地位不同，曹家处于包衣

---

① 萧无陂导读注释：《庄子》，岳麓书社2018年版，第6页。
② 参见刘世德《红楼梦晢本研究》，社会科学文献出版社2019年版，第15～17页。
③ "雪芹始祖，据《八旗满洲氏族通谱》（下简称《氏族谱》）作曹锡远；而康熙六年曹玺之祖父诰命又作曹世选。至康熙十四年之诰命则又作曹锡远。"参见周汝昌《〈红楼梦〉新证》，华艺出版社1998年版，第15页。
④ 《清宫内务府奏销档》第177号。

中的底层阶级：

> 由于清代是一种主奴之分、民族等级都异常森严的封建制度，这就决定了内务府汉军旗人的身份不仅低于身为国家平民的满洲、蒙古、汉军旗人，而且低于同为皇室家奴的内务府满洲和蒙古旗人，受着双重的歧视和压迫。①

有着"包衣汉军"身份的曹家，对其荣辱升沉有着比一般旗人更为痛切的感受。所以，曹雪芹虽然塑造了宝玉、黛玉那种鄙视等级观念的人物形象，但等级观念对他不可能毫无影响，故此即使形诸笔墨，也是可以理解的。这一点，《红楼梦》的英文全译本体现得很明显，在人名译法上兼顾了人物的身份和地位：

> 霍克思在翻译《石头记》的时候，对于主要人物比如小姐的名字采取音译，如黛玉译为 Daiyu，宝钗译为 Baochai，湘云译为 Xiangyun；而对于次要人物比如丫鬟的名字采取意译，如紫鹃译为 Nightingale，莺儿译为 Oriole，晴雯译为 Skybright，袭人译为 Aroma 等等。这也是霍氏翻译的用心良苦之处——他在人名的处理上就力图使读者对她们的身份和重要性有所觉察。②

舒本第9回的独特结尾也会深化我们对贾瑞和秦可卿形象以及作者曹雪芹创作意图的认识。为方便比对，笔者将刘世德先生在其著作数章内提及的第9回结尾的不同版本缩减为一表（见表7-2）。

---

① 张书才：《曹雪芹旗籍考辨》，载《红楼梦学刊》1982年第3期，第308页。
② 张惠：《红楼梦研究在美国》，中国社会科学出版社2013年版，第244页。

表7-2 第9回结尾的不同版本

结尾	版本	内容
结尾A	舒本	此时贾瑞也恐闹大了，自己也不干净，只得委曲着来央告秦钟，又央告宝玉。 　　先是他二人不肯，后来宝玉说："不回去也罢了，只叫金荣赔不是便罢。" 　　金荣先是不肯，后来禁不得贾瑞也来逼他去赔个不是，李贵等只得好劝金荣说："原来是你起的端，你不这样，怎得了局？"金荣强不得，只得与秦钟作了揖。宝玉还不依，偏定要磕头。 　　贾瑞只要暂息此事，又悄悄地劝金荣说："俗语说的，<u>光棍不吃眼前亏</u>。咱们如今少不得委曲着陪个不是，<u>然后再寻主意报仇</u>。不然，弄出事来，道是你起端，也不得干净。" 　　金荣听了有理，方忍气含愧的来与秦钟磕了一个头方罢了。 　　<u>贾瑞遂立意要去调拨薛蟠来报仇，与金荣计议已定</u>，一时散学，各自回家。 　　<u>不知他怎么去调拨薛蟠？</u>且听下回分解。
结尾B	己卯本、庚辰本、杨本、蒙本	此时贾瑞也怕闹大了，自己也不干净，只得委曲着来央告秦钟，又央告宝玉。 　　先是他二人不肯，后来宝玉说："不回去也罢了，只叫金荣赔不是便罢。" 　　金荣先是不肯，后来禁不得贾瑞也来逼他去赔不是，李贵等只得好劝金荣说："原来是你起的端，你不这样，怎得了局？"金荣强不得，只得与秦钟作了揖。宝玉还不依，偏定要磕头。 　　贾瑞只要暂息此事，又悄悄地劝金荣说："俗语说的好，<u>杀人不过头点地</u>。你既惹出事来，少不得下点气儿，磕个头就完事了。" 　　金荣无奈，只得进前来与<u>宝玉</u>磕头。且听下回分解。

续表 7-2

结尾	版本	内容
结尾 C	戚本	此时贾瑞也怕闹大了，自己不干净，只得委曲着来央告秦钟，又央告宝玉。 先是他二人不肯。后来宝玉说："不回去也罢了，只叫金荣赔不是便罢。" 金荣先是不肯，后来禁不得贾瑞也来逼他去赔不是，李贵等只得好劝金荣说："原来是你起的端，你不这样，怎得了局？"金荣强不得，只得与秦钟作了揖。宝玉还不依，偏定要磕头。 贾瑞只要暂息此事，又悄悄的劝金荣说："俗语说的好，杀人不过头点地。你既惹出事来，少不得下点气儿，磕个头就完事了。" 金荣无奈，只得进前来与秦钟磕头。且听下回分解。
结尾 D	彼本	此时贾瑞也生恐闹大了，自己也不干净，只得委曲着来央告秦钟，又央告宝玉。 先是他二人不肯。后来宝玉说："不回去也罢了，只叫金荣赔不是便罢。" 金荣先是不肯，后来禁不得贾瑞也来逼他去赔不是，李贵等只得好劝金荣说："原来是你起的祸端，你不这样，怎得了局？"金荣强不得，只得与秦钟作了揖。宝玉还不依，偏定要磕头。 贾瑞只要暂息此事，<u>又悄悄的劝金荣磕头</u>。 金荣无奈何，俗语云：<u>在他门下过，怎敢不低头</u>。

续表 7-2

结尾	版本	内容
结尾 E	眉本	此时贾瑞也生恐闹大了，只得委曲着来央告秦钟、宝玉。 　　二人起先不肯。后来宝玉说："不回太爷罢了，只叫金荣赔不是便罢。" 　　金荣禁不得贾瑞来逼他去赔不是，李贵等又说："原来是你起的事，你不这样，怎得了局？"金荣不得已，只得又向秦钟作了一揖。宝玉还不依，必定要磕头。 　　贾瑞又悄悄劝金荣说："俗语说的好，<u>杀人不过头点地</u>。既惹出事来，少不得下点气儿磕个头就完了。" 　　金荣无奈，只得与<u>宝玉、秦钟</u>磕头。 　　下回分解。
结尾 F	梦本	此时贾瑞也生恐闹大了，自己也不干净，只得委曲着来央告秦钟，又央告宝玉。 　　先是他二人不肯。后来宝玉说："不回去也罢了，只叫金荣赔不是便罢。" 　　金荣先是不肯，后来禁不得贾瑞也来逼他权赔个不是，李贵等只得好劝金荣说："原来是你起的端，你不这样，怎得了局？"金荣强不得，只得与秦钟作了揖。宝玉还不依，定要磕头。 　　贾瑞只要暂息此事，又悄悄的劝金荣说："俗语云：<u>忍得一时忿，终身无烦闷</u>。"
结尾 G	程甲本、程乙本	此时贾瑞也生恐闹不清，自己也不干净，只得委曲着来央告秦钟，又央告宝玉。 　　先是他二人不肯。后来宝玉说："不回去也罢了，只叫金荣赔不是便罢。" 　　金荣先是不肯，后来禁不得贾瑞也来逼他权赔个不是，李贵等只得好劝金荣说："原来是你起的端，你不这样，怎得了局？"金荣强不得，只得与秦钟作了揖。宝玉还不依，定要磕头。 　　贾瑞只要暂息此事，又悄悄的劝金荣说："俗语云：<u>忍得一时忿，终身无烦闷</u>。" 　　<u>未知金荣从也不从？下回分解</u>。

在表格里，笔者用下划线表示文本关键处，这几处也是刘世德先生重点讨论的所在。从表 7-2 可以清楚地看出：第一，与其他 6 个版本相比，舒本第 9 回结尾的确是差异性最大的。第二，舒本的描写最能照应后文。后来的第 33 回宝玉挨打，袭人不留心在宝钗面前说此事可能与薛蟠无意透露琪官之事有关，宝钗心想：

> 难道我就不知我的哥哥素日恣心纵欲，毫无防范的那种心性，当日为一个秦钟，还闹的天翻地覆，自然如今比先又更利害了。①

宝钗的这处心理描写，舒本、己卯本、庚辰本、蒙本、戚本、梦本以及程甲本完全相同，彼本、程甲本、程乙本则基本上相同。但翻遍全书，我们也找不到"当日为了一个秦钟，还闹得天翻地覆"的故事情节。刘世德先生认为，曹雪芹不可能让薛宝钗说出无的放矢、不着边际的谎言，那么，就只剩下了一种可能性：在曹雪芹的创作过程中，在初稿中曾经有过如此这般的情节，但后来在修改或再修改中被他删弃。而且，第 9 回蒙本脂批称："伏下文阿呆争风一回。"② 如此一来，剧情走向很有可能是贾瑞立意去挑拨薛蟠来报仇，薛蟠与秦钟大闹一场，闹得天翻地覆。而现在其他 6 个版本，都没有贾瑞挑拨薛蟠报仇的伏笔，说明舒本很可能或多或少包含了曹雪芹初稿的若干成分。

我认为，刘世德先生指出舒本的这处重要异文意义重大，它不仅有助于说明《红楼梦》的成书过程，还有助于塑造贾瑞和秦可卿的形象。在现存各个版本的情节中，贾瑞都是一个无能且可悲的形象。大闹学堂时，粗口频出的金荣、天不怕地不怕的茗烟，甚至是年纪幼小却置身事外、隐忍坐山观虎斗的贾兰，都给读者留下了比较深刻的

---

① 曹雪芹：《脂砚斋重评石头记：庚辰本》，人民文学出版社 2006 年版，第 767～768 页。

② 曹雪芹：《蒙古王府本石头记》，北京图书馆出版社 2007 年版，第 340 页。

印象。贾瑞没有能力管辖闹事的学生,存在感很低,读者几乎意识不到这个透明人。后来,他追求凤姐,接二连三受凤姐欺骗,执意飞蛾扑火,不但被贾蓉、贾蔷勒索写下巨额借据,还被浇了一头屎尿。读者虽然对他的无能感到可笑,但对他的痴情又抱有一丝怜悯。他被人捉弄如此,回家后又被祖父勒令不许吃饭,跪在风口里背书;生病后拿到风月宝鉴,看到骷髅的警示还念念不忘凤姐。这都让人感到可悲、可笑,但也令人同情,甚至让人发出罪不至死的感叹。

  读者之所以对贾瑞抱有一些同情,是因为他身上还有一些《西厢记》《牡丹亭》中的"痴情书生"的特征。《西厢记》中,张生对崔莺莺的反复赖简不以为意;《牡丹亭》里,柳梦梅哪怕知道杜丽娘是鬼也不改初衷。他们所追求的对象,一个是相国之女,一个是太守之女,都远高于自己的阶层。就贾瑞而言,凤姐已婚,且是嫂子,他确实应该受到道德的谴责;不过,他在感情上的难以自已,由于有了传统"痴情书生"的特征,就显得不那么令人厌恶。但如果他是一个暗中挑拨的小人呢?如果以舒本为据,贾瑞的形象将会丰富而复杂得多。他指点金荣"光棍不吃眼前亏",又立意调拨薛蟠和秦钟大闹,所有这些行为都是暗中行事,再加上他乱伦——追求自己的嫂子,这就照应了第 9 回贾瑞的出场亮相——"原来这贾瑞最是个图便宜没行止的人,每在学中以公报私,勒索子弟们请他,后又附助着薛蟠图些银钱酒肉,一任薛蟠横行霸道,他不但不去管约,反助纣为虐讨好儿。"① 同时也符合宝钗的议论"读了书倒更坏了。这是书误了他,可惜他也把书糟踏了"②。

  此外,舒本独特的第 9 回结尾,对秦可卿的形象也是一种合理化。秦可卿在第 7 回出现时,健康无病;第 8 回提到她一句;第 9 回没有露面;第 10 回,我们从尤氏口中了解她已病倒。刘世德先生认为,如果从因果关系的角度看待并连接薛蟠大闹学堂与秦可卿得病这

---

 ① 曹雪芹:《脂砚斋重评石头记:庚辰本》,人民文学出版社 2006 年版,第 204～205 页。
 ② 曹雪芹:《脂砚斋重评石头记:庚辰本》,人民文学出版社 2006 年版,第 969 页。

两个情节，秦可卿突然病倒就合理化了。①

第9回闹学堂，秦钟仅擦伤头上一层油皮，金荣还亲自磕头道歉，秦钟在学堂众人面前完全挣回了面子。金荣回家后虽欲立意大闹，但经过母亲斥责，最终偃旗息鼓。金荣的姑姑璜大奶奶本想为金荣出头，去找尤氏和秦可卿兴师问罪，一听秦可卿病了，尤氏又如此心疼媳妇秦氏，璜大奶奶"那一团要向秦氏理论的盛气，早吓的都丢在爪洼国去了"②，连提都不敢提。故此，刘世德先生认为，尤氏称秦可卿之病缘于别人与秦钟在学堂中的吵闹，这个"别人"不是金荣，更可能是薛蟠。舒本第9回伏下，第10回表现了"薛蟠与秦钟闹得天翻地覆"，薛蟠与秦钟是否打斗还在其次，薛蟠的身份地位及其毫无顾忌的个性言行，才会对秦钟的社会形象真正构成威胁，从而令秦可卿担忧不已、思虑成病。

刘世德先生在《红楼梦舒本研究》中，还从四个方面论证了二尤的故事在初稿中原本应该被安排在现今的第14回之后和现今的第16回之前。但是，二尤的故事被往后挪移了50回左右的篇幅。③ 之所以有这种改动，是因为二尤都是"风月宝鉴"的内容，挪后是为了避免冲淡宝黛钗的主线：

> 从艺术表现上说，在初稿写出后，曹雪芹同样需要芟除枝叶，以突出主干。贾宝玉、林黛玉和薛宝钗的恋爱、婚姻故事是全书的精华，也是全书的中心线索，他必须采取一切艺术手段，使这条线索起贯串全书的作用，尤其不能使它停滞、中断，甚至退避一侧，造成喧宾夺主的局面。④

但是，除此之外，是否还有另一种意义呢？浦安迪认为，由于《红楼梦》是中国文化中的一部百科全书，因此不能只就这本书谈论

---

① 参见刘世德《红楼梦舒本研究》，社会科学文献出版社2018年版，第165页。
② 曹雪芹：《脂砚斋重评石头记：庚辰本》，人民文学出版社2006年版，第222页。
③ 参见刘世德《红楼梦舒本研究》，社会科学文献出版社2018年版，第130页。
④ 刘世德：《红楼梦版本探微》，华东师范大学出版社2003年版，第56页。

它的"原型",而必须从整个中国文化的"原型"来反观。① 浦安迪认为,"阴阳""五行"宇宙观是中国文化中根本的宇宙学说和"原型格式"(archetypal pattern),并用自铸的两个术语来概括它的基本内容:一个与"阴阳"说相应,叫做"二元补衬"(complementary bipolarity),代表两个对立因素互相济补、互相交叠、彼此替代、反复无穷的关系;另一个与"五行"说相应,叫做"多项周旋"(multiple periodicity),代表多种相关因素相生相胜、循环不已的关系。

将二尤故事挪后的安排,使得前面有数十回比较密集地表现少男少女和好、争吵、葬花、共读、作诗、起誓的纯情,而后是几回比较密集的二尤与贾蓉厮混,贾琏情遗九龙佩,尤三姐戏弄贾珍、贾琏的情欲场面,如同"二元补衬"一样,大开大阖,兔起鹘落,写尽两极变化,更重要的是情淫的比重显然是"重情轻欲"。

前80回中,秦氏和贾珍乱伦、王熙凤和贾蓉暧昧、贾天祥正照风月鉴、贾琏和多姑娘鬼混,以及二尤故事,这些绝大部分发生在宁国府的与肉欲有关的情节,都隐约暗示了在《红楼梦》成书之前有一个《风月宝鉴》的底本,《风月宝鉴》出现在《金瓶梅》、才子佳人小说的创作发展过程中是自然的,但曹雪芹决定改写和超越,于是大量删削《风月宝鉴》的内容或以侧笔出之,同时创造了一个"意淫"的超越纯粹肉欲的情的乐园。②

畸笏叟等人因秦可卿曾为贾府大家族的未来做过长远考虑,命曹雪芹将其涉及"淫丧天香楼"的情节删去。那么,曹雪芹删除薛蟠与秦钟大闹的情节,挪后二尤的故事,是否也同样出于对《红楼梦》"删俗存雅""重情轻欲"整体效果的考虑呢? 16世纪的作品如《金瓶梅》,集中于欲,也就是"皮肤滥淫";17世纪的作品如《金云翘传》《好逑传》《定情人》,集中于情,或者说"意淫"。曹雪芹对这两者都不以为然,这在他"更有一种风月笔墨,其淫秽污臭,涂毒

---

① Andrew Henry Plaks. *Archetype and Allegory in the Dream of the Red Chamber* (New Jersey: Princeton University Press, 1976), p. 11.
② Li, Wai-yee. *Rhetoric of Fantasy and Rhetoric of Irony: Studies in Liao-chai chih-i and Hung-loumeng*. New Jersey: Princeton University Press, 1988, p. 263.

笔墨，坏人子弟，又不可胜数。至若佳人才子等书，则又千部共出一套，且其中终不能不涉于淫滥"①的前言和他描写贾母对说书掰谎的态度都可以看出。因此，在"劝百惩一"的色情白话小说以及千篇一律的才子佳人小说潮流中，曹雪芹冲破了藩篱，《红楼梦》虽不是横空出世，但确实堪称独步。

《红楼梦晢本研究》《红楼梦舒本研究》不仅是近年来《红楼梦》版本研究的力作，其相关考证和论断对深化《红楼梦》文本研究也颇具启发意义。

第三节 《红楼梦》研究的文化视野
——论孙逊先生的红学研究

孙逊（1944—2020年）先生虽然在红学、古典小说艺术理论、小说与宗教、都市文学与文化、域外汉文小说研究等诸多领域均取得了丰硕成果，但红学是他涉足最早，"也是他一生的学术底色"②。

孙逊先生代表性红学论著有《红楼梦脂评初探》（上海古籍出版社1981年版）、《红楼梦与金瓶梅》（与陈诏合作）（宁夏人民出版社1982年版）、《红楼梦鉴赏辞典》（主编）（上海古籍出版社1981年版）、《红楼梦探究》（台湾大安出版社1991年版）。代表性论文有《试论〈红楼梦〉的形式美》《着力开掘〈红楼梦〉的哲学意蕴》、《论〈红楼梦〉的三重主题》、《曹雪芹审度人生的三个视点》（与詹丹合作）、《曹雪芹、脂砚斋、畸笏叟三者关系之探寻》、《关于〈红楼梦〉的"色""情""空"观念》、《脂批和我国古典小说评点派》、《"红楼文化"论纲》、《〈红楼梦〉对于传统的超越与突破》、《〈红楼

---

① 曹雪芹：《脂砚斋甲戌抄阅再评石头记》，沈阳出版社2005年版，第12～13页。
② 潘建国：《开疆拓土研稗史，三生无悔梦红楼——孙逊教授的古代小说研究》，载《文学遗产》2021年第5期，第176页。

梦〉的文化精神》、《〈红楼梦〉人物与回目关系之探究》、《名著改编与经典代读——论新版〈红楼梦〉电视剧的成败得失》(与詹丹合作)、《"情情"与"情不情":〈红楼梦〉伦理文明和生态文明的现代阐释》。细绎孙逊先生的红学研究脉络,要之,依托文本,万变不离其宗。进而,孙逊先生在红学方面的脂评研究、文学批评研究、图像研究、影响与传播研究、文化生态研究等一系列研究更体现出了"时敏日新"之特色,表现出《红楼梦》研究的闳通文化视野。如何在济济群才的红学研究领域脱颖而出,孙逊先生的选择是以扎实文献为功底,依托文本进行跨学科多面向研究,除了学术文章自身的成就和价值之外,其治学理路和文化视野尤值得后学启思。

一、别开生面:史料学之外的脂批美学研究

孙逊先生的成名作《红楼梦脂评初探》出版后不仅广受红学大家的赞誉,如周汝昌推举其为"红学史上第一部脂学专著""对红学是一个很大的贡献"①。冯其庸在手稿中赞其是"全面而系统地研究脂评的第一部专著,它填补了我国红学研究的一个空白"。在经历了学术长河冲刷的几十年后,仍被不少学者推为"让不少研究者有耳目一新的感觉"②,"脂批研究的代表作,也是新时期红学领域最有影响的作品之一"③,指出其在"脂评研究史上具有里程碑的意义"④。那么,它在红学史上缘何如此重要?

孙逊先生的红学研究率先发现了独立于史料学之外的脂批美学价

---

① 孙逊:《我和20世纪80年代的古代小说研究》,复旦大学出版社2016年版,第183页。
② 詹丹:《一生挚爱在红楼——追忆我的导师孙逊先生》,载《红楼梦学刊》2021年第2期,第249页。
③ 梅新林:《守望文苑燃青灯——深切缅怀孙逊先生》,载《红楼梦学刊》2021年第2期,第229页。
④ 黄霖:《文章千古事,名声岂浪垂——〈孙逊先生学术文集〉序》,载《红楼梦学刊》2021年第4期,第105页。

值。脂批既然如此重要，它的秀异之处何在？孙逊先生不仅由从宋到清这样一个大的历史跨度来审视脂批出现的必然性，也从明清小说评点的比较中见出脂批的特殊性。通过对小说评点派的历史发展脉络梳理可见，从宋末元初刘辰翁对《世说新语》的评注，到李卓吾、金圣叹评点《水浒传》，毛宗岗父子评点《三国演义》，张竹坡评点《金瓶梅》，但明伦评点《聊斋志异》，卧草闲堂、张文虎评点《儒林外史》，和脂砚斋、王希廉、张新之、姚燮评点《红楼梦》一起，形成了一种传统文学批评形式。① 而脂批尤其因很多前人未及的思想和观点使其超出群俦。李卓吾提出了"先有说"，也就是第一次形象地提出了艺术来源于生活；金圣叹提出了"十年格物而一朝物格"，也就是在长期观察揣摩和体验的基础上去塑造人物；张竹坡提出了"入世说"，也就是作家要深入生活、体验经历；脂批则强调以作家"亲睹亲闻"作为创作基础，人物、事件、语言、细节都有亲历的特点，标志了古代现实主义小说理论的一步步成熟。金圣叹首先把性格的概念引进了小说评点领域；毛宗岗父子和张竹坡等人也对小说中人物性格的塑造提出见解，但不出金圣叹的篱范；脂批则注意并提出了人物性格的丰富性和复杂性问题，这一点有类于西方的"圆形人物"说，宝玉、黛玉、宝钗、凤姐、袭人、晴雯，都很难用一个侧面简单概括。脂批还提出了"典型性"的问题，宝玉并不是生活中某一个真实的人的实录，但却是一个具有普遍意义的典型。另外，脂批还从《红楼梦》的人物、情节、命名、园林、器物、结构、炼字等各个方面强烈地呼吁破除陈腐旧套，也反映了小说创作突破公式化概念化倾向的要求。

除了脂批的历史定位，孙逊先生还从具体细处剖析脂评的艺术价值。脂批揭示了人物的深层性格，避免"恶则无往不恶，美则无一不美"的片面性描写，体现了现实主义的文学创作原则，事件、人物和细节都有一定的生活真实性。脂评在小说创作方面也总结出来一

---

① 参见孙逊《脂批和我国古典小说评点派》，载《红楼梦学刊》1992年第2期，第37~58页。

些规律,比如说善于做对比描写,却又"特犯不犯";人物语言性格化,"闻其声而知其人";结构上章法多变,避免千篇一律的重复感;词句上讲究炼字,如宝玉"猴"在凤姐身上要牌,用"眉立"写凤姐发怒,形容两骑马用"压地飞来",等等,用字得神。① 值得注意的是,孙逊先生并非斤斤奉脂评为圭臬,而是从辩证的角度,既指出它在评点艺术上的独创一格,也指出它的部分腐朽与落后之处。例如,把《红楼梦》的主旨当作"怀闺秀"和"梦""幻""色空",是对小说旨义的歪曲;曹雪芹或曾有"补天"之志,但脂批把"无才补天"作为曹雪芹"一生惭恨"的贯穿一生的思想,存在曲解;脂批提出的"钗、黛合一论"抹杀了艺术典型之间的区别;在对小红、优伶等一些人物的评价上,以及宿命论、人生无常和出世思想上存在一些腐朽封建的思想意识;在对一些人物的命名、诗作以及小说的章法评价上有着过于讲求形式主义的不足。

孙逊先生的红学研究具有敏锐的问题意识,经常"迎难而上",可以体现在对脂砚斋的身份探讨上。关于"脂砚斋"是谁一直是一个聚讼所在。周汝昌在《真本石头记之脂砚斋评》中提出脂砚斋是史湘云的看法。美国学者中,唐德刚和周策纵分别表示赞同和反对。赵冈在《脂砚斋与红楼梦》中认为,脂砚斋是曹颙遗腹子,曹雪芹的堂兄。翁同文的《补论脂砚斋为曹颙遗腹子说》进一步加强了赵冈说法的说服力。但刘广定《脂砚斋非曹颙遗腹子考》提出,脂砚斋可能是曹頫的幼弟。

孙逊先生认为,曹雪芹和脂砚斋并非一人,不会自写自评故弄玄虚;脂砚斋与畸笏叟是二非一,两者从语气、年龄上都有一定差别;脂砚斋应为曹雪芹的平辈,而畸笏叟则为两人的长辈;并进一步推断有可能畸笏叟为曹頫,脂砚斋为曹頫之子,与曹雪芹为堂兄弟关系。② 孙逊先生还通过归纳发现很多批语透露出小说素材发生的时间

---

① 参见孙逊《"脂评"思想艺术价值浅探》,载《红楼梦学刊》1980年第2期,第243~259页。

② 参见孙逊《曹雪芹、脂砚斋、畸笏叟三者关系之探寻》,载《红楼梦学刊》1991第3期,第21~34页。

在抄家之后，那么曹雪芹不具备曹家盛时的生活经历因此不可能创作出《红楼梦》的说法是站不住脚的。孙逊先生还在脂批的基础上对《红楼梦》的某些情节进行探佚，通过考订探讨《红楼梦》是否写了110回，也就是前80回后只有30回；"十独吟"的作者是林黛玉而非宝钗或湘云，是自我的感愤而非对《红楼梦》中十个女子的命运伏笔；因麒麟伏白首双星指的是湘云与卫若兰终成眷属，最后却如牛郎织女永远生离，并非最终嫁与宝玉；香菱应终为妾室最后被折磨致死而非后40回中被扶正又生子；孙绍祖作为"中山狼"应该不止害死迎春，可能还有忘恩负义、构陷贾家的情节。① 《红楼梦》除正册、副册、又副册之外，应还有"三副"与"四副"以记录更低阶层的小丫头，红玉（小红）应为"三副"之冠首。小红在前80回中分量不低，有两回回目即第20回《醉金刚轻财尚义侠　痴女儿遗帕惹相思》和第26回《蜂腰桥设言传心事　潇湘馆春困发幽情》都写过小红，并着重写小红与贾芸的情事。80回后，狱神庙中，小红和贾芸搭救了落难的凤姐和宝玉，因此此前的铺垫都是千里伏线。根据这些小说具体情节和脂评，今本后40回中贾芸变为参与出卖巧姐的无赖不符合原作意图。② 正是在广泛占有材料的基础上，孙逊先生对曹雪芹、脂砚斋、畸笏叟三者之间的关系，以及《红楼梦》中某些人物的结局得出了比较令人信服的判断。

在脂批研究的基础上，孙逊先生还做了延伸性的研究。脂批曾多次提及《红楼梦》原稿有《情榜》，分别把"情不情"和"情情"作为宝黛二人的定评，但个中含义亦是"难解其中味"，孙逊先生从哲学形而上的层面分析了这五个字丰富、复杂和深刻的内涵。③ "情情"和"情不情"既有伦理文明思想的体现，比如说爱情专一、情

---

① 参见孙逊《红楼梦探佚（一）》，载《上海师范大学学报（哲学社会科学版）》1979年第1期，第87～95页。
② 参见孙逊《论"三副"之冠红玉》，载《红楼梦学刊》2009年第1期，第3～10页。
③ 参见孙逊《"情情"与"情不情"：〈红楼梦〉伦理文明和生态文明的现代阐释》，载《红楼梦学刊》2014年第3期，第1～15页。

有独钟,同情弱者、平等待人、关心和呵护所有同气相求的人,尊敬长辈、友爱兄弟,但在原则问题上不让步,兄弟之间"尽其大概的情理"。视天下万物皆有情而去善待和体贴,也是《红楼梦》"情不情"在人与自然关系上对生态文明意识的具体阐释。这种伦理文明和生态文明体现了曹雪芹深刻的悲悯情怀,使其成为一个伟大的人文主义者。

二、导夫先路:《红楼梦》之人文地理、图像与影视研究

孙逊先生的红学研究具有高度的时效性,甚至不少具有超前性。例如,1970 年代末 1980 年代初,面对余英时"考证红学"面临"技术崩溃"的问诘,周汝昌提出了"红学四大支:曹学、版本学、探佚学、脂学",尤其像版本学、脂学等不但是值得考证并可以应用于考证的,而且不必"外求",不必仰赖新资料,以此来对抗"崩溃论"。① 而就在 1981 年,孙逊先生即由上海古籍出版社出版专著《红楼梦脂评初探》,全书主要从脂本、脂评和评者概述,脂评价值浅探,脂评糟粕批判,脂评历史地位试论这些方面系统地探讨了脂评,可以说撷得东风第一花。又如《红楼梦》的主题是 20 世纪 80 年代被探讨得最多,同时也是争论最大的一个问题,爱情主题、政治主题、反封建主题、衰亡史主题等众说纷纭。在经过深入论证后,孙逊先生提出了《红楼梦》三重主题说,分别为文学审美层次、政治历史层次和哲学层次,这三重主题又依次通过青春、爱情和生命的美以及这种美的被毁灭,社会阶级斗争和政治斗争,以及小说所展示的对人生和社会经过深沉思考而得到的启示和彻悟体现。② 虽然宝黛钗的情感纠葛如此高妙感人,但显然妙玉、晴雯、鸳鸯等人的悲剧无法用

---

① 参见张惠《中美红学的交锋与双赢:周汝昌与余英时对当今红学研究格局之贡献》,载《红楼梦学刊》2012 年第 5 期,第 174~194 页。
② 参见孙逊《论〈红楼梦〉的三重主题》,载《文学评论》1990 年第 4 期,第 103~114 页。

爱情主题予以囊括，而用文学审美则可兼美容纳；护官符和乌进孝进地租、贾雨村胡乱判案和贾珍违制给秦可卿用坏了事的老千岁的棺木，以及贾府最终的抄家又确乎属于社会阶级斗争与政治斗争；《好了歌》体现的色空辩证转化，以及以情为中心建构的庞大而有序的生命体系这些深层哲理，又使《红楼梦》超越一般小说"隽立千古"。进而，在明清小说的发展序列上，《金瓶梅》到《红楼梦》的迭代也体现了从"纵欲"到"钟情"的人生哲学演进。孙逊先生的三重主题说多层次立体地阐释了《红楼梦》的丰富和宏大。

近年来，方兴未艾的人文地理学，尤其是人本主义地理学一派，以人为中心，致力于观察具有特殊空间概念的文学结构，孙逊先生则在20世纪90年代就已实践了这一学说。1991年，孙逊先生就曾经与陈诏、吴新雷和康来新等教授共同策划了一次"红楼梦之旅"，以北京、南京、扬州、苏州、杭州、上海为线，从北到南沿途考察探寻与曹家有关的遗迹，和产生《红楼梦》的人文历史及山川地理背景。① 在北京，团员们拜访了传说中的大观园——恭王府，北京西山的曹雪芹纪念馆、右翼宗学和平郡王府。在南京，游览了曹雪芹祖父曹寅和舅公李煦为官的两淮巡盐御史官署，曹寅刊刻《全唐诗》的地点天宁寺，以及曹寅接驾的高旻寺。在林黛玉的故乡苏州，观赏了当年织造府的正门和西花园遗址。在扬州西园饭店，品赏淮扬风味的"红楼宴"，深入了解《红楼梦》饮食文化。在上海则召开座谈联欢会，不但介绍上海的红学家及其主要研究成果，同时邀请上海最负盛名的一些艺术表演家即兴表演了和《红楼梦》有关的节目，如徐玉兰的《问紫鹃》、岳美缇的昆曲《晴雯》等。通过这样的实地考察，深层体会《红楼梦》和社会生活之间的关系，由表及里地深入理解它的意义和价值。

2020年，经过学界推荐、文献调研、专家研讨评议、投票确定等程序评选出中国十大学术热点，其中第九个是"图像学视域下的

---

① 参见孙逊《古老的浪漫——台湾"红楼梦之旅"琐记》，载《红楼梦学刊》1991年第3期，第139~142页。

文学艺术研究"。而孙逊先生的《红楼绝唱——论刘旦宅〈红楼梦〉绘画艺术成就》,梳理了刘旦宅上承晚清红楼画、下开当代画的承上启下,继承与超越的成就。在内容上,刘旦宅拓宽了绘画的题材,比如说除了宝钗扑蝶之外,还画了宝钗抽取牡丹花签;除了黛玉葬花之外,还画了她留得残荷听雨声;除了晴雯补裘之外,还画了她撕扇的瞬间,另外还给《红楼梦》中的大小丫鬟存照。除了对女性个体的刻画,还有对女性群体的写照,比如作为小品的4人栊翠庵品茶和作为巨制的21人藕香榭咏菊,都构思精巧,刻画入微。在审美情趣上,刘旦宅把晚清以来仕女画以"工愁善病"为取向的病态美改变为健康美,体现了新变和突破。在"还原原著"方面,刘旦宅降低了画作中人物的年龄感,更贴近原文的青春美和生命美。除了卷轴、册页、手卷、通景屏这些传统绘画形式,刘旦宅还将红楼画和现代生活相结合,比如说以《红楼梦》为题材的邮票、明信片、月历和邮币卡等等。① 孙逊先生较早地探讨了文学著作及其衍生的图文关系,分析了图像阐释作品表现上的异同,并在重视图像的内容和形式的同时,关注了图像的社会性外缘。另外,孙逊先生在论证《红楼梦》的形式美方面,所揭橥的"天然图画","以形写神"和对称对比,实际上也是借用了绘画的眼光来重新谛视《红楼梦》。②

《名著改编与经典代读——论新版〈红楼梦〉电视剧的成败得失》借鉴了脂批所说避免"恶则无往不恶,美则无一不美"的批评标准,也指出2010年版的可取之处:其一是剧本改编以数百年来通行的120回本《红楼梦》为底本,具有相对广泛的接受基础。其二是大量采用小说原文,并以旁白的方式予以呈现,既对画面表现之不足有所弥补,也让观众体味到《红楼梦》原文的语言之美。其三是某些比较契合人情的增益,如宝钗遵从母命不得不以"调包计"的方式出嫁,不由泪滴红锦。但是2010年版的弊端在于:一是追求

---

① 参见孙逊《红楼绝唱——论刘旦宅〈红楼梦〉绘画艺术成就》,载《红楼梦学刊》2016年第1期,第315～320页。

② 参见孙逊《试论〈红楼梦〉的形式美》,载《红楼梦学刊》1982年第2期,第37～63页。

"忠实于原著",却形似而神不似,按照120回本的叙事时间和空间亦步亦趋,却又用影视技术的快速推进在情节展开中不断插入,破坏了节奏。二是以今律古,不讲究长幼之序、男女之别、主奴之分,误读时代与历史。新版《红楼梦》电视剧最大的失误在于没有塑造成功的典型人物,演员们对宝玉、黛玉、宝钗以及凤姐等主要人物揣摩不透,言行表演不够准确,贾母的表演过于西化和过火,人物刻画缺乏层次感。由于无力表现人物的丰富心理世界,只能用画外音,或孤立的一段衣裙、一双绣鞋的特写予以填补或遮掩。① 通过对2010年版《红楼梦》电视连续剧成败得失的探讨,进一步讨论了经典如何传达的问题,对"经典代读"这种文化消费方式能否传承文化予以深入剖析,并希望通过阅读经典达到真正分享文化、传承文化,进而达到重建文化的目的。②

三、"时敏日新"之治学理路

在红学学术史各种细分领域之中,麟阁标名者大致只有首创、中兴与集大成者,其他后起之秀,即使臻尽才力,若不能达至三宗,终将屈人之后。而红学领域由于人才济济,论著汗牛充栋,容易出现内卷化(involution)倾向,③ 又称之为"过密化"。也就是当红学领域某种研究相当成熟之后,之后进入的学者除非有相当过硬的新材料,否则很难有新的突破,比如考据学中对曹雪芹本人以及他的祖、父乃至叔父等亲属辈的研究;又如文本研究中对《红楼梦》之人物、情节、结构的解读。

---

① 参见詹丹、孙逊《名著改编与经典代读——论新版〈红楼梦〉电视剧的成败得失》,载《文艺研究》2010年第12期,第5~12页。
② 参见梅新林、葛永海《经典代读的文化缺失与公共知识空间的重建》,载《中国社会科学》2008年第2期,第152~166、第207~208页。
③ 参见韦森《斯密动力与布罗代尔钟罩:研究西方世界近代兴起和晚清帝国相对停滞之历史原因的一个可能的新视角》,载《社会科学战线》2006年第1期,第76页。

因此，要真正厘清孙逊先生红学研究的价值和意义，需要思考两个问题：一为"为何突围"，二为"如何突围"。首先要有突围的意识。突围者，于自身，丈夫生世会几时，安能蹀躞垂羽翼；于学术，在原有红海中开辟蓝海，从而实现可持续性增长。进而，在具备"突围"意识之后，如何才能突围？也即珠玉在前，如何别开生面？和"内卷"形成隐然对应的为"演进"，引申为"进展，演变"。"突围"恰恰和"内卷"的反义词"演进"类似，含有"外求"之意。

回溯孙逊先生的红学研究，可见其由"时敏"达致"日新"。"逊志时敏"本是孙逊先生的座右铭，典出《尚书·说命下》"惟学逊志，务时敏，厥修乃来"①。认为世上万事万物，无时无刻不在变化之中，做学问亦如是。而《文心雕龙》在谈到文学创作的继承和革新时指出"文律运周，日新其业。变则其久，通则不乏"②。"时敏"在《尚书》中的本义是"时时努力"，此不待言，从1981到2021年，孙逊先生一直奋力在红学领域耕耘，虽于2020年去世，但2021年出版的集中体现了孙逊先生毕生的学术追求、学术视野和学术成就的《孙逊先生学术文集》共计五册，其中两册为《红楼梦》相关论著。基本上每两年就有一部或一篇有分量的红学论著或论文问世。

"时敏"亦可引申为在红学研究中孙体现出来对"时"的敏锐性。例如，黄霖提到，其于1986年就接触到汉文小说《红白花传》，但是那个时候却不知道有一大批由外国人用汉字写的小说，没有充分意识到它的重要性，虽然此后陈庆浩邀请其合作并进行全面的整理，但黄婉谢了。然而孙逊先生却勇挑重任，不仅陆续整理了东亚汉文小说，还率领团队成员写了一批有关的论文与专著，由此开辟出来了域外汉文小说研究的领域。③ 与此相似，孙逊先生之脂学研究，正是因

---

① 冀昀：《尚书》，线装书局2007年版，第108页。
② 冰心主人：《文心雕龙》，（台湾）大中书局1932年版，第216页。
③ 参见黄霖《文章千古事，名声岂浪垂——〈孙逊先生学术文集〉序》，载《红楼梦学刊》2021年第4期，第117～118页。

为在学术界大多把脂砚斋等人对《红楼梦》的评语作为史料来看待和使用时,孙逊先生从美学角度对其进行研究,故在当时能够独树一帜。而孙之所以能够在脂批研究中闯出一条新路,也是敏锐地察觉出学界对小说理论批评开始重视,如叶朗指出"脂砚斋本人的美学思想也有不少合理的内容",呼吁"重新研究和重新认识脂评的价值,实事求是地承认脂砚斋对于我国古典小说美学的发展所做出的有益的贡献"①。美国的王靖宇亦提出脂批有一大部分和"诸如作者的'创作意图'、《红楼梦》的艺术成就等纯系文学批评的问题有关"②。因此,孙逊先生的脂批研究是"应时"而生发出的新的学术生长点。

又如,对刘旦宅红楼画的研究。1956 年上海筹建中国画院,刘旦宅成为该院最年轻的画师,年仅 26 岁。20 世纪 50 年代时,刘旦宅就绘制过《史湘云》,这幅画"标志着他致力于《红楼梦》人物画创作的开始"③。1981 年出版的《上海中国画院作品选集》中,只有刘旦宅、刘海粟、林风眠、谢稚柳、程十发等 11 位画家获得"在国内外享有很高声誉"的崇高评价。刘旦宅所绘《金陵十二钗》邮票,获得 1981 年全国邮票最佳奖。20 世纪 80 年代初,刘旦宅为新版《红楼梦》绘制了 24 幅插图,有意对最早的程甲本 24 幅版画④形成呼应。1990 年,台湾学人王大方指出"刘旦宅画红楼人物,大概到目前为止,尚无人能出其右",称赞《湘云眠芍》是"所见过许多仕女图中,最动人的作品"⑤。翌年,孙逊先生便发表《刘旦宅绘画艺术三题》,指出刘旦宅的红楼绘画"一反以往仕女画浓脂腻粉、弱姿病态的模式,开创了他自己富有时代和个性特点的艺术风格"⑥。

---

① 叶朗:《不要轻易否定脂砚斋的美学——就脂砚斋的评价问题与郝延霖、徐迟等同志商榷》,载《学术月刊》1980 年第 10 期,第 69 页。
② 王靖宇:《"脂砚斋评"和〈红楼梦〉》,载《红楼梦研究集刊》1981 年第 6 期,第 333 页。
③ 谷苇:《刘旦宅和他的红楼梦画册》,载《读书》1980 年第 10 期,第 100 页。
④ 参见张惠《程甲本版画构图、寓意与其他〈红楼梦〉版画之比较》,载《红楼梦学刊》2009 年第 3 期,第 319～332 页。
⑤ 王大方:《红楼说梦》,(台北)幼狮文化事业公司 1990 年版,第 161～162 页。
⑥ 孙逊:《刘旦宅绘画艺术三题》,载《上海师范大学学报》1991 年第 2 期,第 125 页。

2010年新版《红楼梦》电视剧播出后,舆论多偏向于批评。但是,孙逊先生立即撰写出来了学术文章予以评析,一方面,避免"恶则无一不恶"的偏颇,也肯定新版《红楼梦》的某些优长之处;另一方面,着重从学理角度剖析出它的不足。我们后学在做学问的时候,常常注重对文献的查找和分析能力,但是孙逊先生的红学研究透视出来,综合能力也非常重要,这个综合能力不仅仅是结合文学、历史和社会研究文献的能力,还有结合学术会议、国际学者交流勇于"外拓"学术生长点。其实有多位前辈学者已经做出了相应尝试,兹举数例以显。胡适在1910年之时是一个坚定的"索隐"派,他坚信作者绝不可能是曹雪芹,并认为《红楼梦》中"李""邢"实隐喻"理""刑"等等,这正是索隐惯用之法。然而,他经过了亲自翻译多篇西方短篇小说,格外有了对"作者"和"版本"的自觉意识,以此眼界,转注红学,独开"新红学"考证一脉。① 霍克思(David Hawkes)的英文全译本《石头记》(The Story of the Stone)第一至五卷分别出版于1973、1977、1980、1982、1986年,而宋淇在1974年就关注到霍氏译本,同时展开历时性研究,从而开创《红楼梦》英文全译本研究一派。吴组缃在1980年代就关注美国红学发展,甚至已经将美国红学之成果借鉴到自己的研究之中。② 周汝昌正是与美国学者对话,基于对美国学者所提出"考证红学已经行至眼前无路之困境"的争胜,反而将当时"红学"的内涵由单一"曹学"扩展为"曹学、脂学、版本学、探佚学"四支,不仅拓宽了考证红学的范围,而且也增添了考证红学的实绩,甚至有部分转化为1987年版《红楼梦》电视剧的情节如"贾芸小红探狱""刘姥姥救巧姐""凤姐机关算尽力诎而死"等等。胡文彬则先后编选出版了《台湾红学论文选》(1981)、《海外红学论集》(1982)、《香港红学论文选》(1982)、《红学世界》(1984)等数本论文集。而孙逊先生的红学研

---

① 参见张惠《胡适翻译小说底本及与其红楼梦研究之关系考》,载《中国现代文学研究丛刊》2013第8期,第162~178页。

② 参见张惠《吴组缃红学研究与创作交叉考论》,载《红楼梦学刊》2018第5期,第166~180页。

究则和他的域外小说的文献集成和阐释性、实证性研究先后进行。将孙逊先生和其他几位前辈大家的红学研究合而观之，一条突围的线索渐次可见，在本身"中学"夯实基础的前提下，不忘关注"西学"的新变与发展。这些学者或者开创出新的领域，或者焕发了新的学术青春，这种对于新领域的敏感，在很大程度上源自其对于跨学科甚至跨语种研究方法的重视。相比于将红学窄化为一家一派一地一国的思维，他们的视野更加闳通，"操千曲而后晓声，观千剑而后识器"，这实质上是扩大了自己取样研究的样本库，而古典学术与现代学术、中国学术与西方学术，其原理与方法很多时候都是千丝万缕紧密相连，有文明共通互鉴之处，他山之石，可以攻玉，博观约取，豹变开新。

四、"文化视野"之红学史定位

纵观红学史，脂批本身蕴含了索隐、考证和文学批评的种子，现代红学初创阶段，蔡元培、胡适、王国维分别在这三个研究领域各为翘楚。后来胡适新红学强调作者个人的"自传说"一骑绝尘，形成对其他领域的压倒性优势，与20世纪五六十年代强调社会意义的"社会说"共同构成了红学研究史上的两大"显说"。但新红学韶华胜极之时，径将《红楼梦》小说本身排除在红学研究领域之外，引起余英时的质疑，故在20世纪70年代提出结合胡适之考证与俞平伯、宋淇、夏志清之文学研究，推举"文学考证"的"新典范"。红学史发展到了孙逊先生这里，1975年他先是进入文化部参加《红楼梦》校注，广泛接触从全国各地调集来的各种《红楼梦》版本与脂批，在《红楼梦》的内容和版本方面打下了深厚的基础。同时，他和校注小组第一批成员包括李希凡、冯其庸、吕启祥、胡文彬、林冠夫、周雷、刘梦溪、曾扬华、应必诚等十余位大家朝夕相处，切磋琢磨。他的脂批研究既有文献学方面的意义，但亦体现出文学和文化学方面新变的气息。20世纪90年代和21世纪的两篇鸿文比较集中地阐释了孙逊先生对《红楼梦》文化研究的"总纲"。前者《"红楼文化"论纲》指出并非每一部作品，甚至也不是每一部名著都能成为一种独立的文化现象，然而，《红楼梦》因兼备深刻丰富的文化意蕴和社会影响，是少数可以独立提出"红楼文化"概念的作品之一。它与儒家正统思想划清界限，具有反叛传统、重塑知识分子人格的历史意义。虽受老庄思想和佛家"色空"观念的影响，却超越佛道思想的范畴，而具有热爱生命、讴歌青春和爱情的崭新品格。描绘功名、富贵、生命、爱情、家庭永恒的变动，赋予小说前所未有的哲学意蕴。文学方面有诸多各自代表了一部分中国人的文化性格的艺术典型如宝钗、黛玉、刘姥姥、焦大等等，学术层面除了饮食、服饰、园林、风俗等诸多方面，更有古典文学研究中最有典范意义的红学研究。从而使"红楼文化"成为一个丰富复杂的学术研究课题，并可以进行当代社会转化。① 后者《〈红楼梦〉的文化精神》阐析它从以往小说《水浒传》《三国演义》着力摹写男性世界转为表达女性世界，从《金瓶梅》的"性思维"转为"情本位"，其"情本位"既包括新的以爱情为基础的情爱观，也包括以尊重和关爱女性为核心的平等精神，以及体贴和善待万物的博大情怀。② "情文化"不仅仅与"欲文化"相对应，关键还跟"礼文化"对应，让变得空洞教条的礼仪建立在自然情感的基础上，也是真假关系的重构。"当维系人与人之间的礼仪日渐虚假时，怎样通过真情的充实或者重构，把适宜的人际关系重新建立起来。"③ 这是《红楼梦》"情文化"的高度意义。孙逊先生几十年来在红学方面的脂评研究、《红楼梦》主题研究、刘旦宅红楼画研究、人文地理、图像与影视、伦理文明和生态文明研究等等，正是这文化研究"总纲"之践履，并体现为"文学—文化—

---

① 参见孙逊《"红楼文化"论纲》，载《红楼梦学刊》1993年第1期，第236～245页。
② 参见孙逊《〈红楼梦〉的文化精神》，载《文学评论》1990第4期，第102～109页。
③ 詹丹：《理解〈红楼梦〉整本书的五个要点》，载《语文学习》2022年第4期，第66～70页。

文明"的立体研究架构，表现出一种闳通的文化视野。他是用扎实的文献来贯穿文学、文化和文明，才让文化视野的开拓有了坚实的基础。诚然，《红楼梦》文化研究并非自孙逊先生始，宋淇、周汝昌、胡文彬等诸位大家也曾经触及过这个领域。然而，孙逊先生是较为"自觉"和集中地对其进行了学理阐释和具体阐发，从而使得"《红楼梦》的文化视野"在孙逊先生的红学研究中带有较为突出和鲜明的印记，不仅仅是考证、小说学研究，甚至也不仅仅是文学研究，而是具有更宏大的包容性、更辽阔的边界、更新锐的探索，通过对《红楼梦》的文化发掘体现中国风格、中国气派。这是孙逊先生和多位大家矻矻所求，也试图为后学打开的新路径。

"传统的那种毕其一生、专攻一书皓首穷经的研究范式，已难适应新时期的学术研究形势，这在古代小说研究领域表现得尤为明显。学术研究要注重传承，更应强调超越，因此必须及时调整自己的研究姿态，不断开辟新的研究领域。"[①] 孙逊先生坐言起行，勇于外拓，给了青年学者非常有益的启示。

---

① 孙逊、潘建国：《不断拓展古代小说研究的新视野——孙逊教授访谈》，载《学术月刊》2001年第3期，第4～7页。

第八章 红学海外传播

第一节　柳无忌与美国汉学传播

柳无忌先生不但在美国红学和美国汉学研究中具有独特贡献，而且在教育方面别具眼光与方法。他一针见血地指出美国红学不同于中国红学的突出专长——"比较文学法"。他以两部著作——《中国文学概论》和《葵晔集》为载体，以教科书的"润物细无声"方式，更新了美国汉学的面貌；也高屋建瓴地指出美国汉学转型之深层原因，为进一步深入把握美国汉学的走向提供了难得的材料。他在教育方面的成就包括：在方向上推崇"先广而后专"，不提倡一开始便划定领域钻牛角尖，而是把底盘做大之后才能做深；在方法上注重参考资料法，不同于中国传统的"输入式"，而是"半导引式"，鼓励学生自有所得；在途径上鼓励开阔眼界，广泛参详日文和西文的著作，并要有比较文学的认识。

柳无忌先生身为著名诗人柳亚子先生的哲嗣，因"虎子出将门"而知名；也因全力推进海内外南社研究而广受赞誉①。与此同时，他还孜孜致力于海外汉学的传播，将南社精神——向海内外传播中国文学、中国文化——践履到著书立说与教育英才上："自1946年访美，开始从事中西文化交流的工作起，柳无忌做了两件意义非同寻常的事情：其一是在印第安纳大学创办东亚系，在北美培养了一大批从事中西文化交流和比较研究的人才；其二是写作、出版了英文著作《中国文学概论》(*An Introduction to Chinese Literature*)。"② 然而，他在海外汉学传播方面的成就长期以来并没有引起足够的重视和关注，因此本书将着重从这方面予以阐析。

---

① 1989年5月，柳先生发起的国际南社学会成立，主编《国际南社学会·南社丛书》，在海外传播南社精神；资助广东南社研究会编印《南社研究》丛刊，在国内建立学术交流园地。

② 李庸：《从柳无忌开始》，见柳光辽、金建陵、殷安如主编《教授·学者·诗人柳无忌》，社会科学文献出版社2004年版，第299页。

一、对美国红学的洞见体察

柳无忌先生对红学具有特殊的洞察力,曾颇有洞见地指出美国红学迥异于中国红学的独特专长。柳先生在少年时期便接触《红楼梦》,最初涉世不深,认识尚浅:"当时情窦未开,对《红楼梦》不感兴趣,觉得林黛玉啼啼哭哭的,太无聊,同情她的死,但并未洒泪。较可一读的,是宝玉闹学,刘姥姥进大观园,那几回怪有趣的。"①

但随着阅历的加深,他对《红楼梦》的体会愈深,因此在进行东西方文学比较之时顺手拈来:"把一个林黛玉放在维纳斯石像的旁边,这两位东西方的美人将形成多么强烈的对照。"②

直到古稀之年依然关注国内红学发展的柳先生,在得悉启功关于《红楼梦》研究的演讲后认为:

> 他把红学家分为三大流派:"新证派","版本派","砌末派"。关于这一点,我可以给他添加在国外研究有成绩的"比较文学派"。③

柳先生的话虽然简洁,却是洞察之后的浓缩。受美国学界的"理论热"的深刻影响,以西方现代批评理论为基础的批评和阐释一直贯穿了美国红学研究近40年。从1977年到1999年,"反讽"这一批评概念持续出现;从1976年到1993年,"寓意"说不断加以深化;

---

① 柳无忌:《古稀人话青少年》,见柳光辽、金建陵、殷安如主编《教授·学者·诗人柳无忌》,社会科学文献出版社2004年版,第10页。

② 柳无忌:《西洋文学与东方头脑》,见柳光辽、金建陵、殷安如主编《教授·学者·诗人柳无忌》,社会科学文献出版社2004年版,第112页。

③ 柳无忌:《柳无忌散文选——古稀话旧》,中国友谊出版公司1984年版,第217~218页。

从1985年到1992年,"互文性"研究遥相呼应。从20世纪80年代初产生的"阐释法"到20世纪90年代成熟的"双向阐释"理论,借用理论研究,将《红楼梦》重新拉回文学研究的轨道,突出其文学文本的文化视域,逐渐形成美国红学中比较与阐发的研究模式。美国红学研究者所做研究的具体内容虽然林林总总、各不相同,总体则可大致分为两种走向:一种是《红楼梦》与中外文学的比较。在中国文学的比较方面侧重于《红楼梦》对《金瓶梅》的继承以及《红楼梦》《西游记》《水浒传》《聊斋志异》等其他小说的艺术异同,以中国本土的其他小说甚至更广泛的其他文类作为参照,探索《红楼梦》在中国小说甚至中国文学中的特异文体特征。在外国文学的比较方面以异国文学作为衬托,来凸显《红楼梦》的世界性文学价值。从透视角度来看,他们或者纵向追溯小说发展史,或者横向比较中西小说的异同,但都试图从整体上予以把握,并展示《红楼梦》的殊姿异态。一种是对《红楼梦》本身意义的发掘与阐释,其中又以哲学、宗教和伦理学含义的阐发为上。哲学和伦理学上的"自我"作为核心批评概念长盛不衰;以西方的"情感""爱""情欲""欲望"等概念对原著中的"情"进行阐发的论著也屡见不鲜。这是汉学在美国作为非主流学科适应美国"实用性"(即关注所进行的研究对现实生活的指导或参考意义)要求的结果,故而对《红楼梦》的研究有三个层面:对《红楼梦》文学含义的发掘,对《红楼梦》代表中国传统文化的价值发掘,对《红楼梦》哲学意义的发掘。因为这里所说的文学是《红楼梦》自身的,文化是中国独有的,只有哲学是世界共通的,所以,美国红学对《红楼梦》的探索,具有"文学—文化—文明"的多元共生特点。

美国红学学者之所以能够在引西方理论和比较文学研究《红楼梦》方面取得较大成绩,和他们的研究背景不无关系。

一方面,这些学者一般都在教授西方文论,当他们研究中国文学时,易于把两种文化传统连接到一起,进行"在者"与"他者"的对话:

在一个更大的规模上，所有西方学者对中国文学的研究都是用的这种方式。我们的环境，我们生活于其中的文化，我们必须与之交谈的学生和同事，自然形成了我们探讨中国文学的一种方式。当这种方式处于最佳状态时，它能为中国文学提供新颖的观点，既不离奇，也不牵强。①

另一方面，美国红学有一个极好的人才资源背景。特别是在第二次世界大战后期，来自欧洲和中国本土的学者的涌入，使得北美汉学研究在继承欧洲汉学的学术传统之外，同时秉承着中国近现代名校历史文化、古代文学研究领域中的良好学术传统。半个世纪以来，北美汉学能够迅速发展，渐次成为国际汉学中心的主要原因，除了承袭欧洲的传统外，还在很大程度上得益于中国学者，这是它与欧洲汉学传统研究最大的差异之一。② 属于汉学子目之一的美国红学，自然也秉承了同样的优势。美国红学的华裔学者，既受到中国本土文化的熏陶，又对西方文化有深切的了解，相对于一般西方学者而言，他们在跨文化的比较研究中具有更多的优势和便利。

自20世纪80年代以来，中美红学交流逐渐增多，也愈来愈认识到互通有无、取长补短的重要性。而知其何者为长为"拿来主义"之始，故而我们更应感谢柳先生所提出的方向性意见。

二、美国汉学的桥梁和纽带

美国印第安纳大学曾经这样高度评价柳无忌先生：

> 作为传统中国与现代纪元的纽带以及中西文化的桥梁，柳教

---

① 宇文所安：《神女之探索——英美学者论中国古典诗歌序言》，见莫砺锋编《神女之探索——英美学者论中国古典诗歌》，上海古籍出版社1994年版，第1～4页。
② 参见傅刚《'98汉学研究国际会议文学分会述要》，载《中国社会科学》1999年第1期，第181～189页。

授的贡献使他的学生和同事乃至整个国际社会获益匪浅。①

首先,柳先生用力最多、成就也最显著的当数《中国文学概论》。20世纪50年代初在耶鲁大学讲授中国文学时,柳先生就有意编写一部中国文学史;1958年,胡适审阅了柳先生草拟的大纲并提出了一些意见;历经8年,《中国文学概论》于1966年最终定稿,并在印第安纳大学出版社出版。与一般文学史写作不同,柳先生的《中国文学概论》没有做硬性的"古代""现代""当代"的时代划分,而是从中国语言文字的产生至《诗经》的出现一直谈到现代的实验与成就,把中国文学作为一个整体介绍给西方。其著作虽然在诗词曲的介绍和论述上严守矩镬,但也时有鲜明的个人特点,比如以《西游记》《金瓶梅》《红楼梦》《儒林外史》作为中国最优秀长篇小说的代表而非通识的"四大名著";认为直到20世纪把西方小说介绍到中国来,中国作家才认识到情节结构的重要性;反对把京剧当作具有不朽价值的文学杰作而认为应将其归入通俗戏剧。虽然其观点还可商榷,但其中表现出的才胆识力令人称道。因此,它的意义远远不止于一部文学史,而是作为连续文化的载体对西方人认识中国文化发生影响从而具有一种"大文化"的价值。"据我在美国的亲友说,这本书许多图书馆都有,对在美国宣扬中国文学起很大作用。"②

1975年,柳无忌先生又与罗郁正先生合作编撰了介绍中华民族五千年诗词的《葵晔集》,有中、英文两个版本。这本书内容丰富、体例完备且独特,从而广受好评,出版后在美国出版界也引起了轰动,不到半年即印行17000册,不久即被列为美国"每月读书俱乐部"的副选本。美国书评界权威报刊《纽约时报》"星期日书评"专刊于当年12月21日在首页刊出勃朗大学的大卫·拉铁摩尔(David Lattimore)教授撰写的长篇书评,称该书是一部划时代的作品。该书

---

① *Indiana University*: *To Shirley Liu Clayton*,见柳光辽、金建陵、殷安如主编《教授·学者·诗人柳无忌》,社会科学文献出版社2004年版,第293页。

② 吴炎:《缅怀柳无忌先生》,见柳光辽、金建陵、殷安如主编《教授·学者·诗人柳无忌》,社会科学文献出版社2004年版,第426页。

还分别于1975、1983、1990、1998年多次由纽约道布尔戴出版社与印第安纳大学出版社再版，25年中从未间断过。而且由于它收录了从《诗经》到当代共145位诗人的800多首诗、词、曲作品，英文版中则收录了50多位译者翻译的近1000首诗、词、曲作品，附录中还包括了诗、词、曲作品及作者的详细背景介绍，中国朝代与历史时期表，极大地便利了愿意深入了解中国文学的西方读者。《葵晔集》因其丰富的知识性和涵盖性，成为美国东亚学系的教科书以及中美文化交流的桥梁。从1976年开始，美国多家大专院校采用《葵晔集》作为讲授中国文学的课本。这两本论著奠定了柳先生在美国汉学方面的"桥梁""纽带"地位。

其次，柳无忌先生还身在其中地体察到美国国策对美国汉学转型的影响。早期美国汉学还不能脱离欧洲风格的影响，可谓欧洲汉学的延伸或移植，"当时汉学西书作者共145人，美国为23人，其中一半不识中文"①。但20世纪五六十年代之后，集团协作和组织管理的美国风格占据优势，成为美国汉学的转向。造成这种现象的原因固多，美国国策的影响不可忽视：

> 在20世纪50年代的末期，美国国会通过了一项"国防教育法案"，鼓励美国青年学习外国语言。所以与国防有关，无非是知己知彼的意思，因为在法律中规定要修习的外国语，当时，大部分是与美国为敌国的语言，如中、苏与东欧，还有一些远东、近东以及非洲的语言。政府在各大学广设奖学金，成立研究中心，以招揽学生，学习西欧以外的语言。②

基于此计划，福特基金会在1960—1962年期间为哈佛大学、密歇根大学、华盛顿大学、普林斯顿大学、康奈尔大学、哥伦比亚大

---

① 桑兵：《美国汉学的转向》，见"国学网"（http://sino.newdu.dom/m/view.php?aid=19238）。

② 柳无忌：《柳无忌散文选——古稀话旧》，中国友谊出版公司1984年版，第129页。

学、斯坦福大学、宾夕法尼亚大学、耶鲁大学等15所大学提供了10年期和5年期的用于非西方研究的总计达2650万美元的捐助款项。[①] 据统计，1959—1970年，联邦政府对中国研究的拨款总额达到1504万美元，高校对中国研究的投入近1500万美元。[②] 相比于1928年全美高校选修中国课程的学生人数不超过6000人[③]，1960年全美高校选修中国课程的本科生已超过17000人。高校中增设为数不少的教学研究职位，1960年担任中国课程教学的专职教师达到480位[④]，而且数字还在上升，到1969年增加到550～600位[⑤]。

这项国策具体到对美国汉学研究而言，因为政府在各大学广设奖学金，成立研究中心，首先是提供了相当数量的教席，中国文学方面学有专长的教师能够学以致用，能够把他们对中国文学的理解和认识传授下去。其次是培养了一大批优秀的学生。由于这一国策的推行，学生能够比较便利地得到学习中文的机会，能不依赖翻译的二手资料而直接阅读原始文献并结合天分和学识形成自己的认识。同时，教师在育人过程中，教学相长，也在不断发表自己的新成果；反过来，这些新成果又作为资源被学生所继承。从20世纪60年代开始，美国风格的汉学逐渐发展和兴盛起来。而柳先生正是受此国策的影响，研究领域从英国文学过渡到中国文学，职业问题也随之解决，从而在一个宽松、自由的环境内研究学术，并"得天下英才而教育之"。

---

① 参见韩铁《福特基金会与美国的中国学》，中国社会科学出版社2004年版，第139～142页。

② John M. H. Linbeck. *Understanding China：An Assessment of American Scholarly Resource* (New York：Praeger, 1971), p.79.

③ Edward C. Carter. *China and Japan in Our University Curricula* (New York：American Council, Institute of Pacific Relations, 1929), p.37.

④ 参见宋晞《美国的汉学研究》，见陶振誉主编《世界各国汉学研究论文集》（第一辑），中国文化研究所中华大典编印会1962年版，第158页。

⑤ John M. H. Linbeck. *Understanding China：An Assessment of American Scholarly Resource* (New York：Praeger, 1971), p.58.

三、别具一格的教育方向、方法与途径

无忌先生深知，南社精神——向海内外传播中国文学、中国文化——之践履，除了自身之开拓进取，亦必需学术种子之薪火相传，故而，他不但精于治学，而且勤于树人。"作为一位了不起的教育家，无忌先生一生培养了大量外文和文学方面的专才，其中赫赫有名者大有人在，尤其在翻译界，比如赵瑞蕻、刘重德、林蕴因、高殿森等先生，美国人葛浩文更是向西方引介中国现代文学的主要旗手之一。"① 著名汉学家葛浩文曾经充满深情地回忆柳无忌先生如何鼓励、引导他走上学术之路。通过柳先生的悉心指导和推荐，葛浩文的学期论文以及翻译小说先后得以发表。柳无忌先生帮助葛浩文申请富布莱特研究员基金（在日本），为其博士论文的写作提供经济后盾和开阔眼界。更重要的是，他不仅指导学生的学习，更在为人方面提供表率：

> 有一次，我问柳教授，他为我写了那么多信——那是在电脑前的时代——我怎么报答他呢？他只简单地说，有朝一日你也可以为你的学生写信。②

正是在柳先生的栽培和扶植下，葛浩文走上了研究之路，后来发表了30多部全译本，成为著名的翻译家。而葛浩文，不过是柳先生在美国所培养的一大批专家学者的代表之一。"无忌先生培养的许多博士生后来又分布到美国各所大学，多主掌东亚研究之席位，为一时

---

① 冬云：《追忆柳无忌先生》，见柳光辽、金建陵、殷安如主编《教授·学者·诗人柳无忌》，社会科学文献出版社2004年版，第391页。
② 葛浩文：《追忆柳无忌教授》，见柳光辽、金建陵、殷安如主编《教授·学者·诗人柳无忌》，社会科学文献出版社2004年版，第468页。

之盛。"①

作为教育大家,柳先生有自己独到的心得体会。对于做学问的人,最理想的是广博而精深;但这理想不易达到。那么求其次孰为重要?柳先生提出一个初闻颇令人意外的观点,也就是方向上"宁博而不精",或者说"先广而后专"。柳先生认为,对美国学生来说,读中国文学倘若语言已无困难,可先读史学、哲学等书籍,然后从事文学,会得到深一层的了解。即使在文学领域内,初入门亦不急于分门别类,而应先有广泛的及基本的学识,然后始可做专题或一家的研究。"至于硕士、博士论文,仅是一个短时期做学问的训练而已。"②事实上,柳先生的见解是颇有见地的。因为在学术研究过程中,如果一开始便划定领域,"心无旁骛"地做"专精"的研究,固然短时期内成效明显,却很有可能后发乏力。而做正式研究之前广收博览,看似浪费时间,实际上却是"磨刀不误砍柴工"。正如王鼎钧先生所说:"四十岁之前底盘要做大。因为到了一定年龄之后,知识就只能在原有基础上堆高,却无法再扩大。四十岁之前做成的底盘大小,决定了以后成就的大小。"③ 这也正是柳先生良苦用心之所在。

在方法上,柳先生注重参考资料法:"每讲一个段落,柳先生就为我们留下数十页参考书,使我们不得不埋头图书馆,潜心阅读。"④乍看起来,柳先生的教法和通行的教法只有量的不同,因为通行的教法是,授课之前,教师先给学生划定该课所用参考书目,然后在授课时予以讲解阐明。但实际上,这种教法依然还是一种"输入法",也就是以教师为中心。因为在授课的时候,一是学生无法预知下节课的具体内容,无法有的放矢地准备;二是教师一般不会按照某本参考书的前后顺序进行讲解,或者在讲解一个问题的时候往往涉及多本参考

---

① 冬云:《追忆柳无忌先生》,见柳光辽、金建陵、殷安如主编《教授·学者·诗人柳无忌》,社会科学文献出版社2004年版,第389页。
② 柳无忌:《教授中外文学的经验谈》,见柳光辽、金建陵、殷安如主编《教授·学者·诗人柳无忌》,社会科学文献出版社2004年版,第67页。
③ 张惠:《天教盼咐与疏狂——访王鼎钧先生》,载《明报》2016年7月18日。
④ 黄燕生:《怀忆柳无忌恩师》,见柳光辽、金建陵、殷安如主编《教授·学者·诗人柳无忌》,社会科学文献出版社2004年版,第421页。

书。这两方面的原因都会导致学生无法完全跟上教师的进度。而柳先生的教法则是美式教法的典型体现：在每堂课具体授课前，教师会预先告知授课主题，并围绕此主题提供多种参考资料，包括原典与译文、论文、论著中的相关章节，中英文皆有，指明从第几页到第几页（在电脑普及的今天还将这些资料做成 PDF 格式放在课程网页上供学生下载参阅）。这种教法可被称之为"半引导法"，也就是教师通过预先告知，使学生对下节课的内容心中有数；并明确参考资料范围，使学生在初入门时候不至于在众多参考资料中迷失重点；通过控制参考资料的量，使学生能够在课前读完，有充分的准备，在听教师讲解时随时可调取自己的储备予以回应或引发思考。当然，学有余力的学生也可以在课前读完教师指定的参考资料外再自我充电。因此，这种教学法看似量的不同，实际上则是质的变化，是以学生为中心，先是"大鱼引导小鱼游"，领着学生走路，学生掌握了基本的路线和方法后，就能触类旁通、举一反三，应用到其他课题的研究中。

在途径上，柳先生鼓励学生开阔眼界，广泛参详日文和西文的著作，并要有比较文学的认识。"作为治中国文学的理想途径，我们不仅要参考日文及西文的著作；而且，可能的话，要从事比较文学的研读。"①

柳先生对学生掌握多种语言的期望正是美式严格学术训练的要求：

> 博士学位则较难，除了中文和日文外，尚需第三外国语——法、德、西班牙或俄文。以中文为母语的学生占不了太多的便宜，必须修三年日文，第一年尤其要花工夫，每天要上课、做练习。②

---

① 柳无忌：《教授中外文学的经验谈》，见柳光辽、金建陵、殷安如主编《教授·学者·诗人柳无忌》，社会科学文献出版社 2004 年版，第 65 页。
② 李欧梵：《我的哈佛岁月》，江苏教育出版社 2005 年版，第 79 页。

那么，为什么掌握多种语言是必须的？阿尔维托·曼古埃尔曾经在《阅读史》中引用菲利普·德斯寇拉《蒙昧之矛》的观点——"缺乏书写的社会对时间有一种线性感，而在所谓的文字社会中，其时间感则呈现累积的现象"①。笔者一个类推的想法是，掌握一种语言和文化，其研究的知识结构有一种线性感，因为基本上不能跳离这个语言和文化的背景而自我"发明"；而掌握两种以上的语言和文化，其研究的知识结构则会有累积和倍增现象，因为不同的文明还会通过撞击产生智慧；当跨越多重语言的障碍，除了中文之外，还能够习以为常地参考日文、西欧，甚至东欧、俄国等地的汉学论著的话，就能用一种国际性的眼光来看待中国的传统课题，寻找出新的突破点。

钱钟书指出，比较文学的最终目的在于"帮助我们认识总体文学乃至人类文化的基本规律"；"探讨共同关心的问题，以求共识"②。柳先生呼吁从事比较文学方面的研读，是因为比较文学采用差异的视角重新认识中国传统文化，为文化交流提供换位思考的阅读，并获得异质文化的阅读体验；在本土与异质文化的错位中，在两种阅读体验的碰撞中，获得不同文学之间的换位理解，得以相互尊重和宽容。因此，如果研究者在深入掌握中国传统文化的同时，还能够掌握两种以上的语言和文化的话，对未来的研究无疑是有益的。

第二节 "海外红学"缘起、流变与意义

20世纪50年代，"海外红学"在美国发轫，有胡适作为指导人，有社团、有理念、有刊物，提出了"曹学"的概念，并试图提出新的方法论对胡适红学形成超越。遗憾的是，"海外红学"不但没有发

---

① 阿尔维托·曼古埃尔：《阅读史》，吴昌杰译，商务印书馆2002年版，第7页。
② 钱钟书：《钱钟书谈比较文学与"文学比较"》，见北师大比较文学研究组编《比较文学研究资料》，北京师范大学出版社1986年版，第92～175页。

展起来，相反还很快沉寂。然而，"海外红学"发起人之一——红学家周策纵百折不回，数十年毅行不息，既出版专书，又召开首届国际《红楼梦》研讨会，不仅有助于典范共识之形成，也推动了"海外红学"的流变和践履，形成了"海外红学"与海内红学并驾齐驱、呼应颉颃的格局。

在20世纪50年代初期，美国华裔学者已有创立"海外红学"的想法：

> 有时在顾献梁、马仰兰（马寅初先生的女公子）夫妇家聚谈，他们的楼居门窗栏杆等都漆得中国式朱红，我尝把它开玩笑叫做"纽约红楼"，要大家来努力创作一部《海外红楼梦》，并且发展"海外红学"。①

然而，这个尝试却搁浅了，搁浅的原因周策纵并没有深谈，必须从"白马社"、社员构成以及社员诗作中才能充分了解其来龙去脉。

为何"海外红学"的构想是从"白马社"发轫？"'白马'二字，由顾献梁建议，取玄奘白马取经之意；'文艺'二字则由唐德刚提议加上，以免误会作别的社团。"② 不过笔者认为社名之所以为"白马"，还因为"白马"是唐僧四徒中最踏实负重的一个，而且又寓含"西行"之意，故借此作为当年他们这批留美学生建社的期许和写照。唐德刚又自己解释加上"文艺"两字的原因："因为不加这两个字，敏感的人们很可能要怀疑这匹'白马'的性质；加上了，别人知道'这一班人是有名的呆子'，也就不会来找麻烦了。"社员包括胡适、顾献梁、唐德刚、周策纵、心笛、艾山、黄伯飞、李经等人。

---

① 周策纵：《多方研讨〈红楼梦〉——首届国际〈红楼梦〉研讨会论文集编者序》，见周策纵编《首届国际〈红楼梦〉研讨会论文集》，香港中文大学出版社1983年版，第2页。

② 周策纵：《白马社新诗选——纽约楼客》，台北汉艺色研文化事业有限公司2004年版，第3页。

"白马社"是第二次世界大战后,中国留美学生自发组织的第一个文艺社团,胡适对其很重视,说"白马社是中国的第三文艺中心"。唐德刚解释道,胡适认为"白马社"是中国新文学在海外的第三文艺中心,其他两个是香港和台湾。由此可见,"白马社"在彼时学人心中的重要地位是不言而喻的。社里新旧诗人、小说家、艺术家、学者都出了不少,而且有一个唱和切磋、互相促进的良好氛围。

周策纵之所以有"海外红学"的构想,有三方面的原因。

一则"白马社"的一个活动地点是顾献梁、马仰兰夫妇的家,而他们的家以朱红为主调,引起周策纵"红楼"的联想。

二则"白马社"成员中有红学的热爱者和研究者。周策纵自身不必说,另外有两位使周策纵对"海外红学"寄予很高期望:一位是"幼读《红楼》,亦尝为'焚稿'垂泪,为'问菊'着迷"[①],并且后来写出《史学与红学》的唐德刚;另一位是顾献梁,也许我们今日对其比较陌生,但他实际上却应该是"曹学"一词的提出者。我们现在一般会认为"曹学"一词最早由余英时在《近代红学的发展与红学革命》中提出,然而据周策纵的回忆与已经发表的文献来看,并非如此。自然,是胡适和顾颉刚开了"曹学"的先河,然而"曹学"一词的正式提出者则是顾献梁。周策纵追忆道:

> "曹学"一词是我的朋友顾献梁先生在1940年代最初提出来的,1950年代中我和他在纽约他家又谈起这问题,他想用"曹学"这名词来包括"红学",我提出不如用"曹红学"来包括二者;分开来说仍可称作"曹学"和"红学"。他还是坚持他的看法。后来他去了台湾,就在1963年发表他那篇《"曹学"创建初议》的文章。[②]

顾献梁之所以舍弃"曹红学"的提法,是因为他认为只用"曹

---

① 唐德刚:《史学与红学》,广西师范大学出版社2006年版,第244页。
② 周策纵:《胡适的新红学及其得失》,载《红楼梦学刊》1997年第4期,第253页。

学"就够了,正如"莎学"可以包括莎士比亚的一切著作一样,不该用《哈姆雷特》和他写的商籁体另立学术名目。不过,需要区别的是,顾献梁的"曹学"是红学的替代性概念,与后来的以研究曹雪芹及其家世的"曹学"有别。因此,顾献梁最早提出"曹学"之名,而余英时所言之"曹学"则名目和内涵与后来内地所言的"曹学"一致。

三则对"白马社"这样青睐的胡适身为"新红学"的创始人,会对"海外红学"予以悉心的指导和培植。胡适1949年侨居纽约,郁郁不得志,因此对哥伦比亚大学中文图书馆所陈列的报刊,"各报都看,各版都看,尤其喜欢看副刊。不但看,而且仔细看,偶尔还要记点小笔记"。但这些报刊尤其是一些副刊在当时内容水平不高,不足费这样的时间和精力。真正原因在于"原来胡适之这个教书匠不在看报,他在'评作文'、'看考卷'"①。唐德刚领悟道:

> 不幸这位已教出几代学生的教书先生这时在纽约连一个学生也找不到了。"作之师"的人和"作之君"的人本性的确是相同的。教书先生失去了学生就和大皇帝失去了臣仆一样,真是"终日以眼泪洗面",空虚无比,难过无比。因而他们也就学会了太极拳师练拳的办法:"有人打人,无人打影"。胡老师这时也就是个"无人打影"的拳师;虽然已经没有学生了,考卷还是要照看无讹。这在现代心理学上大概就叫做自我现实。②

因此,胡适对"海外红学"不遗余力地提供指导和栽培:

> 胡适之对我们这种小文艺组织真是钟爱备至,而他老人家自

---

① 唐德刚:《"新诗老祖宗"与"第三文艺中心"》,参见周策纵《白马社新诗选——纽约楼客》,台北汉艺色研文化事业有限公司2004年版,399页。
② 唐德刚:《"新诗老祖宗"与"第三文艺中心"》,参见周策纵《白马社新诗选——纽约楼客》,台北汉艺色研文化事业有限公司2004年版,第400页。

己也就自然而然地变成这些小团体的当然指导员和赞助人了。①

胡适不仅鼓励在纽约的留美学生创办"海外论坛社",亲任社员,参加座谈,而且在所创办的刊物《海外论坛》上发表文章:

> 那时胡先生并且鼓励我们在海外自办报刊。在他老人家感召之下,我们一小撮"文法科留学生"真的也就办了个小月刊曰《海外论坛》,在纽约编辑,香港印刷。②

《海外论坛》于1960年创刊,1961年,胡适在上面发表《所谓"曹雪芹小像"的谜》,认为当时内地所发现的曹雪芹小像并非曹雪芹的真容。

然而,周策纵的"海外红学梦"当时却遇到了挫折并至搁浅,原因之一在于"白马社"中许多社员更偏重于新诗和散文。

艾山,本名林振述,是诗人闻一多的入室弟子,其新诗得闻一多奖掖。"艾山是闻一多先生的得意门生。闻氏生前就曾推许过'看不懂、念不出'的艾山体是'好诗'"。艾山著有新诗《暗草集》《埋沙集》《艾山诗选》《艾山散文纪念专集》。

黄伯飞,著名诗人、报人、教授,其主要兴趣在于诗歌,著有白话诗集《风沙》、《天山》、《微明》、《祈响》、《无闷》(未出版)、《抒情短诗精选》(中英对照),散文集《诗国门外拾》《诗与道》。他所作之英文诗在20世纪60年代发表于《纽约时报》《纽约先锋论坛报》《耶鲁大学季刊》及其他大学刊物。其白话古体诗有《未是集》《明诚集》《壹一集》,均未出版。其晚期作品发表于美国《新大陆》诗刊,台北《乾坤》《秋水》等诗刊。

李经,本名卢飞白,其博士论文是写艾略特的诗论,后来由芝加

---

① 唐德刚:《"新诗老祖宗"与"第三文艺中心"》,参见周策纵《白马社新诗选——纽约楼客》,台北汉艺色研文化事业有限公司2004年版,第401页。

② 唐德刚:《胡适杂忆》,华东师范大学出版社1999年版,第32页。

哥大学出版社出版《艾略特：他的诗论的辩证结构》，被誉为论艾略特诗歌理论的佳作之一。卢飞白写了不少新诗和诗论，曾由他在威斯康星大学的学生王润华博士辑为《卢飞白诗文集》，打算在台湾出版，不料稿件从新加坡寄台途中全部遗失。

心笛，本名浦丽琳，为白马社创始时之最早会员。大学时期，心笛发表新诗于《少年中国晨报》（旧金山出版），得胡适称赞鼓励。她著有诗集《心声集》《心笛集》《贝壳》《折梦》《提筐人》等，曾荣获中国文艺协会第四十五届（2004年）海外文艺创作奖。

因此，能够发展"海外红学"的主力其实只有周策纵、唐德刚、顾献梁三人。然而，唐德刚"要做历史家，最多只肯在业余写些短篇小说，后来又去忙于记录口述历史和主管图书馆，却不愿委屈去搞什么红学"①。至于顾献梁，周策纵在《多方研讨〈红楼梦〉》中未曾谈及，其实，顾献梁倒是此次"海外红学"构想搁浅的关键性人物。从唐德刚的一首白话诗及注中发现，"白马社"成立不久后，社长夫妇离了婚，"白马社"也凄凉地解散了。

马仰兰去了非洲，顾献梁和她离了婚，自己也到了台湾，"纽约红楼"这个可资聚会的基地不复存在。"白马社"已经解散，"海外红学"毛将焉附？而且，"白马社"的两位创始人一是顾献梁，一是唐德刚，但顾献梁离开纽约远走台湾，唐德刚投入口述历史无心于此，剩下周策纵一人独木难支，因此，"海外红学"的构想在当时搁浅是必然的。

然而，这个搁浅的"海外红学梦"只是暂时的，26年之后它将以热烈和辉煌的面目浴火重生。能够做到这一点，不能不说和周策纵对《红楼梦》的热爱与他那执着专一、百折不回的理想主义性格有很大关系。

1999年8月8日，周策纵写道，自己接触《红楼梦》到现在，可能已有70多年了，则周策纵初识《红楼梦》当在八九岁的龆龀之

---

① 周策纵：《多方研讨红楼梦》，见周策纵编《首届国际〈红楼梦〉研讨会论文集》，香港中文大学出版社1983年版，第15页。

年，不过"在小学时代只看了这小说的前面一小部分，竟没有耐性读完，只知道一些大致的情节"。1929 年，有咏《红楼梦》故事七言绝句十二首，两年后在报纸上还发表过。但那时对《红楼梦》尚未读完，更谈不到深刻认识，而且从"吾生合副苍生望，不作红楼梦里人"的诗句来看，少年周策纵颇有以谢安自许、治国平天下的豪情壮志，而将《红楼梦》等同为儿女情爱，不愿沉溺其中。1931 年，他进入湖南省第五初级中学，受国文老师颜敏生熏陶，周策纵自言开始真正十分喜好《红楼梦》，并集了龚定庵的诗句做成七言绝句二十来首题《红楼梦》人物。

20 世纪 40 年代中期，周策纵询问顾颉刚"为什么近代新《红楼梦》的研究都偏重在考证方面"，并开始思索是否可以引中外的理论与批评去研究《红楼梦》；1948 年 5 月，周策纵留学美国，在太平洋船上，再次认真考虑这个问题，并与几十个同船的中国留学生抢看唯一一本《红楼梦》。

1954 年，周策纵提出发展"海外红学"的构思，并向胡适提出"红学应从各个角度各种方向去研究的看法"。周策纵从胡适处学到的，一是虚怀若谷的精神，在 50 年代胡适的红学研究遭受猛烈批判，但当周策纵和胡适谈起这个问题时，胡适"不但不生气，反而非常开心，向我细说那些人怎样骂他，却并不解释那些人怎样歪曲他；并且托我找几种他未能见到的批判他的资料；也要我继续探索研究下去"①。二是兼收并蓄的态度。当周策纵提出不仅要考证《红楼梦》探究事实的真相，而且也要从中外文学理论批评和比较文学的方法去分析、解释和评论小说的本身，"胡先生虽然对曹雪芹、高鹗和《红楼梦》多半已有他固定的看法了，但仍然称许我这些意见"②。

1960 年元旦，周策纵创办《海外论坛》月刊，向胡适先生索稿，胡适当年 11 月底写了《所谓"曹雪芹小像"的谜》，发表在次年元

---

① 周策纵：《多方研讨红楼梦》，见周策纵编《首届国际〈红楼梦〉研讨会论文集》，香港中文大学出版社 1983 年版，第 15 页。
② 周策纵：《多方研讨红楼梦》，见周策纵编《首届国际〈红楼梦〉研讨会论文集》，香港中文大学出版社 1983 年版，第 15 页。

旦出版的二卷一期里，此时周策纵"已草拟有一份《红楼梦研究计划》大纲，打算从各种角度对《红楼梦》做综合式的研究和检讨"，同时与哈佛大学同事杨联陞和海涛玮探讨《红楼梦》，发表论文《论关于凤姐的"一从二令三人木"》。周策纵回忆道：

> 哈佛大学同事中对《红楼梦》比较有兴趣而与我讨论的有海涛玮和杨联陞教授……这时候，即1961年，胡先生在台北影印出版了甲戌本，吴世昌教授在英国牛津大学也发表了他的英文《红楼梦探源》，并与联陞兄通讯。联陞和我对他们的看法时有讨论和批评。①

杨联陞和周策纵探讨《红楼梦》的时间应在1957年到1963年之间②，而讨论尤其热烈的是在1961年左右。就在此年，胡适专程赠给杨联陞一部甲戌本影印本。1961年7月29日，杨联陞在信中写道：

> 您的宝贝——《乾隆甲戌本脂砚斋评石头记》——影印问世了。多谢惠赠一部！③

1963年，周策纵到威斯康星大学任教，开了专门研究《红楼梦》的课程。

此处不惮其烦地梳理周策纵的"红学研究小史"，是以此见出周对《红楼梦》的热爱，"知之者不如好之者，好之者不如乐之者"，否则，他也不会有如此持久的动力。

---

① 周策纵：《多方研讨〈红楼梦〉——编者序》，见周策纵编《首届国际〈红楼梦〉研讨会论文集》，香港中文大学出版社1983年版，第2～3页。
② 周策纵1957年到哈佛大学东亚研究中心做研究，在哈佛前后七年，直至1963年应聘到威斯康星大学教书。
③ 胡适纪念馆编：《论学谈诗二十年——胡适杨联陞往来书札》，安徽教育出版社2001年版，第460页。

当然，不可忽略的另一个重要的原因是周策纵的理想主义性格。他的理想主义性格从两件事中可以得到充分体现：一是辞掉蒋介石机要秘书一职自费负笈到美国求学；二是顶住导师反对以取消奖学金的威胁坚持以五四运动作为博士论文选题。

来美求学之后，1952年的一天，美国密西根大学一位曾在中国停留多年的名教授正与周策纵讨论其博士论文选题。该教授不同意周的博士论文选题，理由是"博士论文怎么可以写学生暴动"？周策纵辩称五四运动是中国的文化运动、文艺复兴、思想革命。该教授并不同意，并且告知"你若是坚持写这个题目，我们就取消你的奖学金"。几年后，周策纵顶住多方压力终于完成论文《五四运动史》，其成为研究五四运动的权威著作之一。然而，当我们再回想周策纵1948年赴美是自费留学，而且毕业之后在美国没有导师推荐信很难找到工作时，我们才能充分认识周策纵的坚持是下了多大的决心和准备面对多大的牺牲。

最值得注意的是，"海外红学"在唐德刚、周策纵等人的交流过程中，已经透露出新变的气息，试图提出新的方法论对胡适红学形成超越：

> 同仁每谈《红楼》，予亦屡提"社会科学处理之方法"应为探索《红楼》方式之一。新红学之考证派，只是研究者之起步，为一"辅助科学"，而非研究学术之终极目标也。①

而且，更值得注意的是，这种引"社会学"以治红学的方法，实际上和国内的"阶级分析法"殊途而同源：

> 其时海内"阶级分析"之说正盛极一时。"阶级分析"亦"社会科学处理"之一重要方面也，偏好之，何伤大雅；罢黜百

---

① 唐德刚：《史学与红学》，广西师范大学出版社2006年版，第246页。

家,则托拉斯矣。①

　　这本来是一个极为良好的契机,假如"海外红学"在此时发展起来的话,海内外不仅同时研红,而且是用同样的方法研红,有可能形成一东一西并驾齐驱、呼应颉颃的格局。而且海外红学此时提出"社会学"的研究方法更可深思之处在于:阶级分析法在中国的出现不是偶然的。它既不完全是靠政治意志而登上历史舞台,这从李希凡和蓝翎的撰写原因和撰写目的②可以得到证明,也几乎成为海内海外同时的选择。除了唐德刚、周策纵表示过引"社会学"以治红学的意愿之外,20世纪60年代欧美裔的学者还对引"社会学"以治红学进行了具体的实施。1967年,沃尔特·G·兰洛伊斯(Walter G. Langlois)在纽约《东西方文学》(*Literature of East and West*)第十一卷上发表了《〈红楼梦〉、〈大地〉和〈人类的命运〉:中国社会变迁的编年史》(*The Dream of the Red Chamber, The Good Earth, and Man's Fate: Chronicles of Social Change in China*),认为《红楼梦》中人物的活动代表着社会的活力。如果引入海外观点进行比较和反观的话,"阶级分析法"不但是合理的,甚至也是必然的:它反映了对考证红学一枝独秀的审美倦怠,也是对前人研究的一种方向性突围。

　　但是遗憾的是,"海外红学"不但没有发展起来,相反还很快沉寂,"海外红学"虽然搁浅,却积累了宝贵经验:成员需要有对《红楼梦》的共同爱好,这样才能"同气相求";要开辟发表文章的园地;要允许甚至鼓励不同意见的争鸣和交流。周策纵后来承办《红楼梦》研讨会和鼓励红学学刊学会的成立,在很大程度上也是早年构想和经验的转化和践履。

　　1980年6月16日,在美国威斯康星大学召开了首届国际《红楼梦》研讨会。这次国际《红楼梦》研讨会由威斯康星大学的文学教

---

① 唐德刚:《史学与红学》,广西师范大学出版社2006年版,第246页。
② 起因是看到王佩璋的文章及作家出版社写给《光明日报》"文学遗产"编辑部的信,产生撰文批评俞平伯的冲动。目的是在有名的报刊上发表,在红学界或学术界引起注意。参见孙玉明《红学:1954》,北京图书馆出版社2003年版,第38~39页。

授周策纵发起，学者们来自世界各地，有中国、美国、日本、英国、加拿大、新加坡、韩国、中国台湾、中国香港等9个国家和地区，共88人。其中，有来自中国内地的红学家周汝昌、冯其庸、陈毓罴及中国台湾的潘重规，来自美国的周策纵、赵冈、韩南、王靖宇、余英时、李田意、马幼垣、余国藩等，来自日本的伊藤漱平，来自英国的霍克斯，来自加拿大的叶嘉莹等。会议共召开5天，会上中外红学家和青年研究人员共发表了42篇论文和3篇报告，其中，中文论文25篇、英文论文17篇，对《红楼梦》的作者、版本、思想性、社会意义和文学价值等方面进行了探讨和研究，是红学尤其是美国红学值得重视的辉煌一笔。

美国首届国际《红楼梦》研讨会的参加者，很多都不是专攻红学（或明清小说）的专家，有些论文在水平上逊于国内举办的国际《红楼梦》研讨会论文，虽然如此，其开创意义和深远影响亦值得珍视。

（1）成为红学研究正式走向世界的标志。这是《红楼梦》的首次国际学术研讨会，也是首次单独为一部中国小说召开的国际学术研讨会，并且此次会议是以中文作为会议语言，与会学者无论中外国籍皆要求使用中文，极大扩展了《红楼梦》的国际影响。在首届国际《红楼梦》研讨会以前，周策纵等人已来大陆参加过会议；在那以后，赵冈等人频繁来访（但他并未参加大陆的红学会议），推动了中美文化交流，促进了中美两国的红学界的接触、联系和交流。

另外，夏志清未能与会的部分原因对反观这次大会是非常有益的，也就是他当时没想到此次研讨会能办得这么大，影响这么深远。这个原因引人深思之处在于，早在1968年，夏志清已经在《中国古典小说》中声明《红楼梦》是中国最伟大的一部小说，但直到1980年，他对红学走向世界仍然没有持非常乐观的态度。这从一个侧面反映出当时红学的地位和影响，以及各国高朋胜友会聚一堂共论红楼之难度。而且，正是借鉴这次大会提供的宝贵经验，接连几次的国际《红楼梦》研讨会有条不紊地依次进行，保持了《红楼梦》研讨会的连贯性以及高水准，从艰难筹备到改变观念，正是在这个意义上，

1980年首届《红楼梦》研讨会才具有转折点与里程碑的价值。

（2）成为推动国内红学发展的一股外来动力。首届国际《红楼梦》研讨会论文的发表以及胡文彬、周雷的选辑成书，在异域视角和方法的参照和对比中，加快了我国红学研究现代化和国际化的步伐。

（3）超区域、超国别格局整合与学科战略整合。该研讨会试图打破以前独自研究的格局，进行超区域、超国别格局整合。此前，由于一些不必要的人为因素造成了学者时间和精力上的损失。1972年陈庆浩所著的《新编红楼梦脂砚斋评语辑校》，主要是针对俞平伯1956年出版的《脂砚斋红楼梦辑评》的讹误所作，但他似乎不知道俞氏初排本的错误，在1960年的新校订本中已基本上纠正了；1974年，潘重规发表关于列藏本《石头记》的考察报告，而大陆《参考消息》予以摘登，但对这个版本的一些独有的批语，则没有转载，以致大陆的红学家迟迟未能运用这方面的材料进行研究。类似的情况还有很多。有了国际《红楼梦》研讨会这个交流平台，从此以后，红学研究不再是国家性而更多是国际性的，而且由于提倡《红楼梦》稀见版本和资料的影印和整理，以及各国学者资源和信息的流通和共享，在很大程度上避免了重复研究和文献不足的遗憾。会议将焦点集中在一些当时认为是比较核心的问题上，重新做一个回应，打破以某一问题、某一方法自成门户的格局。与会论文可分为10种不同的切入点：①前人评论检讨；②版本与作者问题；③后40回问题；④曹雪芹的家世、生活和著作；⑤主题与结构；⑥心理分析；⑦情节与象征；⑧比较研究和翻译；⑨叙述技巧；⑩个性刻画。研究的范围广，观察的角度多。在《红楼梦》后40回作者问题的研讨中，周汝昌的《红楼梦全璧背后》对《红楼梦》版本演变过程中的关键问题做了深刻的分析，其观点鲜明，论据充足，有新的突破，在会上反响强烈。美国红学学者陈炳藻《从词汇上的统计论〈红楼梦〉作者的问题》借助电脑分析词汇来判断《红楼梦》作者，其创造性研究方法是一种可贵的尝试。"自传说"不再一枝独秀，有关评价《红楼梦》作品本身问题的论文，在会上占有很大的比重，共有30多篇。其中，周策纵的《〈红楼梦〉"本旨"试说》、余英时的《曹雪芹的反传统思想》、余定国的《〈红楼梦〉里被遗忘的第三世界》、叶嘉莹的《谈〈红楼梦〉的文学成就》等都对作品的思想和文学价值做了深入的分析研究,文章内涵丰富,见解精辟。此外,梅炜恒的《上床睡觉》、洪铭水的《〈红楼梦〉里的酒令》、余孝玲的《〈红楼梦〉里的雪》、余珍珠的《〈红楼梦〉的多元观点与情感》等,角度新颖,剖析细微,具有独到之见。以多学科、多方法交叉共研,进行学科战略整合,促进了多方研讨《红楼梦》的发展。

周策纵在红学上的贡献,不止于个人的著书立说,还在于召开会议、创办刊物,后者实质上践履了"新典范"另一条路径。

20世纪70年代问世,并曾引起中美红学界广泛反思和回应之余英时的"《红楼梦》的两个世界"论,其立论触机得益于库恩早期《科学革命的结构》提出的"典范论";无独有偶,在20世纪80年代,全力促成首届国际《红楼梦》研讨会召开,并将之传播和扩大开去的周策纵,则践履了库恩①晚期的主张。童元方曾指出:

> 孔恩典范之说,是其早年之作。至于晚期,他曾说,如重写《科学革命的结构》,他必强调学会与学刊之重要,以期典范共识之形成。近年红楼国际会议之两度召开,与专刊专论之出版发行,均不异于孔恩晚期主张之方向。而此时又有一现象,即红学家周策纵既出版专书,又负责召开国际会议,正与孔恩晚期之论不谋而合。②

周策纵不仅有确立典范的意识:

> 老师认为"红学"已经是一门极时髦的"显学",易于普遍

---

① Thomas S. Kuhn,有译为库恩,也有译为孔恩。
② 童元方:《树阴与楼影——典范说之于〈红楼梦〉的研究》,见刘梦溪《红楼梦十五讲》,北京大学出版社2007年版,第328页。

流传，家喻户晓，假如我们能在研究的态度和方法上力求精密一点，也许整个学术研究，可能形成一个诠释学的典范，对社会上一般思想和行动习惯，都可能发生远大的影响。①

而且也为确立典范做出了有意的多重努力。

首先，促成国际《红楼梦》研讨会的召开。周策纵是一个有世界眼光的学者，他一开始就是把《红楼梦》放在世界文学之林做考虑，因此除了介绍《红楼梦》研究在西方的发展，宣讲和呼吁《红楼梦》是世界文学外，他还主持召开首届国际《红楼梦》研讨会并担任会议召集人和大会主席，以及最终促成了在哈尔滨、扬州、台湾和北京举行的第二、三、四、五届国际《红楼梦》研讨会的召开，进一步扩大了《红楼梦》的世界影响。

其次，促进《红楼梦》各版本的影印流传。在1986年哈尔滨第二届国际《红楼梦》研讨会上，周策纵约集海外红学家联名向国内红学会和出版界建议，尽快影印《红楼梦》各珍本。

再次，在方法上提倡"多方研讨《红楼梦》"。周策纵提出"红学应从各个角度各种方向去研究的看法"②。一方面要像胡适那样，用乾、嘉考证，西洋近代科学和汉学的方法去探究事实真相；另一方面要用中外文学理论批评和比较文学的方法去分析、解释和评论小说本身，包括从近代心理学、社会学、人类学、语言学、史学、哲学、宗教、文化、政治、经济、统计等各种社会科学与人文科学，甚至自然科学的方法去研究。同时，周策纵还在多次演讲中普及对《红楼梦》的研究。③

最后，在具体的研究中试图"垂范"。周策纵除了总结胡适红学

---

① 王润华：《"白头海外说〈红楼〉"：周策纵教授的曹红学》，载《中国文哲研究通讯·周策纵教授纪念专辑》2007年9月第17卷第3期，第41页。

② 周策纵：《多方研讨〈红楼梦〉——首届国际〈红楼梦〉研讨会论文集编者序》，见周策纵编《首届国际〈红楼梦〉研讨会论文集》，香港中文大学出版社1983年版，第15页。

③ 参见周策纵《〈红楼梦〉研究在西方的发展》，见《周策纵文集》，商务印书馆2010年版，第155~158页。

功过得失并有所承继和超越外,还对《红楼梦》中的物质研究开研究之先河,其《汪洽洋烟考》有助于开拓《红楼梦》所涉及的西洋文明研究范畴。目前对《红楼梦》的饮食、器具、植物等物质研究颇称"热点",周策纵在这方面有先导之功。

参考文献

[1] 曹雪芹. 甲辰本红楼梦 [M]. 北京：北京图书馆出版社, 1989.

[2] 曹雪芹, 张新之评. 妙复轩评石头记 [M]. 北京：北京图书馆出版社, 2002.

[3] 曹雪芹, 东观主人评. 新增批评绣像红楼梦 [M]. 北京：北京图书馆出版社, 2004.

[4] 曹雪芹. 脂砚斋甲戌抄阅重评石头记 [M]. 沈阳：沈阳出版社, 2005.

[5] 曹雪芹. 脂砚斋重评石头记：庚辰本 [M]. 北京：人民文学出版社, 2006.

[6] 曹雪芹, 高鹗. 程甲本红楼梦 [M]. 沈阳：沈阳出版社, 2006.

[7] 曹雪芹. 戚蓼生序本石头记 [M]. 北京：人民文学出版社, 2006.

[8] 曹雪芹. 蒙古王府本石头记 [M]. 北京：北京图书馆出版社, 2007.

[9] 曹寅. 楝亭集笺注 [M]. 北京：北京图书馆出版社, 2007.

[10] 爱新觉罗·溥仪. 我的前半生 [M]. 北京：东方出版社, 2007.

[11] 班固. 汉书 [M]. 长沙：岳麓书社, 1993.

[12] 曹道衡. 乐府诗选 [M]. 北京：人民文学出版社, 2007.

[13] 陈淏. 花镜 [M]. 杭州：浙江人民美术出版社, 2015.

[14] 许慎. 说文解字注 [M]. 段玉裁, 注. 南京：凤凰出版社, 2015.

[15] 陈其泰,刘操南. 桐花凤阁评红楼梦辑录[M]. 天津:天津人民出版社,1981.

[16] 陈言(无择). 三因极一病证方论[M]. 北京:人民卫生出版社,1983.

[17] 戴明扬. 嵇康集校注[M]. 北京:人民文学出版社,1962.

[18] 但丁. 神曲[M]. 黄国彬,译. 台北:九歌出版社,2003.

[19] 董每戡. 中国戏剧简史[M]. 上海:商务印书馆,1949.

[21] 董每戡. 董每戡文集[M]. 广州:广东高等教育出版社,1999.

[21] 杜佑. 通典[M]. 北京:中华书局,1988.

[22] 杜泽逊. 尚书注疏彙校[M]. 北京:中华书局,2018.

[23] 高士奇. 北墅抱瓮录[M]. 北京:中华书局,1985.

[24] 高文柱,沈澍农. 中医必读百部名著[M]. 北京:华夏出版社,2008.

[25] 顾仲. 养小录[M]. 北京:中华书局,1985.

[26] 焦竑. 焦氏笔乘[M]. 北京:中华书局,2008.

[27] 李扶九,黄仁黼. 古文笔法百篇[M]. 长沙:岳麓书社,1984.

[28] 李时珍. 本草纲目[M]. 太原:山西科学技术出版社,2014.

[29] 李渔. 李渔全集[M]. 杭州:浙江古籍出版社,1992.

[30] 柳无忌. 柳无忌散文选:古稀话旧[M]. 北京:中国友谊出版公司,1984.

[31] 鲁迅. 鲁迅文集[M]. 武汉:华中科技大学出版社,2014.

[32] 马塞尔·普鲁斯特. 追忆似水年华[M]. 李恒基,徐继曾,等,译. 南京:译林出版社,1989.

[33] 聂尚恒. 医学汇函[M]. 北京:中国中医药出版社,2015.

[34] 浦江清. 浦江清文录[M]. 北京:人民文学出版社,1989.

[35] 蒲松龄. 全本新注聊斋志异[M]. 北京:人民文学出版社,1989.

[36] 清代诗文集汇编编纂委员会. 清代诗文集汇编[M]. 上海:

上海古籍出版社，2010.

[37] 清圣祖敕撰. 广群芳谱 [M]. 上海：商务印书馆, 1935.

[38] 确庵, 耐庵. 靖康稗史笺证 [M]. 北京：中华书局, 2010.

[39] 沈复. 浮生六记 [M]. 兰州：甘肃人民出版社, 2010.

[40] 沈金鳌. 杂病源流犀烛 [M]. 北京：中国中医药出版社, 1994.

[41] 司马迁. 史记 [M]. 北京：中华书局, 1982.

[42] 苏轼. 苏轼文集 [M]. 北京：中华书局, 1986.

[43] 孙思邈. 千金方 [M]. 天津：天津科学技术出版社, 2017.

[44] 汤显祖. 牡丹亭 [M]. 南昌：百花洲文艺出版社, 2014.

[45] 童岳荐. 清代菜谱大观·调鼎集 [M]. 郑州：中州古籍出版社, 1988.

[46] 王安祈. 当代戏曲（附剧本选）[M]. 台北：三民书局, 2002.

[47] 王焘. 外台秘要方 [M]. 太原：山西科学技术出版社, 2013.

[48] 王文锦. 礼记译解 [M]. 北京：中华书局, 2016.

[49] 王先慎. 韩非子集解 [M]. 北京：中华书局, 1998.

[50] 温庭筠. 温庭筠全集校注 [M]. 北京：中华书局, 2007.

[51] 吴敬梓. 儒林外史 [M]. 北京：人民文学出版社, 1981.

[52] 吴谦. 医宗金鉴 [M]. 北京：中国医药科技出版社, 2012.

[53] 吴自牧. 梦粱录 [M]. 西安：三秦出版社, 2002.

[54] 新安, 王一仁. 饮片新参 [M]. 上海：千顷堂书局, 1936.

[55] 徐春甫. 古今医统大全 [M]. 北京：人民卫生出版社, 1991.

[56] 许国桢. 御药院方 [M]. 北京：中医古籍出版社, 1983.

[57] 徐进. 徐进越剧作品集 [M]. 上海：上海书店出版社, 2010.

[58] 徐珂. 清稗类钞 [M]. 北京：中华书局, 2010.

[59] 玄奘. 大唐西域记校注 [M]. 北京：中华书局, 2019.

[60] 萧子显. 南齐书 [M]. 北京：中华书局, 1972.

[61] 杨镰. 全元诗 [M]. 北京：中华书局, 2013.

[62] 杨伯峻. 孟子译注 [M]. 北京：中华书局, 1960.

[63] 杨伯峻. 列子集释 [M]. 北京：中华书局, 1978.

[64] 叶梦珠. 阅世编 [M]. 上海：上海古籍出版社, 1981.

[65] 义净. 南海寄归内法传校注 [M]. 北京：中华书局, 1995.

[66] 佚名. 黄帝内经灵枢 [M]. 北京：中华书局, 1991.

[67] 豫生. 周易全解 [M]. 长春：吉林大学出版社, 2009.

[68] 袁珂. 古神话选释 [M]. 北京：人民文学出版社, 1979.

[69] 袁珂. 中国神话选 [M]. 北京：人民文学出版社, 2005.

[70] 元稹. 元稹集 [M]. 北京：中华书局, 1982.

[71] 曾枣林, 刘琳. 全宋文 [M]. 上海：上海辞书出版社, 2006.

[72] 张介宾. 类经 [M]. 北京：中国中医药出版社, 1997.

[73] 中国科学院四川分院中医中药研究所. 四川中药志 [M]. 成都：四川人民出版社, 1960.

[74] 周守忠. 养生类纂 [M]. 北京：中医药出版社, 2018.

[75] 周振甫. 诗经译注 [M]. 北京：中华书局, 2010.

[76] 紫式部. 源氏物语 [M]. 北京：人民文学出版社, 2008.

[77] 诸葛亮. 诸葛亮集 [M]. 北京：中华书局, 1960.

[78] 曼古埃尔. 阅读史 [M]. 吴昌杰, 译. 北京：商务印书馆, 2002.

[79] 蔡元培. 《石头记》索隐 [M]. 上海：上海书店出版社, 2008.

[80] 陈存仁, 宋淇. 《红楼梦》人物医事考 [M]. 桂林：广西师范大学出版社, 2006.

[81] 陈亚先. 戏曲编剧浅谈 [M]. 北京：文津出版社, 1999.

[82] 黛安娜·巴巴利亚, 莎莉·欧茨. 发展心理学：人类发展 [M]. 黄慧真, 译. 台北：桂冠图书, 1994.

[83] 段振离. 医说红楼 [M]. 北京：新世界出版社, 2003.

[84] 高文柱, 沈澍农. 中医必读百部名著·诸病源候论 [M]. 北京：华夏出版社, 2008.

[85] 韩铁. 福特基金会与美国的中国学 [M]. 北京：中国社会科学出版社, 2004.

[86] 何裕民. 中医心理学临床研究 [M]. 北京：人民卫生出版社, 2010.

[87] 胡适纪念馆. 论学谈诗二十年：胡适杨联陞往来书札 [M]. 合肥：安徽教育出版社, 2001.

[88] 胡文彬. 胡文彬点评《红楼梦》[M]. 北京：团结出版社, 2006.

[89] 蒋和森.《红楼梦》辨 [M]. 北京：人民文学出版社, 1959.

[90] 蒋和森.《红楼梦》论稿 [M]. 北京：人民文学出版社, 1959.

[91] 卡伦·荷尼. 神经症与人的成长 [M]. 北京：国际文化出版公司, 2000.

[92] 孔凡礼, 齐治平. 陆游资料汇编 [M]. 北京：中华书局, 1962.

[93] 利昂·塞米利安. 现代小说美学 [M]. 西安：陕西人民出版社, 1987.

[94] 理查德·格里格, 菲利普·津巴多. 心理学与生活 [M]. 王垒, 王甦, 等, 译. 北京：人民邮电出版社, 2003.

[95] 林冠夫.《红楼梦》版本论 [M]. 北京：文化艺术出版社, 2007.

[96] 林文采. 心理营养 [M]. 上海：上海社会科学出版社, 2016.

[97] 刘世德.《红楼梦》版本探微 [M]. 上海：华东师范大学出版社, 2003.

[98] 刘世德.《红楼梦》舒本研究 [M]. 北京：社会科学文献出版社, 2018.

[99] 刘世德.《红楼梦》暫本研究 [M]. 北京：社会科学文献出版社, 2019.

[100] 鲁迅. 中国小说史略 [M]. 南昌：江西教育出版社, 2017.

[101] 欧丽娟.《红楼梦》人物立体论 [M]. 台北：里仁书局, 2006.

[102] 齐如山. 中国剧之组织 [M]. 北京：北华印刷局, 1928.

[103] 齐如山. 国剧艺术汇考 [M]. 沈阳：辽宁教育出版社, 1998.

[104] 乔明琦, 张惠云. 中医情志学 [M]. 北京：人民卫生出版社, 2009.

[105] 孙逊.《红楼梦》脂评初探 [M]. 上海：上海古籍出版社, 1981.

[106] 唐德刚. 胡适杂忆 [M]. 上海：华东师范大学出版社, 1999.

[107] 唐德刚. 史学与红学 [M]. 桂林：广西师范大学出版社, 2006.

[108] 姚柯夫.《人间词话》及评论汇编 [M]. 北京：书目文献出版社, 1983.

[109] 王蒙. 红楼启示录 [M]. 北京：三联书店, 1991.

[110] 王墀. 增刻《红楼梦》图咏 [M]. 上海：上海书店出版社, 2006.

[111] 吴梅. 吴梅戏曲论文集 [M]. 北京：中国戏剧出版社, 1983.

[112] 吴组缃. 说稗集 [M]. 北京：北京大学出版社, 1987.

[113] 吴组缃. 宿草集 [M]. 北京：北京大学出版社, 1988.

[114] 谢柏梁. 中国当代戏曲文学史 [M]. 北京：中国社会科学出版社, 1995.

[115] 一粟.《红楼梦》资料汇编 [M]. 北京：中华书局, 1964.

[116] 余国藩. 重读《石头记》：《红楼梦》里的情欲与虚构 [M]. 李奭学, 译. 台北：城邦文化事业股份有限公司, 2004.

[117] 俞平伯. 红楼心解：读《红楼梦》随笔 [M]. 西安：陕西师范大学出版社, 2005.

[118] 张爱玲. 红楼梦魇 [M]. 北京：北京十月文艺出版社, 2007.

[119] 张惠.《红楼梦》研究在美国 [M]. 北京：中国社会科学出版社, 2013.

[120] 周汝昌. 《红楼梦》新证 [M]. 北京：华艺出版社，1998.

[121] 周思源. 探秘集：周思源论《红楼梦》[M]. 北京：文化艺术出版社，2005.

[122] 周贻白. 中国剧场史 [M]. 上海：商务印书馆，1936.

[123] 周贻白. 中国戏剧史 [M]. 北京：中华书局，1953.

[124] ANDREW HENRY PLAKS. Archetype and Allegory in the Dream of the Red Chamber [M]. New Jersey：Princeton University Press，1976.

[125] ANTHONY C YU. Desire and the Making of Fiction in Dream of the Red Chamber [M]. New Jersey：Princeton University Press，1997.

[126] C T HSIA. The Classic Chinese Novel [M]. New York：Columbia University Press，1968.

[127] EDWARD C CARTER. China and Japan in Our University Curricula [M]. New York American Council，Institute of Pacific Relations，1929.

[128] JOHN M H LINBECK. Understanding China：An Assessment of American Scholarly Resource [M]. New York：Praeger，1971.

[129] WAI-YEE Li. Rhetoric of Fantasy and Rhetoric of Irony：Studies in Liao-chai chih-i and Hung-loumeng [M]. New Jersey：Princeton University Press，1988.

[130] MARTIN W. HUANG. Desire and Fictional Narrative in Late Imperial China [M]. Cambridge，MA：Harvard University Asia Center，2001.